第三屆 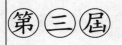 **自然的書寫**

主題文學學術研討會論文集

指導單位：教育部

主辦單位：元培科學技術學院

承辦單位：元培科學技術學院國文組

目錄

自然的書寫

序

　　技職院校人文學科教育的教學往往在實用功能上受到工具理性的左右，其重要性亦受到質疑。如何將文學經典放入我們的時代，使其能在科技資訊掛帥的價值觀念下發揮作用，並且能面對社會與其他學科形成對話場域，在此問題意識之下「主題文學」的教學與研究便應運而生。

　　幸運的是本校國文組主辦之「主題文學」研討會，今年是第二次獲得教育部技專院校教師進修研習活動的獎勵，得以辦理第三屆的「主題文學」研討會。本屆主題「自然的書寫」，訂定之目的乃基於近年來「自然書寫」議題受到重視，尤其是自然與環保生態的議題，是當前許多作家所關懷的主題。我們希望「主題文學」的設定與研究能具有現代性意義，故選擇以「自然」為主題，抑或能在這個重要的議題之下，從文學性書寫形式中使古典與現代產生共容與溝通。

　　自然（nature）這個詞彙可以廣義到指一切存在物，它與宇宙、物質、存在、客觀實在，這些範疇是同義的；狹義的自然是指與人類社會相區別的物質世界，它是各種物質系統的總和。縱觀西方「自然」觀念的歷史發展，有以下幾條脈絡：一是從與自然對立的觀念上作比較，例如：自然的／超自然的、自然的／人為的、自然的／習慣性的。二是將「自然」視為個人的特殊傾向、體質、嗜好和氣質：人的「自然本性」被看做是整個人類共有的特性，而個人的「自然本性」則被看做是個人特別的特性。於是在藝文創作上則產生要忠於自己的「自然本性」的主張。三是當「自然」作為整個物質世界總稱的

意義時，有時被視爲是「規律性」的最高表現，但有時又被看做是代表「不規則」。於是發展出理性主義所標榜的以規律與秩序作爲典範，如古希臘建築追求規律的完美典範等。而 18 世紀時不規則性成爲流行的審美觀。例如歌德式建築，或是未完成的作品等，到了 19 世紀出現的激情，特別是以激烈追求愛的人爲典範的現象。西方「自然」觀念的發展脈絡，有具體理論與範例作爲呈現。在中國「自然」觀念早已普遍的滲入我們的文化體系與價值觀念之中，但是如何具體的從我們的文化語境中定義「自然」，卻是一個尙待努力與開發的範疇。

本次研討會我們界定四個討論範疇：（一）人在時空中的定位；（二）人如何觀看自然；（三）人如何書寫自然；（四）人與自然的互涉關係。共收錄十篇論文，依其議題分爲三輯：

輯一：「天人——觀看自然」，主要是以人處於天地之間，我們又是如何觀察自然，如何在時序與空間中自我定位爲主要議題。論文有〈周代的自然崇拜〉從周代先民的「自然崇拜」，談到當人類進入階級社會後，崇拜祭祀的本質也產生了不少內在的變化，周代統治者奉神而治人的政治策略，使得神靈具有人格化、等級化與社會化的特點。而〈物魅、節令與禨祥：春秋戰國時代的自然觀與象徵詮釋〉一文則從禮書所載與相關傳說，特別是禬祭與禜祭的異說辨析爲起點，旨在藉著傳世典籍中的物魅及節令、禨祥說及其背後符號系統的考察，期能重新釐清先秦春秋戰國時代自然觀的脈絡。再藉由現代文化符號學理論中關於形式符號結構與形上意義的方法論觀點，闡

序

述所謂「跨越疆界的言說／書寫策略」，申論自然觀與超自然想像的內在義蘊。〈柳宗元的天人觀〉一文是探討柳宗元的「天人」與「天地」觀，糾正一般學者誤解其「天人」與「天地」觀，認為柳氏是「唯物主義」論者的不當之處。〈朱熹理學的自然觀〉一文則以宋代的理學為背景，從集理學之大成的朱熹太極思維著手，進一步探討朱熹自然哲學中理學與風水的關係，最後以《朱子語類》及《朱子文集》中有關風水的內容加以舉證說明，來釐清「風水」之說在朱熹哲學中所扮演的角色。

輯二：「物我（一）書寫自然」，在人與自然事物的關係中，古人如何由物色與感物中觀察自然，進而如何以藝術形式書寫自然。相關論文有〈《詩經》的自然意象與女性詮釋〉，《詩經》中自然意象在《詩序》的詮釋系統之下，如何轉化為道德與政教的詮釋觀點，是本文探索的目的。〈唐賦的自然書寫研究〉賦是最善於寫物的文體，從「賦」此一文體看古人是如何觀察自然、看待自然的；他們又是如何描寫自然；進而探討如此觀看和書寫背後之種種複雜的文學及文化因素。〈柳如是的植物書寫〉一文從柳氏自己的植物書寫進行考察，其作品結合自身的姓氏變遷及身世遭遇，透過植物來自喻自況，藉著不同的植物說明自己不同的生命型態。〈多識於鳥獸草木之名——當代自然書寫的博物性格〉本文以當代知識分子的自然書寫文本，探究其內蘊的的博物性格之成因，並回溯傳統文本「識名」脈絡的相關議題。

　　輯三:「物我(二)人與自然的互涉」,人與自然事物關係中,人的主體性與自然的主體性會互涉溶滲,自然事物成為主體性的投射。在〈從追憶童年往事看兒童圖畫書中的自然書寫〉一文中以《台灣真少年系列》六冊兒童圖畫書為主,從六位作者追憶童年往事來探賾其對家鄉人、事、物之追記,即人在特定自然時空下所示現的意義。而〈蘇偉貞「距離」小說裡女性的時空定位〉一文則是,探討所謂的「距離」小說定義,從而討論其小說所呈現的「性別:環境與空間」的關係,由研析結果再為其小說中女性所處的時空加以定位。

　　本組舉辦之研討會在各方資源與人力匱乏之下,仍能持續舉行並邁入第三年,除了本組教師在精進學術研究的堅持外,更感謝蔡師英俊、沈師謙、龔師鵬程給予我們的鼓勵與教導。還有一些學友們的支持與參與,使得地處偏僻的香山谷亦能泛出學術之光彩,這些都是使我們能持續舉辦的動力。

民國 93 年 7 月 3 日

邵曼珣 序於新竹

天人──觀看自然

周代的自然崇拜

陳美琪

摘 要：

　　崇拜祭祀源起於原始社會人類對於大自然或自然力的不了解，是而神化自然，形成萬物皆有靈性的觀念，且為維持或增進人神的良好關係而將物品獻祭給神靈，一方面感懷他們的恩賜，一方面乞求他們的憐憫與佑助。然而，當人類進入階級社會後，崇拜祭祀的本質也產生了不少內在的變化，周代統治者奉神而治人的政治策略，使得神靈具有人格化、等級化與社會化的特點，祭祀權成為政治權力的象徵，繁複的祭祀儀典具有尊尊、親親的政教作用，達到為現實政治服務的目的。

關鍵詞：周代、自然崇拜

一、前　言

　　禮的起源可上溯至遠古社會的宗教祭祀，初民對於生存
環境中出現乾旱、洪水、地震、風雨雷電、日食、月食、蝗
災，及人類的生老病死或禍福吉凶等現象，既無法理解，亦
無力阻止、控制，而神秘的大自然不但提供了人類生存的場
所，還賜予陽光、土地、食物、水源等資源，於是一種建立
在生存需要爲基礎的自然力崇拜便應運而生，人們將宇宙自
然想像成由無數神靈主宰的世界，萬物皆有靈性，進而對其
進行宗教性的祭祀活動。

　　周代的祭祀系統，根據《周禮・春官・大宗伯》所
言：「大宗伯之職，掌建邦之天神、人鬼、地示之禮，以佐王
建保邦國。」則周人的祭祀對象可分爲天神、地祇與人鬼三
大系統。《禮記・表記》曰：「周人尊禮尚施，事鬼神而遠
之。」周代以推崇禮法，愛好施與，敬事鬼神爲其社會特
徵，此人文秩序的創立，與「殷人尊神，率民以事神，先鬼
而後禮」，最後導致滅亡的歷史經驗有關。[1]崇拜祭祀既源於
人類心理的基本需求，但隨著宗教的不斷發展，崇拜祭祀也
產生了質變，甚至爲人文秩序的設立而服務。《國語・周語
上》記載，周王朝的內史過對周襄王說：

　　　古者，先王既有天下，又崇立上帝、明神而敬事之，於
　　　是乎有朝日、夕月以教民事君。

此說明上古時候，先王擁有天下後，又尊立上帝，明神之祀而恭敬地事奉著，因此有朝日、夕月的儀典，其目的在於教育人民爲君主服務。發展至西周，祭祀仍爲當時政治的中心，而且更爲制度化、規範化及階級化，甚至於祭祀禮儀的維持，主要是靠政治的力量，而非個體的信仰。且當禮制的規範愈見完備，這種以宗教祭祀鞏固人文秩序的意圖愈發明顯，《禮記・祭統》有云：「凡治人之道，莫急於禮；禮有五經，莫重於祭。」易言之，祭祀儀典的舉行，是政治統治的手段之一；祭祀權的掌控，是政治統治權的一種象徵。

二、自然崇拜的對象

周人自然崇拜的對象，《周禮・春官・大宗伯》記載：

> 以禋祀祀昊天上帝，以實柴祀日、月、星辰，以槱燎祀司中、司命、飌師、雨師，以血祭祭社稷、五祀、五嶽，以貍沈祭山林川澤，以疈辜祭四方百物。

《禮記・祭法》則云：

> 燔柴於泰壇，祭天也；瘞埋於泰折，祭地也。用騂、犢，埋少牢於泰昭，祭時也。相近於坎、壇，祭寒暑也。王宮，祭日也。夜明，祭月也。幽宗，祭星也。雩宗，祭水旱也。四坎壇，祭四方也。山林川谷丘

陵能出雲，為風雨，見怪物，皆曰神。

根據上文，周代的自然崇拜對象有天、地、日、月、四時寒暑、星辰、水旱、四方百物、山林、川谷、丘陵、風、雨等神靈，然《禮記・祭法》中言及因四時乖序，寒暑僭逆，水旱失時而舉行的祭祀，非關正禮，故未列入〈大宗伯〉所言的常祀。[2]其次，在《周禮》中，又有將諸祭祀對象區分為大祭、中祭與小祭三類，除各具有不同的祭祀儀典外，祭祀服冕亦有詳細的規定。[3]然鄭司農與鄭玄對於祭祀對象所屬等級的說法略有出入，[4]若根據上文《周禮・春官・大宗伯》來看，是以上帝居於至尊的地位，次為日、月、星辰等天神系統，再者為以社稷為首的地祇諸神，末為四方百物等神靈。

（一）天神系統

1. 天與帝

自然神與天神的界限並不明確，商代的天神，主要有帝、東母、西母等。卜辭中關於東母與西母的記載較少，而「帝」則是殷人崇祭的主要天神，可主宰人世間的禍福與自然界的多種氣象，如：

《合集》5658：丙寅卜，爭貞，今十一月帝令雨？貞，今十一月帝不其令雨？

《合集》6497：我其祀賓乍，帝降若？……我勿祀賓乍，帝降若？

第一例記十一月帝令其下雨或不下雨，第二例記帝令其降若
（若即順意），卜辭中的「帝」，儼然已具人格意志的至上
神。根據陳夢家、[5]胡厚宣等學者的研究，認爲帝能令雨、授
年、降旱、缶（保）王、授祐、降若、降禍，「自武丁卜辭觀
之，舉凡人間雨水之時否，年收之豐嗇，征戰之勝敗，禍福
之來臨，無不由帝主之。……但萬一雨水不足或年收不
豐，則寧以爲乃先祖作祟，絕不敢怪罪于帝天。」[6]由此觀
之，商代的帝天儼然已成爲主宰一切事務的至上神。

周代的至上神稱「天」、稱「帝」，[7]同樣具有掌控人事命
運與自然氣象的最高權力，故經典史籍多載有對帝或天的祭
祀，尤其是後者，如：《周禮・春官・天府》：「祭天之司民司
祿，而獻民數穀數，則受而藏之。」〈天官冢宰・司裘〉：「司
裘掌爲大裘，以共王祀天之服。」《禮記・曲禮》：「天子祭天
地」，〈祭法〉：「燔柴於泰壇，祭天也。」周人對天的隆重祭
祀，多在郊外，故有「郊祀」之稱，《詩・周頌・昊天有成
命》云：「昊天有成命，郊祀天地也。」《孝經・聖治章》
曰：「昔者周公郊祀后稷以配天」，《尚書・周書・召誥》有
云：「越三日丁已，用牲于郊，牛二。」《禮記・郊特牲》亦
曰：「郊天之祭也……大報天而主日也。」周代郊天之祭的時
間有四，分別爲孟春元日祈穀於帝之祭、[8]仲夏祈穀於大雩帝
之祭、[9]季秋饗帝之祭，[10]與冬日的圜丘祭天之祭，[11]其因恐
如程子所言：「春則因民播種而祈穀，夏則恐旱暵而大雩，以
至秋則明堂，冬則圜丘，皆人君爲民之心也。」[12]是知郊天
之祭的內容與目的，在於祈豐年與崇德報恩、報本返始。

2. 日與月

　　先民無法遍祭天上諸神，故郊天之祭以太陽爲主，而配以月亮。殷卜辭對於太陽的祭拜，或單言祭出日，或單言祭入日，如：

　　《合集》33006：辛未又于出日，茲不用。
　　《合集》34163：丁巳卜，又入日。

或云同時祭出入日者，如：

　　《屯南》1116：甲午卜貞：又出入日？弜又出入日？[13]
　　《屯南》890：癸未貞：其卯出入日，歲三牛？茲用。

第一例記辛未日又（侑）祭出日；第二例記丁巳日卜，又（侑）祭入日；第三例記又（侑）祭出入日；第四例記以三牛又（侑）祭出入日，此與文獻記載的日出與日落的宗教活動肯定有所聯繫，如《尙書・虞書・堯典》記載當時堯派人「寅賓出日，平秩東作」、「寅餞納日，平秩西成」，《史記・五帝本紀》亦云「敬道日出」，而殷卜辭中也屢見「賓日」的祭祀活動，[14]雖未見直接祭祀月亮的記載，卻有祭東母與西母者，陳夢家、丁山等學者疑其即爲日神或月神。[15]周人承此，多有祭日與月的活動，《儀禮・觀禮》云：「出拜日於東門之外，反祀方明。禮日於南門外，禮月與四瀆於北門外。」周人對日、月的祭祀儀典，最重大者莫如郊天之

祭。祭天之禮，以日為主，以月配之，《禮記・祭義》有云：

> 郊之祭，大報天而主日，配以月。夏后氏祭其闇，殷人
> 祭其陽，周人祭日，以朝及闇。祭日於壇，祭月於
> 坎，以別幽明，以制上下。祭日於東，祭月於西，以別
> 外內，以端其位。日出於東，月生於西。陰陽長短，終
> 始相巡，以致天下之和。

郊祭的季節、方位與牲禮，《禮記・郊特牲》曰：

> 郊之祭也，迎長日之至也。大報天而主日也。兆於南
> 郊，就陽位也。掃地而祭，於其質也。器用陶匏，以象
> 天地之性也。於郊，故謂之郊。牲用騂，尚赤也。用
> 犢，貴誠也。郊之用辛也。周之始郊，日以至。卜
> 郊，受命于祖廟，作龜于禰宮，尊祖親考之義也。
> 孫希旦：迎長日之至，謂冬至祭天也。冬至一陽生，而
> 日始長，故迎而祭之。禮之盛者謂之大，祭天歲有
> 九，而冬至之禮最盛，故謂之大報天。縣象著明莫大乎
> 日月，故祭天之禮以日為主，而月配焉。[16]

郊祭的程序，《禮記・祭義》云：

> 郊之祭也，喪者不敢哭，凶服者不敢入，國門，敬之至
> 也。祭之日，君牽牲，穆答君，卿大夫序從。既入廟
> 門，麗于碑。卿大夫袒，而毛牛尚耳，鸞刀以刲，……

祭腥，而退。敬之至也。郊之祭，大報天而主日，配以
月。夏后氏祭其闇，殷人祭其陽，周人祭日，以朝及
闇。

西周時，祭天（日、月）的典制已欠缺普遍性，《穀梁傳·莊
公十八年》有云：「王者朝日，故雖爲天子，必有尊也。貴爲
諸侯，必有長也，故天子朝日，諸侯朝朔。」《國語·魯語
下》亦曰：「天子大采朝日，……少采夕月，與大史、司載糾
虔天刑；日入監九御，使潔奉禘、郊之粢盛，而後即安。」
周代祭祀日、月的活動，儼然已成爲天子與諸侯的特權，是
政治權力上的一種表徵、亦是政治人事上的一種運作，尊其
所尊，敬其所敬，貫徹著嚴格的階級化、制度化的祭祀禮
儀。

3. 星辰

天上繁星，多如過江之鯽，初民既無法了解宇宙自然的
奧祕，因而引發其想像與崇拜，殷周二代皆奉耀眼且重要的
星辰爲神，殷卜辭即見對星辰的祭祀，如：

《合集》1150：……庚子，藝鳥星，七月。
《庫》1023：㞢又于大歲萃。

第一例舊說疑即《尚書·虞書·堯典》所說「日中星鳥，以
殷仲春」的「星鳥」，傳：「日中謂春分之日。鳥，南方朱鳥
七宿。」[17] 第二例中的又與萃皆祭名，指貞祭於大歲（木

星）。[18]根據經典記載，殷人崇祀的星辰尚有「大火」，[19]而周代亦見對於星辰的祭祀，《禮記·祭法》云：「幽宗，祭星也。」鄭玄注：「宗皆當爲禜字之誤也。幽禜亦謂星壇也。」《左傳·昭公元年》曰：「日月星辰之神，則雪霜風雨之不時，於是乎禜之。」周人經長期觀察天象的經驗，尤其崇拜風師箕星與雨師畢星，《尚書·周書·洪範》有云：「星有好風，星有好雨。」孔安國注：「箕星好風，畢星好雨。」《周禮·春官·大宗伯》記祭於箕星與畢星的事，而云：「以槱燎祀司中司命飌師雨師」，鄭玄注引鄭司農云：「風師，箕也。雨師，畢也。」賈公彥疏：「《春秋緯》云：『月離於箕風揚沙』，故知風師箕也。云雨師畢也者，《詩》云：『月離於畢俾滂沱矣。』是雨師畢也。」即言箕星主風，畢星主雨。

其次，周人且將日月星辰的變化與人事的禍福吉凶相聯繫，故《周禮·春官·保章氏》言保章氏：「掌天星以志星辰、明月之變動，以觀天下之遷，辨其吉凶。以星土辨九州之地所封，封域皆有分星以觀妖祥。以十有二歲之相，觀天下之妖祥。」《星經》云：「凡五星，木與土合爲內亂，饑；……與火合爲旱；與金合爲白衣會也。」[20]再者，又有將天上繁星比附成地上眾人，《尚書·周書·洪範》曰：「庶民惟星」，意謂天上星辰的明、暗或隕落，即有與之相應的人之盛衰或死亡。

兩周對於眾星辰的祭禱方式，根據張鶴泉的研究，有合祭眾星（祭祀天空中的全部星辰）、分祭特殊神格的星辰與祭祀分野星三種。[21]是見當時的星辰已具社會神格，眾星辰分屬有各自的管轄範圍與權責，故能「以星土辨九州之地所

封，封域皆有分星以觀妖祥。」[22]

4. 四方神靈

初民見風雨來自四方，以為四方皆有神主，故殷卜辭屢見祭四方以寧風、求雨、祈年、寧疾，如：

《合集》30260：癸未卜，其寧風于方，有雨？

《合集》32992：其寧雨于方。癸巳卜，其求雨於東。

《合集》34144：庚戌卜，寧于四方，其五犬。

《合集》28244：其求年于方，受年？

《安南》1059：壬辰卜，其寧疾于四方……羌十又九、犬十。

四方神靈不僅可司風雨，利農作，祈豐年，且與人事的災疾有關，且由卜辭與歷史典籍相證，得知當時已出現四方神的專名，且分別有風使。[23]周人承殷人對四方神靈能來風致雨的觀念，披磔牲以祭，祈能息風、止風。

5. 氣象諸神

在萬物皆有靈性的觀念中，舉凡自然氣象的風、雨、雷、雲、虹、雪等，無不含有神靈的性格，且多是人格化、社會化的神靈，如《山海經》、[24]《韓非子》、[25]《淮南子》、[26]〈離騷〉[27]等歷史典籍中所見的風伯、雨師、旱師、雲神等形象，茲列舉數端說明。

（1）風

風具善惡雙重性，既可消暑納涼，又可帶來災害，因此先民祭風以求平安。對於這方面的研究，1941年胡厚宣〈甲骨文四方風名考證〉一文首先揭示殷卜辭中的四方風名，並與《山海經》、《尚書・虞書・堯典》、《禮記・夏小正》、《國語》等典籍中的四方風名相證補，得殷人已有四方神靈與風名的觀念，[28]其後楊樹達《積微居甲文說》、胡厚宣《戰後京津新獲甲骨集》、郭若愚《殷契拾掇》等文陸續發表，皆對四方與四方風名爲神靈名，四方風名與方位、四季、草木生長有關等議題，詳加論證辯述，胡厚宣〈釋殷代求年于四方和四方風的祭祀〉一文，更說明殷人禘祭四方與四方風的目在於「求年」，祭拜的時間爲一月。[29]殷人對四方神靈與風神的祭拜，見於卜辭者，如：

《合集》34150：辛未卜，帝（禘）風不用雨？
《合集》21080：帝（禘）風，九犬？
《合集》34137：甲戌貞：其寧風，三羊、三犬、三豕？

第一例記禘祭風神；第二例記以九犬禘祭風神；第三例記以三羊、三犬、三豕爲牲禮以求止風。

西周沿殷商禮制，亦見對四方風神的祭祀，《周禮・春官・大宗伯》鄭玄注：「故書『疈』作『罷』。鄭司農云：『罷辜，披磔牲以祭，若今時磔狗祭以止風。』玄謂疈，疈牲胸也。疈而磔之謂磔攘。」《公羊傳・僖公三十一年》徐疏引李巡曰：「祭風以牲，頭蹏及皮破之以祭，故曰磔。」又引孫炎云：「既祭，披磔其牲，以風散之。」[30]《爾雅・釋天》：「祭

風曰磔」，郭璞注：「今俗當大道中磔狗，云以止風。」刑昺
疏：「祭風曰磔者，磔謂披磔牲體，象風之散物因名云。」[31]
是見漢晉間有殺狗祭風的習俗。

（2）雨與旱

乾旱不雨或霖雨成潦，皆關係著農林漁牧的生長收成與
軍事行動的勝負成敗，因此對於雨神與旱神的祭祀，就顯得
格外重要，是以先民一方面觀察雨水的成因，一方面想像主
宰的神主形像，如《山海經》中即見雨師的長相與名稱[32]，殷
卜辭中亦多對雨神的祭祀，如：

> 《合集》12869：貞，呼祭雨。
> 《合集》22758：御于雨。
> 《屯南》770：燎于雲雨。
> 《合集》341279：燎大雨。

兩周以農業為主，對於無法預測與控制的風雨雪霜等氣
象，當以祭祀來祈求農成與平安。周人祈雨的方式有二，一
是直接向雨神致祭，求其降雨；二是獻祭於帝、土（社）、山
嶽、河川、星辰、四方神或祖先神等，求其降雨、去雨、退
雨或寧雨。前者祭儀多採燎祭，取其煙氣可上升於天，甚而
成雲致雨，達到祈雨的目的；後者則視祭祀對象，別有祭
儀。且根據《淮南子》、《易林》、《楚辭》等古籍的記載，兩
周雨神的形象，有龍、蛇、豬、蛤蟆和人形等。[33]

然天有霖雨成潦，亦有乾旱不雨者，《淮南子·主術訓》
即見天旱時的祝禱之詞，而云：「湯之時，七年旱，以身禱于

桑林之際，而四海之雲湊，千里之雨至。」又，根據《山海經·大荒北經》的記載，古時旱神名魃，是黃帝的女兒，亦名旱魃。《詩·大雅·雲漢》云：「旱魃為虐，如惔如焚」，毛傳：「魃，旱神也。」然《山海經》中且見男性的旱神，名耕父，〈山經·中山經·中次十一經〉云：「神耕父處之，常遊清泠之淵，出入有光，見則其國為敗。」劉昭注《後漢書·郡國志》引《文選·南都賦》注云：「耕父，旱鬼也。」[34]

（3）雲

初民長期仰觀於天，認為雲與雨關係密切，此在古籍與殷卜辭中屢有反映，如《易·乾》：「大哉乾元（天），雲行雨施，品物流行」、《合集》13385：「貞：茲雲其雨。」且雲神當是帝的臣屬，《合集》14227 有云：「燎于帝雲」，又見卜辭中以「雲」為祭祀對象者，祭儀多採燎祭，兼用酒祭，而以犬、豕、羊為犧牲，尚屬一自然神。如：

《合集》1051：己丑卜，爭貞：亦呼雀燎于雲，犬？

《合集》13400：燎于二雲？

《合集》13401：燎于四雲？

《屯南》651：迺酒五雲，又雨，大吉。

《合集》33273：癸酉卜，又燎于六雲：六豕，卯羊六？

卜辭所言的二雲、四雲、五雲、六雲，似含有特定的意義，胡厚宣以為：「二雲即層雲之分上下者，六雲即四方上下之雲，猶言六合之雲也。」[35]是指雲所呈現的形態，然周人據此以辨吉凶、水旱或豐荒，而認為數字乃指雲氣色彩的多

寡，《周禮・保章氏》有云：「以五雲之物，辨吉凶水旱降豐荒之祲象。」鄭玄注引鄭司農云：「以二至、二分觀雲色：青為蟲，白為喪，赤為兵荒，黑為水，黃為豐。故《春秋傳》曰：凡分、至、啟、閉，必書雲物，為備故也。」按鄭司農引《左傳・僖公五年》文，杜預注：「分，春秋分也；至，冬夏至也；啟，立春、立夏；閉，立秋、立冬。雲物，氣色災變也。素察妖祥，逆為之備。」其次，周人想像中的雲神已人格化，《楚辭・九歌》謂雲神為「雲中君」，〈九歌・雲中君〉言雲神「龍駕兮帝服，聊翱遊兮周章」，王逸注：「故《易》曰：……言天尊雲神，使之乘龍，兼衣青黃五采之色，與五帝同服也。」〈離騷〉云：「帥雲霓而來御。」[36]

（4）虹

殷人長期觀象於天，注意到虹的自然形態，且似以為虹出必有禍，虹的氣象現象，被賦予了神靈的性格，卜辭有云：

《合集》10405：王曰，出祟，八日庚戌，出各（格）雲自東冒母昃，亦出出虹自北，飲于河。

《合集》13442：王占……昃，亦出酘，出出虹自北，飲于河。才十二月。

《合集》13444：庚吉，其出酘虹于西。

胡厚宣以為：「出祟為王之占辭，八日以下記禍祟的徵驗。言自癸卯占卜後之第八日庚戌，有雲自東方冒母之地來。及日昃，又有虹自北出而南向飲水於河。……然皆有『出酘』一

語，爲他辭所常見……由其在卜辭中之用法觀之，必爲一災禍之字，則毫無可疑。第二辭後半記徵驗之辭，謂某日果有酘禍，天明時有雲自東方冒母來，及日戻，又有酘禍，有虹自北出，南飲於河……又彼言有祟，此言有酘，知酘祟義當相近。」[37]這種將虹與禍相繫的觀念，至周代仍然存在，《詩·鄘風·蝃蝀》云：「蝃蝀在東，莫之敢指」，毛傳：「蝃蝀，虹也。」孔疏：「虹雙出，色鮮盛者爲雄，雄曰虹，煜者爲雌，雌曰蜺。」因視虹或蜺爲妖祥，故有不得隨意用手指虹蜺的禁忌。《淮南子·天文訓》亦云：「虹蜺慧星者，天之忌也」，高誘注：「忌，禁也。」[38]值得注意的是，卜辭有云虹出具有預示年成豐稔的神性，《合集》13443：「庚寅卜，□，貞虹不惟年。庚寅卜，□，貞虹惟年。」

　　然先民未必全視虹蜺爲不祥之兆，亦視其出現的時機而定，若應藏而不藏，則婦人色亂，《逸周書·時訓》云：「虹不（時）見，婦人苞（色）亂」，「虹不藏，婦不專一。」「虹者，淫氣也，氣有所附則升而散，今不始見則婦人應其事。《易通卦驗》曰：『虹不時見，女謁亂公。』虹者陰陽交接之氣，陽倡陰和之象，今失節不見，似人君心在房內，不脩外事，廢禮失義，夫人淫恣而不制，故云『女謁亂公』。」「虹爲天地之淫氣，當藏而藏婦德之應也，今不藏則雌雄逐逐而事有必驗矣，故其占爲婦不專一之象。」又，《釋名·釋天》有云：「陰陽不和，淫風流行，男美於女，女美於男，互相奔隨之時，則此氣盛。」若陰陽和倡，則感生聖人，《詩緯含神露》有云：「握登見大虹，意感而生帝舜。」「瑤光如

蚖，貫月正白，感女樞生顓頊。」[39]

（5）雷與雪

據《山海經・大荒東經》記載，雷神爲一動物形，[40]而《論衡》則云一人形，[41]但皆已人格化，或有稱其爲雷師或雷公者，〈離騷〉：「雷師告余以未具。」《楚辭・遠遊》：「左雨師使徑侍兮，右雷公以爲衛。」見之於殷卜辭中關於雷神的記載，有云：

> 《合集》14127：貞：帝其及今十三月令雷？帝其于生一
> 月令雷？
> 《合集》13415：貞，雷不惟禍？
> 《合集》3947：雷，風其來？
> 《合集》13408：庚子卜貞：茲雷其雨？

是見殷人想像中的雷神，一是聽命於帝，二是可降禍於民，三是雷與風雨相關。然而，殷卜辭中卻未見對於雷神的祭祀，而對於雪神的記載雖較少，但仍見對其之祭祀，且觀察到雪與雨的氣象相關，如：

> 《合集》20914：乙酉卜，雪，今夕雨不（否）？
> 《英藏》2366：燎于雪，又（有）大雨。雪眔□酒，又
> （有）雨。……弜燎于□，亡雨。

此見祭祀雪神的儀典有燎祭與酒祭二種，較其他氣象諸神的祭儀雷同而缺少牲禮。

周人對雪神的想像，爲一女性之神，《淮南子‧天文訓》云：「至秋三月，地氣不藏，乃收其殺，百蟲蟄伏，靜居閉戶，青女乃出，以降霜雪。」高誘注：「青女，天神青霄玉女，主霜雪也。」[42]倘若降雪落霜不合季節，則被視爲災禍，須致祭寧災，《左傳‧昭公元年》有云：「雪霜風雨之不時，於是乎禜之。」禜有寧息之義，是言寧息雪霜風雨的祭祀。

(二) 地祇諸神

1. 土 (社) 與稷

社神的崇拜源於對土地的崇拜，我國自古以農立國，人與土地的關係密切。《禮記‧郊特牲》云：「社所以神地之道也，地載萬物，天垂象，取財於地，取法於天，是以尊天而親地也，故教民美報焉。」正因土地育載萬物，爲民所取，爲民所用，故初民一方面崇拜其神祕的生產力量，一方面對其感恩報反，於是進行宗教的祭祀活動。然以土地廣潤，不可盡敬，故封土、封石、封樹爲社，感念其功。[43]殷商對於社神的祭祀已相當流行，楊寬、王國維、陳夢家等人皆認爲卜辭中大多數「土」字即「社」字，指稱的即是祭祀對象，讀若「社」，[44]卜辭有云：

《合集》780：貞，燎于土（社）三小牢，卯二牛，沉十牛。

《合集》32012：壬辰卜，禦于土（社）。

《屯南》1105：辛巳貞，雨不既，其燎于亳土（社）。

《屯南》4400：癸丑卜，甲寅从河土（社），燎牢，雨。

《合集》34088：寧雨于土。

原始的地神崇拜，主要是崇拜自己居住區域的土地，這種以自己區域的土地對象的祭祀，在殷商中期以後，逐漸形成社神方域性的特點，故卜辭有於土（社）上冠以地名者，如殷人以亳邑爲國都時，祭於「亳社」，至古公亶父居岐建周，建「岐社」，又稱「周社」。

古籍中關於社祭的記載相當多，如《尙書・夏書・甘誓》云：「用命賞于祖，弗用命戮于社。」說明古時天子親征，必遷廟的祖主以行，聽從命令，則賞於祖主前，以示不專斷行事。不聽從命令，則戮於社主前。《詩・大雅・緜》云：「迺立冢土，戎醜攸行。」《爾雅・釋天》亦云：「乃立冢土，戎醜攸行。起大事，動大眾，必先有事乎社而後出，謂之宜。」正義：「冢土，大社也。起大事，動大眾，必先有事乎社而後出，謂之宜。」其中的「大事」是指軍事行動，「有事」是指祭祀典禮，「宜」即《周禮・大祝》所謂的「大師宜于社」。[45] 兩周社祭的演化，使社神具有人格化、等級化、社會化的特點，舉凡祈年、降雨、止潦、止雨、止風、禳災除難、保祐疆土、盟誓、軍旅等事，皆須舉行社祭。[46]

土地廣潤，不可盡敬；五穀眾多，亦不可盡敬，故封土立稷以進行祭祀，《白虎通・社稷》云：「王者所以有社稷何？爲天下求福報功。人非土不立，非穀不食，地土廣博，不可徧敬也，五穀眾多，不可一一而祭也；故封土立社，示有土尊。稷，五穀之長，故封稷而祭之也。」[47] 稷原

是一種穀物，後轉爲對農業有貢獻的聖賢，《左傳・昭公二十九年》謂：「稷，田正也。有烈山氏之子曰柱爲稷，自夏以上祀之。周棄亦爲稷，自商以來祀之。」杜預注：「棄，周之始祖，能播百穀，湯既勝夏，廢柱而以棄代之。」[48]《孟子・滕文公上》有云：「后稷教民稼穡，樹藝五穀，五穀熟而民人育。」《山海經・海經・大荒西經》亦云：「有西周之國，姬姓，食穀。有人方耕，名曰叔均。帝俊生后稷，稷降以百穀，稷之弟曰台璽，生叔均，叔均是代其父及稷播百穀，始作耕。」袁珂注解：「經文『稷降以百穀』者，謂稷自天降嘉穀之種以爲農殖之需，稷之神性於此可見。」[49]無論后稷爲何人，於此均見其在古籍中爲有功於農業的人，由百姓定期進行祭祀，祈求農業豐收，《詩・小雅・甫田》有云：「琴瑟擊鼓，以御田祖。以祈甘雨，以介我稷黍，以穀我士女。」

2. 山嶽、林木

　　山嶽、林木爲人類生活環境中的重要自然條件，也是一個莫不可測的神秘世界，當人類無法面對它們所帶來的種種威脅時，是而舉行祭祀的活動，希望消其怒氣，甚至得到它們的佑助。殷卜辭中，每見祭禱於山嶽林木以祈雨、求豐年者，如：

《合集》10070：求年于岳？

《合集》28255：其求年于岳，茲又大雨？吉。

《合集》34199：燎于山，雨？

《合集》19293：往二山。

《合集》34167：卜，又于五山？

《合集》96：勿于九山燎？

《合集》34616：燎于十山？

第一、二例記祭山以祈雨、求年；第三例記燎祭於山以祈
雨；第四至七例，分別祭於二山、五山、九山與十山，其具
體所指不明，《周禮・春官・大宗伯》有「五嶽」之名，鄭
注：「五嶽，東曰岱宗，南曰衡山，西曰華山，北曰恒山，中
曰嵩高山」，或許此與商代的山嶽有關。

周代承殷人對山嶽林木的祭祀，以堯時姜姓掌四嶽祭
祀，能奉其職，嶽神寵之，故降之以福。《詩・大雅・崧高》
云：「崧高維嶽，駿極于天。維嶽降神，生甫及申。」鄭玄
注：「嶽，四嶽也，東嶽岱，南嶽衡，西嶽華，北嶽恒。嶽降
神靈和氣，以生申甫之大功。」周人祭祀的山嶽神靈，除了
擁有自然屬性外，[50]人格化的特質亦已十分明顯，可影響人
事的禍福，《詩・周頌・般》詩序云：「般，巡守而祀四嶽河
海也。」正義曰：「般詩者，巡守而祀四嶽河海之樂歌也。謂
武王既定天下，巡行諸侯所守之土，祭祀四岳河海之神，神
皆饗其祭祀，降之福助。至周公、成王太平之時，詩人述其
事而作此歌焉。……經無海而序言海者，海是眾川所歸，經
雖不說祭之可知，故序特言之。」[51]此外，周天子尚據天下
山川德惠人民的程度，排列其等級次第，視五嶽為三公，視
四瀆為諸侯，視山川為子男。[52]規定祭禮的隆殺、祭品的多
寡、祭祀權及祭祀地點。天子具祭天祀地的權力，諸侯則只
能在自己的國土內進行祭祀，《公羊傳・僖公三十一年》

云：「諸侯山川有不在其內者，則不祭也。」卿大夫以下貴族
則無祭祀山川的權力，是見當時祭祀權已是政治權力的一種
表徵，沒有普遍性。然而這種自然崇拜的性質，到今天已有
轉變，只要是信仰者皆可參加，如四川白馬藏人每年正月舉
行的山神祭、[53]哈尼族每年三月舉行的山神祭等，這些族群
對於山神的祭祀，大多起因於人們在特定的地理環境下見識
到大自然神力的作為，因而引發對山的持久崇拜，繼而產生
信仰。

3. 河川、湖澤、大海

河川、湖澤、大海等水源，關係到先民的農業生產與身
家性命，當人們無力阻止或影響這些大自然神力時，自然匍
匐於其威力之下。遠古時代有「爲河伯娶媳婦」的傳說，[54]
即反映了河祭的現象。殷卜辭中，對於河川、湖澤、大海的
祭祀，亦有不少記載，如祭於河川者：

《合集》30433：庚申卜，其又于河？
《合集》14197：貞：勿舞河，亡其雨？
《合集》33271：己亥貞：求禾于河，受禾？
《合集》10084：戊寅卜，爭貞：求年于河？

第一例記又（侑）祭於河；第二例記祭河後卜問是否下
雨；第三、四例記祭河以求禾與求年，其目的多與雨水及利
農作有關。

周代對河川、湖澤、大海等水源的祭祀也相當普遍，如

《詩‧周頌‧時邁》云：「懷柔百神，及河及嶽。」《禮記‧月令》云：「天子命有司祈祀四海、大川、名源、淵澤、井泉。」孫希旦云：「大川，江、淮、河之屬。名源，大川所發源，岷山、桐柏之屬。淵，深也。深澤，雲夢、大野之屬。四海，水之所歸也。大川、名源、水之流者；淵澤、井泉，水之聚者。」[55]〈月令〉云：「是月也……命祀山林川澤，犧牲毋用牝。……命有司為民祈祀山川百源，大雩帝，用盛樂。乃命百縣雩祀百辟卿士有益於民者，以祈穀實。」孫希旦引鄭氏曰：「山川百源，能興雲雨者也。眾水始所出為百源。雩，吁嗟求雨之祭也。」又云：「將大雩而先祀山川，即事之漸也。」[56]〈月令〉云：「是月也，命四監大合百縣之秩芻，以養犧牲，令民無不咸出其力，以共皇天大帝，名山大川，四方之神，以祠宗廟社稷之靈，以為民祈福。」孫希旦曰：「四方，山林、川澤、邱陵、墳衍之神，兆之各以其方者也。以出於民力者供犧牲，成民而後致力於神。祭祀以為民祈福，先民後己也。」[57]周人觀念中的河川、湖澤、大海等，皆已是人格化的神靈，具有賜福與降災的雙重性，可興風作雨利於農作，亦可降禍於民。

周人祭祀山川、河海的方式，就距離而言，有望祭（祀）與就祭二種。秦蕙田云：「蓋同一山川，遠而望祭之，則名曰望；祭於其地，則直曰祭山川也。而郊後之望不能遍及，故獨祭其宗，鄭氏所謂岳、瀆是也。」[58]《爾雅‧釋天》曰：「望，望祭也。」是知，周人所謂「望祭」的「望」，乃為遙祭山嶽、川河、湖澤、四海的專名。[59]《左傳‧哀公六年》記載：「（楚昭王）曰：三代命祀，祭不越

望；江、淮、睢、漳，楚之望也。」杜預注：「諸侯望祀境內
山川星辰，江、漢、睢、漳，四水在楚界。」又，《左傳・成
公五年》有云：「晉，梁山崩。重人曰：國主山川。故山崩川
竭，君爲之不舉。」《爾雅・釋山》曰：「梁山，晉望也。」
而《左傳・昭公七年》韓宣子謂子產曰：「寡君寢疾，於今三
月矣。並走群望，有加而無瘳。」杜預注：「晉所望祀山
川，皆走祈禳也。」《左傳・昭公二十六年》王子朝曰：「至
于夷王，王愆于厥身，諸侯無不並走其望，以祈王身。」是
見對於山川的祭祀，望祀是普遍採取的方式，甚至設立望
表，《國語・晉語八》云：

> 昔成王盟諸侯于岐陽，楚為荊蠻，置茅蕝，設望表。
> 韋注：望表，謂望祭山川，立木以為表，表其位也。王
> 引之《經義述聞》以為：望表者，盟之日所以表位者
> 也；望而知其所立之處，故曰望表。

「望祀」猶「四望」，《周禮・地官・牧人》曰：「望祀，各以
其方之色牲毛之。」鄭玄注：「望，祀五嶽四鎮四瀆也。」[60]
賈公彥疏：「望祀是四望者，以其言望，與四望義同，故知是
四望五嶽等也。」望祀施行的時機，有固定的常祀，如：君
主郊祀後，要對山川行望祀；[61]天子巡狩後，一般也要舉行
望祀；[62]另有因事而臨時舉行的望祀。[63]

其次，周人對山嶽、川河、湖澤、四海的祭祀，並不限
於望祭，亦有臨其地而祭者，《儀禮・覲禮》云：「祭山丘
陵，升。祭川，沈。」鄭注：「升沈必就祭者也。」《周禮・

春官・大宗伯》亦云：「以貍沈祭山林、川澤，以疈辜祭四方百物。」孫詒讓曰：「祭山林曰埋，川澤曰沈，順其性之含藏。」[64]無論是望祀或就祭，皆是人類出於對祂們的尊敬與祈福免災，然此亦是現實政治權力上的一種象徵，如郊祭唯天子能行之，故郊後之望，非天子莫屬；諸侯「祭名山川之在其地者」、「並走其望，以祈王身」、「祭不越望」、「有事于四望」，《公羊傳・僖公三十一年》：「天子有方望之事，無所不通；諸侯山有不在其封內者，則不祭也。」凡此，皆見山林、川澤的祭祀已與政治統治相結合。

4. 寒與暑

寒暑冷熱的交替為自然界時序的正常變化，然周人卻以為有司寒與司暑的神靈掌其變化，成災致福，因有逆暑、迎寒之祭，禳災祈福，《左傳・昭公四年》曰：

> 大雨雹。季武子問於申豐曰：「雹可禦乎？」對曰：「聖人在上，無雹。雖有，不為災。古者日在北陸而藏冰，西陸朝覿而出之。其藏冰也，深山窮谷，固陰沍寒，其出之也，朝之祿位，賓、食、喪、祭，於是乎用之。其藏之也，黑牡、秬黍以享司寒。其出之也，桃弧、棘矢以除其災。其出入也時。食肉之祿，冰皆與焉。大夫命婦喪浴用冰。獻羔而啟之，火出而畢賦，自命夫命婦至於老疾，無不受冰。[65]

《周禮・春官・籥章》曰：

中春晝擊土鼓，龡豳詩以逆暑。中秋夜迎寒，亦如之。

正義：（賈疏）云：「迎暑以晝求諸陽」者，以暑生於陽，陽盛於晝，故順其盛之時，逆而求之。

案：逆暑即祭司暑之神，〈祭法〉云：「相近於坎壇，祭寒暑也。」鄭彼注云：「『相近』當為『禳祈』，聲之誤也。寒暑不時，則或禳之，或祈之，寒於坎，暑於壇。」……此中春逆暑，當即迎祭祝融於南郊之壇。蓋寒暑者，時變於天，而氣附於地，則司暑、司寒之神，當為地示。66

周人逆暑、迎寒所舉行的祭儀與祭牲，因季節不同而隆殺有別，「祭禮大而告禮小」，《禮記‧月令》云：「是月也，毋竭川澤……天子乃鮮羔開冰，先薦寢、廟。」鄭注：「鮮當獻，聲之誤也。獻羔，祭司寒也。祭司寒而出冰。薦於宗廟，乃後賦之。」孫希旦云：「愚謂司寒，杜預以為玄冥之神。玄冥，地示之尊者，而用羔祭之，告祭禮輕也。」67《詩‧豳風‧七月》云：「四之日其蚤，獻羔祭韭。」杜預注：「謂二月春分獻羔祭韭，始開冰室。」是見春分二月早朝時，用羔羊與韭菜獻祭，以開冰室。孫詒讓《周禮正義》亦曰：

此經寒暑止有中春、中秋二祭，其牲蓋用大牢。〈周書‧嘗麥篇〉云：「惟四年孟夏，是月，士師乃命大宗，序于天時，祠大暑。」則孟夏亦有祭暑，其禮蓋與逆暑同。……《大戴禮記‧夏小正》傳云：「夏有暑祭，祭也

者，用羔。」此與《左》昭二年傳說中春啟冰，以羔祭司寒禮相類，與〈嘗麥〉祠大暑不同，蓋是告祭，故又殺於禳祈也。但《左傳》說季冬藏冰云：「黑牡秬黍以享司寒」。杜注云：「黑牲也。」孔疏云：「此祭玄冥之神，非大神，且非正祭，計應不用大牲，杜言黑牡黑牲，當是黑牡羊也。啟冰唯獻羔祭韭，藏冰則祭用牲黍者，啟唯告而已，藏則設享祭之禮，祭禮大而告禮小故也。」案：依孔義，則季冬祭寒用成牲，中春祭寒用羔，二禮隆殺有別也。[68]

於此，亦見周人有四時神靈與方位、顏色相互配合的觀念，是見「司寒」爲「冬神玄冥，冬在北陸，故用黑色」，其所用牲禮爲黑牡羊或黑羔羊。[69]

5. 四方百物

蠟祭的範圍包括一切與人民生活相關的物，即四方百物。尤其，一切有利於農事豐收的人事物皆報祭獻享之，《禮記·郊特牲》云：

> 天子大蠟八。伊耆氏始爲蠟。蠟也者，索也，歲十二月，合聚萬物而索饗之也。蠟之祭也，主先嗇而祭司嗇也，祭百種以報嗇也。饗農及郵表畷、禽獸，仁之至，義之盡也。古之君子，使之必報之：迎貓，爲其食田鼠也，迎虎，爲其食田豕也，迎而祭之也。祭坊與水庸，事也。曰：「土反其宅，水歸其壑，昆蟲毋作，草木

歸其澤。」

孫希旦曰：八者，所祭有八神也：先嗇一，司嗇二，百
種三，農四，郵表畷五，禽獸六，坊七，水庸八。[70]

可見蜡祭中的神靈，多來自於對農事有功的人、事（人所營
造之事）及自然物，故先嗇（神農）、司嗇（后稷）、百種
（百穀之種）、農（田畯）、郵表畷（始創廬舍，表道路，分疆
界，以利人者）、禽獸（貓虎之屬）、坊（堤坊）、庸（水溝）
皆在蜡祭之列，而參與蜡祭者，由天子、諸侯親臨其地，並
藉此使人民生養休息，《禮記・雜記》有云：

子貢觀於蜡，孔子曰：「賜也樂乎？」對曰：「一國之人
皆若狂，賜未知其樂也。」子曰：「百日之蜡，一日之
澤，非爾所知也。」

鄭注：蜡之祭，主先嗇而祭司嗇，勞農以休息之，言民
皆勤稼穡，有百日之勞，喻久也。今一日使之飲酒燕
樂，是君之恩澤。非女所知，言其義大。[71]

《周禮・春官：籥章》亦曰：

國祭蜡，則龡幽頌，擊土鼓，以息老物。

正義：息民之祭雖在蜡後，卻當與蜡同日。……是息民
之祭亦蜡祭也。通而言之，息民在蜡祭中，可知當與蜡
同日……蜡之祭，天子諸侯親之；息民之祭則使有司行
事。……竊疑蜡臘之祭，同在一時，蓋以尊卑詳略異

禮。天子諸侯有八蜡之祭，則不必更祭臘；庶民不得祭蜡，則有臘先祖、五祀之祭。鄭謂臘即息民之祭，與烈女傳說臘日休作者之文合，是也。……〈郊特牲〉說天子八蜡之祭，而因及於民閒之臘祭。通而言之，臘為蜡之細，皆以息老物而舉，是祭既同時並舉，亦得互稱。戰國之時，蜡祭禮亡，而臘通行於民俗，故〈月令〉有臘而無蜡。[72]

是見天子、諸侯舉行蜡祭，亦使百姓舉行臘祭，飲酒燕樂，勞送萬物，鬆弛一年來辛勤於農事的身心。至於蜡祭（或臘祭）的時間，當在一年之末，農閒之時，《左傳‧僖公五年》有云：「宮之奇以其族行，曰：虞不臘矣。在此行也，晉不更舉矣。」杜預注：「臘，歲終祭眾神之名。」

三、自然崇拜的因素

祭祀源起於原始社會人類對自然力的神靈崇拜，與對生養萬物的大自然懷抱著感恩的心與敬畏的心，亦是為維持或增進人神的良好關係而獻祭物品給神靈的宗教活動。然而，當人類進入階級社會後，祭祀漸轉化為統治權力的象徵，亦成了凝聚宗族的重要儀典。周代在自然崇拜中，深化出一種報本返始、慎終追遠的倫理哲學，甚至奉神而治人，政治的意涵愈發明顯，綜言周代自然崇拜的主要意義為：

（一）致祭天地，報本返始

　　周人的自然崇拜，出於細微觀察、分析與想像的結果，《禮記・祭法》云：「日月星辰，民所瞻仰也；山林川谷丘陵，民所取財用也。非此族也，不在祀典。」此說明周人祭祀的對象在於與其生活密切相關者，注重被祭者的功績和對人類的貢獻，因此對施恩惠者抱有虔敬的心，又由於長久仰觀日月星辰的晴雨變化，發現其不但與農獵漁牧的收成密切相關，且與人事活動的禍福吉凶相繫，[73]敬畏之心油然而生，進而致祭天地自然物，以報其恩，以祈佑成。《禮記・郊特牲》有云：「社，所以神地之道也。地載萬物，天垂象，取財於地，取法於天，是以尊天而親地也，故教民美報焉。」《周禮・春官・肆師》亦云：「社之日，涖卜來歲之稼。」賈公彥疏：「祭社有二時，謂春祈秋報。報者，報其成熟之功。」引《公羊傳・莊公二十二年》何注云：「社者，土地之主。祭者，報德也。生萬物，居人民，德至厚，功至大，故感春秋而祭之。」[74]儒家言「敬天祭祖」，道家云「人法地，地法天，天法道，道法自然」，都是這種感恩之心與敬畏之感的一種體現。

　　然天地幅員廣大，天神地祇，職多司廣，不能盡敬，故郊天之祭，「大報天而主日，配以月」，[75]以象天之全。大地蘊育萬物，山林川谷丘陵，蘊育豐富資源，供民所用，故封土為社，以報其功，望祀山川林澤，以報其恩。又以其德施於天下，有廣狹厚薄之分，故獻祭有別，劉向云：「五嶽何以視三公？能大布雲雨焉，能大歙雲雨焉，施德博大，故視三

公。四瀆者何謂也？江、河、淮、濟也。四瀆何以視諸侯？能蕩滌垢濁焉，能通百川于海焉，能出雲雨千里焉，為施甚大，故視諸侯也。山川何以視子男也？能出物焉，能潤澤物焉，能生雲雨，為恩多，然品類以百數，故視子男也。」[76]此外，《詩‧周頌》中的〈豐年〉、〈載芟〉等詩亦表現了這種社會化、階級化與制度化的特點。[77]

（二）天命神授，教民事君

1. 天命神授，惟德是依

殷商以來，「帝」具有人事界與自然界的最高主宰權，及至帝乙、帝辛僭越「帝」名，故周人承襲最高主宰權之「帝」的天命思想，轉以「天」取而代之，並強調天命靡常，惟德是依，《詩‧大雅‧文王》云：「侯服于周，天命靡常。……無念爾祖，聿脩厥德。永言配命，自求多福。」〈大明〉曰：「天難忱斯，不易維王。」殷王能秉德明恤，故保有天命，[78]反之則失。[79]周代取商而代之，即在於能明德敬德，故致天之罰於紂，《尚書‧周書‧泰誓》云：「受命文考，類于上帝，宜于冢土，以爾有眾，底天之罰，天矜于民。民之所欲，天必從之。」孔傳：「祭社曰宜冢。土，社也。言我畏天之威，告文王廟。以事類告天祭社，用汝致天罰於紂。」〈召誥〉謂：「肆惟王其疾敬德，王其德之用，祈天永命」、「其眷命用懋，王其疾敬德」、「王敬作所，不可不敬德。」《詩‧大雅‧大明》亦云：「乃及王季，維德之行。大任有身，生此文王。維此文王，小心翼翼。昭事上帝，聿懷多福。厥德不回，以受方國。……有命自天，命此

文王，于周于京，纘女維莘，長子維行。篤生武王，保右命
爾，燮伐大商。」凡此皆強調周代得天命的正當性與必然
性，將政權予以神化。

2. 教民事君，天人感應

周人除了強調天命神授，惟德是依外，當是利用宗教神
權而予以政治化、教育化，如教育人民服事君主，諸侯、士
大夫、百工，應各守其業以奉其上，《國語・周語上》有
云：「古者，先王既有天下，又崇立上帝、明神而敬事之，於
是乎有朝日、夕月以教民事君。諸侯春秋受職於王以臨其
民，大夫、士日恪位著以儆其官，庶人、工、商各守其業以
共其上。」又如使民重先後本末的秩序，《禮記・學記》有
云：「三王之祭川也，皆先河而後海，或源也，或委也，此之
務本。」甚而教民明時間移轉與方位的配置，《儀禮・覲禮》
有云：「天子乘禮，載大旂，象日月，升龍降龍，出拜日於東
門外。反祀方明，禮日於南門外，禮月與四瀆於北門外。」

其次，周人認為人事的善惡作為將反應到自然物，《尚
書・金縢》有云：

> 秋，大熟，未獲，天大雷電以風，禾盡偃，大木斯
> 拔；邦人大恐，王與大夫盡弁，以啟金縢之書，乃得書
> 公所自以為功、代武王之說。……王執書以泣，曰：「其
> 勿穆卜。昔公勤勞王家，惟予沖人弗及知；今天動
> 威，以彰周公之德；惟朕小子其新逆，我國家神亦宜
> 之。」王出郊，天乃雨。反風，禾則盡起。二公命邦

> 人，凡大木所偃，盡起而築之，歲則大熟。

在周人看來，歲時日月星辰、風雨雷電、寒暑皆與人事相互感應，故上天爲周公勤勞於王室卻未爲武王所知而感不平，故遣雷電風雨使稻禾偃、大木起。易言之，「自然界的情態變故可以作爲評判人世間是非的參照，人世間的倫理價值也可以運用於自然界，以證明其絕對權威。」[80]天人感應的思想在周代已得到啓發。

3. 人文秩序的建立

宗教祭祀的產生，源於人類對大自然的感恩與敬畏，發展而爲心理的基本需求。然而，隨著宗教的不斷發展，崇拜祭祀的本質卻產生了不少內在的變化，甚至爲人文秩序的設立而服務，使得周人的神靈具有人格化、社會化與等級化的色彩。

（1）人格化

周人在萬物有靈的觀念下，自然神格漸轉化爲人格神，稱其爲后土（社神）、四方神、風伯、雨師、雷公、雲中君等，它們既擁有風雨雷雲虹雪等自然屬性，亦兼具人格化的社會屬性，有善惡是非之分，掌祈年、降雨、止雨、寧風、止風、禳災祈福、保祐疆土等權柄，上自天子、諸侯，下至庶民百姓，都有信奉的神靈，祭祀已成人類的生活重心之一。

周人甚而將傳說中的人物或對本族有功績的聖賢人物予以神化，故殷周雖皆有社神，或謂社神爲共工之子句龍，或

云社神爲夏禹，或言社神爲顓頊之子犂，或曰社神是稷，這種依民族、區域的不同而使信奉的神靈有不同名稱與人物的現象，正是人類意志的表現。

（2）等級化

在周人的祭祀系統中，天子不但依德澤於民之廣狹厚薄程度，將天地山林川澤等自然物序分等級，亦將祭祀權予以秩序化、階級化，若祭祀踰矩，則曰「淫祀」，祭祀無福。故天子有郊天祀地之權，諸侯有方祀之權，卿大夫有祭中霤之權，卿大夫以下貴族則無祭祀山川的權力。[81]《禮記・曲禮下》云：

> 天子祭天地、祭四方、祭山川、祭五祀，歲徧。諸侯方祀，祭山川、祭五祀、歲徧。大夫祭五祀，歲徧。士祭其先。凡祭，有其廢之，莫敢舉也。有其舉之，莫敢廢也。非其所祭而祭之，名曰淫祀。淫祀無福。
>
> 天子以犧牛，諸侯以肥牛，大夫以索牛，士以羊豕，支子不祭，祭必告于宗子。

另有如一至七祀的分別，或祭祀權的階級化，[82]無非是將人文秩序延伸至神權世界，藉以鞏固領導者的權力。此外，周人尙強調宗子的祭祀特權，唯宗子能祭祀祖先的宗廟，若宗子因故未能祭祀，則支子必須得到宗子的許可，方得祭祀。是見兩周祭祀的本質發展，已如王向平所言：「任何神，宗教都不外乎是自然力量與社會力量在支配、統治著芸芸眾生時的幻想的反映。它們既有自然屬性，亦具有社會屬

性；或者說是起初僅具自然屬性，爾後又隨著人格化過程的完成也具有了社會屬性，同時成爲凌駕在人們頭上的社會政治力量的神秘代表者，由此而可以滿足某一社會、某個階級統治集團的意志願望與利益需要了。」[83]故祭祀中的宗教意識雖愈來愈薄弱，但統治者仍然重視，即是以其來安定人心、凝聚人心，神權的世界，彷彿是政權世界的延伸。

（三）因事祭

1. 祈雨求年

殷商以農爲本，水利爲農業命脈之所繫，刮好風、降好雨等自然氣象的配合，對於農事生產相當重要。因此，殷卜辭多有祈年之辭，如燎祭於風伯、雨師、雲神，或禘祭於四方神靈。[84]周人承此傳統，郊祀天地，望祀山川，燎祭風、雨、雷、雲、雪、虹等自然現象，最主要的目的，即在祈求天地神明能賜民好風、降民好雨，利農作，豐年成。《周禮・春官・籥章》曰：「凡國祈年于田祖。」《詩・大雅・雲漢》謂：「祈年孔夙」，〈小雅・甫田〉有云：「以我齊明，與我犧羊，以社以方。我田既臧，農夫之慶，琴瑟擊鼓，以御田祖，以祈甘雨，以介我稷黍，以穀我士女。」凡此，莫不強調當時農業經濟的重要，一年之初，即慎重其事地以牛、羊、黍稷等物品祭祀社神、方神、田祖、山嶽、河川等，期能風調雨順，使農作物順利成長，一年之秋，則報其成熟之功。於是，一種建立在以生存需要爲基礎的自然或自然力崇拜便應運而生。

2. 解祟求福

在自然崇拜階段，人類為了消解其對自然界的恐懼和神祕感以達到心靈的安慰，是而以各種超自然原因進行解釋，想像這些現象都是由無數神靈所主宰，故而對自然界採取崇敬的態度，且隱含著趨吉避凶的心理因素。祭祀活動的舉行，就其佑福對象而言，小自個人，大至天下蒼生百姓；就其目的而言，有消極的消災解禍，亦有積極的祈福得祿。其中，災禍包括了自然災禍與人為災禍兩種。前者是指由天地自然物所引發的，如水災、旱災、風災、冰害、霜害、地震、蝗災和瘟疫等；後者則是指由人事作為或生命歷程所引發的，如戰爭、政變或人身病痛等。當人類遇有災禍發生，既無能力阻止、控制或改變時，於是對神明進行祭祀，期能消災解厄，遇難呈祥。

（1）自然災害

先民經長期的精微觀察，以為天、地、四時、寒暑、日、月、星辰、水旱、山林、川谷、丘陵皆有神主[85]，能成災致害，招風降雨，將自然現象視為神明的恩惠與懲罰，因而祭祀之，乞求神的慈悲、憐憫和保佑。《左傳·昭公十八年》曰：「七月，鄭子產為火故，大為社，祓禳於四方，振除火災。」竹添光鴻《會箋》：「為火特祭，蓋禮物備具，大於常祭，故稱大也。」[86]這是鄭國子產為救治火災，特祭四方神靈的記載，《左傳·昭公元年》亦云：

日、月、星辰之神，則雪霜風雨之不時，於是乎禜

之。……

　　山川之神，則水旱癘疫之災於是乎禜之。

　　正因這些風、雨、水、火、癘疫所引起的災厄太大，先民無力消解，莫不敬祭以消災。此外，周人相信「天人感應」之說，人世的是非善惡災福，將反應至自然界情態。反之，自然界的情態變化亦可作爲人世是非善惡災福的參照，若及時進行祭祀，或可趨吉避凶，如《左傳‧莊公二十五年》有云：「六月，辛未，朔，日有食之，鼓用牲于社」，此乃因日蝕而祭社。《左傳‧昭公二十六年》亦謂：「齊有彗星，齊侯使禳之」，此即因齊國上空出現彗星，故景公派祝官禳祭以消災。[87]

（2）人爲災害

　　人爲災禍包括了戰爭、政變或人身病痛等事故。周代的軍事活動是「國之大事」，[88]天子、諸侯出征前都要舉行不同形式的告祭活動，《爾雅‧釋天》云：「乃立冢土，戎醜攸行。起大事，動大眾，必先有事乎社而後出，謂之宜。」《毛詩正義》云：「冢土，大社也。起大事，動大眾，必先有事乎社而後出，謂之宜。」《周禮‧春官‧大祝》云：「大師宜于社。」〈小宗伯〉云：「若大師，則帥有司而立軍社，奉主車。」鄭玄注：「王出軍，必先有事於社。及遷廟，而以其主行。社主曰軍社。遷主曰祖。」《禮記‧王制》云：「天子將出征類乎上帝，宜乎社，造乎禰，禡於所征之地，受命於祖。」《左傳‧閔公二年》云：「帥師者，受命於廟，受脤於社，有常服矣。」由於戰爭的性質，或爲維持國家的生

存，或爲擴張領土，或爲掠奪他國的人口與財富，因此與社神產生了直接關係，故周人於軍事行動前，須進行祭社的儀典，以求鼓舞士氣，而行軍在外，則遷廟的祖主以行，有功賞於祖主前，以示不專斷行事；不用命戰敗者，則戮之於社主前。[89]戰爭勝利後，亦要舉行社神之祀，進獻戰俘，報告戰果。

　　其次，周人以爲人類的病痛乃出於鬼神的作祟，須祭祀以解祟求福，經典史籍中屢見君主得重病後，眾臣爲其祈禱於天地山川神靈者，如《左傳·昭公二十六年》云：

> 王子朝使告于諸侯曰：昔武王克殷，……至于夷王，王愆于厥身，諸侯莫不並走其望，以祈王身。

周夷王因身染惡疾，故諸侯遍祭國內名山大川，爲王祈禱。《左傳·昭公七年》亦記載韓君病重，諸侯望祭國內名山大川，爲其消解病痛，而云：

> 鄭子產聘于晉。晉侯疾，韓宣子逆客，私焉曰：「寡君寢疾，於今三月矣。並走羣望，有加而無瘳。」
> 杜注：「晉所望祀山川，皆走往祈禳。」[90]

四、結　語

　　綜合上文所言，可見殷周宗教思想的演化，乃由殷商的

自然宗教發展至周代的倫理宗教（禮樂文化），其具有下列的淵源與特點：

　　1. 原始人類由於對大自然或自然力的不了解，因而形成萬物皆有靈性的觀念，一方面感懷神靈的賜與，一方面乞求神靈的憐憫與佑助，於是開始形成祭祀的儀典、規定祭祀的物品、注重祭祀的場所、產生祭祀的禁忌等，神化自然和將自然人格化，爲崇拜自然提供了先決條件。易言之，原始人類對自然的崇拜一方面基於生存的需要，其所崇拜的每一神靈，就代表了每一樣的民生物質，上帝或天則是最大物質的代表，爲一自然的天、物質的天。另一方面，趨吉避凶是人類共同的思維模式，求其禳災除難，得其福助佑護，是一主宰的天、人格意志的天。此時人類關注的重心仍是自然神靈，因而敷衍出一系列自然神靈的故事（神話）。

　　2. 人類在認識大自然或自然力的過程中，周人觀察到大自然的情態變故與人世間是非作爲有所聯繫，因以爲大自然的情態變故將可作爲人世間是非善惡禍福的評判參照，以人世倫理來解讀自然變化，相信萬物神靈能匡扶正義，懲惡揚善，爲一道德的天、義理的天，此亦是早期法律觀念的萌芽，而此時人類關注的重心已漸轉移至人世社會。

　　3. 無論是儒家或道家皆以爲人應該取法於大自然，效法其運行之道，只不過二者的出發點不同。道家是以自然無爲的態度來看待自然與人世間的人事物，儒家則以人世倫理來看待自然萬物。前者利用自然來矯正人類社會的弊端，後者則以敬天祭祖來創立人文秩序。

　　4. 周人「尊禮尚施」、「禮有五經，莫重於祭」，甚至到了

「靡神不舉」、「靡神不宗」的地步，雖有其歷史淵源，然而奉神而治人卻是重要目的之一。因此，周代的祭祀具有人格化、社會化與等級化的特點，彰顯尊尊、親親的人文精神，達到為現實政治服務的目的。

　　綜合言之，周代的宗教思想是社會秩序化與人文精神（天命思想、道德觀、禮樂文化）昂揚的自然體現。

註　釋

1　（清）孫希旦：「夏忠勝而敝，其失野，救野莫如敬，故殷人承之而尊神，尊神則尚敬也。觀〈盤庚〉之篇，諄諄於先后之降罰，則可以知殷人之先鬼……殷敬勝而敝，其失鬼，救鬼莫若文，故周人承之而尊禮尚施，尊禮尚施則文勝。」（《周禮集解》（下），台北：文史哲，1990 年8 月，頁 1310。）

2　（清）孫希旦：《禮記集解》（下）（台北：文史哲），頁 1196~1197。

3　《周禮·春官·司服》：「王之吉服，祀昊天、上帝則服大裘而冕，祀五帝亦如之。享先王則袞冕，享先公、饗射則驚冕，祀四望、山川則毳冕，祭社、稷、五祀則希冕，祭群小祀則玄冕。」

4　茲引用陳來於〈殷周的祭祀文化與宗教類型〉所整理，表列如下：

	大祭（祀）	中祭（祀）	小祭（祀）
酒正鄭司農注	天地	宗廟	五祀
肆師鄭司農注	天地	日月星辰	司命以下
酒正鄭玄注	昊天上帝五帝先王	先公四望山川	社稷五祀群小祀
肆師鄭玄注	天地宗廟	日月星辰社稷五嶽五祀	司命司中風師雨師

（《中國社會科學季刊》（香港），1995 年，秋季卷，總第 12 期，頁

119。）

5　陳夢家以為帝擁有令風、令雨、降旱、授年、降禍、降福等權力。（《殷墟卜辭綜述》，北京：中華，1988 年，頁 582。）

6　胡厚宣：《甲骨學商史論叢初集‧殷代之天神崇拜》（河北：河北教育，2002 年 11 月），頁 206~241。

7　如《詩經‧小雅‧天保》云：「天保定爾，亦孔之固。俾爾單厚，何福不除？俾爾多益，以莫不庶。」〈大雅‧文王〉云：「文王在上，於昭于天。周雖舊邦，其命維新。有周不顯，帝命不時。文王陟降，在帝左右。」又，《尚書‧周書‧泰誓》云：「今商王受，弗敬上天，降災下民。沈湎冒色，敢行暴虐，罪人以族，官人以世。」

8　《禮記‧月令》：「是月也，天子乃以元日祈穀于上帝。」

9　《禮記‧月令》：「是月也……命有司為民祈山川百源，大雩帝，用盛樂。乃命百縣雩祀百辟卿士有益於民者，以祈穀實。」

10　《禮記‧月令》：「季秋之月……是月也，大饗帝。」

11　（清）孫詒讓引〈郊特牲〉孔疏云：「皇氏云：『天有六天，歲有八祭。冬至圜丘，一也。……』」（《周禮正義》（五），北京：中華，2000 年 3 月，頁 1298。）

12　（清）秦蕙田：《五禮通考》，卷一，引程子說。

13　姚孝遂、肖丁《小屯南地甲骨考釋》：「《粹》17：『……出入日歲三牛』，郭沫若先生《考釋》謂：殷人于日之出入均有祭。《殷契佚存》407 有辭云：『丁巳卜，又出日。丁巳卜，又入日。』此之『出入日歲三牛』為事正同。唯此出入日之祭同卜于一辭，彼出入日之侑同卜于一日，足見殷人于日蓋朝夕禮拜之。……足徵一日之內；于出日、入日皆有祭。」（北京：中華，1999 年 11 月，頁 77。）

14　如《合集》22539：「壬子卜，旅貞，王賓日，不雨。」《合集》

30987：「貞，于日蒸，王受佐。」（蒸，祭名）

15 殷卜辭中有稱「東母」、「西母」者，如《合集》14335：「壬申卜，貞，侑于東母、西母，若。」《合集》14337：「燎于東母，九牛。」陳夢家以此為日月之神。（《殷墟卜辭綜述》，北京：中華，1988年，頁 573~574。）丁山則認為她們是月母和常義，都是月神。（《中國古代宗教神話考》，上海：上海文化，1988 年。）且在某些少數民族中，祭月亦頗為盛行，如《史記・匈奴列傳》有云單于每天「夕拜月」，又曰：「舉事而候星月，月盛壯則攻戰，月虧則退兵」，《漢書・匈奴傳上》亦云：「舉事，常隨月盛壯以攻戰；月虧，則退兵。」可見匈奴人以滿月為吉，以月虧為凶，而記錄禮儀獻酒詞的彞文典籍〈尼糾宜亨數〉亦記有祭日月獻酒的片段。此外，張鶴泉亦據彞文典籍《古侯・公史》云：「彞族先民在太古時代曾經和太陽、月亮進行過頑強的鬥爭，在感到日、月不可抗拒之後，他們才采用祈求的方法來換取日、月對自己的恩典，於是產生了對日、月的祭拜。」（張鶴泉：《周代祭祀研究》，台北：文津，1993 年 5 月，頁 49。）

16 （清）孫希旦：《禮記集解》（上）（台北：文史哲，1990 年 8 月），頁688。

17 但鄭慧生引陳夢家於《殷墟卜辭綜述》書中言星字，「似乎都是夜晴，也有作為星辰之星的可能」，而推論「鳥星不是星座」（《甲骨卜辭研究》，開封：河南大學，1998 年 4 月，頁 105~106）。

18 胡厚宣：《甲骨學商史論叢初集・殷代之天神崇拜》（河北：河北教育，2002 年 11 月），頁 227~228。

19 《左傳・襄公九年》有云：「陶唐氏之火正閼伯，居商丘，祀大火，而火紀時焉。相土因之，故商主大火。商人閱其禍敗之釁，必始於火，是以日知其有天道也。」《左傳・昭公元年》有云：「昔高辛氏有二子，伯

曰閼伯，季曰實沈，居于曠林，不相能也，曰尋干戈，以相征討，后帝不臧，遷閼伯于商丘，主辰，商人是因，故辰為商星，遷實沈于大夏，主參。」杜預注：「辰，大火也。」

20　《史記・天官書》正義引。

21　張鶴泉：《周代的祭祀》（台北：文津，1993 年 5 月），頁 31~32。

22　《周禮・春官・保章氏》。

23　如《合集》14293、14295 均記有四方神的專名與風使，後者云：「貞：帝于東方曰析，風曰劦，求年？貞：帝于西方曰彝，風曰丰，求年？辛亥卜，內貞：帝于北方曰□，風曰□，求□？辛亥卜，內貞：帝于南方曰□，風曰夷，求年。」

24　《山海經・大荒北經》：「有人衣青衣，名曰黃帝女魃。蚩尤作兵伐黃帝，黃帝乃令應龍攻之冀州之野。應龍畜水，蚩尤請風伯雨師，縱大風雨。黃帝乃下天女曰魃，雨止，遂殺蚩尤。魃不得復上，所居不雨。」（袁珂校注：《山海經校注》，台北：里仁，1995 年 4 月，頁 430。）

25　《韓非子・十過》云：「昔者黃帝合鬼神於西泰山上，駕象車而六蛟龍，畢方并鎋。蚩尤居前，風伯進掃，雨師灑道。」（《新編諸子集成》第五冊，台北：世界，1991 年 5 月，頁 44。）

26　《淮南子・原道訓》云：「令雨師灑道，使風伯掃塵。」高誘注：「雨師，畢星也。詩云月麗于畢，俾滂沱矣。風伯，箕星。月麗于箕風揚沙。」（《新編諸子集成》第七冊，台北：世界，1991 年 5 月，頁 3。）

27　〈離騷〉：「後飛廉使奔屬」，王逸注：「飛廉，風伯也。」洪興祖補注：「《呂氏春秋》曰：風師曰飛廉。應劭曰：飛廉，神禽，能致風氣。晉灼曰：飛廉，鹿身，頭如雀，有角，而蛇尾豹文。」（洪興祖：《楚辭補注》，北京：中華，1983 年 3 月，頁 28。）

28　胡厚宣：《甲骨學商史論叢初集・甲骨文四方風名考證》（河北：河北教

育，2002 年 11 月），頁 265~276。

29　詳見鄭慧生：《甲骨卜辭研究》（開封：河南大學，1998 年 4 月），頁 61~70。

30　（清）孫詒讓：《周禮正義》（五）（北京：中華，2000 年 3 月），頁 1299。

31　（清）孫詒讓：《周禮正義》（五）（北京：中華，2000 年 3 月），頁 1322。

32　《山海經‧海外東經》：「雨師妾在其北，其為人黑，兩手各操一蛇，左耳有青蛇，右耳有赤蛇。一曰在十日北，為人黑身人面，各操一龜。」郭璞云：「雨師謂屏翳也。」（袁珂校注：《山海經校注》，台北：里仁，1995 年 4 月，頁 263。）

33　詳見陳紹棣：《中國風俗通史》（上海：上海文藝，2003 年 6 月），頁 478~480。

34　袁珂校注：《山海經校注》（台北：里仁，1995 年 4 月），頁 165。

35　胡厚宣：《甲骨學商史論叢初集‧殷代之天神崇拜》（河北：河北教育，2002 年 11 月），頁 232。

36　雲神又名豐隆、雲師、屏翳等。洪興祖補注：「〈九歌‧雲中君〉注云：雲神豐隆。五臣曰：雲神屏翳。按豐隆或曰雲師，或曰雷師。屏翳或曰雲師，或曰雨師，或曰風師。……據《楚辭》則以豐隆為雲師，飛廉為風伯，屏翳為雨師。」（洪興祖：《楚辭補注》，北京：中華，1983 年 3 月，頁 29、31、58~59。）

37　胡厚宣：《甲骨學商史論叢初集‧殷代之天神崇拜》（河北：河北教育，2002 年 11 月），頁 233。

38　《新編諸子集成》第七冊（台北：世界，1991 年 5 月），頁 36。

39　黃懷信、張懋鎔、田旭東：《逸周書彙校集注》（下）（上海：上海古

籍，1995 年 12 月），頁 629、650。

40　《山海經・大荒東經》：「黃帝得之（夔），以其皮為鼓，橛以雷獸之
　　骨，聲聞五百里，以威天下」，郭璞云：「雷獸即雷神也，人面獸身，鼓
　　其腹者。橛猶擊也。」（袁珂校注：《山海經校注》，台北：里仁，1995
　　年 4 月，頁 361~362。）

41　《論衡・雷虛》：「圖雷之狀，纍纍如連鼓之形，又圖一人，若力士之
　　容，謂之雷公，使之左手引連鼓，右手推椎，若擊之狀。其意以為雷聲
　　隆隆者，連鼓相扣擊之意也；其魄然若敝裂者，椎所擊之聲也；其殺人
　　也，引連鼓相椎，并擊之矣。」（《諸子薈要・論衡》，台北：廣
　　文，1965 年 8 月，頁 185。）

42　《新編諸子集成》第七冊（台北：世界，1991 年 5 月），頁 44。

43　《孝經緯》：「社，土地之主也，土地闊不可盡敬，故封土為社，以報功
　　也。」《重修緯書集成》卷五：「社者，土地之神，能生五穀。」（引自
　　陳紹棣：《中國風俗通史——兩周卷》，上海：上海文藝，2003 年 6
　　月，頁 469~470。）王向平曰：「社神的起源，起初表現為對於大自然
　　中神秘的生殖力量的崇拜，樹以某石、某樹、或規定在某土之上來表示
　　其宗教觀念，進行其宗教活動。」（李向平：《王權與神權——周代政治
　　與宗教研究》，瀋陽：遼寧教育，頁 117。）

44　楊寬《中國上古史導論》：「殷墟卜辭中之『土』即『社』」（見《古史
　　辨》第七冊），王國維〈殷卜辭中所見先公先王考〉亦認為：「假土為
　　社，疑諸土字皆社之假借字」（見《觀堂集林・殷卜辭中所見先公先王
　　考・相土》（上），石家莊：河北教育，2001 年 11 月，頁 262），陳夢家
　　亦認為：「卜辭所祭之『土』是社。」（見《殷卜辭綜述》，北京：中
　　華，1988 年，頁 340。）

45　《詩・大雅・綿》正義：「孫炎曰：『大事，兵也。有事，祭也宜，求見

使祜也。』……成十三年《左傳》曰:『國之大事,在祀與戎。』故兵為大事也。《春秋・昭十五年》:『有事於武宮』,〈雜記〉云:『有事於上帝』,皆是祭事,故謂祭為有事。」

46　參王慎行:《古文字與殷周文明・殷周社祭考》(西安:陝西人民教育,1998 年 8 月),頁 184~207。

47　《諸子薈要・白虎通》(台北:廣文,1965 年 8 月),頁 28。

48　楊伯峻:《春秋左傳注》(台北:洪業,1993 年 5 版),頁 1503~1504。

49　袁珂校注:《山海經校注・海經》(台北:里仁,1995 年 4 月),頁 392~394。

50　《禮記・祭法》:「山林、川谷、丘陵,能出雲,為風雨。」

51　殷商以後,古人所言之「河」,當指黃河。商王畿地區的東、南、西三面均為黃河流經之地,殷都亦距河不遠,乃視黃河為神。

52　(清)秦蕙田:《五禮通考》卷四六引劉向言:「五嶽何以視三公?能大布雲雨焉,能大斂雲雨焉,施德博大,故視三公。四瀆者何謂也?江、河、淮、濟也。四瀆何以視諸侯?能蕩滌垢濁焉,能通百川于海焉,能出雲雨千里焉,為施甚大,故視諸侯也。山川何以視子男也?能出物焉,能潤澤物焉,能生雲雨,為恩多,然品類以百數,故視子男也。」

53　每到春節正月初四至初五祭祀山神的日子,各地白馬人由祭師率領,前去神山朝拜。朝拜的儀式和內容,各地略有不同,通常由祭師頌唱山神的英勇事蹟,表達族人的感激心情,並請其護佑族人、消災解難及牲畜興旺。此朝山活動,充分顯示藏人對山神的崇敬之情。

54　如《東周列國志》第八十五回,即見河伯娶息之俗:「豹曰:『怪事,怪事!河伯如何娶婦?汝為我詳言之。』父老曰:『漳水自漳嶺而來,由沙城而東,經於鄴,為漳河。河伯即清漳之神也。其神好美婦,歲納一

夫人。若擇婦嫁之，常保年豐歲稔，雨水調均。不然，神怒，致水波泛
溢，漂溺人家。』豹曰：『此事誰人倡始？』父老曰：『此邑之巫覡所言
也。俗畏水患，不敢不從。每年里豪及廷掾，與巫覡共計，賦民錢數百
萬，用二三十萬，為河伯娶婦之費，其餘則共分用之。』」（馮夢
龍：《東周列國志》，台北：三民，1993 年 8 月，頁 615。）

55　（清）孫希旦：《禮記集解》（上）（台北：文史哲，1990 年 8 月），頁
496。

56　（清）孫希旦：《禮記集解》（上）（台北：文史哲，1990 年 8 月），頁
451。

57　（清）孫希旦：《禮記集解》（上）（台北：文史哲，1990 年 8 月），頁
458。

58　（清）秦蕙田：《五禮通考》，卷四六。

59　《史記·五帝本紀》張守節《正義》：「望者，遙望而祭山川也。」《漢
書·郊祀志》顏師古注：「望者，謂在遠者望而祭之。遙望而祭山川
也。」《尚書·堯典》：「望于山川，偏于群神。」

60　周人所言之五嶽，謂東嶽泰山、西嶽華山、南嶽衡山、北嶽恒山、山嶽
嵩山。四鎮，指鎮守四方的大山，即古揚州的會稽、青州的沂山、幽州
的醫無閭、冀州的霍山。四瀆，言四條注於海的大河流，即
江、淮、河、濟。各以其方之色牲者，即以青色牲祭東方的山川，以白
色牲祭西方的山川，以赤色牲祭南方的山川，以黑色牲祭北方的山川。

61　《大戴禮·三正記》：「郊後必有望。」《春秋·僖公三十一年》：「夏四
月，四卜郊不從，乃免牲，猶三望。」《左傳》：「三望，分野之星國
中，山川皆郊祀，望而祭。」《公羊傳》：「三望者何？望，祭也，然則
何祭？祭泰山、河、海。」

62　《尚書·堯典》：「歲二月，東巡守，至于岱宗，柴，望秩于山川。」

《詩‧周頌‧時邁》序：「柴而望祀山川」。

63　《周禮‧春官‧大宗伯》：「國有大故則旅上帝及四望」，祈禱能免於災難之望祀；亦有出師告祭的望祀，《周禮‧春官‧小宗伯》：「若軍將有事，則與祭，有司將事于四望。」注：「軍將有事，將與敵合戰也。」師成回朝後，亦須行告祭之望，《尚書‧武成》：「越三日庚戌柴望大告武成。」孔注：「燔柴郊天，望祀山川先祖後，郊自近始。」此外，戰國早期《曾姬無卹壺》銘文鑄刻：「聖趞之夫人曾姬無卹，望安茲漾陵。甬乍宗彝尊壺，後嗣甬之，職才王室。」意為聖之夫人曾姬無卹（姬女，曾侯之女）望祭山川，祝告之於簡冊，鑄此宗廟尊壺，後嗣子孫永用之，服事王室。

64　（清）孫詒讓：《周禮正義》（五）（北京：中華，2000 年 3 月），頁1314。

65　楊伯峻：《春秋左傳注》（下）（台北：洪業，1993 年 5 版），頁 1248。

66　（清）孫詒讓：《周禮正義》（七）（北京：中華，2000 年 3 月）頁1910。

67　（清）孫希旦：《禮記集解》（上）（台北：文史哲，1990 年 8 月），頁428。

68　（清）孫詒讓：《周禮正義》（七）（北京：中華，2000 年 3 月），頁1910~1911。

69　《禮記‧月令》：「司寒為冬神玄冥。冬在北陸，故用黑色。」

70　（清）孫希旦：《禮記集解》（上）（台北：文史哲，1990 年 8 月），頁695~696。

71　（清）孫希旦：《禮記集解》（下）（台北：文史哲，1990 年 8 月），頁1115。

72　（清）孫詒讓：《周禮正義》（七）（北京：中華，2000 年 3 月），頁

1916。

73 《周禮·春官·保章氏》有云:「保章氏掌天星以志星辰日月之變動,以觀天下之遷,辨其吉凶,以星土辨九州之地所封,封域皆有分星,以觀妖祥。以十有二歲之相,觀天下之妖祥,以五雲之物,辨吉凶、水旱降,豐荒之祲象。以十有二風,察天地之和,命乖別之妖祥。」

74 (清)孫詒讓:《周禮正義》(六)引文,(北京:中華,2000 年 3 月),頁 1487~1488。

75 《禮記·祭法》。

76 (清)秦蕙田:《五禮通考》,卷四六引劉向言。

77 〈豐年〉:「……以洽百禮,降福孔皆。」、〈載芟〉:「……為酒為醴,烝畀祖妣,以洽百禮。」

78 〈多士〉:「自成湯至于帝乙,罔不明德恤祀,亦惟天丕建,保乂有殷。」〈君奭〉:「天惟純佑命則,商實百姓王人,罔不秉德明恤。」

79 〈召誥〉:「惟王受命,無疆惟休,亦無疆為恤。嗚呼!曷其奈何弗敬。」

80 單純:〈自然崇拜在中國人信仰體系中的意義〉,《浙江社會科學》2003 年第 3 期,頁 124。

81 《爾雅·釋名·釋宮室》:「中央曰中霤」。

82 《禮記·祭法》曰:「王自為立七祀;諸侯為國立五祀,……諸侯自為立五祀;大夫立三祀;……適士立二祀,曰門、曰行;庶士、庶人立一祀,或立尸,或立灶。」《左傳·昭公二十九年》疏:「天子祭地,祭大地之神也。諸侯不得祭地,使之祭社也。家又不得祭社,使祭中霤也。」

83 李向平:《王權與神權——周代政治與宗教研究》(瀋陽:遼寧教

育，1991 年 9 月），頁 5。

84　如《合集》14295：「貞，帝于東方曰析，風曰協。」《屯南》770：「燎于雲雨。」

85　《禮記・祭法》：「周人禘嚳而郊稷，祖文王而宗武王。燔柴於泰壇，祭天也；瘞埋於泰折，祭地也，用騂犢。埋少牢於泰昭，祭時也。相近於坎壇，祭寒暑也。王宮，祭日也。夜明，祭月也。幽宗，祭星也。雩宗，祭水旱也。四坎壇，祭四方也。山林、川谷、丘陵，能出雲，為風雨，見怪物，皆曰神。」

86　楊伯峻：《春秋左傳注》（下）（台北：洪業，1993 年 5 版），頁 1398。

87　楊伯峻：《春秋左傳注》（下）（台北：洪業，1993 年 5 版），頁 1479。

88　《左傳・成公十三年》。

89　《尚書・夏書・甘誓》：「用命賞于祖，弗用命戮于社。」

90　楊伯峻：《春秋左傳注》（下）（台北：洪業，1993 年 5 版），頁 1289。

引書簡稱對照表

《屯南》——《小屯南地甲骨》。

《合集》——《甲骨文合集》

《庫》——《庫方二氏藏甲骨卜辭》

《英藏》——《英國所藏甲骨集》

參考書目

《尚書》（十三經注疏本），台北：藝文印書館，1989 年。

《詩》（十三經注疏本），台北：藝文印書館，1989 年。

《易》（十三經注疏本），台北：藝文印書館，1989 年。

《周禮》（十三經注疏本），台北：藝文印書館，1989 年。

《儀禮》（十三經注疏本），台北：藝文印書館，1989 年。

《禮記》（十三經注疏本），台北：藝文印書館，1989 年。

《左傳》（十三經注疏本），台北：藝文印書館，1989 年。

《公羊傳》（十三經注疏本），台北：藝文印書館，1989 年。

《爾雅》（十三經注疏本），台北：藝文印書館，1989 年。

《孟子》（十三經注疏本），台北：藝文印書館，1989 年。

（漢）司馬遷：《新校本史記三家注》（一～四），台北：鼎文
書局，1979 年 2 月 2 版。

（漢）高誘注：《淮南子》，《新編諸子集成》第七冊，台
北：世界書局，1991 年 5 月 5 版。

（漢）班固：《白虎通》，《諸子薈要》，台北：廣文書局，1965
年 8 月。

（東漢）王充：《論衡》，《諸子薈要》，台北：廣文書局，1965
年 8 月。

（吳）韋昭注：《國語》，台北：台灣商務印書館，1983 年。

（宋）洪興祖：《楚辭補注》，北京：中華書局，1983 年 3
月。

（明）馮夢龍：《東周列國志》，台北：三民書局，1993 年 8
月 5 版。

（清）王先慎：《韓非子集解》，《新編諸子集成》第五冊，台
北：世界書局，1991 年 5 月 5 版。

（清）孫希旦：《禮記集解》（上）（下），台北：文史哲出版
社，1990 年 8 月。

（清）孫詒讓：《周禮正義》，北京：中華書局，2000 年 3 月。

（清）秦蕙田：《五禮通考》，台北：台灣商務印書館，1983 年。

（美）方法斂摹、（美）白瑞華校：《庫方二氏藏甲骨卜辭》，商務印書館石印本。

中國社會科學院考古研究所編輯：《小屯南地甲骨》（五冊），北京：中華書局，1980～1983 年。

中國社會科學院考古研究所編輯：《甲骨文合集》（十三冊），北京：中華書局，1979～1982 年（1992 年 2 月 1 版 4 刷）。

王國維：《觀堂集林》（外二種），河北：河北教育出版社，2001 年 11 月。

王慎行：《古文字與殷周文明》，西安：陝西人民教育出版社，1998 年 8 月 2 刷。

李向平：《王權與神權——周代政治與宗教研究》，瀋陽：遼寧教育出版社，1991 年 9 月。

李學勤等編：《英國所藏甲骨集》。

林素英：《古代祭禮中之政教觀——以《禮記》成書前為論》，台北：文津出版社，1997 年 9 月。

胡厚宣：《甲骨學商史論叢初集》，河北：河北教育出版社，2002 年 11 月。

袁柯校注：《山海經校注》，台北：里仁書局，1995 年 4 月。

晁福林：《先秦民俗史》，上海：上海人民出版社，2001 年 1 月。

黃懷信、張懋鎔、田旭東：《逸周書彙校集注》，上海：上海
　　古籍出版社，1995 年 12 月。

陳紹棣：《中國風俗通史——兩周卷》，上海：上海文藝出版
　　社，2003 年 6 月。

陳夢家：《殷墟卜辭綜述》，北京：中華書局，1988 年。

張鶴泉：《周代的祭祀》，台北：文津出版社，1993 年 5 月。

楊家駱等：《東周列國志》，台北：世界書局。

楊伯峻：《春秋左傳注》（上）（下），台北：洪業出版
　　社，1993 年 5 版。

楊樹達：《積微居甲文說》，上海：上海古籍出版社，1986
　　年。

鄭慧生：《甲骨卜辭研究》，開封：河南大學出版社，1998 年
　　4 月。

姚孝遂、肖丁：《小屯南地甲骨考釋》，北京：中華書局，1999
　　年 11 月。

單純：〈自然崇拜在中國人信仰體系中的意義〉，《浙江社會科
　　學》2003 年 5 月第 3 期，頁 121～128。

物魅、節令與機祥

——春秋戰國時代的自然觀與象徵詮釋

程克雅

摘　要：

　　春秋戰國時代的自然與人文關係，在典籍的傳述與思想家的解析中呈現著紛陳的現象，在具有一定程度神秘主義傾向的相關文本中，具體呈現人對自然的觀看與聯想。先秦思想典籍隨著時異世變與現代考古文物遺存文獻出土，配合多元文化觀點的分域研究，就齊魯、燕趙而秦晉；荊楚、吳越而巴蜀等地的方俗語言與相關語源字源系統來看，春秋戰國時代的自然觀與象徵詮釋有重新探究的價值。本文從禮書所載與相關傳說，特別是禬祭與禜祭的異說辨析為起點，旨在藉著傳世典籍中的物魅及節令、機祥說及其背後符號系統的考察，輔以新出文物中的相關文物篇章，期能重新釐清先秦春秋戰國時代自然觀的脈絡。再就其文本中的符號象徵與意涵等課題，藉由現代文化符號學理論中關於形式符號結構與形上意義的方法論觀點，闡述所謂「跨越疆界的言說／書寫策略」，申論自然觀與超自然想像的內在義蘊。並從而探究先秦典籍文獻所形成的價值體系中，春秋戰國時代自然觀在原初宗教形態上的呈現，並提出這一自然觀在當時思想家的詮釋下，實具有由除魅到返魅的人文意義。

關鍵詞：春秋戰國、自然觀、物魅、節令、機祥

一、前　言

　　春秋戰國時代的自然與人文關係，在典籍的傳述與思想
家的解析中呈現著紛陳的現象，在具有一定程度神秘主義傾
向的相關文本中，具體呈現人對自然的觀看與聯想。先秦思
想典籍隨著時異世變與現代考古文物遺存文獻出土，配合多
元文化觀點的分域研究，就齊魯、燕趙而秦晉；荊楚、吳越
而巴蜀等地的方俗語言與相關語源字源系統來看，春秋戰國
時代的自然觀與象徵詮釋有重新探究的價值。

　　首先，本文以清代學者董理「物」的異說與經義詮解爲
起點，重新審視物之語源字源，由物怪到物神的思想，分別
舉列「物與山林川澤」和「物的神秘性：傳世載籍與出土文
獻」，在這之中，特別對禬祭與禜祭的異說加以辨析，呈現禮
書中的自然觀；其次，再由雲物，旗物到器物，文物，以綜
觀「春秋戰國時代人事與自然的映照」和「興衰預言的言說
／書寫策略」；繼而，論究「由除魅到返魅──先秦自然觀與
象徵意涵」，推溯「觀乎自然」、「取法萬物」與「類推自然」
等先秦時代的自然觀與自然哲學；最後，就時序想像與空間
的超越，將物魅在「節令物候與四方百物」與「禨祥之論與
聖王代興隱喻」的反映，作一思想與觀念歷程的回顧。

　　本文旨在藉著傳世典籍中的物魅及節令、禨祥說及其符
號系統的考察，輔以新出文物中的相關文篇，期能重新釐清
先秦春秋戰國時代自然觀的脈絡與意義，並就其文本中的符

號象徵與結構意涵等課題，藉由現代文化符號學理論中關於形式符號結構與形上意義的方法論觀點，闡述所謂「跨越疆界的言說／書寫策略」，申論自然觀與超自然想像的內在義蘊，並從而探究先秦典籍文獻所形成的價值體系中，春秋戰國時代自然觀在原初宗教形態上的呈現與象徵含義。

二、由物怪到物神

關於物的種種論述，在歷代學術史的文獻中形成討論的重點之一，同時也是晚清以來學術史和思想史研究的重要主題，本文的探究前提是主張物魅與論述物、事物以及思想流派是不同的問題，這可以就清末學者孫詒讓《周禮正義》的考證與論彙輯見其一斑。在本文中也先就這兩項不同的問題脈絡出發，首先探究從物與山林川澤的配屬，並就傳世文獻與出土文物，了解載記中物之神秘性的賦予。

(一) 物與山林川澤

「物」，是一個在古籍中尋常可見的名詞，它的詞彙，有百物、事物等。在《論語》、《周禮》中都常有提及：

> 《論語·陽貨》篇曰：子曰：「予欲無言！」子貢曰：「子如不言，則小子何述焉？」[1]

周作人撰〈論語小記〉，則引章太炎之說來敷陳天、物與人之

間的共存關聯：

> 子曰：「天何言哉！四時行焉，百物生焉；天何言哉？」
> 太炎先生《廣論語駢枝》引《釋文》，魯讀天爲夫，「言
> 夫者即斥四時行百物生爲言，不設主宰，義似更遠。」[2]

在這段的論述中，百物與四時互文，周作人引述章太炎的話
更企圖詮解物在自然界中與人相對應的聯繫，這種聯繫，是
透過自然觀念對物魅的安撫來表達的。物是什麼？有何作
用？百物和四時的循環輪替有何關係？這一連串問題在春秋
戰國以來典籍中屢見，而《周禮》更集中論述的焦點，謂：

> 以禮樂合天地之化、百物之產，以事鬼神、以諧萬民，
> 以致百物。[3]

同一段文脈中，百物之產與以致百物重複出現，這使得重視
文例的訓釋家，不能不進一步考慮，除了與天地造化相互文
的百物之外，是否還有另一重不同的意涵，這一與鬼神、萬
民相並列的百物，應有不同所指之意。《周禮·春官·大宗
伯》中論及祭典時特別提及了天神、人鬼、地示之禮的不
同：

> 大宗伯之職：掌建邦之天神、人鬼、地示之禮，以佐王
> 建保邦國。以吉禮事邦國之鬼神示：以禋祀祀昊天上
> 帝，以實柴祀日月星辰……五祀、五嶽，以貍沈祭山林

川澤，以貍辜祭四方百物。[4]

這一段中關於四方物的祭禮，是用劈磔之貍辜來做為犧牲的，以祭法的區別見各項受祀祭典的分別；而同章中則有以祭典季節的不同而示祭典的區別，《周禮‧春官‧神仕》謂：

> 凡以神仕者，掌三辰之法，以猶鬼神示之居，辨其名物。以冬日至致天神人鬼，以夏日至致地示物魅，以禬國之凶荒、民之札喪。[5]

孫詒讓認為神仕之為官，是屬主祭禬之禮，而秉三辰圖象為官法，其職蓋兼史巫之事，而與馮相氏，保章氏，司巫，男巫，女巫等為官聯。鄭玄《注》云：

> 天，人，陽也；地，物，陰也。陽氣升而祭鬼神，陰氣升而祭地祇物魅，所以順其為人與物也。致人鬼於祖廟，致物魅於壇壝，蓋用祭天地之明日，百物之神曰魅，《春秋傳》曰：「螭魅蝄蜽。」杜子春云：「禬，除也。」玄謂此禬讀如潰癰之潰。[6]

這裡明白指出了前面對於物有二義的見解是可以成立的，特別是百物於祭祀的敘述中絕非一般天地四時造化下所長養事物的意蘊，鄭玄所謂百物之神，是這一連串關於祭祀的討論中具有特殊的意義，而鄭玄注更呈現出禬祭的會合義和潰除

義，到底兩者是否異義同名？孫詒讓細緻的就環繞百物之神
的祭祀：禘祭的日期、對象、內容等方面一一析辨舊說，而
這一論究的焦點則從與天神、地示、人鬼齊等的「百物」而
開展。首先，關於禘祭的處所，是在宗廟，還是在壇墠？兩
者有別：

> 云「陽氣升而祭鬼神，陰氣升而祭地祇物魅，所以順其
> 為人與物也」者，賈《疏》云：「冬日至，祭天神人鬼，
> 以其陽，故十一月一陽生之月，當陽氣升而祭之，順陰
> 陽而在冬夏至也。」云「致人鬼於祖廟」者，據五廟二
> 祧而言，此人鬼無先王先公，而致之得在祖廟者，未詳
> 其說，賈〈酒正〉、〈肆師〉疏引馬融說，宗廟小祀謂祭
> 殤與無後，及司勳功臣亦祭於廟。鄭意或當指彼數者而
> 言，其因國無主後及三皇五帝、九皇六十四民之祭，則
> 當在壇墠，不得於宗廟也。云「致物魅於壇墠」者，〈祭
> 法〉鄭《注》云：「封土曰壇，除地曰墠。」賈《疏》
> 云：「此鄭惟釋人鬼物魅，示言致天神地示之處者，文
> 略，亦當在壇墠也。」[7]

關於禘祭的日期，有異說，必卜日或是不必卜日，直用正祭
之明日，則不一定恰在夏至之日：

> 云「蓋用祭天地之明日」者，賈《疏》云：「當冬至夏至
> 之日，正祭天地之神示事繁，不可兼祭此等，雖無文，
> 鄭以意量之，故云蓋用祭天地之明日也。」案，賈說非

鄭愭也。鄭云「祭天地之明日」不云冬至夏至之明日，
則謂圜丘方丘正祭不正在日至之日明矣。凡圜丘方丘皆
卜日，但在二至之月耳，詳〈大司樂〉《疏》。[8]

以上的異議在分辨間展現出一種差別，這是對經典理解的差
別，還不直接涉及物魅（百物含義）與禬祭異義的分疏，所
以孫詒讓認為以上兩段是賈公彥未能體會經愭之故，關於禬
祭的對象，也正是「百物之神曰魅」這一主要論題：

> 云「百物之神曰魅」者，《說文・鬼部》云：「魅，老精
> 物也，从鬼彡，彡，鬼毛。重文魅，或从未聲。」百物
> 之神，即物之老者而能為精怪者，許鄭說同。
> 《廣雅・釋天》云：「物神謂之魅。」引《春秋傳》曰：
> 「螭魅魍魎」者，賈《疏》云：「按《左氏》宣公三年，
> 楚子問鼎之大小輕重，王孫滿對曰：『夏之方有德也，遠
> 方圖物，貢金九牧，鑄鼎象物。』故民入川澤山林，不
> 逢不若，螭魅魍魎，莫能逢之。」服氏《注》曰：「螭，
> 山神，獸形，魅，怪物，魍魎，木石之怪。」文十八年
> 《注》：『螭，山神，獸形，或曰如虎而噉虎；或曰魅，人
> 面獸身而四足，好惑人，山林異氣所生，為人害。』如
> 賈、服義，與鄭異。鄭君則以螭魅為一物。[9]

關於禬祭的內容，也有異說：

> 案，今杜本《左傳》作「螭魅魍魎」彼《釋文》云：

「魅，本又作鬽。」與鄭此注同。魍魎，〈方相氏〉注亦
作罔兩，鄭引彼文亦證鬽之為物神，與賈服義同，非以
魍魎為一物也，疏說未然。杜子春云：「禬，除也」者，
〈庶氏〉先鄭注同。〈女祝〉注亦云：「除災害曰禬，禬猶
刮除也」云「玄謂此禬讀如潰癰之潰」者，〈庶氏〉注
同。賈《疏》云：「就足子春之義，言此以對彼，彼大祝
云：『類造禬禜』之禬，禬為會合之義，不為潰也。」段
玉裁云：「云此禬者，別於〈太祝〉、〈大宗伯〉、〈小行
人〉之禬也。」[10]

禬祭有二義在此段中確立出來，孫詒讓也認為段玉裁在百物
之祭，理解為潰除義，為通義；與會眾之祭，屬於專名的六
祈之禬意有不同。故申說曰：

案：段說是也。鄭於此經及〈庶氏〉之禬，並云讀如
潰，明其為去災害之通語，與〈太祝〉六祈之禬為祭祀
之專名異也。〈女祝〉注訓禬為除災害，而不云讀如潰，
則鄭謂彼禬即六祈之一，非此經與庶氏之禬矣。蓋此及
〈庶氏〉之禬，與祭名之禬義雖相近，而音讀則異。云
「讀如潰癰之潰」者，擬其音而其義之別亦見矣。依鄭
義，此及〈庶氏〉之禬取潰除為義，女祝及大祝詛祝之
禬取刮去為義，〈大宗伯〉、〈大行人〉、〈小行八〉、之禬
取會合為義，三者不同，賈謂〈大祝〉之禬為會合之
義，亦非鄭怡，詳〈女祝〉疏。[11]

至於受祭的內容來看，到底哪些物類屬於百物？哪些屬於物
魅？首先，從「以疈辜祭四方百物」即可以對照相應的記
載，例如《禮記‧郊特牲》云：

> 八蜡以祭四方，四方年不順成，八蜡不通，以謹民財
> 也。
> 蜡之祭也，主先嗇而祭司嗇也，祭百種以報嗇也。饗農
> 及郵表畷、禽獸、仁之至義之盡也。
> ……古之君子，使之必報之，迎貓，為其食田鼠也，迎
> 虎，為其食田豕也，迎而祭之也。祭坊及水庸，事也。[12]

《禮記‧郊特牲》鄭玄注曰：

> 蜡有八者，先嗇一也，司嗇二也，農三也，郵表畷四
> 也，貓虎五也，坊六也，水庸七也，昆蟲八也。
> 先嗇，若神農者，司嗇，后稷是也，嗇，所樹藝之功，
> 使盡饗之，農，田畯也，郵表畷，謂田畯所以督約百姓
> 於井閒之處也。《詩》云：「為下國畷郵。」禽獸，服不
> 氏所教擾猛獸也。[13]

類似的說法又見《國語‧楚語》：

> 天子遍祀群臣品物。[14]

《國語‧楚語》韋昭注：

品物，謂若八蜡所祭貓虎昆蟲之類也。[15]

惠士奇《禮說》則謂：

> 百物者，五地之物，〈神仕〉職所謂「以夏日至致地示物
> 魁」。物魁者，羽物、蠃物、鱗物、毛物、介物之鬼。是
> 為百物之精，而以夏日至致之，則非蜡祭明矣。[16]

孫詒讓的看法是，蜡祭雖兼及百物，但就物魁的範圍和內容
具體來看，並不只大蜡八神，但也不是說大蜡八神即是物
魁，物魁是特別就「百物之精」這個意義上認定的。鳥獸草
木昆蟲之有物魁，常與人的病痛相關聯：

> 《論衡・商蟲》篇：「蝸疽蝽螻（虫徹）蝦有蟲。」案：
> 此當作：「痛疽瘡瘻癥瘕。」《玉篇・病部》云：「痛，疽
> 瘡也。」《說文・病部》云：「瘻，頸腫也。」（《山海
> 經》郭注云：「瘻癰屬中多有蟲。」）「瘕，女病也。」
> （《急就篇》顏注云：「瘕，瘕也。」）[17]

物魁的概念意義在以上相關的語彙及事義中逐漸成形，草木
昆蟲，走獸飛禽，都有著物魁，這些物魁受祀，或者是因人
的利用報本之意，但是更直接的還是祓除，攘除或潰除那些
相適不諧而形成的病害災禍：

> 《論衡・言毒》篇：「犯中人身，謂護疾痛，當時不救，

流遍一身。」案：「謂」當作「渭」，「護」當作「濩」，
並聲近而誤。《周禮‧秋官》賈疏引《左傳》服注云：
「蜮，含沙射入人皮肉中，其瘡如疥，徧身中濩濩蜮
蜮。」《左傳‧莊十八年》孔疏引作「濩濩蜮蜮」。《初學
記》引《春秋說題辭》云：「渭之言渭渭也」，《注》云：
「渭渭，流行貌。」（今本《初學記》引緯文「渭」字不
重，今依注增）「渭濩疾痛」，言「渭渭濩濩」，亦猶言
「濩濩或或」，皆疾痛流行之狀，故云「流遍一身」也。[18]

所以，物魅既是具有鬼一般性質的老物精，還同時是各種為
患於人類的草木虫介的綜稱。本文探討的物魅雖然主要從先
秦時代著眼，但是在材料的追述和觀念的評論上，常會下涉
相關的較晚史料，例如東晉郭璞注《山海經》，即有〈敘〉
云：

《左傳》傳曰：「穆王欲肆其心，使天下皆有車轍馬跡
焉。」《竹書》所載，則是其事也。而譙周之徒，足為通
識瑰儒，而雅不平此，驗之史考，以著其妄。司馬遷敘
〈大宛傳〉亦云：「自張騫使大夏之後，窮河源，惡睹所
謂昆侖者乎？至〈禹本紀〉、《山海經》所有怪物，余不
敢言也。」不亦悲乎！若《竹書》不潛出於千載，以作
徵於今日者，則山海之言，其幾乎廢矣。若乃東方生曉
畢方之名，劉子政辨盜械之屍，王頎訪兩面之客，海民
獲長臂之衣：精驗潛效，絕代縣符。於戲！群惑者其可
以少寤乎？是故聖皇原化以極變，象物以應怪，鑒無滯

賾，曲盡幽情，神焉廋哉！神焉廋哉！蓋此書跨世七代，歷載三千，雖暫顯於漢而尋亦寢廢。其山川名號，所在多有奸謬，與今不同，師訓莫傳，遂將湮泯。道之所存，俗之喪，悲夫。[19]

由郭璞的追述，我們可以了解百物在川澤中生成的關係，與人的生存本來各自為政，但由人的活動領域延伸，使得載記中多了人與物的交涉，茲依孫詒讓《周禮正義·春官·大宗伯》董理清代學者所說，[20]在「大蜡八神百物」與「物魅之祭」的項目中，可以理出個別的物魅名義和出現的樣貌，繼而經現代學人如錢鍾書《管錐編》〈史記·封禪書〉[21]與杜正勝〈古代物怪之研究〉[22]等文章中所舉列，見於先秦以來載籍者，列表如下：

序號／物怪名稱	四方所屬形貌故實	典籍出處	又名／互見轉載	備　註
一　神俞兒	登山之神／人形，長尺冠而右袪衣走馬	《管子·小問》	《淮南子·》《法言·問神》	
二	形如龍，一足。夔一足，越人謂之山繰，……人面猴身能言。	《呂氏春秋·慎行》	《韓非子·外儲說左上》；《呂氏春秋·察傳》《國語·魯語下》韋昭注《神異經·西荒經》	山魈，又名山臊《尚書·堯典》[23]

序號／物怪名稱		四方所屬形貌故實	典籍出處	又名／互見轉載	備　註
三	梟陽	人面長脣黑有毛，反踵，見人笑亦笑手操管。	《莊子・達生》	《楚辭》《山海經・北山經》	即狌狌
四	佚陽	泆陽，豹頭馬尾，一作狗頭	《莊子・達生》	《楚辭》	
五	峷	丘陵之怪	《莊子・達生》		
六	山鬼	山精	《楚辭・九歌》		
七	慶忌	涸澤之精：慶忌者其狀若人，其長四寸，衣黃衣，冠黃冠，載黃蓋，乘小馬，好疾馳	《管子・水地》		
八	蚳	一頭兩身，其狀若蛇，長八尺，以其名呼之，可使取魚鱉。	《管子・水地》		
九	委蛇	有神焉人首蛇身，長如轅，左右有首，衣紫衣，冠旃冠	《莊子・達生》	《詩經・召南・羔羊》《莊子・天運》《莊子・應帝王》郭璞《山海經・注》	郭璞著為「延維」
十	罔象	水精怪名	《莊子・達生》	《淮南子・氾論訓》《楚辭・遠游》	

序號／物怪名稱	四方所屬形貌故實	典籍出處	又名／互見轉載	備註
十一 罔兩	山林怪名：罔兩問景	《莊子・達生》	《戰國策・秦策》《戰國策・秦策》《周禮・方相氏》《新序・善謀》	莊子又有名「彷徨；方皇」「無傷」國策又名「狐祥」新序又名「無傷」
十二 螭魅	山林異氣所生，為人害者	《莊子・達生》《左傳・文公十八年》	《漢書・司馬相如傳》有蛟龍、赤螭	投諸四裔，以禦螭魅。
十三 蜩翼	「吾待蛇蚹蜩翼邪」林間之怪	《莊子・達生》	《莊子・內篇・齊物論》第二	佝僂承蜩
十四 蜉	水中之怪	《爾雅・釋蟲》《管子・水地》	《淮南子・說林訓》	蜉朝生而暮死
十五 罔	水中之怪	《淮南子・主術》		
十六 蟡	涸川水之精，一頭而兩身，其形若蛇，其長八尺，以其名呼之，可以取魚鱉	《管子・水地》		
十七 蜮	物處於江水，其名曰蜮，一曰短狐，能含沙射人	《詩經・小雅・何人斯》	晉・干寶《搜神記》	為鬼為蜮，則不可得
十八 蝮蠸	「蝮，大蛇也。」	《淮南子・修文訓》		蝮蠸不螫
十九 虺蝪	「虺虺其雷。」「我馬虺隤。」	《詩經・邶風・終風》	《詩經・周南・卷耳》	虺蝪、虺蜮

序號／物怪名稱	四方所屬形貌故實	典籍出處	又名／互見轉載	備　註
二十　蛇蝮	蝮，大蛇也。	《楚辭・招魂》	《山海經・海內西經》	「蝮、蛇蓁蓁。」
二一　貳負	古天神，人面蛇身	《山海經・海內西經》第十一	《山海經・海內北經》	「有人曰大行伯」
二二　墳（羵）羊	土之怪／神羊	《國語・魯語下》		
二三　方皇	方皇為水，為大澤	《續漢書》司馬彪注	陸德明《經典釋文》卷二十七	
二四　畢方	木怪／狀如鳥，青色，赤腳一足不食五穀	《淮南子・氾論訓》	《山海經・海外南經》	
二五　鷙鳥	不群之鳥	《楚辭・離騷》	《淮南子・脩文訓》	鷙鳥不搏
二六　獬豸	東北荒／神羊／一角，毛青，四足，性忠直	《述異記》	《神異經》	
二七　熊羆	陸地大獸	《禮記・曲禮》	《史記・三皇五帝本紀》	
二八　貔貅	獅而帶雙翼	《禮記・曲禮》	《史記・三皇五帝本紀》	《列子・天瑞》
二九　貙虎	陸地猛獸，虎豹	《禮記・曲禮》	《史記・三皇五帝本紀》	《山海經・大荒東經》
三十　渾敦	渾沌，即渾敦。其狀如犬似羆而無爪	《左傳・文公十八年》	章太炎《新方言・釋言》	

序號／物怪名稱	四方所屬形貌故實	典籍出處	又名／互見轉載	備　註
三一　窮奇	山上獸／狀如牛，蝟毛，音如豺狗，食人狀似虎，有翼能飛	《山海經・海內北經》	《抱朴子內篇・雜應》《神異經・西北荒經》	後有七十二玄武，前道十二窮奇，後從三十六辟邪。
三二　檮杌	西方荒中有獸焉，其狀如虎而大，一說是神名	《神異經・西北荒經》	《國語・周語上》《左傳・文公十八年》	顓頊氏有不才子不可教訓不知話言天下謂之檮杌。
三三　饕餮	獸名身如牛人面，目在腋下，食人。	《神異經・西荒經》	《呂氏春秋・先識覽》	周鼎著饕餮

　　在以上的項目中，均屬於常見，著稱於典籍的山林川澤之物，它們或為鱗屬，或為介屬，或草木，或為鳥獸，都在神異的記載與供人驅遣，致人禍殃不等的意義上賦予了神異的意涵，這也使得物魅的概念，在歷來的經疏考述中，賦予一多重神秘的，生於自然，存於自然但又超乎自然的意味。

（二）物的神秘性：傳世載籍與出土文獻

　　傳世載籍的「四方百物」與「四方物魅」，既然成為了受祀的對象，那麼也就不脫離被賦予神秘性的這一特色，在錢鍾書的引述中，陳述了以下的材料：

　　《考證》引洪邁曰：「東坡作〈趙德麟字說〉云：『漢武帝

獲白麟』，司馬遷，班固書曰：『獲一角獸，蓋麟云；蓋之為言，疑之也。』予觀《史》、《漢》所紀事，或曰若、或曰云、或曰焉、或曰蓋。其語舒緩含深意。姑以《封禪書》，《郊祀志》考之，漫記於此。」按司馬遷此篇用云字最多，如「其詳不可得而紀聞云」，「其牲用馬駒駒，黃牛，羝羊各一云」，「夜致王夫人及竈鬼之貌云」，「或曰郊上帝諸神祠所聚云」，「則若雄雞其聲殷殷云」，「風輒引去，終莫能至云」，…「三元以郊得一角獸曰狩云」…「食群臣從者及北斗云」…。複出疊見，語氣皆含姑妄言姑妄聽之意，使通篇有恍惚迷茫之致。[24]

錢鍾書同意蘇軾的看法，引述《史記・封禪書》和《史記・伯夷列傳》語，申明獲麟及這種物瑞（或物怪）在古籍轉襲間所呈現的說法與蘊含的意思：

……合觀則辭旨益明，一角之獸，曾獲其物，而為麟與否，有司迎合，不可必也。孔子適周，嘗有其事，而果問禮老子與否，傳說悠渺，不得稽也；箕山有冢，馬遷目擊，而真埋許由之骨與否，俗語相沿，不能實也。「云」之為言，信其事之有而疑其說之非爾。常理所謂「語出有因，查無實據」也。[25]

另一段辨說則更清楚的導入物魅物怪的正題，錢氏有謂：

「李少君能使物卻老。言上曰：『祠竈則致物』」按上文又

有「依物怪，欲以致諸侯」，下文又有「欲以下神，神未至而百鬼集矣」，黃帝以上，封禪皆致怪物，與神通。「震於怪物，欲至不敢」。合之《留侯世家》：「太史公曰：『學者多言無鬼神，然言有物』。」則析言之，不僅鬼別於神，亦且「物」別於鬼神。舊註「物」為鬼神，尚非確諦。「物」蓋指妖魅精怪，雖能通神，而鬼神異類，《論衡・訂鬼》所謂「老物之精」……《莊子・達生》篇「桓公見鬼。」問皇子曰：「有鬼乎？」皇子曰：「有」，而所舉委蛇、罔象之屬，皆怪也。又曰：「其為物也惡。」是則渾言之，「鬼」非特與「神」通用，亦與「物」通用耳。[26]

在上段的剖析中，見諸傳世載籍的物，等同於物怪，也是物魅，更是鬼物。所以，遠古的祭典，在天地之祭，封禪郊天也好，報祭百物也好，與安撫鬼魅總是牽連相涉；另一方面，在出土文物中載見的祭禮，也一樣的表現出同質的風俗與心態，例如《包山楚簡》中的嬰祭，《望山楚簡》中的禳祭等皆是；在前一節中言及的禜祭與禜祭，就一定的含義來講屬於《周禮・春官・大祝》所職掌的「六祈」之目，但是在戰國出土文物的記載上，也呈現出原始信仰中鬼魅精物的致祭心態：

　　《虞書》曰：類於上帝。[27]

類正是祭名，此句意為以類祭祭祀上帝。《周禮・春官・大

祝》提及六祈、六辭、九祭（九種食祭）之名目，也綜括了相關的祭名和祭義，曰：

> 大祝……掌六祈以同鬼神示：一曰類，二曰造，三曰
> 襘，四曰禜，五曰攻，六曰說。作六辭以通上下、親
> 疏、遠近：一曰祠，二曰命，三曰誥，四曰會，五曰
> 禱，六曰誄。……辨九祭：一曰命祭，二曰衍祭，三曰
> 炮祭，四曰周祭，五曰振祭，六曰擩祭，七曰絕祭，八
> 曰繚祭，九曰共祭。[28]

在九祭的名目中，原來是齊整記錄為九種食祭，也就是享食的九種祭法，但其中的禜祭和禜祭卻有異義，禮典載記中的禜祭和宗祭向來易於混淆，禜祭為營祭，為禳旱之祭，常與雩祭這一禱雨之祭相對言互辭，[29]在上海博物館所藏戰國楚簡「魯邦大旱」中，即有禜祭之事，廖名春對「雩」與「禜」有以下之說釋：

> 《左傳·哀公十五年》則稱為「雩」，都是義近通用。其
> 實，也可稱為「禜」。《爾雅·釋天》：「禜，祭也。」《說
> 文·示部》：「禜，設緜蕝為營，以禳風雨雪霜水旱癘疫
> 於日月星辰山川也。從示，禜省聲。一曰禜，衛使災不
> 生。《禮記》曰：『雩禜祭水旱。』」《周禮·地官·黨
> 正》：「春秋祭禜亦如之。」鄭注：「禜謂謂雩禜水旱之
> 神，蓋亦為壇位，如祭社稷云。」《左傳·昭公元年》：
> 「山川之神，則水旱癘疫之災，於是乎禜之；日月星辰之

神，則雪霜風雨之不時，於是乎禜之。」[30]

在物怪的記述中，舉行「雩」「禜」之必要，一方面是為了祓除大自然不正常現象對人生存所造成的不適與災難，但是相對的有物怪卻會在這些不正常的環境中長出，例如上一章中所提出的「蝄」「蛧」等涸川水之精怪，為害於人，或是成為駭怪的傳說，使人如鬼魅般心生畏懼。孫詒讓《札迻》亦考宗布之祭謂：

> 《淮南子・氾論訓》「羿除天下之害，死而為宗布」，
> 《注》云：「羿，古之諸侯，有功於天下，故死託祀於宗布，祭田為宗布謂出也，一曰今人室中所祀之宗布，是也，或曰司命傍布也。」
> 案：此注訛挩不可通，以意求之，「祭田為宗布謂出也。」當作「祭星謂宗布謂此也。」《爾雅・釋天》云：「祭星曰布」，即高所本；但高釋宗布三義並臆說難信，竊疑即《周禮・黨正》之「祭禜」，《族師》之「祭酺」。鄭注云：「禜，謂雩禜水旱之神」；「酺者，為人物災害之神也。」（「禜」「宗」，「酺」「布」，聲近字通，《禮記・祭法》「雩禜」，「禜」亦作「宗」）禜、酺並禳除災害之祭，羿能除害，故託食於彼，義亦正相應也。[31]

宗布，實為禜酺，孫詒讓又謂：

> 《論衡・明雩》篇「《春秋左氏傳》曰：『啟蟄而雩』，又

曰：『龍見而雩』。啟蟄、龍見，皆二月也。」案：《左・
桓五年傳》作「啟蟄而郊」，不云「雩」；仲任不知據何
本。後〈祭意篇〉亦云：「二月之時，龍星始出，故
《傳》曰：『龍見而雩』龍星見時，歲已啟蟄而
雩。」……「故《禮》曰：『雩祭，祭水旱也』。」案，
此〈祭法〉文，雩祭，當作雩宗……「禮：祭也社，報
生萬物之功。」案：「也」，當為「地」之壞字。[32]

另一方面，雩祭除了除旱禱雨之外，還別有禳祭之義，東漢
人王符有曰：

故魯史書曰：國將興，聽於民；將亡，聽於神。楚昭不
禳雲，宋景不移咎，子產距裨竈，邾文公違卜史，此皆
審己知道，身以俟命者也。[33]

在彭鐸《潛夫論箋校注釋》中則引《左傳・哀公六年》禳雲
除潦之祭析論雩祭的含義曰：

《哀六年左傳》……傳云：是歲也，有雲如眾赤鳥，夾日
以飛。楚子使問諸周太史。周太史曰：「其當王身乎！若
禜之，可移于令尹、司馬。」王曰：「除腹心之疾，而置
諸股肱，何益？」遂弗禜。杜注：「禜，禳祭。」此文
「禳」當爲「禳」。[34]

所以，綜上而言，傳世文獻與出土文物彼此轉相互證的過程

中，物怪與天候相關，也與人事相關，人的因應方式是恐懼
與其消除，而付諸實現的行動則見乎各形各式的祭典。祭典
執行與文籍載記形成的傳說，又再度藉著恐怖感，畏禍懼魅
的心理行為，這些人與自然的事物憑添了神秘的意蘊，形成
原初信仰與人文思想不同的觀照進路中，對自然物理解的歧
異。

三、由雲物，旗物到器物，文物

如果探究經典中的物，那麼物魅顯然只是其中的一環，
可是為了經典與其他史籍間的交互錯見，我們現今仍可以比
對出，涉及自然界之物的種種不同語意，回勘經籍，孫詒讓
所做的鄭玄注與賈疏的辨證，已然不能再限定於合乎經恉與
否，特定人文意圖下的物魅解釋，並不能延伸來限定相近或
相關的諸子與史籍中的載言解釋，所以對於自然界物魅的了
解，及先秦觀念中的詮解模式，必需回到語源與語義，在不
同的上下文（co-text）脈絡中予以闡析，杜正勝說：

> 「物」字此義的用法綿延這麼長久，就像一條潛流，串通
> 中國幾千年的底層文化，這樣的信仰或心態，是怎麼來
> 的呢？以「物」字為中心，作文獻學的考察，現在保留
> 的文獻可以追溯到東周，但一般東周文獻對於「物」的
> 記載比較零散，而且古典的政治社會，「物」所扮演的與
> 秦漢以下的傳統時期不同，漢魏學者對於經傳「物」字

的訓詁多解作「事」，致使典籍的解釋塗上濃厚的人文主義色彩，不但對遠古社會的本質無法掌握，而此一關係中國人心態的淵源也多隱晦不明。[35]

孫詒讓《札迻》在《春秋繁露‧天地陰陽》第八十一條下云：

> 「物也者，洪名也，皆名也，而物有和名，此物也，非失物。」（凌注引張惠言云：「失」當作「夫」，「夫」猶「彼」也。）[36]

孫氏觀訂這一段的誤字，順其讀說：

> 案：「洪名」、「和名」義不可通，「洪」當為「共」，「和」當為「私」，皆形之物，此言萬物者，物為公共之名，而每物又各自有私名，故下文云：「此物非夫物」，明共名可以相通，而私名則否也。《荀子‧正名》篇云：「故萬物雖眾，有時而欲遍舉之，故謂之物。物也者，大共名也，有時而欲遍舉之，（此遍當作偏）故謂之鳥獸。鳥獸也者，大別名也。」此共名猶彼云大共名，私名猶彼云大別名。（《墨子‧經上》篇云：「名，達類私。」《說文》云：「名，物，達也；命之臧，私也。是名也只於是實也。」與此義正同。）[37]

在一揭示物名有類名和別名，通名與私名之辨，所以分辨名

物，當重名號，以名物命名與稱號來看人類對萬物，特別是
自然界的事物，有一定的關聯，這種關聯，除了孔子所謂的
名實相符的關聯之外，還連帶有另一種成系統具形式結構關
係的意義關聯，如《周禮‧春官‧大祝》曰：

> 辨六號，一曰神號，二曰鬼號，三曰示號，四曰牲號，
> 五曰齍號，六曰幣號。[38]

孫詒讓裒集了鄭司農《注》、《禮記‧曲禮》鄭玄注與蔡邕
《獨斷》，進而辨別牲物名號，以示尊之之意曰：

> 鄭司農云：「牲號，謂犧牲皆有名號」者，此牲號即〈膳
> 夫〉六牲之號，兼六獸六禽言之。〈曲禮〉注云：「號牲
> 物者，異於人用也。」《獨斷》云：「凡祭，號牲物異於
> 人者，所以尊鬼神也。」[39]

對於牲物懷有敬意，對於名號也寓有特定的異義，這也就說
明了，在物由自然界的本來形象、稱呼，延伸到日常人世事
物上，也反映著如同本來的畏懼與敬意，所以，關於物的所
涉範圍，在古籍中涵蓋著牲物之外，還有雲物、旗物和射侯
畫物。王國維《觀堂集林‧卷六》〈釋物〉有曰：

> 卜辭云：「丁酉卜，即貞后祖乙告十牛，四月。」又云：
> 「貞后祖乙告物，四月。」（戩壽堂所藏殷虛文字第三
> 葉）又云：「貞燎十勿牛。」（殷虛書契前編卷四第五十

四葉）前云：「告十牛」，後云「告物」則物亦牛名。其
云十勿牛，即物牛之省。《說文》：「物，萬物也，牛為大
物，天地之數起於牽牛，故从牛勿聲。」[40]

追溯甲骨卜辭的記載和字例，物字原義為牛的毛色，這一說
法和許慎《說文解字‧牛部》物字下的解釋相同，但王國維
對許說仍有澄清：

案許君說甚迂曲，古者謂雜帛為物，蓋由物本雜色牛之
名，後推之以名雜帛。《詩‧小雅》曰：「三十維物，爾
牲則具。」《傳》云：「異毛色者，三十也。」實則「三
十維物」、「三百維羣」、「九十其犉」，句法正同，謂雜色
牛三十也。由雜色牛之名，之以名雜帛，更因之以名萬
有不齊之庶物，斯文字引申之通例也。[41]

物字的物色義是從牲物毛色衍生而來，這一意義指向牲物在
報本之祭或是貞卜所問犧牲中的用途，與古人言及物魅的敬
意相應。

除了牲物之外，由於牛之毛色與雜帛之色聯類相應，故
雲物之觀望察變與旗物之象徵也就與物色之意義與物的衍生
涵意相聯類，《春秋繁露‧廟室例》第十八有曰：

太廟有八名，其體一也……占雲物望氣祥謂之靈臺。[42]

雲物帶有機祥瑞應，而占望雲物的處所稱靈臺，也寓含著妖

祥預示的意義。至於旗物,《周禮‧春官‧巾車》曰:

> 「巾車掌公車之政令,辨其用與其旗物而等敘之,以治其
> 出入。王之五路,一曰玉路,錫,樊纓,十有再就,建
> 大常,十有二旒,以祀;金路,鉤,樊纓九就,建大
> 旂,以賓,同姓以封;象路,朱,樊纓七就,建大赤,
> 以朝,異姓以封;革路,龍勒,條纓五就,建大白,以
> 即戎,以封四衛;木路,前樊鵠纓,建大麾,以田,以
> 封蕃國。王后之五路,重翟,錫面朱總;厭翟,勒面繢
> 總;安車,彫面鷖總,皆有容蓋;翟車,貝面,組總,
> 有握;輦車,組輓,有翣,羽蓋。」[43]

孫詒讓《周禮正義‧春官‧巾車》解析以上文字曰:頁 2141
云:

> 「旗物,大常以下」者,謂五路建五旗,旗各異物也。[44]

關於旗物,在其他禮典中亦有記載,《周禮‧考工記》謂:

> 龍旂九旒,以象大火也;鳥旟七旒,以象鶉火也;熊旗
> 六旒,以象伐也;龜蛇四旒,以象營室也。[45]

《禮記‧曲禮》曰:

> 行前朱鳥而後玄武,左青龍而右白虎,招搖在上,急繕

其怒。[46]

《禮記・明堂位》曰：

> 有虞氏之旂，夏后氏之綏，殷之大白，周之大赤。[47]

孫詒讓統整各家旗旍旗物之說，有謂：

> 由是言之，大旂為交龍，大赤為鳥隼，大白為熊虎，大麾為色龜蛇。周赤、殷白、夏黑、有虞氏青。大常纁帛，象中黃之色。陳路所建，各象其方色，兼取備四代旗章。玉路建大常十二旒，金路建大旂九旒，象路建大赤七旒，革路建大白六旒，木路建大麾四旒，旒數之多寡，亦適協其序。……《春秋繁露・三代改制質文》篇說正黑統路與質黑，正白統路與質白，正赤統路與質赤，旗色亦同，是則三代車依服色，必與旗章相應。依其說參互考之：月令鸞路當此金路，朱路當此象路，大路當此玉路，戎路當此革路，玄路當此木路。故金路建大旂，其色青，象路建大赤，其色赤，玉路建大常，其色黃，革路建大白，其色白，木路建大麾，其色黑。旗章之色與月令五時亦相應。但經注並不云五路色異，而月令鄭注亦謂彼非周制，不可強為傅合也。[48]

《周禮・春官・典路》：

典路常王及后之五路，辨其名物及其用說。[49]

《周禮・春官・司常》：

> 司常掌九旗之物名，各有屬，以待國事。日月為常，交
> 龍為旂，通帛為旝，雜帛為物，熊虎為旗，鳥隼為旟，
> 龜蛇為旐，全羽為旞，析羽為旌。及國之大閱，贊司
> 馬，頒旗物，王建大常，諸侯建旂，孤卿建旝，大夫士
> 建物，師都建旗，州里建旟，縣鄙建旐，道車載旞，斿
> 車載旌，皆畫其象焉，官府各象其事，州里各象其名，
> 家各象其號。[50]

關於五路五旗的配置，在史料的時代上來看並不見得是較早
的制度，學者們裒集關於物魅的資料，一般相關的記載也定
在戰國時代，雖說追究思想及字例語義而言，有的證例可以
推向較早的年代，但《周禮》關於「旗物」的記述，即使不
是儒者理想架構，也未必早於戰國末年。這顯示著愈到先秦
末期，物魅的意涵愈具有象徵化的形態與表現。孫詒讓辨
《論衡・亂龍》篇言射侯畫物，則曰：

> 〈亂龍〉篇：「天子射熊，諸侯射麋，卿大夫射虎豹，士
> 射鹿豕：示服猛也。」案：此文據《儀禮・鄉射・記》：
> 「天子熊侯，諸侯麋侯，大夫布侯，畫以虎豹，士布侯，
> 畫以鹿豕。」以《周禮・司裘》大射侯異也。[51]

猛獸是射獵講武時的目標，在習射射侯上畫有猛獸圖象，表徵不同階層與標靶之異等，其象徵乃見乎從物怪的展布到服猛的威武與勇力。在器物方面，《左傳‧宣公三年》記王孫滿對楚王問曰：

> 昔夏之方有德也，遠方圖物，貢金九牧，鑄鼎象物，百物而爲之備，使民知神奸，故民入川澤山林，不逢不若，螭魅罔兩，莫能逢之。用能協於上下，以承天休。桀有昏德，鼎遷于商，載祀六百，商紂暴虐，鼎遷于周。德之休明，雖小，重也，其奸回昏亂，雖大，輕也。天祚明德，有所厎止，成王定鼎於郟鄏，卜世三十，卜年七百，天所命也。周德雖衰，天命未改，鼎之輕重，未可問也。[52]

古代有列鼎制度，象徵諸侯分封的階等及其安民心，定邦家國土的威權，《毛詩‧鄘風‧定之方中》正義曰：「作器能銘者，謂既作器能爲其銘。」《周禮‧考工記》有栗氏量銘文曰：「時文思索，允臻其極。嘉量既成，以觀四國。永啓厥後，茲器維則。」《大戴禮》謂武王盤盂几杖皆有銘，此其存者也。銘者，名也，所以因其器名而書以爲戒也。《禮記‧祭統》：「夫鼎有銘。銘者，自名也。自名以稱揚其先祖之美而明著之後世者也。爲先祖者，莫不有美焉，莫不有惡焉，銘之義稱美而不稱惡，此孝子孝孫之心也。……」[53]銘文與器物的象徵義相爲彰顯，使物的作用在政治威權上更形確立。古器物而言也有近似的意涵，陳澤考釋秦公簋「乍肟宗彝」

說：

> 乍，古文作字。《乍訇宗彝》是秦公簋的本名。王國維作
> 跋時，將宗彝命名秦公簋，後人因之。訇字郭沫若釋
> 鑄，馮國瑞釋嘉。這在解意上來說不錯，但從字形筆畫
> 上仔細研究就有問題。我以爲此字右上從手，呈擁抱之
> 形，下從勿口，表接吻之意，應釋爲吻。不擁抱何能接
> 吻，至於勿口易位在金文中不乏其例。吻字的本意，是
> 用嘴唇接觸人或物，表示崇敬和親愛。用在這裏，是說
> 作一件寶器，緊緊地挨著置於宗廟祖牌的前面，以所鑄
> 銘文顯揚列祖列宗的功德，以表示對祖先的崇敬親愛。
> 這無論在字形或字義上，都是說得過去的。宗彝，是宗
> 廟祭器的通稱。[54]

楚子問鼎的意義，已經由既有的器物象徵，變成僭忒圖謀的
遐想，這一踰越象徵的問鼎之舉，不再呈顯物魅核心概念與
相應而來的對天命的敬意，對自然物怪的敬意，而直接指向
當時的政治與局勢，成爲統治威權世代遞移的警示。茲將前
述有關物魅範圍，從有物怪與牲物，擴展到人類有形的仿製
事物上，包含雲物、旗物、器物、星宿與四靈等，見諸古籍
的性質與互見異名列表所示如下：

類別／名稱	書名／性質歸屬	互見載籍／別名	相關記載註釋	備　註
雲物　雲物	《抱朴子・內篇》：仰望雲物之徵祥，……究鬼神之情狀，錯綜六情，而處無端之善否。	《渾天儀・注》《隋書・天文志》	明堂西三星曰靈台，觀台也，主觀雲物，察符瑞，候災變也	
旗物　常，旗，旌，物，旗，旗，旐，旟，旌	禮緯・含文嘉鄭注	《周禮》，晉千寶注	蓋旗有九名：日月爲常，交龍爲旗，通帛爲旌，雜帛爲物，熊虎爲旗，鳥隼爲旗，龜蛇爲旐，奎全羽爲旟，析羽爲旌"	太常九旗之畫日月
器物　器物　彝、卣、罍	食器，禮器《爾雅・釋器》		彝、卣、罍，器也。小罍謂之坎。	
器物　鼎，鼐，鼒，鈇，鬲	食器；禮器《爾雅・釋器》		鼎絕大謂之鼐圓弇上謂之鼒附耳外謂之鈇款足者謂之鬲	
醋，鬵，鉹	食器，禮器		鬲曾謂之鬵，鬵，鉹也。	
鼎，鑊	《淮南子・說山》		有足曰鼎，無足曰鑊	

類別／名稱	書名／性質歸屬	互見載籍／別名	相關記載註釋	備　註
酒器，禮器，尊	《左傳》		象尊，犀尊，牛尊，羊尊，虎尊	犧象不出門，嘉樂不野合。
星宿與四靈　青龍	《尚書緯・考靈曜》			東方角，亢，氐，房，心，尾，箕七宿，其形如龍，曰左青龍
白虎				西方奎、婁、胃、昴、畢、觜、參七宿，其形如虎曰右白虎。
朱雀	《禮記・曲禮上》	《尚書緯・考靈曜》	行前朱鳥而後玄武	南方井、鬼、柳、星、張、翼、軫七宿，其形如鶉鳥，曰前朱雀
玄武	《禮記・曲禮上》《楚辭・遠游》	《抱朴子・內篇雜應》，張衡《思玄賦》《後漢書・王梁傳》	北方玄武所生，鎮北方主風雨。北方水神，龜蛇合體。	北方鬥、牛、女、虛、危、室、壁其曰如龜蛇後玄武。

（一）春秋戰國時代人事與自然的映照

　　從春秋戰國時代人事與自然相映照的現象來看，物魅這一主題的研探，在祭典，名物制度與神異傳說中皆有呈現，韋伯曾將不同的社會分期為巫魅社會與理性化社會，這些區分說明現代社會的人物關係已經凌駕了傳統的地緣、血緣的思考，社會與生活形態往理性化的方向前趨，人與人，人與自然的關係也如此。在一個文明的社會中必需實現思想，經濟與政治；以及思想，經濟與道德的兩歧分化。這種分化，以時間為結構來看待，卻不盡在一種一致的方向，或者是一種線性的序列中展現，物魅被複製在實際的生活物品當中，下舉三例，一是商代的夔足鼎；二是陝西太原春秋趙簡子與趙襄子大墓中出土的鷥鳥形酒尊；三是宋代的獅豸玉帶版共十八片，在這三例中，我們迄今可以據理考察，象物製器的抽象含義，仍然沒有卸除。

圓腹、立耳、夔龍形足；夔足銅鼎（商代）通高 32 釐米，口徑 25 釐米

1976 年河南省安陽婦好墓出土；現藏中國社會科學院考古研究所

《國語‧魯語下》有韋昭注：「夔一足，越人謂之山繰，……
人面猴身能言。」又《神異經‧西荒經》亦提及其好蝦蟹，
謂之「山臊」；在《尚書‧堯典》與《呂氏春秋》中，則為樂
官名，可知此物怪狀，在商代時即用為禮器象徵，後來轉而
為人名。時代較晚的文獻中，仍然保存著原初「人面猴身」
的形象。

現藏美國弗利爾美術館「子作弄鳥尊」　　　太原趙卿墓鳥尊

上圖中的青銅器鳥尊一是傳世器物，經西人著錄而售出；一
是於 1987 年在太原金勝春秋大墓中發現的。據馬劍東考證前
者當為春秋晉卿趙氏。太原的春秋趙卿大墓 251 號墓中出土
戈銘文曰「趙孟之禦戈」。趙簡子和趙襄子父子都是趙孟。[55]
　　鷙鳥為凶猛之禽，《楚辭‧離騷》：「鷙鳥之不群兮，自前
世而固然。」王逸《楚辭章句》注云：「鷙，執也。謂能執伏
眾鳥……」這一象徵，使得擁鳥尊的趙氏憑添上囂張勇猛的
氣概。[56]物魅也出現在服飾的象徵當中，古人服冠冕，獬豸
冠是執法御史的法冠，下圖是宋代的玉帶，上飾以獬豸浮
雕：

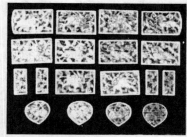

宋　獬豸玉帶版（全套）　　　　　　　鉈尾　高：4.3公分　寬：7.2公分

由白玉雙層鏤刻，獬豸為辨別善惡之瑞獸（頭有一角或二角），如見奸人則以頭角觸擊，有主持正義之意，為古時御史所佩帶（另有獬豸冠）；帶版獬豸雕琢威猛，全套18片。[57]

　　以上三項實物證例，說明觀物的人與自然界生物，物怪的淵源，相映於人類心理深層部分的關聯式思維（coordinative thinking）、聯想式思維（associative thinking），這種思維模式，在弗雷澤的《金枝》、江紹原的《髮、鬚、爪》等這類討論交感巫術的經典都有論述，馬凌諾斯基《巫術、科學與宗教》也指出人類心靈在觀物象，制器物時的自然觀與其意義和思惟取向。初民自然觀中的理趣，並非超離於具體物象之外的述說，也非借自然景物為符號，變成神秘主義。自然與物我可以映襯，並形成宇宙觀。自然的本質及變化，呼應著人的思想情感而能聲氣相應。自然界萬物有靈，變得人格化；人事也契合自然化的趨向。

（二）興衰預言的言說╱書寫策略

　　《漢書‧天文志》中記載甚為詳密的五行與星命相附的符

號系統，在這個符號系統中，呈現著興廢的契機；而星命與五行相配應，隨陰陽順逆的流動，形成存續或衰亡的預言。由戰國陰陽家發展而來的學說，原屬以人事符應於自然物瑞和天象星命的後設解釋，在自然觀的視角與解釋模式中，轉變成將天象視為預言式的符徵，例如，《大荒東經》第十四提到虎豹熊羆，與張守節在《史記》黃帝造說神話中的驅使物怪，開闢國土的情節，有一致的詮釋：

> 大荒之中有山名曰合虛，日月所出。有中容之國，帝俊生中容，中容人食獸、木實，使四鳥：豹虎熊羆。……有白民之國。帝俊生帝鴻，帝鴻生白民。白民銷姓，黍食使四鳥：虎豹熊羆。[58]

《史記卷一·五帝本紀第一》張守節正義云：

> ……炎帝欲侵陵諸侯，諸侯咸歸軒轅，軒轅乃修德振兵，治五氣，蓺五種，撫萬民，度四方，教熊羆貔貅貙虎，以與炎帝戰於阪泉之野·三戰，然後得其志。[59]

關於猛獸物怪助遠古帝王開闢的傳說，又如：《淮南子·主術篇》云：

> 桀之力制觡伸鉤，索鐵歠金，椎移大犧，水殺黿鼉，陸捕熊羆；然湯革車三百乘，困之鳴條。[60]

貔貅，又名辟邪，漢代以前又稱為「翼獸」。形態似獅而帶雙
翼。古代軍旗、盾牌常用為辟邪圖案，其異名有貔、貔貅、
貊、貘、白豹或白熊等不同的稱呼。除了《史記‧五帝本
紀》記載「黃帝有熊氏教驅熊羆貔貅貙虎，以與炎帝戰於阪
泉之野」外，《禮記‧曲禮》篇也說，貔貅又叫執獸，性凶。
其異名在地方誌中，多沿用至明、清二代，也就是現在巴蜀
一地的熊貓。此外，《左傳‧文公十八年》還有四凶的記載：

> 舜臣堯，賓於四門，流四凶族：渾敦、窮奇、檮杌、饕
> 餮，投諸四裔，以禦螭魅。[61]

《方言》說：「裔，夷狄之總名。」裔，又指荒裔，這裡的裔
指裔土。《國語》有「以實裔土」之語。四裔即四方邊遠之
地，謂舜以為惡不善的四凶族流放至四方邊遠之地，以抵擋
那裏能害人的怪物所造成的災害。《抱朴子‧內篇》及《尚書
緯‧考靈曜》皆言及四靈名物：四靈不僅由二十八宿所生，
二十八宿星官，亦各有名姓、服色和職掌。如角星神，姓
賓，名遠生，衣綠玄單衣。亢星神，姓扶，名司馬，馬頭赤
身，衣赤緹單衣，帶劍等等。這些傳說中的星名和物怪結合
成一個具有觀機祥察未來知興衰的預言系統，《抱朴子‧內
篇》除了言及四靈，更及於雲物：

> 仰望雲物之徵祥，俯定卦兆之休咎，運三棋以定行軍之
> 興亡，推九符而得禍福之分野，乘除一算，以究鬼神之
> 情狀，錯綜六情，而處無端之善否。[62]

這些興衰的預言依據在典籍中不斷傳述追溯，形成一個觀象物瑞應以治國的重要參稽標準，一直到《隋書》「十志」，雖然是記載梁、陳、北齊、北周和隋五朝的典章制度，但記述範圍有時概括整個南北朝時期，甚且追溯到漢魏，不僅如此，在觀念上更是集先秦兩漢以來說物魅興亡瑞應象徵之大成，《隋書・天文志》第十四有曰：

> 若夫法紫微以居中，擬明堂而布政，依分野而命國，體眾星而效官，動必順時，教不違物，故能成變化之道，合陰陽之妙。爰在庖犧，仰觀俯察，謂以天之七曜、二十八星，周於穹圓之度，以麗十二位也。在天成象，示見吉凶。五緯入房，啟姬王之筆跡，長星李門，鑒宋人之首亂，天意人事，同乎影響。自夷王下堂而見諸侯，赧王登臺而避責，《記》曰：「天子微，諸侯僭。」於是師兵吞滅，僵仆原野。秦氏以戰國之餘，恬茲兇暴，小星交門，長彗橫天。漢高祖驅駕英雄，墾除災害，五精從歲，七重暈畢，含樞曾緬，道不虛行。自西京創制，多歷年載。世祖中興，當塗馭物，金行水德，祗奉靈命，玄兆著明，天人不遠。[63]

在興衰預言的言說與書寫策略中，對上古帝王開闢的描述，對帝王所屬德行的比附，對於時間序列與王權遞移的擬想，都寓託在自然的變化與人事的印證之中，言天文，察微變，成為對未來有把握的詮釋：

> 昔者榮河獻籙，溫洛呈圖，六爻搞范，三光宛備，則星
> 官之書，自黃帝始。高陽氏使南正重司天，北正黎司
> 地，帝堯乃命羲、和，欽若昊天。夏有昆吾，殷有巫
> 咸，周之史佚，宋之子韋，魯之梓慎，鄭之裨竈，魏有
> 石氏，齊有甘公，皆能言天文、察微變者也。漢之傳天
> 數者，則有唐都、李尋之倫。光武時，則有蘇伯況、郎
> 雅光，並能參伍天文，發揚善道，補益當時，監垂來
> 世。而河、洛圖緯，雖有星占星官之名，未能盡列。[64]

這一書寫策略沿襲著遠古述說與經籍中還來不及整飭與人文
化的原始信念，使物魅與襪祥，興亡災異預言成詮釋的鎖
鏈，這一歷史觀也正是春秋戰國時代主要自然觀的基本形
態。

四、由除魅到返魅──先秦自然觀
　　與象徵意涵

　　在現代思潮的流布中，後現代主義者提出了一種顛覆者
恒被顛覆的發展過程，來解釋人之思維邏輯和一種回歸歷
程，也就是從 disenchantment（除魅）到 re-enchantment（返
魅），即重新回歸啓蒙的過程。這一思想的轉變猶如反者道之
動一般，啓蒙的基礎和建構的作用，在先秦自然觀透過物魅
的考察中可以形成對照。錢鍾書講厭魅巫蠱之末，提出自己
的看法：

「丁夫人、雒陽虞初等以方祠詛匈奴、大宛焉。」按蘇軾
《仇池筆記》卷上論此曰：「漢武帝惡巫蠱如仇讎，蓋夫
婦、君臣、父子之間，嗷嗷然不聊生矣，然……己且為
巫蠱，何以責其下？此最可笑。」甚有識力，馬遷載其
事於《封禪書》亦見祝彼之壽考者亦可詛彼之死亡，如
反覆手之為雲雨。堂皇施之郊祀，則為封禪；密勿行於
宮闈，則成巫蠱。要皆出於崇信方術之士。巫蠱之興起
與封禪之提倡，同而殊途者歟。[65]

這段說辭正是談到理性與人文的觀點下，蘊含原初信仰的祭
典與巫蠱詛祝，實質上相同，除魅是為了識破那將自然無垠
的力量，形成神秘與恐怖力量的關聯和聯想；但是相對的，
在後理性時代，卻也有不同的論調，採取敬而慎之的態度，
以遵天地萬物之化，順萬物之精神，無寧視之為返魅。欲由
「除魅到返魅：先秦自然觀與象徵意涵」，在諸子典籍的論述
脈絡中，有以下三項值得分別論述的主軸：首先是「觀乎自
然：藉物而備的自然觀」；其次是「取法萬物：以人為本的自
然觀」；再者是「類推自然：物物而不役於物的自然哲學」。

(一) 觀乎自然：藉物而備的自然觀

《禮記‧樂記》第十九，有曰：

> 禮者，天地之序也。和故百物皆化，序故群物皆別。樂
> 由天作，禮以地制。過制則亂，過作則暴。明於天地，
> 然後能興禮樂也。[66]

《爾雅音圖》：在水者黿

在天地運行序列中贊行化育，百物皆化，群物皆別，分別由整體與個別的不同角度疏說其合於自然規律的生命形態，這一自然觀是在諧和自然的基礎上形成的。在日常語言與史料載記中呈現的自然物事，有時可藉方言詞彙或圖象表示，重刊於嘉慶六年的《爾雅音圖》，繪有傳說中的物魅，例如〈釋蟲〉「蝚蛥入耳」、「螟蛉」；〈釋魚〉之「魁陸」、「黿」；〈釋獸〉之「貘白豹」、「狌狌」、「狒狒」等。在博觀多識之外，有備鑒方物的寓意。清人曾燠〈爾雅圖重刊影宋本序〉曰：

> 古人云：「《爾雅》以觀於政，可以辨言；又云多識於鳥獸草木之名。一物不知儒者之恥。遇物能名可為大夫，則此書之成不獨好古者所宜服膺，為政者盍流覽於斯。[67]

《爾雅音圖》的重刊序言，表現出博觀取備的觀念，也因流觀天下方物，而於政治有所裨益。這種藉物而備的觀念，同時保存在方言中，關於地方物魅的語彙的含義中，黃群建〈方言證詁劄記〉中提到湖北陽新方言「物」的相關考察，有謂：

> 陽新方言謂愁眉苦臉，萎靡不振的樣子為寢相，寢相之寢的本字應當是殁，殁古讀如寢，二字並屬明母，古音學把此二字列入物部。……「殁」，古人多寫為物，古音

通假，《荀子·君道》：「人主不能不有游觀安燕之時，則不得不有疾病物故之變焉。」，「物」與「故」皆謂死亡，「死」謂之「物」本來是物通歿的原故。……物字除了有死亡之義外，還可訓作鬼魅義，陽新方言形容人長得醜陋，謂「象怪物一樣」，怪物即怪魅，……《漢書·宣元六王傳》：「或明鬼神，信物怪。」師古曰：「物亦鬼」，物怪，陽新話說成怪物，是因為陽新話的雙音節詞的詞素多顛倒的緣故。[68]

這一論例不但可以訂正《辭源》中的錯誤解釋，同時也證說在方言中保存的較早期的文化語彙層次；另外一個類似的證例，在閩南方言中也可見到：

在多采多姿的物怪世界中，鬼、怪、妖、精等字眼或它們的複合詞逐漸普遍流傳，早期「物」字的用法逐漸泯沒，反而還是臺灣話還有所保存。大家知道臺灣漢語的閩南語殘存不少古語用法，此亦一例。小時候聆聽先母談鬼說怪，她老人家常說 mih，該寫作「物」；有時或說 bái-mih，查檢辭書，可能寫作「（羺）物」或「（頦）物」，《集韻》云：「羺羺，垢膩貌」；《類篇》云：「頦頦，頑惡也。」（許成章《臺灣漢字辭典》一至六四）鬼怪頑惡，我們可以理解，至於垢膩，臺語說是 lah-sap，寫作「蟧㩐」，除衛生方面的不潔外，也指邪魔惡鬼。[69]

由以上方言的證說中，物魅與物的「神秘」、「敬而遠之」的

概念普遍體現在常民生活之中，而藉物而備的自然觀，也就在語彙的意義底層具現。

(二)取法萬物：以人為本的自然觀

梁濤考孔子行年事蹟，在周敬王 29 年（西元前 491 年）之世，孔子六十一歲，在陳，去陳，有一段博物故實，蔣伯潛說：「肅慎去陳絕遠，隼既貫楛矢，似不能飛至陳廷而死。此與墳羊及防風氏骨之對，同為流俗豔稱孔子博物之故事。」[70]這段敘述的原始文獻見諸《國語‧魯語下》：

> 仲尼在陳，有隼集于陳侯之庭而死，楛矢貫之，石砮，
> 其長尺有咫。陳惠公使人以隼如仲尼之館問之。仲尼
> 曰：「隼之來也遠矣！此肅慎氏之矢也。昔武王克商，通
> 道於九夷、百蠻，使各以其方賄來貢，使無忘職業。於
> 是肅慎氏貢楛矢、石砮，其長尺咫。」先王欲昭其令德
> 之致遠也，以示後人，使永監焉，故名其栝曰「肅慎氏
> 之貢矢」，以分大姬，配虞胡公而封諸陳。古者，分同姓
> 以珍玉，展親也；分異姓以遠方之職貢，使無忘服也。
> 故分陳以肅慎氏之貢。君若使有司求諸故府，其司得
> 也。使求，得之金櫝，如之。[71]

《史記‧孔子世家》也有同樣的記載：

> 有隼集于陳廷而死，楛矢貫之，石砮，矢長尺有咫。陳
> 湣公使使問仲尼。仲尼曰：「隼來遠矣，此肅慎之矢也。

昔武王克商，通道九夷百蠻，使各以其方賄來貢，使無
忘職業。於是肅慎貢楛矢石砮，長尺有咫，先王欲昭其
令德，以肅慎矢分大姬，配虞胡公而封諸陳。分同姓以
珍玉，展親；分異姓以遠方職，使無忘服。故分陳以肅
慎矢。」試求之故府，果得之。孔子居陳三歲，會晉楚
爭強，更伐陳，及吳侵陳，陳常被寇。孔子曰：「歸與歸
與！吾黨之小子狂簡，進取不忘其初。」於是孔子去陳。[72]

在史遷的記述中直接指出孔子去陳與問隼集陳廷事，在傳說
中，孔子的博物是觀物以應對人事，藉此明進退之義，這一
觀物的智慧，也表現在墳羊之對事義上，《史記・孔子世家》
又曰：

孔子年四十二，魯昭公卒于乾侯，定公立。定公立五
年，夏，季平子卒，桓子嗣立。季桓子穿井得土缶，中
若羊，問仲尼云：「得狗？」。仲尼曰：「以丘所聞，羊
也。丘聞之，木石之怪夔、罔閬，水之怪龍、罔象，土
之怪墳羊。」[73]

墳羊原即土之精怪，有種生之異能，孔子僅就其為物怪如實
回應，並未誇誕，也未附會，至《荀子・天論》則進一層申
說以人為本的自然觀，他已不再是博觀的態度，而是以人為
取決萬物祆祥的主宰，具有思辨與判斷的主體性：

星隊木鳴，國人皆恐。曰：是何也？曰：無何也，是天

地之變，陰陽之化，物之罕至者也。怪之，可也。而畏
之，非也。夫日月之有蝕，風雨之不時，怪星之黨見，
是無世而不常有之。上明而政平，則是雖並世起，無傷
也。上暗而政險，則是雖無一至者，無益也。夫星之
隊，木之鳴，是天地之變，陰陽之化，物之罕至者也。
怪之，可也。而畏之，非也。[74]

祆祥是可以視為怪，但無需畏怖它，荀子再闡明此理的人本
意義，曰：

日月食而救之，天旱而雩，卜筮然後決大事，非以為得
求也，以文之也。故君子以為文，而百姓以為神。以為
文則吉，以為神則凶也。[75]

強調君子以為文，而百姓以為神，在兩者的差別上來看，是
知識與理性的有無所致，人在其中應扮演的角色，不只是順
應天時天命而已：

大天而思之，孰與物畜而制之！從天而頌之，孰與制天
命而用之！望時而待之，孰與應時而使之！因物而多
之，孰與騁能而化之！思物而物之，孰與理物而勿失之
也！願於物之所以生，孰與有物之所以成！故錯人而思
天，則失萬物之情。[76]

戴震《孟子字義疏證》強調近似的觀念：

> 夫人之異於物者，人能明於必然，百物之生各遂其自然
> 也。[77]

人的力量與人的觀感，是這一取法萬物，了解物並運用物的
自然觀形成的基礎，所以杜正勝雖謂：

> 物怪世界與人間世界同步，是「物」影響人還是人塑造
> 「物」，難言哉！但從「物」可以透視人間內在的心態，
> 我則深信不疑。[78]

但是，就人本的立場，袪除物魅的論述，並不盡然以物怪世
界為透視人間內在心態的準則，更重視的是明瞭物怪存在
時，所反映的知識取向。

（三）類推自然：物物而不役於物的自然哲學

不同於前面的兩節，在《莊子・山木》中有以下一段故
實：

> 笑曰：「周將處乎材與不材之間。材與不材之間，似之而
> 非也，故未免乎累。若夫乘道德而浮游則不然。無譽無
> 訾，一龍一蛇，與時俱化，而無肯專為；一上一下，以
> 和為量，浮游乎萬物之祖；物物而不物於物，則胡可得
> 而累邪！此神龍黃帝之法則也。若夫萬物之情，人倫之
> 傳・則不然。合則離，成則毀；廉則挫，尊則議，有為
> 則虧，賢則謀，不肖則欺，胡可得而必乎哉！悲夫！弟

子志之，其為道德之鄉乎！」[79]

《莊子・達生》則有謂：

> 桓公田於澤，管仲御，見鬼焉。公撫管仲之手曰：「仲父
> 何見？」對曰：「臣無所見。」
> 公反，誒詒為病，數日不出。齊士有皇子告敖者，曰：
> 「公則自傷，鬼惡能傷公！夫忿滀之氣，散而不反，則為
> 不足；上而不下，則使人善怒；下而不上，則使人善
> 忘；不上不下，中身當心，則為病。」桓公曰：「然則有
> 鬼乎？」曰：「有。沈有履。竈有髻。戶內之煩壤，雷霆
> 處之；東北方之下者，倍阿鮭蠪躍之；西北方之下者，
> 則泆陽處之。水有罔象，丘有峷，山有夔，野有彷徨，
> 澤有委蛇。」公曰：「請問委蛇之狀何如？」皇子曰：
> 「委蛇，其大如轂，其長如轅，紫衣而朱冠。其為物也，
> 惡聞雷車之聲，則捧其首而立。見之者殆乎霸。」桓公
> 辴然而笑曰：「此寡人之所見者也。」於是正衣冠與之
> 坐，不終日而不知病之去也。[80]

在這兩段言說中，主要陳述的是物物而不物於物；不受物怪
侵擾的智慧，如此才能全生，才能達生，不致困陷，不受病
害。《淮南子・詮言篇》則說：

> 洞同天地，渾沌為樸，未造而成物，謂之太一。同出於
> 一，所為各異；有鳥，有魚，有獸，有蟲，謂之〔分〕

　　方物。方以類別,物以群分,性命不同,皆形於有,隔

而不通,分而為萬物,莫能〔及〕反宗。故動而謂之

生,死而謂之窮,皆為物矣,非不物而物物者也,物物

者亡乎萬物之中。[81]

物與物之死生與造化合一,在這一段的觀念與思想中,同樣
的是消泯了殊異的性質,而就共通的類義看死生於物的循環
規律。這類以類推自然,觀照萬物形成的自然哲學,在邵雍
與程顥的論點中也有近義的申說,《觀物外篇》說:

　　以物觀物,性也;以我觀物,情也。性公而明,情偏而

暗。任我則情,情則蔽,蔽則昏矣;因物則性,性則

神,神則明矣。[82]

程顥則謂:

　　子曰:堯夫云:能物物則我為物之人也,不能物物則我

為物之物也。夫人自人,物自物,其理昭矣。[83]

又說:

　　子曰:因是人有可喜則喜之。聖人之心本無喜也。因是

人有可怒則怒之,聖人之心本無怒也。譬諸明鏡試懸,

美物至則美,醜物至則醜。鏡何有美醜哉?君子役物,

小人役於物。今人見可喜可怒之事,必容心其間,若不

嘗在己者，亦勞矣。[84]

物我之辨，役物與役於物的枷鎖，在這後續的回應，結合著儒道不同理路中的相同關注，這也形成了類推自然，以自然還自然的理念在這個復返自然萬物的理念上，返魅已經蘊含著與原初物魅的祛除外，不同的含義。

五、時序想像與空間的超越

(一) 節令物候與四方百物

　　在記載先秦節令物候與四方百物生命與自然規律而言，《夏小正》是一部完整的篇籍，它成書於杞人之後，時代約為商代後期或商末周初，文共四百餘字，按十二個月份排列，記載著每個月份的物候、氣象、天文，以及各個月份應該進行的生產事宜，這些事宜和節令物候緊密連結：如漁獵、農耕、蠶桑、制衣、養馬等。其次，《呂氏春秋》十二紀與《禮記‧月令》皆有相近的表述，由於《周禮》物魅的祭祀也是在夏至舉行，以夏日至致地示物魅，以禬國之兇荒、民之札喪。[85]這正是以物候合節令時序的典型，元‧吳澄《月令七十二候集解》有曰：

　　　夏，假也，至，極也。萬物於此皆假大而至極也。[86]

《釋名》亦謂：

> 四時四方各一時，時，期也，物之生死各應節期而止
> 也。[87]

物與時的結合和連繫，正令自然與物在時間延續關聯為一。

(二)禨祥之論與聖王代興隱喻

關於禨祥之論一宜是在興衰預言之餘，史書載記不能省削的重要內容，特別是災異物象在聖王代興或政權淪亡之際，常有隱喻的意義。《史記・五宗世家》第二十九，有謂：

> 彭祖不好治宮室、禨祥，好為吏事。上書願督國中盜
> 賊。常夜從走卒行徼邯鄲中。諸使過客以彭祖險陂，莫
> 敢留邯鄲。
> 《集解》服虔曰：「求福也。」《索隱》按：《埤蒼》云：
> 「禨，祆祥也。」《列子》云：「荊人鬼，越人禨。」謂楚
> 信鬼神而越信禨祥也。[88]

《史記・孟子荀卿列傳》亦言及這是齊稷下騶氏所擅之學：

> 齊有三騶子。其前騶忌，以鼓琴干威王，因及國政，封
> 為成侯而受相印，先孟子。其次騶衍，後孟子。騶衍睹
> 有國者益淫侈，不能尚德，若大雅整之於身，施及黎庶
> 矣。乃深觀陰陽消息而作怪迂之變，終始、大聖之篇十

餘萬言。其語閎大不經,必先驗小物,推而大之,至於無垠。先序今以上至黃帝,學者所共術,大并世盛衰,因載其機祥度制,推而遠之,至天地未生,窈冥不可考而原也。先列中國名山大川,通谷禽獸,水土所殖,物類所珍,因而推之,及海外人之所不能睹。稱引天地剖判以來,五德轉移,治各有宜,而符應若茲。[89]

機祥度制既然是王者論政所好,那麼觀天變,察微物,以明民人之需,正是立職官,重講學的理由,然而《淮南子·本經訓》提出負面的看法:

隨自然之性而緣不得已之化,洞然無為而天下自和,憺然無為而民自樸,無機祥而民不夭,不忿爭而養足,兼包海內,澤及後世,不知為之誰何。[90]

劉向《新序·節士》第七也就晉太子執迷於物怪機祥之非否和別嫌,而強調恭嚴成命,不信機祥,甚且因而伏劍自死以明志:

晉獻公太子之至靈台,蛇繞左輪,御曰:「太子下拜。吾聞國君之子蛇,繞左輪者速得國。」太子遂不行,返乎舍。御人見太子,太子曰:「吾聞為人子者,盡和順於君,不行私欲;恭嚴承命,不逆君安。今吾得國,是君失安也,見國之利而忘君安,非子道也;聞得國而拜其孽,非君欲也。廢子道,不孝;逆君欲,不忠。而使我

行之，殆欲吾國之危明也。」

拔劍將死。御止之曰：「夫機祥妖孽天之道也；恭嚴承
命，人之行也。拜祥戒孽，禮也；恭嚴承命，不以身恨
君，孝也。今太子見福不拜，失禮；殺身恨君，失孝。
從僻心，棄正行，非臣之所聞也。」太子曰：「不然，我
得國，君之孽也。拜君之孽，不可謂禮。見機祥而忘君
之安，國之賊也，懷賊心以事國，不可謂孝。挾偏意以
禦天下，懷賊心以事君，邪之大者也，而使我行之，是
欲國之危明也。」遂伏劍而死。君子曰：「晉太子徒御使
之拜蛇，祥猶惡之，至於自殺者，爲見疑于欲國也，己
之不欲國以安君，亦以明矣。爲一愚御過言之故，至於
身死，廢子道，絕祭祀，不可謂孝，可謂遠嫌，一節之
士也。」[91]

以上關於機祥的兩種不同態度，取決著人在面對自然時的自
覺或茫昧；順應或反逆，杜維明以「存有的連續性」做爲了
解中國人的自然觀的依據，他曾分析了「存有的連續」、「有
機的整體」、「辯證的發展」；也正是「連續性」、「整體性」、
「動態性」等三個中國哲學基調的呈現。中國人的自然觀，在
此一解釋範型中理解爲有機過程，也是自發的，自我生成的
生命過程。[92]他說：

所有形式的存有，從石頭到天，都是一個被爲大化的連
續體不可缺少的組成部分，既然任何東西都不在這個連
續體之外，因而存有的鏈條就永遠不會斷裂。[93]

這一存有的連續，為人性的抉擇和思想的異趨提供了較明確的扣連關鍵，這樣一來，中國傳統的，遠古社會衍生出的物魅現象，在除魅到返魅的抽象思考中，在常民生活不能抹消的記日時與慣俗中，存在著一個恒常的，潛在的物魅省識：浮現在人世行事，是趨向人文，文明的力量；相反的，隱藏在人內心與自然界的關聯中，則是察微觀物，返於物情。

六、結　語

「物魅」是先秦時代人們觀照自然界的主要方式，這一主要方式，透過百物的名義與具體的物魅語彙，將具有鬼怪義的物魅觀念保存在人的心理世界。在經籍的記載中，主要著墨於祭祀的典禮與物魅作祟的禳除，這一定程度中也反映人的怖畏心態。在諸子與史傳，甚至是神異傳說的內容中，物怪也同時在經籍中參互出現，這是經籍在刪汰俗信的同時，仍保留的常民世界知識，所以，物怪形成的圖騰和象徵物也就不斷被仿擬而生，由牲物的挑選到器物、旗物、射候的布設，都寓含了特定物怪帶來的意蘊，這是人與自然共有的意義。

本文首先釐析《周禮‧春官‧神仕》中所論及的物魅，將經義中所指百物擴展到自然界一切因人的觀感而生出靈異性質的物怪，再就不同來源史料分疏其象徵義，並參究杜維明論中國人的自然觀中的「存有的連續性」這一要旨，列舉三十三項四方百物，物怪物魅證例，分析綜觀它們在人所採

取不同的視角中，足以達成的各種詮釋可能。這些總稱之為物的語彙，在不同的方言系統中仍有共同的語義，那就是有別於天神，地示，人鬼之外的鬼魅之意。

就自然觀與自然書寫延伸而來的主軸看，物魅的文本環繞著由除魅到返魅的思想；也同時展現著古代政權中，在在藉著物魅達成的致治企圖的賦予，無論它是形式結構，或是實質的威權與德行。然而最終在時間結構的附益之下，值得被彰顯的仍是其中觀物的自覺與意義的抉擇。

註　釋

1　《論語注疏·陽貨》第十七，頁 157；另又互見於《禮記注疏·學記》卷三十六，頁 656。

2　見周作人《苦茶隨筆·〈論語〉小記》，石家莊：河北教育，2002 年。

3　《周禮注疏·春官·大宗伯》卷十八，頁 283。

4　《周禮·春官·大宗伯》卷十八，頁 286。

5　見孫詒讓《周禮正義·春官·神仕》，頁 2232~2234。

6　見孫詒讓《周禮正義·春官·大宗伯》，頁 1314。

7　見孫詒讓《周禮正義·春官·神仕》，頁 2232。

8　見孫詒讓《周禮正義·春官·大宗伯》，頁 1314。

9　同前註。

10　孫詒讓《周禮正義·春官·神仕》，頁 2234。

11　同前註。

12　《禮記注疏·郊特牲》卷二十六，頁 500。

13　《禮記注疏·郊特牲》鄭玄注，頁 502。

14　《國語·楚語》。

15　《國語・楚語》韋昭注。

16　見惠士奇（1671~1741）《禮說》卷十四；台北：藝文印書館據學海堂出版的皇清經解影印，1986 年

17　見孫詒讓《札迻》卷九，頁 288~289。

18　同上註。

19　（東晉）郭璞：《山海經注・序》。

20　見孫詒讓撰；王文錦，陳玉霞點校：《周禮正義・卷 33》（第五冊）〈春官・大宗伯〉引宋人陳祥道、清人江永、金鶚、惠士奇諸家說。北京：中華，1987 年 12 月；頁 1330。

21　見錢鍾書《管錐編・史記會註考證》（第一冊）〈封禪書〉引王世貞、文廷式、阮元、章學誠、費錫璜等各家之說，北京：中華，1986 年 6 月 2 版，頁 285~290。

22　見杜正勝：〈古代物怪之研究──一種心態史和文化史的探索〉，《大陸雜誌》104:1~3，民 91.01~03，頁 1~14;1~15;1~10。

23　夔的形象在商代禮器紋飾中常見，《尚書・堯典》與《呂氏春秋》中述及夔一足，已由早期的物怪形象變為樂官名稱，雖然《尚書・堯典》的文獻年代相對較早，但是不一定保留較為原初的形態描述及用法，此點尚詳下文。

24　錢鍾書《管錐編》，頁 286。

25　錢鍾書《管錐編》，頁 286。

26　錢鍾書《管錐編》，頁 288~289。

27　《尚書・虞書・舜典》卷三，頁 38。

28　見《周禮・春官・大祝》。

29　見錢玄《三禮辭典》，南京：江蘇古籍，1993 年，頁 189 與頁 1067。

30　廖名春〈《魯邦大旱》的"重命"和"寺乎名"〉，見簡帛研究網

http://www.jianbo.org/Wssf/2003/liaomingchun02.htm

31 見孫詒讓《札迻》，頁 236。

32 見《札迻》卷九，頁 287。

33 見（漢）王符著；（清）汪繼培箋；彭鐸校正：《潛夫論箋校正》，北京：中華，1985 年。

34 見（東漢）王符《潛夫論・巫列》第二十六。

35 見杜正勝，頁 5。

36 孫詒讓《札迻》在《春秋繁露・天地陰陽》第八十一條下。

37 見孫詒讓《札迻》，頁 45-46。

38 《周禮・春官・大祝》。

39 孫詒讓《周禮正義・春官・大祝》。

40 見王國維《觀堂集林・卷六》〈釋物〉，《王國維遺書》冊一，卷六，頁十三上，上海：上海古籍，1983 年 9 月。

41 見王國維《觀堂集林・卷六》〈釋物〉。

42 《春秋繁露・廟室例》第十八。

43 《周禮・春官・巾車》。

44 見孫詒讓《周禮正義・春官・巾車》，頁 2141。

45 《周禮・考工記》。

46 《禮記・曲禮》。

47 《禮記・明堂位》。

48 孫詒讓《周禮正義・春官・巾車》。

49 《周禮・春官・典路》。

50 《周禮・春官・司常》。

51 見孫詒讓《札迻》卷九，頁 288。

52 《左傳・宣公三年》。

53 《禮記‧祭統》。

54 見陳澤：〈秦公簋銘文考釋與器主及作器時代的推定〉（2003-6-4 23:35:17）甘肅禮縣秦人西垂文化研究會。

55 見馬劍東撰：〈簡子襄子兩鳥尊〉。

http://www.tynews.com.cn/tyrbweb/maintemplate/NewsTemplate.asp?NewsID=92707

56 《楚辭‧離騷》王逸注，國學基本叢書；198，台北：台灣商務，1968。

57 此為私人藏品，見 http://jade000.virtualave.net/part3/part3-004.htm 所錄。

58 《山海經‧大荒東經》第十四。

59 《史記卷一‧五帝本紀第一》，頁3。

60 《淮南子‧主術篇》。

61 《左傳‧文公十八年》。

62 《抱朴子‧內篇》。

63 《隋書‧卷十九‧天文志‧序》第十四，台北：鼎文，1990年，頁503。

64 《隋書‧卷十九‧天文志‧序》第十四，頁503。

65 見錢鍾書《管錐編》，頁290。

66 《禮記‧樂記》第十九。

67 見（清）曾燠〈爾雅圖重刊影宋本序〉《爾雅音圖》，廣文書局影嘉慶六年重刊宋本，1981年12月，頁1~2。

68 見黃群建：〈方言證詁劄記〉，《湖北師範學院學報》（哲社），14:1，1994年1月，頁58-64。

69 見杜正勝 ：〈古代物怪之研究──一種心態史和文化史的探索〉，《大陸

雜誌》104:1~3，民 91.01~03，頁 1~14;1~15;1~10。

70　見蔣伯潛：《諸子通考》頁 73。

71　《國語・魯語》下。

72　梁濤裒集的文獻，尚見《說苑・辨物》、《孔子家語・辨物》，並謂陳惠
　　公問隼事，年月不可詳考，因今年孔子去陳，故列於此。見梁濤《孔子
　　行年考》六。

73　《史記・孔子世家》世家四十七，孔子世家第十七，頁 1912。

74　《荀子・天論》。

75　《荀子・天論》。

76　《荀子・天論》。

77　見戴震《孟子字義疏證》，頁 192。

78　見杜正勝，頁 5。

79　《莊子・山木》。

80　《莊子・達生》。

81　《淮南子・詮言篇》。

82　見（宋）邵雍《觀物外篇》，（宋）張行成注；劉周堂點校《皇極經世
　　書》湖南：海南，1993 年。

83　見《二程集》。

84　同前註。

85　見《周禮正義・春官・神仕》頁 2232~2234。

86　（元）吳澄著：《月令七十二候集解》叢書集成初編；1337，北京：中
　　華，1985 年。

87　見何宗周述：《釋名釋天繹》台北：香草山，1981 年 10 月，頁
　　95~100。

88　《史記・五宗世家》卷五十九，第二十九，見《史記三家注》，頁

2099。

89 《史記‧孟子荀卿列傳》。

90 《淮南子‧本經訓》。

91 劉向:《新序‧節士》第七。

92 此段看法主要引自林月惠所述杜維明回應牟復禮的說法以及其進一步的
闡釋,見林月惠:〈杜維明先生與跨文化對話〉,《儒學、文化、宗教與
比較文學的探索－賀劉述先教授七秩壽慶》學術研討會,台北:東吳大
學哲學系主辦,2004 年 6 月,頁 11~12。

93 見杜維明著,劉諾亞譯:〈存有的連續性:中國人的自然觀〉。

參考書目

㈠中文著作

(魏)王弼注;(唐)孔穎達疏:《周易正義》九卷,釋文一
卷,台北:藝文印書館據阮元學海堂重刊宋本十三經注疏
本影印,1965 年三版。

(漢)鄭玄注;(唐)陸德明音義;(唐)賈公彥疏:《周禮正
義》四十二卷,校勘記四十二卷,台北:藝文印書館據阮
元學海堂十三經注疏本影印,1965 年三版。

(清)孫詒讓撰;(民國)王文錦,陳玉霞點校:《周禮正
義》,北京:中華書局,1987 年。

(漢)鄭玄注;(唐)陸德明音義;(唐)孔穎達疏:《禮記正
義》六十三卷,台北:藝文印書館據阮元學海堂重刊宋本
十三經注疏本影印,1965 年三版。

(晉)杜預注;(唐)陸德明音義;(唐)孔穎達疏:《春秋左

傳注疏》六十卷，校勘記六十卷，台北：藝文印書館據阮
　元學海堂十三經注疏本影印，1965 年三版。

（西漢）司馬遷著；（南北朝）裴駰集解；（唐）司馬貞索隱；
　（唐）張守節正義：《史記三家註》一百三十卷，台北：鼎
　文書局影印，1980 年台三版。

（東漢）班固撰；（唐）顏師古注；（清）王先謙補注：《漢書
　補注》70 卷，台北：藝文印書館據清光緒庚子長沙王氏校
　刊本影印，1955 年。

（南北朝）范曄撰，（唐）李賢校注：《後漢書》九十卷，台
　北：鼎文書局影印，1999 年臺二版。

（清）惠棟：《後漢書補注》二十四卷，台北：藝文印書館，
　據廣雅書局史學叢書本影本，1965 年。

（清）沈欽韓：《後漢書疏證》三十卷，《續修四庫全書・史
　部・正史類》，第 271 冊，上海：上海古籍出版社，1995
　年。

（清）林春溥等撰：《竹書紀年八種》二十三卷，台北：世界
　書局，1967 年。

（明）董說原著；繆文遠訂補：《七國考訂補》十四卷，上
　海：上海古籍出版社，1987 年。

（秦）呂不韋編纂；（民國）陳奇猷校釋：《呂氏春秋校釋》，
　上海：學林出版社，1984。

（西漢）董仲舒撰；（清）蘇輿義證，（民國）鍾哲點校：《春
　秋繁露義證》，北京：中華書局，1992 年。

（東漢）王符著；（清）汪繼培箋；彭鐸校正：《潛夫論箋校
　正》，北京：中華書局，1985 年。

（清）戴望撰：《管子校正》24 卷，萬有文庫，第 1 集；123
　　國學基本叢書，上海：商務印書館，1933 年。

（南齊）祖冲之撰，王公偉點注：《述異記》，北京：北京出版
　　社，2000 年。

（梁）任昉撰：《述異記》，中華諸子寶藏初輯，諸子集成補編
　　10，成都：四川人民出版社，1997 年。

（宋）邵雍撰，（宋）張行成注，劉周堂點校：《皇極經世書》
　　湖南：海南出版社，1993 年。

（宋）蘇軾撰，王小紅校點：《物類相感志》，北京：語文出版
　　社，2001 年。

（元）吳澄著：《月令七十二候集解》叢書集成・初編；
　　1337，北京：中華書局，1985 年。

（明）陳懋仁（無功）撰：《庶物異名疏》，四庫全書存目叢書.
　　子部類書類，子部 218 冊，台南：莊嚴出版社，1995 年。

（清）厲荃（靜蘩）輯；關槐增輯：《事物異名錄》，續修四庫
　　全書・子部類書類；1252～1253，上海：上海古籍出版
　　社，1995 年。

（清）畢沅撰：《釋名疏證》，《漢小學四種》，成都：巴蜀書
　　社，2001 年 7 月。

（清）曾燠〈爾雅圖重刊影宋本序〉，收入郭璞撰《爾雅音
　　圖》，廣文書局影嘉慶六年重刊宋本，1981 年 12 月。

郭慶藩撰：《莊子集釋》10 卷，續修四庫全書子部道家類，
　　頁 957～958，上海：上海古籍出版社，1995 年。

嚴雲鶴撰：《事物異名典林》，作者自印，1973 年。

錢鍾書撰：《管錐編》，北京：中華書局，1986 年 6 月，第 2

版。

何宗周述:《釋名釋天繹》台北:香草山出版,1981 年 10
　　月。

金仕起撰:《古代解釋生命危機的知識基礎》,杜正勝教授指
　　導,台灣大學歷史研究所碩士論文,1993 年。

錢穆著:《靈魂與心》,台北:聯經出版社,1994 年 3 月初版
　　八刷。

蔡元培譯著:《妖怪學講義》,《國立北京大學中國民俗學會民
　　俗叢書》第七輯 v.121,台北:東方文化書局複刊,1974
　　年。

陶思炎著:《祈禳:求福‧除殃》,台北:台灣珠海出版公
　　司,1993 年 7 月初版。

王溢嘉著:《不安的魂魄》,台北:野鵝出版社,1993 年 5 月
　　初版一刷。

蒲慕州撰:《追尋一己之福──中國古代的信仰世界》,台北:
　　允晨文化出版公司,1995 年。

蒲慕州主編:《鬼魅神魔:中國通俗文化側寫》(鬼與怪的跨
　　文化研討會會議論文),台北:麥田出版社,印刷中。

周祖謨校箋,吳曉鈴編通檢:《方言校箋及通檢》,科學出版
　　社 1956 年出版。

梁濤:《孔子行年考》六,發表於 Confucius2000 網頁
　　http://www.confucius2000.com/confucius/kongzixnkao6.htm

(日)中野美代子著、何彬譯:《中國的妖怪》,鄭州:黃河文
　　藝出版社,1989 年。

(韓)金永植著;潘文國譯:《朱熹的自然哲學》,上海:華東

師範大學出版社，2003 年。

林富士編：《遺跡崇拜與聖者崇拜》（台北：允晨文化出版公司，2000），頁 163～204。

林富士，〈歷史人類學──舊傳統與新潮流〉，收入《學術史與方法學的省思》（台北：中央研究院歷史語言研究所，2000），頁 365～399。

林富士撰：〈釋「魅」：以先秦至東漢時期的文獻資料為主的考察〉，收入蒲慕州主編：《鬼魅神魔：中國通俗文化側寫》，台北：麥田出版社，印刷中。

張以仁：〈聲訓的發展與儒家的關係〉，《總統蔣公逝世周年紀念論文集》（台北：中央研究院，1976），頁 1203～1221（收入《中國語文學論集》）。

杜正勝：〈古代物怪之研究──一種心態史和文化史的探索〉，《大陸雜誌》104:1～3，民 91.01～03，頁 1～14;1～15;1～10。

劉仲宇：〈物魅、人鬼與神祇──中國原始崇拜體系形成的歷史鉤沉〉，《宗教哲學》，卷 3:3=11，1997 年 7 月，頁 16～35。

吳榮曾：〈戰國漢代的「操蛇神怪」及其有關神話迷信的變異〉，原載《文物》1989 年第 10 期，今收於馬昌儀編：《中國神話學文論選萃（下）》（北京：中國廣播電視出版社，1995 年。）

程決：〈山海經動植物名詞形義不一致現象分析〉，載《淮陰師專學報》第十六卷，1994 年第 1 期。

陶思炎：〈祖道嵬（載）祭與入山鎮物〉，《民族藝術》，2001

年第 4 期。

吳天明：〈釋「物」〉，《培訓與研究——湖北教育學院學報》，
　　1998 年第 4 期。

吳土法：〈周禮宗祀樂事官聯考〉，《杭州大學學報》27:2，
　　1997 年 6 月，頁 66～71。

方勇：〈物異考為明昆山方鳳所著〉，《東南文化》，1995 年 2
　　月，頁 94～95。

方勇：〈方鳳集《物異考》校勘記〉，杭州：浙江古籍出版
　　社，1993 年，頁 94～95。

丁常云：〈道教與四靈崇拜〉，頁 28～31。

黃群建：〈方言證詁剳記〉，《湖北師範學院學報》（哲社）第
　　14 卷第 1 期，1994 年 1 月，頁 58～64。

時建國：〈上古漢語複聲母研究中的材料問題〉，《古漢語研
　　究》2002 年第 2 期，頁 8～13。

李存山：〈關於荀子以類度類思想〉，《人文雜志》，1998 年第
　　1 期，頁 27～37。

張斌峰：〈荀子的類推思維論〉，《中國哲學史》，2003 年第 2
　　期，頁 66～72。

張曉光：〈中國邏輯傳統中的類和推類〉，《廣東社會科學》，
　　2002 年第 3 期，頁 32～37。

吳建國：〈中國邏輯思想史上類概念的發生，發展與邏輯科學
　　的建立〉，《中國社會科學》，1980 年第 2 期。

喬根鎖：〈論中國古代早期自然哲學的幾個特點〉，《西藏民族
　　科學學報》（社科），1993 年第 3 期，頁 64～70。

單純：〈自然崇拜在人信仰體系中的意義〉，《浙江社科》，

2003 年第 3 期，頁 121～128。

王立：〈中古樹神禁忌母題及其文化傳播意義〉，《東南大學學報》（哲社），第三卷第 4 期，2001 年 11 月，頁 83～88。

王立（1953～）：〈神秘預言與古代銘知發者母題〉，《上海師範大學學報》（哲社），第三十二卷 4 期，2003 年 7 月，頁 67～74。

杜維明：《試談中國哲學中的三個基調》，《中國哲學研究》，1981 年 3 月版，頁 19～22。

梁一儒：〈中國人的自然觀——民族審美心理探微〉，《山東大學威海分校新聞網》2003～12～6, 1:19。

林月惠：〈杜維明先生與跨文化對話〉，《儒學、文化、宗教與比較文學的探索－賀劉述先教授七秩壽慶》學術研討會，台北：東吳大學哲學系主辦，2004 年 6 月。

杜維明：〈存有的連續性：中國人的自然觀〉，收入《杜維明文集》第三卷，頁 222～226，武漢：武漢出版社，2002年。

㈡外文著作

（日）山田慶兒：《朱子の自然哲學》，東京：岩波書院，1978年。

Bodda Derk: '*Harmony and conflict in Chinese Philosophy*'（〈中國哲學中的和諧和衝突〉），In Wright, Studies in Chinese Thought（《中國思想研究》），pp.19~80.

---------: '*Evidence for law of nature in Chinese thought*'（〈中國思想中自然法則的證據〉），Havard Journal of Asiatic Studies

20 (1957), pp.709~727.

---------: '*Chinese law of nature :a reconsideration*'（〈中國人的
自然法則之再思〉），Havard Journal of Asiatic Studies 39
(1979)，pp.139~155.

La blant,Charles, and Seasan blader, eds. "*Chinese ideas about
Nature and society:studies in Honour of Derk Bodde.*" Hong
kong : HKU Press,1987.

Yu, ying-shih: '*O Soul, Come back! A Study in the changing
conceptionsof the soul and afterlife in pre-buddhist China.*'
（〈魂兮歸來，佛教輸入前中國人靈魂觀與來世觀演變之研
究〉）'Havard Journal of Asiatic Studies 47.' (1987), pp.
365~395.

Lovejoy, Arthur O.: "*The great chain of being :a study of the
history of an idea.*"（《存在巨鏈》，（美）諾夫喬伊著，張傳
有譯）。

Richard Rorty: "*Philosophy and the mirror of nature*"（《真理與
自然之鏡》，（美）理查‧羅蒂著，李幼蒸譯）；台北：桂冠
圖書公司，1990 年。

柳宗元的天人觀

江衍良

摘　要：

　　天人觀包含「天人關係」及「天地觀」兩部分。柳宗元對天人關係的主張為「天不預人」，意即天為物質，不具有主宰能力，不能對人賜福或降禍。人們對天哀號抱怨，這是不能理解天而有的行為。

　　柳宗元的天人關係主張，其產生的背景，就近因而言，是要改革唐朝政治，柳宗元認為天不干預人，所以並不存在天命，政治的繼承人不一定應為嫡長子，而是要讓諸子之中有賢德的人繼位。就遠因而言，柳宗元批評董仲舒以來的天人感應學說，認為歷代政治興衰存亡，與天命無關，政治措施及主政者的道德才是重要的原因。

　　柳宗元的天地觀，如論天地的本質為元氣，對天地起源的觀念，除了沿襲漢代以來的說法之外，也加入當時的天文知識。至於宇宙無限的觀念，由於柳與佛教人士往來密切，與當代天文學家並無明顯交往或書信聯繫。推測柳可能是以固有的「太虛」觀念，加上受佛教「大千世界」等時空無限的觀念所影響。

　　因為柳宗元認為天是「物質」，所以學者多視之為「唯物主義」。但分析柳宗元的天人思想與歷史觀，並沒有明顯地區分物質、精神兩者，以及物質決定精神的說法。再者柳宗元誠心事佛多年，所以把他視為唯物主義者與無神論者，並不是十分恰當的。

關鍵詞：柳宗元、天人關係、天問、天對

一、對天地的書寫與疑惑

　　只要抬頭觀天，天空給人的直覺是一個中間高起、四周下垂的半球形。這個半球形，暫且簡稱為「天穹」。[1]太陽、月亮及星星似乎是鑲嵌在天球上，半球形的最高點，就是天頂。在天的下面，就是我們所站的大地。往遠處看去，天、地是相連的，如果是站在海邊，海、天是相連的。這是從古代到現在，天和地給我們的直覺印象。歸納來說，它包含上述所說的三點：第一、半球形的天；第二、平面的大地；第三、天地相連。這些直覺表現在文人的作品裡，如「天似穹廬，籠蓋四野」，這是在書寫半球形的天，「秋水共長天一色」和「惟見長江天際流」，[2]這是在書寫水連天、天連水的現象。「樓上晴天碧四垂，樓前芳草接天涯」，[3]則是同時描寫天穹和天地相連。

　　這種天地的直覺印象，若進一步思考，會衍生一些問題。例如：有人看過天地相連之處嗎？太陽東升之前，它在哪裡？西落之後，它又在哪裡？天地若不相連，那就是分離的，若天地分離，天為何不會掉下來呢？古人為了回答「天地分離」的問題，所以產生「八柱擎天」的神話。但人們又會問：八根把天支撐起來的柱子在哪裡呢？[4]此外，天體運行有何規律嗎？這些問題所涉及的範圍，稱為「天地觀」。其答案隨個人的求知慾望和需求程度不同，而不相同。但人們希望上天能賜福保佑，則是多數人相同的。但問題是上天會對

人賜福或降禍嗎？政權更迭存在著「天命」嗎？這些問題所涉及的範圍，稱爲「天人關係」。本文所指的「天人觀」包含「天地觀」與「天人關係」。

人們對天象及天命的疑惑，不一定能找到答案，現有的答案也不一定令人滿意。屈原的〈天問〉一文，正是表現這些疑惑的一篇代表作品。數百年後，柳宗元（773～819 年）謫居永州，對屈原的際遇感同身受，曾作〈天對〉一文，回答屈原所提出的天地及歷史問題。柳宗元的另一作品爲〈天說〉，專門探討天人關係。本文從這些作品之中，探討屈原、柳宗元對天地的書寫與疑惑。

二、文獻探討

有關研究柳宗元天人觀的文獻非常多，本文僅介紹一些研究成果作爲代表。胡楚生比較了柳宗元的〈天對〉與王廷相的〈答天問〉，認爲柳宗元雖是一位著名的文學家，但卻富於科學精神，並運用科學觀點回答屈原在〈天問〉中所提到的問題。[5] 葛榮晉指出柳宗元在天人關係上的重大貢獻，是他繼承了荀子、王充等人的傳統，提出了「天人不相預」的論點，反對韓愈的天命神學，認爲天無意志，不能賞功降禍。[6] 許凌雲把柳宗元、劉禹錫（772～842 年）的儒學思想加以比較，謂柳宗元站在無神論的立場，指出天是客觀存在的，不以人的意志爲轉移的自然界。[7] 周安邦在〈柳宗元的自然觀〉一文中，指出吾人可藉由柳宗元心目中的「天」，來

了解他對「自然」的看法。柳氏在吸取了釋、老的自然思想後，在貶謫蠻荒之際，以放諸山林的方式來撫平內心的失落。[8] 程麗娜在《柳宗元議論散文研究》論文中，指出柳宗元的議論散文，內容主要在闡明他的政治思想、文學主張、歷史思想和哲學思想。並把柳宗元與劉禹錫、韓愈（768～824 年）等人的天人關係作了詳盡的比較。[9] 本文追隨諸位先進前賢的研究成果，把柳宗元的「天人觀」分成兩部分來探討，第一部分是「天人關係」，第二部分是「天地觀」，所要探討的問題包括：

第一、柳宗元對天人關係的主張為何？

第二、柳宗元的天人關係主張，其歷史背景為何？

第三、柳宗元的天地觀，其淵源為何？

第四、柳宗元的天地觀被視為唯物主義，是否恰當？

三、天人關係：天不干預人

所謂天不預人，意謂著人的禍福不能怪罪於天。柳宗元提出這個說法的來龍去脈如下：韓愈曾寫信給柳宗元提到他對天的看法，柳宗元認為他可以講得比韓愈更完整，所以寫了〈天說〉一文回覆韓愈，同時也寄給了劉禹錫。韓愈沒有再回信討論這個問題，但劉禹錫在看過這篇文章之後，認為柳宗元在天人關係上講得還不夠清楚，所以寫了〈天論〉上、中、下三篇，柳宗元在看過劉禹錫的〈天論〉之後，又寫了一篇〈答劉禹錫天論書〉，以回應劉的觀點。所以本文探

討柳宗元的「天人關係」，就以這三篇文獻──〈天說〉、〈天論〉與〈答劉禹錫天論書〉爲主。

(一) 柳宗元引述韓愈對天的觀點：「怨天」是「不知天」

在〈天說〉一文中，柳宗元引述了韓愈對天的觀點，茲分述如下：

1. 人若受疾病、饑寒之苦，因而對天抱怨，這是「不能知天」。

2. 東西壞掉了，是因爲長了蟲。元氣陰陽被破壞了，這是人爲的原因。

3. 長了蟲，東西破壞得更快。如果有人能夠除蟲，是有功於物品，幫助蟲繁殖的，是物品的仇人。

4. 人類破壞元氣陰陽的情形愈來越嚴重，如開墾土地、砍伐山林等等。這些做法使天地萬物失去本來面目，就像蟲破壞物品一樣。

5. 我認爲如能抑制那些破壞自然的人，那是有功於天地；反之，則是天地之仇人。

6. 我認爲上天聽到那些人哀號抱怨，對天地有功的人，會大受獎賞，反之，肇禍的人會大受懲罰。[10]

馮友蘭認爲，韓愈的這些論點，同時把天視爲物質，也視爲主宰。柳宗元素知韓愈把天視爲主宰，認爲天命是存在的，所以柳宗元認爲他可以把物質的天詮釋的更清楚。[11]

(二) 柳宗元：為功、肇禍全都在人本身，與天無關

柳宗元在引述韓愈的說法之後，提出自己的看法如下：

1. 在上方玄色的，[12]稱為天。在下方黃色的，稱為地。渾然處在中間的，稱為元氣。寒暑變化，稱為陰陽。

2. 天地雖然廣大，但與果蓏、癰痔、草木並無不同。天地就是大的果蓏，元氣就是大的癰痔，陰陽就是大的草木。

3. 既然天與一般物質相同，它會對人感恩圖報嗎？它會遷怒人嗎？

4. 天怎能獎賞有功的人，處罰有罪的人呢？所以有功勞的人是自己的功勞，肇禍的人是自己闖的禍。

5. 希望天能賞能罰，是大錯。哀號抱怨，希望上天哀憐的人，是更大的錯誤。[13]

從上述韓、柳的觀點來看，他們並非完全相反。其共同點有二：

第一、他們都認為人不應怨天。

第二、他們都認為天的本質就是元氣。不同的地方在於韓愈一方面認為天是元氣，一方面又認為天能賞能罰，同時使用「物質天」與「主宰天」兩種觀點，柳宗元同意韓愈對「物質天」的說詞，但不同意韓愈「主宰天」的觀點，柳宗元認為天不能賞、不能罰，為功、為禍都是人自身的作為。

這次對話本來可以告一段落，但劉禹錫看到柳宗元的文章之後，認為柳只說功者自功，禍者自禍，還不能把天人關係講得很清楚，所以又作了〈天論〉上中下三篇，為了了解柳宗元天人觀的來龍去脈，所以有必要把劉禹錫的觀點說明如下。

（三）劉禹錫〈天論〉的要義：天人交相勝

〈天論〉的要義主要在提出天人交相勝，其觀點如下：

1. 一般談論天的性質，有二種說法，認爲天具有主宰能力的，稱爲陰騭之說；認爲天沒有主宰能力的，稱爲自然之說。

2. 柳宗元作〈天說〉評論韓愈的論述，並沒有把天人關係講得很透徹，這是劉寫〈天論〉的原因。

3. 天有其功能，是人做不到的；人有其功能，是天做不到的，所以說：天人交相勝。

4. 天的法則在生養萬物，其作用有強弱不同；人之功能在訂定法制，其作用在明辨是非。人能勝過天的地方，就在法制。

5. 法制大爲伸張時，是爲公是，非爲公非，福由行善取得，禍由爲惡召來，哪裡會期待天的反應呢？

6. 法制稍微鬆弛時，是非不明，福可由巧詐取得，禍可以苟且免除。人道混亂不一，天命之說也混亂不一。

7. 法制大爲鬆弛時，是非顛倒，奸佞的人受賞，正直的人受罰，正義不能制裁強權，刑罰不能解決是非。人能勝天的基礎，就完全喪失了。

8. 天的功能，在生養萬物；人的功能，在治理萬物。

9. 生活在盛世，人道昌明，各種得失其來有自，有德者不歸因於天，也不對天抱怨。生活在亂世，人道不明，凡事不可逆測，都把禍福歸因於天。總之，實在不是天干預人。[14]

劉禹錫的這項觀點，被稱爲「天人交相勝」，它的要點有三：

第一、強調天、人各有其功能，不可取代。

第二、法制鬆弛與否，與天人交相勝有關。法制大行時，人勝天；法制大爲鬆弛時，人完全無法勝天；法制稍微鬆弛時，天不勝人，人也不勝天，天命之說就產生了。

第三、劉認爲柳所說的天不預人，並沒有錯誤。但他的天人交相勝學說可以涵蓋柳的天不預人觀點。

（四）柳宗元對劉禹錫〈天論〉的回應

從內容來看，劉禹錫的天人交相勝比柳宗元的「天不預人」，更具有豐富的內容。不過柳宗元似乎不贊同劉禹錫的這套說法，他又寫了一篇〈答劉禹錫天論書〉，批評劉的天人交相勝，兩者觀點對照，詳如附表一，主要內容爲：

第一、如劉禹錫所言，天之道在生植，那麼就如同果蓏生果蓏，草木生草木一般。既然天不爲人而生，那天是天，人是人，天爲何要勝人呢？人爲何要勝天呢？

第二、生植與災荒，都來自於天。法制與悖亂，都來自於人。天與人各行其事，互不干預。凶年、豐年、治世、亂世是人世間的事務，與天無關。

第三、柳對於劉所說「無形」是指「無常形」的說法，認爲劉說得很對。

（五）柳宗元反對天命觀──聖王受命於人

柳宗元既然認爲天是物質，沒有神祕的、主宰的意

義，那麼就不存在天命。天命不存在，聖王如何得到他的地
位呢？柳宗元認為聖王不受命於天，而是受命於人。他說：

> 人之戴唐，永永無窮，是故受命不于天，于其人。休符
> 不于祥，于其仁。[15]

從這段話可以看出，柳宗元把「天不預人」的觀念作為「天
命不存在」的基礎，認為聖王是受命於人，而不是受命於
天。聖王繼位不在於祥瑞之兆，而在於仁德。這種說法有何
依據呢？他說：

> 是故有里胥，而後有縣大夫。有縣大夫，而後有諸
> 侯。有諸侯，而後有方伯、連帥。有方伯、連帥，而後
> 有天子。自天子至於里胥，其德在人者。死，必求其嗣
> 而奉之。[16]

柳宗元認為天子的地位可以從社會的起源來加以理解，人群
之中有所爭奪，所以先有小地方的首領，即「里胥」。小群體
互相爭奪，會產生大群體的首領，如縣大夫。群體不斷擴
大，武力強大的，德高望重的人，就成為首領，天子是最高
的首領。若天子對人民有恩澤，他死後，人民必然擁戴他的
後代。所以朝代更迭，政治興衰，都有其人為的原因存
在，與天命無關。

　　如要探究柳宗元為何反對天命觀，其背景應與唐代政治
現實有關。柳宗元參加了以王叔文集團為主的改革派，但順

宗即位不久，疾病日益沈重。保守派準備逼順宗退位，冊立嫡長子廣陵王李純爲太子。改革派知道李純親近保守派，且順宗有二十幾個兒子，所以柳宗元提出擇嗣之道，不必然應爲嫡長子，而是以賢德與否爲標準。後來保守派取得勝利，李純即位，是爲唐憲宗，王叔文等人均遭處分，史稱「二王八司馬事件」。柳宗元所參與的革新運動，稱爲「永貞革新」。[17]革新失敗之後，柳貶爲永州司馬，在一些著述中，仍可看出其反天命之立場。

四、柳宗元的天地觀

屈原曾作〈天問〉，對天地的起源、歷史發展與楚國現況提出了一百七十二個疑問。柳宗元作〈天對〉，回答屈原所提出的問題，將之簡化爲一百二十二個。由於兩篇文章篇幅頗多，涉及問題廣泛。本文僅選擇其中幾點有關天地起源的問題，以呈現柳宗元對天地的看法。（原文整理如附表二）

第一、〈天問〉天地最早的情形，誰能告訴我們？天地尚未成形，如何去考究呢？晝夜未分、渾沌不明的情況，誰能了解清楚呢？空濛之氣充盈四方，如何認識它呢？[18]

〈天對〉關於天地渺茫的情況，都是一些誇大的人傳下來的。天地未分，有什麼可說呢？陰陽始合，晝夜運轉，都是「元氣」的作用。[19]

第二、〈天問〉問：陰、陽、天，那個是根本？它們是如何變化的？

〈天對〉陰、陽、天，三者一齊作用，吹動緩慢，就變成熱氣，吹動迅速，就變成寒氣。

第三、〈天問〉天體有九重，[20]誰去丈量過？如此偉大的工程，是誰創造的？

〈天對〉天並不是誰創造的，而是陽氣不斷累積，而有九層，天像車輪一樣旋轉不停，所以稱它為圓。

第四、〈天問〉斗柄和維星，怎樣聯結呢？天極要架在什麼上面呢？

〈天對〉天體自始就在它本身的位置上，哪裡需要綱繩的繫縛呢？天無極無涯，廣大無邊，如果還能加上東西，它還算得上是「大」嗎？

第五、〈天問〉支持天的八根柱子在哪裡呢？東南方為何地勢低下呢？

〈天對〉天體龐大而連綿不絕，又不是棟樑屋宇，哪裡需要八柱的支撐？

第六、〈天問〉天分九個區域，天的邊際是如何銜接成一個整體？

〈天對〉天無藍無黃，無紅無黑，沒有中間，也沒旁邊。不需要聯結。

第七、〈天問〉九天的邊緣有許多角隅曲隩，誰知道它的數目？[21]

〈天對〉屬欺人之詞，沒有角隅，也沒曲隩。

第八、〈天問〉天與地會合於何處呢？十二辰是怎麼區分的？[22]

〈天對〉以籌筵為工具，以術數方式，錯綜排列，窮究畫

夜日月星辰的運行，取得十二之數。

第九、〈天問〉日月是如何安放在天上？群星是如何陳列的？

〈天對〉日月存在太虛之中，像棋子密布般的群星，也在這裡。

第十、〈天問〉太陽出自湯谷，落入蒙汜，從早晨到黃昏，走了幾里？

〈天對〉太陽像車輪不停旋轉，車輻向南，車軸定於北方，怎會有出入的地方？面對太陽就是白天，背對太陽就是晚上，雖然有人去算幾里，但說法已久，並無新意，總之，是不能用幾里去計算的。

第十一、〈天問〉月有何德行，死了又再重生？有什麼好處呢？爲什麼兔子在上面？

〈天對〉沒有比太陽更亮的東西了，月亮靠近太陽，就看到新月，遠離太陽就全部受光，而看到滿月，怎會死而復生呢？只是月表幽暗不明，看起來有點像兔子的形狀而已。

第十二、〈天問〉爲何天門關閉時，就變暗了？天門開啓時，天就亮了？東方未明之時，太陽藏在何處呢？

〈天對〉天亮不是天門打開，天黑也不是太陽藏起來。白天黑夜是太陽在天空繚繞運行的結果。古人任意說成東方蒼龍七宿的角、亢星，是太陽出來的地方。

第十三、〈天問〉爲何康回大怒，撞倒西北方的不周山，大地就向東南傾斜？[23]

〈天對〉天體普照大地，大地自有其高低地形。不是西北方的天柱被撞倒，也不是康回的力量造成的。

第十四、〈天問〉江水不斷東流？大海爲何不會滿溢？

〈天對〉江水東流，注入歸墟，又循環往西，充盈土中，水分充足時，又從土中滲出，如此周流不息，怎會溢滿呢？

第十五、〈天問〉傳說天空有十個太陽，[24]后羿如何射下太陽？

〈天對〉哪有十麼太陽？這樣會燒焦各種東西。連后羿自己也烤紅了，哪能彎弓射箭呢？

從上述說明可知，〈天問〉是以神話傳說爲基礎，把這些神話以疑問句的形式寫成。〈天對〉則是以當時的天文地理知識來回答，所以這是一場神話與科學的對話。關於天地形成的一些神話故事，柳宗元認爲那是不存在的，所以屈原的問題也不成立。如第五、六、七、十、十二、十三等問題。加上柳宗元反對傳統的天命觀，所以洪興祖及朱熹均未對〈天對〉給予正面的評價。[25]

不過〈天對〉所提到的天文地理的知識是值得注意的。如天的構成本質是元氣。天的運轉如車輪，軸心在北極。月亮自己不會發光，是反射太陽光的結果。河川的水，東流之後，經由土壤循環向上，水分飽滿之後由土壤中溢出，再東流入海等等。而「無極之極，漭瀰非垠」、「無青無黃，無赤無黑，無中無旁，烏際乎天則」[26]等看法，被視爲具有「宇宙無限」的先進觀念。胡楚生認爲柳宗元〈天對〉在文字方面，有意模倣屈原〈天問〉的體裁，多以四言寫成，難免古奧艱深，但他所提出的解答，具有文學、哲學、科學等方面的參考意義。[27]這對〈天對〉而言，是很恰

當的評論。

如果進一步分析屈原與柳宗元的終極關懷，屈、柳既爲文學家，亦爲政治家，其關懷天地，最終仍然是關懷人群。〈天問〉有關天地自然的問題約三十個，不及〈天問〉總問題的五分之一，所以屈原從天地形成開始發問，最後也問到：「天命反側，何罰何佑？」「皇天集命，惟何戒之？受禮天下，又使至代之？」意謂：天命已降臨於殷紂，祖伊爲何勸戒紂王，天命將斷絕？紂王已統治天下，上天爲何使周朝滅殷，而代替殷的位置呢？柳宗元的回答是：「天集厥命，惟德受之。胤怠以棄，天又祐之。」意謂：天命必須有德行的人才能承受，失德的人，上天遺棄他，再保佑新的有德君主。從這段話可以看出，柳宗元雖然主張天的本質是元氣，天是物質，但在中國傳統天命、天帝、天神的觀念影響之下，難免也會流露出「上天會保佑人」的想法。這似乎是中國人對天地的一份最普遍而自然的情感。

五、結　語

本文研究柳宗元的天人觀，獲得以下結論：

第一、柳宗元對天人關係的主張爲「天不預人」，意即天爲物質，不具有主宰能力，不能對人賜福或降禍。人們對天哀號抱怨，這是不能理解天而有的行爲。把劉禹錫「天人交相勝」的觀念與柳完元的「天不預人」相對照，比較能瞭解柳宗元思想的來龍去脈。

　　第二、柳宗元的天人關係主張，就其產生的背景，就近因而言，是要改革唐朝政治，柳宗元認爲天不干預人，所以並不存在天命，政治的繼承人不一定應爲嫡長子，而是要讓諸子之中有賢德的人繼位。就遠因而言，柳宗元批評董仲舒以來的天人感應學說，認爲歷代政治興衰存亡，與天命無關，而是政治措施是否恰當、主政者是有否有德的緣故。

　　第三、柳宗元的天地觀，其淵源爲何？柳宗元自己並未說明。本文認爲：天地的本質爲元氣、天的運轉如車輪等觀念，這是漢代以來的說法。[28]至於宇宙無限的觀念，可能是以固有的「太虛」觀念，加上受佛教「大千世界」等時空無限的觀念所影響而產生。[29] 柳與唐朝當代天文學家似無交往關係。

　　第四、因爲柳宗元說過「惟元氣存」，認爲天是「物質」，所以學者多視之爲「唯物主義」。唯物主義認爲「物質」是優先存在的，意識、精神是從物質衍生出來的。唯物主義推論出唯物史觀，認爲歷史發展是由物質決定的。但分析柳宗元的天人思想與歷史觀，並沒有明顯地區分物質、精神，以及物質決定精神的說法，所以把柳宗元的天人觀視爲唯物主義並不是十分恰當的。

附表

附表一　柳宗元對劉禹錫〈天論〉觀點的回應

序號	劉禹錫〈天論〉觀點	柳 宗 元 觀 點	備 註
1	柳之天說爲未究，欲畢其言。	其（指劉）歸要曰：非天預乎人也。此論乃〈天說〉傳疏耳，無異道焉。	
2	贊天之能生植。	a. 天之能生植久矣，不待贊而顯。 b. 天之生植爲天耶？爲人耶？抑自生而植乎？	
3	天無私，故人可務乎勝也。	天若自生而植，猶天之不謀乎人也，彼不我謀，而我何爲務之也。	
4	天人交相勝。	若天恆爲惡，人恆爲善，人勝天則善者行。是又過德乎人，過罪乎天。	
5	天之道在生植，其用在強弱，人之道在法制，其用在是非。	是判天與人爲四，而言之者也。生植與災荒，皆天也。 法制與悖亂，皆人也，二之而已。其事各行不相預，而以豐理亂出焉。	
6	旅者之喻。	莽蒼之先者，力勝也。邑郛之先者，智勝也。虞、芮，力窮也。匡、宋，智窮也。是非存亡，皆未見其可以喻乎天者。若子之說，以亂爲天理，理爲人理耶？謬矣。	

序號	劉禹錫〈天論〉觀點	柳 宗 元 觀 點	備 註
7	操舟之喻。	愚民恆說耳。	
8	幽厲之詩，首曰上帝。	幽、厲之云爲上帝者，無所歸怨之辭耳。	
9	無形爲無常形。	甚善。	

附表二　屈原〈天問〉與柳宗元〈天對〉——有關天地起源部
　　　　分的對照表[30]

（屈原〈天問〉共提出 172 個問題，柳宗元合併若干問題，成
爲 122 問題，本文僅選擇其中 15 個有關天地起源的問題）

序號	屈原〈天問〉問題	柳宗元的回答	備 註
1	遂古之初，誰傳道之？上下未形，何由考之？冥昭瞢闇，誰能極之？馮翼惟象，何以識之？明明闇闇，惟時何爲？	本始之茫，誕者傳焉。鴻靈幽紛，曷可言焉。晧黑晰眇，往來屯屯，龐昧革化，惟元氣存，而何爲焉。	闇，音同暗。馮，音同憑。曶，音同忽。晰，清楚也。眇，音同渺，高遠渺小也。屯，音同諄，陰陽始合，難以生成貌。龐音旁，雜亂也，又音茫，昏昧也。
2	陰陽三合，何本何化？	合焉者三，一以統同。吁炎吹冷，交錯而功。	吁，音同嘘。
3	圜則九重，孰營度之？惟茲何功，孰初作之？	無營以成，沓（疊義）陽而九，轉輠渾淪，蒙以圜號。冥凝玄釐，無功無作。	圜，音同圓，天體。沓，疊也。輠，音果，車上盛油之器，用以塗軸。

序號	屈原〈天問〉問題	柳宗元的回答	備　註
4	斡維焉繫？天極焉加？	烏彄繫維，乃躑身位，無極之極，漭瀰非垠，或形之加，孰取大焉。	
5	八柱何當？東南何虧？	皇熙亹亹，胡棟胡宇，完（一作宏）離不屬，焉恃夫八柱？	亹，音同偉，連續貌。
6	九天之際，安放安屬？	無青無黃，無赤無黑，無中無旁，烏際乎天則。	
7.	隈隈多有，誰知其數？	巧欺淫詒，幽陽以別，無限無隈，曷憯厥列。	隈，音同愚。隈，音威，水曲隩。隩，音同域。
8	天何所沓，十二焉分？	折篿剡筳，午施旁豎，鞠明究曛，自取十二，非余之為，焉以告汝。	篿楚人結草以卜稱之，剡音同演，析也。鞠，窮也。曛，黃昏也。
9	日月安屬，列星安陳？	規煥魄淵，太虛是屬，棋布萬熒，咸是焉託。	規，日也。魄，月也。萬熒，群星也。
10	出自湯谷，次于蒙汜？自明及晦，所行幾里？	輻旋南畫，軸奠于北，孰彼有出，次惟汝方之側，平施旁運，惡有谷汜。當焉為明，不逮何晦，度引久窮，不可以里。	
11	夜光何德，死則何育？厥利維何，而顧菟在腹？	煥炎莫儷，淵迫而魄。遐邅乃專，何以死育。玄陰多缺，爰感厥兔，不形之形，惟神是類。	煥，烈火也。魄，初三見魄，初八見弦，十五見望。顧菟，月也。

序號	屈原〈天問〉問題	柳宗元的回答	備　　註
12	何闔何晦，何開而明？角宿未旦，曜靈安藏？	明焉非闢，晦焉非藏。孰旦孰幽，繆躔于經，蒼龍之寓，而迂彼角亢。	繆，同繚。躔，音同纏，日月行天。迂，音同廣，騙義；又音旺，往也。
13	康回馮怒，地何以東南傾？	圜燾廓大，厥立不植。地之東南，亦已西北。彼回小子，胡顛隕爾力。夫誰駭汝爲此，而以慁天極。	燾，說文：溥覆照也。慁，音同混，擾亂也。
14	東流不溢，孰知其故。	東窮歸墟，又環西盈脈。穴土區，濁濁清清，墳壚燥疏，滲渴而升，充融有餘，泄漏復行，器運潊潊，又何溢爲。	墳，土膏肥也。壚，黑剛土也。滲，下漉也。潊，音同攸，水流貌。
15	羿焉彈日？	焉有十日，其火百物，羿宜炭赫厥體，胡庸以枝屈。大澤千里，群鳥是解。	彈，音同畢，射也。赫，盛紅也。枝屈，史記：支左詘（屈）右。索隱：左手如拒，右手如附枝，右手發之，左手不知，此射之道也。

註　釋

1　天穹指天空的高遠空闊。宋·歐陽修〈奉使道中五言長韻〉：「望平愁驛迥，野曠覺天穹。」

2　出自王勃《滕王閣序》及唐·李白《送孟浩然之廣陵》。

3　出自宋·周邦彥《浣溪沙》。

4　天柱雖為神話，亦為詩人所引用。如王安石〈九井〉：「山川在王有崩竭，丘壑自古相盈虛，誰能保此千秋後，天柱不折泉常傾」；文天祥〈正氣歌〉：「地維賴以立，天柱賴以尊」，皆引用天柱觀念。

5　胡楚生，民國 79，〈柳宗元「天對」與王廷相「答天問」之比較〉，《興大中文學報》，3，頁 36。

6　葛榮晉，民國 82 年，《中國哲學範疇導論》，台北：萬卷樓，頁 602。

7　許凌雲，1998 年，《中國儒學史：隋唐卷》，廣州：廣東教育。頁 253。

8　周安邦，民國 91 年，〈柳宗元的自然觀〉，《中臺學報：人文社會卷》，13 期，頁 168。

9　程麗娜，民國 92 年，《柳宗元議論散文研究》，國立高雄師範大學國文教學研究所碩士論文。

10　《柳河東全集》卷十六，〈天說〉，頁 371。本文所引韓愈的觀點，未見於韓愈的文集之中，僅見於《柳河東全集》。

11　馮友蘭，民國 80 年，《中國哲學史新編》，台北：藍燈，頁 327~337。

12　玄色，是指天的顏色。「天玄地黃」也是此義。玄色是指夜晚時天空呈現的顏色。它不是黑色，也不是灰色，故稱為玄色。

13　《柳河東全集》卷十六，〈天說〉，頁 373。

14　《柳河東全集》卷十六，〈天論上〉，頁 373。劉之天論三篇，亦收錄於《柳河東全集》。

15　《柳河東全集》卷一，〈貞符〉，頁 28。

16　《柳河東全集》卷三，〈封建論〉，頁 59。

17　此次革新失敗是柳宗元一生最大的轉捩點。「二王」指王叔文、王伾。「八司馬」指八位被貶為司馬的官員，包括 1. 柳宗元 2. 劉禹錫 3. 韓泰 4. 韓曄 5. 韋執誼 6. 陳諫 7. 凌準 8. 程異。參見謝重光：《柳宗元傳》，台北：國際文化事業，1990 年，頁 47~55。

18 以下〈天問〉文句翻譯，參考王濤：《屈原賦選》，台北：遠流，1989年。

19 以下〈天對〉文句翻譯，游國恩：《天問纂義》，台北：洪葉，1993年。及胡楚生有關注解。

20 「九重天」的說法，朱熹認為九是陽數之極。一般說法是天有九層，層層相包。由下而上分別是 1. 月天 2. 水星天 3. 金星天 4. 日天 5. 火星天 6. 木星天 7. 土星天 8. 恒星天 9. 宗動天。因為七曜及恒星運轉速度不同，古人因而有此觀念。見游國恩：《天問纂義》，台北：洪葉，1993年，頁 27~29。

21 這裡的「九天」與前述「九重天」不同。九重天是縱切面，九天是橫切面。橫切面是把天為分成中間一區，東南西北四區，東北，東南，西南，西北四區，合計九區。

22 古人認為天與地相連，故問天與地會合於何處？漢朝時，張衡的渾天說已指出天地不相連，故柳宗元未回答此問題。「十二焉分」，王逸解十二為「十二辰」，洪興祖引《左傳》謂：「日月所是謂辰，故以配日」。注云：「一歲日月十二會，所會為辰」。見游國恩：《天問纂義》，台北：洪葉，1993 年，頁 44。另一種說法認為「十二焉分」指的是沿天球赤道，把周天分為十二部分，同樣是分成十二等分，為何有些從左而右，有些從右而左，有兩套而且左右相反，所以屈原有此一問。見鄭文光：《中國天文學源流》，台北：萬卷樓，民國 89 年，頁 116。

23 《淮南子‧天文訓》：「昔者共工與顓頊爭為帝，怒而觸不周之山，天柱折，地維絕。天傾西北，故日月星辰移焉，地不滿東南，故水潦塵埃歸焉。」不周山位於西北方。共工即康回。古人為了解釋中國地形西北高、東南低的現象，留下此神話故事。

24 王寶貫認為十個太陽的傳說，可能是冰晶折射產生的光暈及光弧的亮

點，看起來像太陽。丹麥天文學家在 1661 年曾看到「七日並出」的現象。見王寶貫：《天與地》，台北：牛頓，民國 85 年，頁 254。

25　洪興祖認為「柳宗元作天對，失其旨矣」。見游國恩，《天問纂義》，台北：洪葉，1993 年，頁 1。朱熹認為柳宗元的〈天對〉，「學未聞道而誇多衒巧之義，猶有雜乎其間，以是讀之，常使人不能無遺恨」。朱熹：《楚辭集注》，台北：中央圖書館，民國 80 年，頁 57。

26　《柳河東全集》卷十四，〈天對〉，頁 298~299。學者認為這段話具有宇宙無限的觀念，見程戈林：《天文五千年》，台北：曉園，1994 年，頁 117。

27　胡楚生，民國 79，〈柳宗元「天對」與王廷相「答天問」之比較〉，《興大中文學報》，3，頁 36。

28　柳宗元對天地之描述，用詞頗接近《淮南子》，如〈精神訓〉：古未有天地之時，惟象無形，窈窈冥冥，芒芠漠閔，澒濛鴻洞，莫知其門。〈天文訓〉：天地未形，馮馮翼翼，洞洞屬屬。可見受其影響頗深。

29　有關宇宙無限，李約瑟指出：宣夜派想像空間無限而天體疏落浮遊于其中，宣夜系統與老子的虛無觀念，列子的「天為積氣」有關。佛教的時空無限，以及大千世界的概念，也有影響。參見李約瑟著，曹謨譯，民 74 年，《中國之科學與文明》第五冊。台北：台灣商務，頁 69~71。

30　《柳河東全集》卷十四，〈天對〉，頁 297~309。本表僅節錄有關天地起源的部分文句。

參考書目

《柳河東全集》，台北：世界書局，民國 88 年。

卞孝萱，《劉禹錫》，台北：萬卷樓圖書有限公司，民國 81

年。

方介，〈柳宗元的天人思想〉，《國立編譯館館刊》，12：1，民
　　國 72 年，頁 87～109。

方介，《韓柳比較研究——思想、文學主張與古文風格之析
　　論》，國立台灣大學中國文學研究所博士論文，民 78 年。

王寶貫，《天與地》，台北：牛頓出版社，1996 年。

王濤，《屈原賦選》，台北：遠流出版社，1989 年。

呂正惠，《澤畔的悲歌——楚辭》，台北：時報文化出版社，民
　　國 70 年。

呂晴飛主編，《柳宗元》（上）（下），台北：錦鏽出版
　　社，1992 年。

周安邦，〈柳宗元的自然觀〉，《中臺學報：人文社會卷》，13
　　期，民國 91 年，頁 149～170。

李約瑟著，曹謨譯，《中國之科學與文明》，台北：台灣商務
　　印書館，民國 74 年。

金祖孟，《中國古宇宙論》，上海：華東師範大學出版
　　社，1996 年。

林伯謙，《韓柳文學與佛教關係之研究》，東吳大學中國文學
　　研究所博士論文，民國 81 年。

胡楚生，〈柳宗元「天對」與王廷相「答天問」之比較〉，《興
　　大中文學報》，3，民國 79 年，頁 21～37。

高秋鳳，《天問研究》，國立台灣師範大學中國文學研究所博
　　士論文，民國 79 年。

張允中，〈柳宗元天道思想與其形成之因素〉，《史化》，17，民
　　國 76 年，頁 18～24。

許凌雲，《中國儒學史：隋唐卷》，廣州：廣東教育出版社，1998年。

陳久金、楊怡著，《中國古代的天文與曆法》，台北：台灣商務印書館，1993年。

游國恩，《天問纂義》，台北：洪葉文化，1993年。

程戈林，《天文五千年》，台北：曉園出版社，1994年。

程麗娜，《柳宗元議論散文研究》，國立高雄師範大學國文教學研究所碩士論文，民國92年。

馮友蘭，《中國哲學史新編》，台北：藍燈出版社，民國80年。

馮契主編，《中國歷代哲學文選》，上海：上海古籍出版社，1993年。

葛榮晉，《中國哲學範疇導論》，台北：萬卷樓圖書有限公司，民國82年。

鄭文光，《中國天文學源流》，台北：萬卷樓圖書有限公司，民國89年。

鄭在瀛，《楚辭探奇》，台北：萬卷樓圖書有限公司，1994年。

鄭坦，《屈賦甄微》，台北：台灣商務印書館，民國65年。

戴月芳主編，《劉禹錫詩文》，台北：錦繡文化事業有限公司，1992年。

謝重光，《柳宗元傳》，台北：國際文化事業，民國79年。

顧易生，《柳宗元》，台北：萬卷樓圖書有限公司，民國81年。

朱熹理學的自然觀

——以風水思想為中心

周志川

摘　要：

　　宋代是中國科技文明昌盛的時代，清代的全祖望在其《宋元學案》中，就曾以「致廣大，盡精微，綜羅百代」來稱頌這位集宋代理學之大成的朱熹。自朱子以下，歷代學者無不對其文學、思想、倫理、道德、文化、政治等內容作深入的剖析及研究。而近代國內外研究朱熹的學者，也發表了不少有關朱熹的各種學術論著。儘管有許多學者提出不少創新的看法，並且超越前人，但是以風水思想的角度來探討朱熹的自然哲學，卻鮮有人涉及。即使有學者談論到，亦是以片面、片斷一筆帶過，甚至於以否定的觀點來評論朱熹的風水思想。至於這被爭論已久的「風水」一詞，在朱熹大儒的思維下到底是如何著墨呢？就是此處所要探討的問題所在。本文主要是以宋代的理學為背景，從集理學之大成的朱熹太極思維著手，進一步探討朱熹自然哲學中理學與風水的關係，最後以《朱子語類》及《朱子文集》中有關風水的內容加以舉證說明，來釐清「風水」之說在朱熹哲學中所扮演的角色。

關鍵詞： 朱熹、自然、太極、陰陽、理、氣、風水

一、前　言

　　自然哲學，是對於自然界或自然現象的原因、存在根據的說明，是哲學與自然科學的聯繫。在以往的中國哲學研究中往往以重倫理而輕科學。[1]宋代是中國科技昌明的時代，隨著生產的發達和經濟的繁榮，自然科學有了很大的發展。舉凡天文、地理、曆算、物理、化學、醫學、火藥、印刷術等等自然科學相競展現出輝煌的成果。由於自然科學的發展，對於中國哲學的發展也具有深遠的影響。集理學之大成的朱熹，便在此時代的背景下，開展他以理學為中心的自然觀。特別是在中國傳承已久的「地理風水」之說，朱熹不諱言，也大膽的提出。甚至在上奏皇帝的奏章中，也堂而皇之的提出風水高論，力勸新君能為先皇審慎選擇陵地，並極力批評執事的朝官，應另擇最吉之處，以免陷孝宗的屍骸長久浸泡黃泉濁水之中，而令人不安。是以一場風水的爭論就此展開。本文主要從朱熹的理學背景著手，進一步探討朱熹理學與風水的關係，以釐清「風水」之說在朱熹哲學中所扮演的角色。

二、朱熹的理學思維

　　在進入朱熹風水世界的主題之前，首先應了解朱熹風水

論的背景由來。從北宋五子談論「理」這個觀念以來，宋明以至清初這段時期，都籠罩在理學的世界裡，特別是二程子闡述「理」的觀念最多，確立了理學中「理」的地位。及至南宋朱熹集理學之大成，繼承了北宋五子「理」的觀念，並擴大二程「理」的內容，具體的闡述，「理」的哲學觀點大抵建立完成。[2]

朱熹言「理」分自然、所以然及所當然。如朱熹所言：

> 事物之理，莫非自然。(《孟子集註・離婁下》)
> 蓋以自然之理，則天地之間，惟天理至實而無妄。(《中庸或問》二十章)
> 至於天下物，則必各有所以然之故，與其所當然之則，所謂理也。(《大學或問・經文》)

從實體概念來看，理是宇宙萬物的所以然，是凌駕於一切事物之上的最高原則和精神實體。

又說：

> 使於身心性情之德，人倫日常之用，以至天地鬼神之變，鳥獸草木之宜。自其一物之中，莫不有以見其當然而不容已，與其所以然而不可易者。(《大學或問》第五章)
> 天地中間，上是天，下是地，中間有許多日月、星辰、山川、草木、人物、禽獸，此皆形而下之器也。然這形而下之器之中，便各自有個道理，此便是形而上之

道。(《語類》卷六十二)

從屬性概念來看，理是指事物的規律或秩序。[3]雖然「理」的觀念已建立起來，只是有是「理」，卻又要如何將理的概念實際落實？朱熹認爲這「理」只是以形而上的觀點討論，形而下的世界並未涉及。於是他採用張載「氣」的觀點，從原本的理本論，進一步全面地闡述理和氣的關係，將形而上的「理」與形而下的「氣」做一個結合，形成貫穿天地之間的理氣宇宙論。朱熹說：

> 天地之間，有理有氣。理也者，形而上之道也，生物之本也。氣也者，形而下之器也，生物之具也。(《朱子文集・答黃道夫》)
>
> 理未嘗離乎氣，然而理形而上者，氣形而下者。自形而上下，豈無先後？理無形，氣便粗，有渣滓。(《語類》卷一)

朱熹以理氣的相互關係，來解釋宇宙天地間的關連及結構性。理與氣的關係，在朱熹之前是各自表述，到了朱熹理氣的問題才做了一個整合。朱熹認爲理學的根源來於自周敦頤的《太極圖說》，要釐清理和氣的關連就不得不採用太極陰陽的說法來解釋理的意義與理氣的關係。朱熹在《語類》中說：

> 事事物物皆有個極，是道理之極至，……總天地萬物之

理便是太極。(《語類》卷一)

又說:

太極只是天地萬物之理,在天地言,則天地中有太極。在萬物言,則萬物中各有太極。(《語類》卷一)

又說:

上而無極太極,下而至於一草一木一昆蟲之微,亦各有理。(《語類》卷十五)

總的來說理就是太極,這太極不僅存在於萬事萬物之中,而且也是萬事萬物的總原理。至於理、氣與太極、陰陽的關係,朱熹將理與太極等同,氣與陰陽一樣。理與太極同樣是形而上者,氣與陰陽則是形而下者。朱熹云:

蓋太極是理,形而上者;陰陽是氣,形而下者。(《語類》卷五)
太極,理也;陰陽,氣也。(《太極圖說解》)

當朱熹在講理氣論時,基本上也將太極、陰陽納入他的哲學邏輯之中。從太極到陰陽,以至於到萬物,這彼此間的相互關係,有著極完整的系統性存在著,他說:

> 太極只是一個理，迤邐分做兩個氣，裡面動的是陽，靜
> 的是陰，又分做五行，散為萬物。(《太極圖說解》)

又說：

> 二氣五行，天之所以賦受萬物而生者也。自其末以緣
> 本，則五行之異，本二氣之實。二氣之實，又本一理之
> 極。是合萬物而言之，為一太極而已也。(《通書·性理
> 命注》)

以朱熹的哲學結構來說，誠如近代大陸學者張立文所說
的，在萬物的產生，其中重要的環節就是氣，就是陰陽。由
於氣的運動變化，而構成千差萬別，豐富多彩的現象世界。[4]
不管是從太極（理）——萬物或萬物——太極（理），中間透
過氣的陰陽變化做為它們之間的橋樑。依照朱熹的說法：

> 宇宙之間，一理而已。天得之而為天，地得之而為
> 地，而凡生於天地之間者，又各得之以為性。(《朱子文
> 集》卷七十)

又說：

> 天地之化，包括無外，運行無窮，然其所以為實，不越
> 乎一陰一陽兩端而已。(《朱子文集》卷七十六)

天地之間以理爲出發點，天地之間的變化，都可以透過陰陽
二氣而囊括無遺。朱熹以太極（理）、陰陽（氣）、五行、萬
物，構成他的基本宇宙自然哲學體系。由以上可以看出，這
個宇宙間不論是日月、星辰、山川、草木、人物、禽獸等萬
物都可區分形而下的器和器所存在的形而上的道理在。依上
述的說法，朱熹的風水觀，從其理學的角度來看，其山川相
遶、草木繁孳變化，所融結產生的地理風水，自然符合朱熹
所謂「萬物皆有理」、亦爲「自然之理」的準則。

三、朱熹的風水觀

近代朱熹的研究學者，有關朱熹的風水思想，甚少觸
及，是否因爲「風水」一說含有迷信色彩？還是研究較冷門
而不願討論？這不得而知。然而已故中國的哲學史家陳榮捷
（1901～1994）先生曾在其《朱子新探索》的書中討論「朱子
之世俗信仰」。陳榮捷先生乃近代研究朱子思想的大家，有關
朱子的論著相當多，也非常深入。因此，他根據相關歷史文
獻，力辯朱熹本人「絕無風水信仰」，認爲地理風水之說，只
是「可謂爲美學的觀點，與迷信相去遠矣」。其實從朱熹的相
關文獻的記載，朱熹並非全盤否定風水說，甚至還提出個人
對風水的看法。以下就陳榮捷先生所說的朱子「絕無風水信
仰」的一段文章，提出其他在《朱子語類》及《朱子文集》
中有關風水的部分文獻，說明朱子對風水的認可並非如陳先
生所說的朱子「絕無風水信仰」。

首先《朱子之世俗信仰》中云：

> 南軒（張栻，1133～1180）致朱子書云，「尊嫂已送葬事
> 否？……近世風俗深泥陰陽家之論，君子固不爾。但恐
> 聞風失實，流弊或滋耳。更幸裁之」。朱子與陳同父（陳
> 亮，1143～1194）書云，「云子卜葬已得地，但陰陽家說
> 須明年夏乃可窆，今且殯在貴庵」。……信陰陽家言，必
> 為其媳之主張，因朱子本人無取於此也。門人胡伯量
> （胡泳）函問為謀葬先人，應否擇日，並卜其山水吉
> 凶。朱子答云，「伊川先生力破俗說，然亦自言須是風順
> 地厚之處乃可。然則亦須稍有形勢，拼揖環抱，無空闕
> 處，乃可用也。但不用某山某水之說耳」。語類有一段
> 話，最足證實朱子絕無風水信仰。其擇地處，乃在形勢
> 而非吉凶。諸生皆言某廟為靈。朱子則云，「仰山廟極狀
> 大，亦是占得山川之秀。寺在廟後卻幽靜。廟基在山
> 邊。此山亦小，但是來遠。到此溪邊上外面，群山皆來
> 朝。寺基亦好」。此可謂為美觀點，與迷信相去遠矣。朱
> 子上狀爭辯孝宗山陵，亦極力主張土肉深厚，無水石之
> 虞，又可以避免兵戈亂離發掘暴露之患，而直斥台史坐
> 南向北謬妄之說。此則為永遠安寧之計，開罪朝廷，固
> 不惜也。

誠如上文陳榮捷先生所舉的幾則文獻資料，其中朱熹門
人胡伯量函問朱熹，「謀葬先人應否卜其山水吉凶」，「朱子答
云」一段其實已肯定風水需擇地，並依山水變化，審慎形

勢。此段雖未提及吉凶，然就朱熹爲侍講寧宗皇帝上《山陵
議狀》中，就建言應「擇一最吉之處，以奉壽皇神靈萬事之
安」。因此卜葬仍需詳細觀察山水的地形變化，選擇一處最吉
利的風水地，以安厝先人。上述同時連接下文陳先生所舉朱
熹《語類》有一段話，證實朱子絕無風水信仰，「可謂爲美學
的觀點，與迷信相去遠矣」。此段中所謂「占得山川之
秀」，陳先生解讀爲「可謂爲美學觀點」，這只是他個人對審
美價值的評論，並非是朱熹真正的意涵與看法。殊不知從朱
熹的《語類》中就有數則談論山川相邊，群山會聚而成好風
水的地方，並非只是從單純的「美學」角度來看。例如《語
類》云：

> 堯都中原，風水極佳。左河東，太行諸山相邊。海島諸
> 山亦皆相向。右河南邊，直至太山湊海。第二重自蜀中
> 出湖南。出廬山諸山，第三重自五嶺至明越。又黑水之
> 類自北纏繞至南海，泉州常平司有一大圖，甚佳。（同上）

另一則又說：

> 冀都是正天地間，好箇風水。山脈從雲中發來，雲中正
> 高脊處，自脊以西之水……前面一條黃河環繞。右畔是
> 華山聳立，爲虎。自華來至中，爲嵩山，是爲前案。遂
> 過去爲泰山，聳於左，是爲龍。淮南諸山是第二重
> 案。江南諸山及五嶺，又爲第三四重案。（《朱子語類》
> 卷二）

這二段朱熹很清楚地說明，冀都與堯都這兩個古代的帝都，所處的格局都是位於山勢一重又一重，群山拱聚，山川相邊的好風水處，而且也不避諱地連續使用「風水」這一名詞。其中《語類》所提到的「右畔是華山聳立，為虎。自華來至中，為嵩山，是為前案。逐過去為泰山，聳於左，是為龍」，亦是風水古籍中所常用的術語。另外根據《山陵議狀》中的說法：

> 若以術言，則凡擇地者，必先論其主勢之強弱，風氣之聚散，水土之淺深，穴道之偏正，力量之全否，然後可以較其地之美惡。（《朱子文集・山陵議狀》）

由此可見朱熹對於傳統風水術的理解是相當精通的，否則如何肯定判別冀都與堯都是「風水極佳」的地方。

再則《朱子的世俗信仰》的文末提到「朱子上狀爭辯孝宗山陵……」一段，是出自朱子的《山陵議狀》一文中，其上奏的主要目的是批評朝臣們為先皇孝宗皇帝所選擇的陵地。「地之不吉」、「擇之不精」，其中未得其形勢之善，穴內不深且浮淺、穴中有泉水為害等不良現象，希望新君趙擴能聽其建言，易地改選孝宗的陵地。然而我們詳看朱熹《山陵議狀》的內容，亦如前文所舉，為使孝宗「壽泉神靈」享有「萬世之安」，朱熹不斷地引證古人的說法，「以禮而言」、「以術而言」、「以地而言」，最後建議「不拘官品，但取通曉地理之人，參互考校，擇一最吉之處，以奉壽泉神靈萬世之安」。同時也認同「孫逢吉所謂少寬日月，別求吉兆為

上」。朱熹如此詳盡闡述地理風水擇地之重要，以便獲取最吉之寶地。此番論述，豈是陳先生所說：「其擇地處，乃在形勢而非吉凶」這麼單純？真的是有進一步剖析的必要。

從《禮記》的〈檀弓〉、〈喪大記〉等諸篇中可以窺見，儒家所重視的喪葬禮儀一直支配著中華民族（不論是統治階級或是一般平民）的喪葬制度。北宋理學的重要代表人物程頤所著〈葬說〉[5]一文，就是以他的「理」學系統中一脈絡的推衍。如程頤說：

> 天下之理一也，途雖殊而其歸則同。慮雖百，而其致一也。雖物有殊，事萬變，統之以一，則無能違也。（《易程傳》卷三）

又說：

> 凡一物上有一理。（《程氏遺書》卷十）
> 一物之理即萬物之理。（《程氏遺書》卷十八）

二程認爲一與萬的關係是可以相互轉化的，萬物有萬理，而萬物之理又統一爲本體之理，萬物都是一理表現。所以一物之理是天理的具體表現，一物之理與萬物之理是相通的。以這個觀點推衍到先人之葬地時，如〈葬說〉一文所言，若葬「地之美」則「子孫盛」，葬「地之惡」則「反是」。然而其原因何在？程頤曰：「理固然矣」。因爲依照二程的說法，一物有一物之理，這是天理的具體表現，並非有什麼特別神秘之

處。因此程頤〈葬說〉所言地之美惡關乎子孫盛衰，在其所葬之地土色是否光潤？草木土色是否茂盛？等理由來判別地之美惡與子孫盛衰，是有其理學的依據存在的。

繼承二程的南宋集大成理學家朱熹，「致廣大，盡精微，綜羅百代」（全祖望語），亦承襲著二程的〈葬說〉觀點，繼續發揮個人理學的思想，主張風水選址的重要。如朱熹所言：

> 葬之為言藏也，所以藏其祖考之遺體也。以子孫而藏其
> 祖考之遺體，則必致其謹重誠敬之心，以為安固久遠之
> 計。使形體全而神靈得安，則其子孫盛而祭祀不絕，此
> 自然之理也。」（《朱子文集‧山陵議狀》）

朱熹承襲孔子以來以孝治天下的一貫宗旨，推行宗法倫理，省墓祭祖，使族人子孫遵守孝道，擴而充之，則忠君愛國，事君治人。然而對先人遺體安葬擇地的過程裡，如何好好地慎選風水吉地，使祖考遺體不受侵擾，神靈獲得安寧，讓後代子孫能展現對先人最大的孝道，是朱熹願意接受二程慎葬的說法，並加以重視推廣的。

至於朱熹是如何重視、在意地理風水之說，可從他在晚年時不惜得罪朝中同僚、甘冒被罷官的危險上書奏請新君爲孝宗另擇陵地的過程中看出。朱熹於宋孝宗（1127～1194）死後，以垂暮之年被新君趙擴召請入都，做為「帝王師」入侍經筵四十六日，他在朝供職的第一件事就向皇帝上了《山陵議狀》，力主廣求術士，博訪名山，為死去的孝宗另擇「最

吉之處」，以免使其屍骸長久浸泡黃泉濁水之中，令人惶惶不可終日。[6]如朱熹於《山陵議狀》中說：

> 欲葬其先者，無不廣招術士，博訪名山，參互比較，擇
> 其善之尤者，然後用之。其或擇之不精、地之不吉，則
> 必有水泉、螻蟻、地風之屬以賊其內，使其形神不
> 安，而子孫亦有死亡絕滅之憂，甚可畏也。其或雖擇吉
> 地，而葬之不厚，藏之不深，則兵戈亂離之際，無不遭
> 懼發掘暴露之變，此又其所當慮之大者也。至於穿鑿已
> 多之處，地氣已洩，雖有吉地，亦無全力。而祖塋之
> 側，數興土功，以致驚動，亦能挺災。……《朱子文
> 集・山陵議狀》

朱熹認為孝宗山陵是關乎「垂裕後昆，永永無極」（山陵議狀）的國家大計，不可專信臺史之言，至使孝宗山陵穴中受水泉、土淺、螻蟻、地風等之害。因而主張應廣求術士，博訪名山，以擇地之最吉者，方能使神靈得安，子孫祭祀不絕。風水之論原本都在台面下進行，這次朱熹公開上奏《山陵議狀》給皇上，直接表述個人對風水擇地的看法，可以想見風水擇地之習俗在朝野皆同，並且於該朝蔚為風氣。

四、結　語

朱熹的自然哲學以理氣為核心，不只表現在道德倫理的

人性論上，更落實到天地間的萬事萬物上。不論是有生命的草木、禽獸，或無生命的山川、地形等都有它存在的道理與價值。這些存在的道理與價值觀來自於自然，自然中萬物形成的原因、發展的過程，都有它一定的準則。而這些準則就是理學的自然主義基本原則。朱熹即是以理與氣來貫穿這些形成的原因及發展的結果上。所謂「風水」之說，亦不例外地在朱熹的理學中展開。朱熹以北宋五子的理學為基礎，特別是以周敦頤的《太極圖說》做為宇宙發展至產生萬物的理論依據，再結合二程理學中「理」與萬物的關係，最後加入張載「氣」學思想，完完整整將宇宙萬物生成之因到萬物生成之果，做一系統的分析與說明，來建構起朱熹自然觀的哲學背景。在這一龐大的理學背景下，他將傳統以來褒貶不一的風水之說，去蕪存菁的把一些穿鑿附會的部分，做一個釐清。尤其在《山陵議狀》中，他將毫無根據的「國音之說」、「五音」、「五姓」之說做一個徹底的批評，並舉前人王充、呂才[7]之論加以佐證。凡是若干子虛烏有、荒誕不經的說法都予以駁斥，這充分表現出朱熹不是那種一昧迷信江湖上術士所言的風水之說的愚儒。

儘管風水之說，歷來飽受批評，一則因功利主義大行其道，讓統治階層及一般平民產生求取風水吉地，心存升官發財及庇蔭子孫的念頭。二則因漢代以來術數大為流行，也給予推波助瀾之象。二者相互結合，遂使得江湖奸邪術士有可乘之機，妄自加入許多不合理、迷信不堪的風水內容，以求有利可圖。然而朱熹本著「格物窮理」的精神，不僅探討形而上的理學，更把形而下的氣學給落實，逐步將萬事萬物之

道理窮盡，並予以實踐，使之全然貫通。朱熹以如此致知力行的態度看待「風水」，而風水之說是否仍是迷信或是否有其道理？自然不言而明。

註　釋

1　參閱張立文：《朱熹思想研究》（北京：中國社會科學，1994 年 9 月 2 版），頁 196。

2　北宋五子「理」的觀念：周子（周敦頤，1017~1073）通書禮樂篇：「禮，理也。……萬物各得其理，然後和。」仍是條理之意。邵子（邵雍，1012~1077）之哲學基於數，而以「天下之數出于理」（《皇極經世書・觀物外篇》）。張子云：「只萬物皆有理。」（《張子語錄・中》）均以理為宇宙原則矣。二程（程顥，稱明道先生，1032~1085；程頤，稱伊川先生，1033~1107）明道云：「詩大雅烝民篇曰：『天生烝民，有物有則。』……萬物皆有理。」（《遺書》卷十一）伊川又云：「天下之物皆可以理照。有物必有則。一物須有一理。」「一草一木皆有理。」（同上卷十八）「一物之理，即萬物之理。」（同上卷二上）因「萬物皆是一理」也（同上卷十五）。二程云：「理則天下只是一箇理，故推至四海而準。」此理即是天理。故又云：「萬物皆只是一箇天理。」「天理云者，這箇道理，更有甚窮已？不為堯存，不為桀亡。……更怎生說得存亡加減？是佗元無少欠，百理俱備。」（俱同上卷二上）伊川云：「物我一理，纔明此，即曉彼。」（同上卷十八）二程云：「理與心一。」（同上卷五）蓋謂心包萬理也。伊川謂張子「西銘明理一而分殊」（伊川文集卷五）。其說易亦每謂如此。蓋天下之理一，而物則百殊也。

3　參閱葛榮晉：《中國哲學範疇導論》（台北：萬卷樓，1993 年 4 月初

版），頁 117。

4　參閱張立文：《朱熹思想研究》（北京：中國社會科學，1994 年 9 月 2 版），頁 127。

5　「地之美者，則其神靈安，其子孫盛。若培壅其根而枝葉茂，理固然矣。地之惡者則反是。然則曷謂地之美者？土色之光潤。草木之茂盛，乃其驗也。父祖子孫同氣，彼安則此安，彼危則此危，亦其理也。」（《程氏遺書・葬說》卷十）

6　參閱束景南：《朱子大傳》（北京：商務，2003 年），頁 957~982。

7　根據王充《論衡・詰術篇》云：「宅有五音，姓有五聲，宅不宜其姓，姓與宅相賊，則疾病死亡，死罪遇禍，……」

《舊唐書・呂才傳》云：「近代師巫，更加五姓之說。言五姓者，謂宮、商、角、徵、羽，欲以同韻相求；及其以柳姓為宮，以趙姓為角，又非四聲相管。其間亦有同是一姓，分屬宮商，後有複姓數字，徵羽不分。驗于經典，本無斯說，諸陰陽書，亦無此語，直是野俗口傳，竟無所出之處。」

參考書目

周敦頤：《太極圖說》，上海：上海古籍出版社，1992 年 2 月。

邵雍：《觀物篇》，上海：上海古籍出版社，1992 年 2 月。

程頤、程顥：《二程集》，北京：中華書局，1981 年 7 月。

黎靖德編：《朱子語類》，台北：文津出版社，1986 年 12 月。

朱熹：《朱熹集》，台北：文津出版社，1986 年 12 月。

張立文：《朱熹思想研究》，北京：中國社會科學出版
　社，1994 年 9 月 2 日。

葛榮晉：《中國哲學範疇導論》，台北：萬卷樓圖書有限公
　司，1993 年 4 月。

陳榮捷：《朱子新學案》，台北：學生書局，1988 年 4 月。

束景南：《朱子大傳》，北京：商務印書館，2003 年 6 月。

山田慶兒：《朱子の自然哲學》，日本東京：岩波書店，1977
　年 12 月

牧尾良海：《風水思想論考》，日本東京：山喜房佛書
　林，1994 年 11 月。

渡邊欣雄・三浦國雄：《風水論集》，日本東京：凱風
　社，1977 年 12 月。

物我（一）書寫自然

《詩經》的自然意象與女性詮釋

丁亞傑

摘　要：

　　《詩序》詮釋后妃之德，其實頗有秩序。以身分地位而言，先言后妃，再言夫人、大夫妻、媵妾等，皆能自盡其職，上下和好。以道德實踐而言，先指出后妃之德——完成本身之職分，其後再協助國君。以教化層面而言，后妃之化，先家後國，由近及遠，先蕃庶後教化。反是，則國亡政衰，刺詩之所以作也。至少在《詩序》的政教體系中，后妃或言女性，其實居於內外之間的關鍵位置。將王化之成，寄託於夫婦之情，此中有兩個問題：為什麼王化之成，始自夫婦？毛《傳》這一講法，是理想抑或現實？

關鍵詞：《詩經》、自然意象、女性詮釋、教化

一、自然世界與人文象徵

緣於道家的自然，是《老子・二十五章》所云：「人法地，地法天，天法道，道法自然。」道是宇宙運行的最高法則，其內容就是「自然而然」，或逕曰「純任自然」。[1]老子提出的是對世界的整體觀照。《詩經》則否，較限於自然物，自然意謂人自身以外的世界，仰視有日月星辰，俯視有鳥獸蟲魚，平視則有山川草木，人一出生，就生活在這樣的世界之中。然而人與自然之間，並非僅有利用厚生的關係，此時自然與人文之間的連繫，是具體的生命如何在自然界生存。[2]自然，是理性的對象，也是感性的對象，是價值意識的根源，也是生命寄託的空間，此時自然與人文之間的連繫，則在於如何觀看自然。《詩經》的自然觀，就涵蓋這兩種意義。[3]

具體生命在自然界生存，其一是自然物只是客觀存在之物，〈式微〉：「式微式微，胡不歸？微君之故，胡爲乎中露？式微式微，胡不歸？微君之躬，胡爲乎泥中？」露與泥用以襯托行役在外的困境。其二是借自然物形容人物，如〈桃夭〉：「桃之夭夭，灼灼其華。之子于歸，宜其室家。桃之夭夭，有蕡其實。之子于歸，宜其家室。桃之夭夭，其葉蓁蓁。之子于歸，宜其家人。」桃夭用以形容女子年盛貌美，君子應趁機追求。[4]其三是借自然物表示時間的流逝，如〈摽有梅〉：「摽有梅，其實七兮。求我庶士，迨其吉兮。摽有

梅，其實三兮。求我庶士，迨其今兮。摽有梅，頃筐塈
之。求我庶士，迨其謂兮。」梅用以說明女子懼年華漸
去，暗示婚姻應及時。至於〈七月〉：「七月流火，九月授
衣。一之日觱發，二之日栗烈。無衣無褐，何以卒歲？三之
日于耜，四之日舉趾，同我婦子，饁彼南畝。田畯至喜。」
流火、觱發、栗烈等，用以指出一年四季的天象及氣候的變
化，是較〈摽有梅〉更廣的時間意識。

如果意象是作者主觀感受與客觀事物的結合，用以創造
審美形象，代表作者情意的具體顯現，此一審美形象，可以
有兩種方式表出：僅是純粹的美感呈現；除此之外，並具有
象徵意涵。前述諸例，至少在《詩經》學史中，不具有象徵
意涵。所謂在《詩經》學史中，不具有象徵意涵，意指其餘
具有象徵意涵的意象，在經典文本中可能也僅是美感形
象，只是透過解釋者的詮釋，這些意象具有象徵意義，供讀
者含咀，進而形成一種生活規範。[5]《詩序》對《詩經》的解
釋，大概就符合此一方向。是以經典文本與解釋傳統是不斷
形塑的過程，在這一過程中，會對經典文本與解釋傳統，有
進一步的轉化，構成讀者（解釋者）特殊的見解，最終也形
成了經典的一部分。

比興既借著物象表出，名物探討，始終也是《詩經》學
史研究方向之一，自古至今，從未間斷，開創「詩經博物
學」體系。然而這一體系，易「見物不見詩」，但一如前
述，考釋名物，推闡比興，往往是詮釋的結果。[6]此一推
闡，基本上始自《詩序》：「〈周南〉、〈召南〉，正始之道，王
化之基。」而〈關雎〉又是〈周南〉之首，《詩序》續

云：「是以〈關雎〉樂得淑女以配君子，憂在進賢，不淫其色。哀窈窕，思賢才，而無傷善之心焉，是〈關雎〉之義也。」[7]據毛《傳》，這是詠后妃之德，於是正始之道，王化之基，始自后妃，如果擴大說，女性是政治教化之始，其故何在？其道又何由？

二、自然意象與女性詮釋

先置《詩序》的爭議不論，《詩序》其對女性詮釋其實有一定結構，試列之如下：

篇名	序　說	女性意象	備考
關雎	是以〈關雎〉樂得淑女以配君子，憂在進賢，不淫其色。哀窈窕，思賢才，而無傷善之心焉，是〈關雎〉之義也。	關雎	
葛覃	后妃之本也。后妃在父母家，則志在於女功之事，躬儉節用，服澣濯之衣，尊敬師傅，則可以歸安父母，化天下以婦道也。	葛	
樛木	后妃逮下也。言能逮下，而無嫉妒之心焉。	樛木	
螽斯	后妃子孫眾多也。言若螽斯不嫉妒，則子孫眾多也。	螽斯	
桃夭	后妃之所致也。不嫉妒，則男女以正，婚姻以時，國無鰥民也。	桃夭	

篇名	序　　說	女性意象	備考
漢廣	德廣所及也。文王之道被于周南，美化行乎江漢之域，無思無犯，求而不可得也。	喬木	
鵲巢	夫人之德也。國君積行累功以致爵位，夫人起家而居有之，德如鳲鳩，乃可以配焉。	鳲鳩	
草蟲	大夫妻能以禮自防也。	阜螽	
摽有梅	男女及時也。召南之國，被文王之化，男女得以及時也。	梅	
小星	惠及下也。夫人無嫉妒之行，惠及賤妾，進御于君，知其命有貴賤，能盡其心矣。	星	
江有汜	美媵也。勤而無怨，嫡能悔過也。文王之時，江沱之間，有嫡不以其媵備數，媵遇勞而無怨，嫡亦自悔也。	江、汜、渚	
何彼襛矣	美王姬也。雖則王姬亦下嫁于諸侯，車服不繫其夫，猶執婦道，以成肅雍之德也。	唐棣	
綠衣	衛莊姜傷己也。妾上僭，夫人失位而作是詩也。	衣	
燕燕	衛莊姜送歸妾也。	燕	
日月	衛莊姜傷己也。遭州吁之難，傷己不見答于先君，以至困窮之詩也。	月	
凱風	美孝子也。衛之淫風流行，雖有七子之母，猶不能安其室，故美七子能盡其孝道，以慰其母心，而成其志爾。	凱風	
泉水	衛女思歸也。嫁于諸侯，父母終，思歸寧而不得，故作是詩以自見也。	泉水	
柏舟	共姜自誓也。衛世子共伯蚤死，其妻守義，父母欲奪而嫁之，誓而弗許，故作是詩以絕之。	舟	

篇名	序　　說	女性意象	備考
鶉之奔奔	刺衛宣姜也。衛人以為宣姜鶉鵲之不若也。	鶉鵲	
竹竿	衛女思歸也。適異國而不見答，思而能以禮者也。	泉源	
敝笱	刺文姜也。齊人惡魯桓公微弱，不能防閑文姜，使至淫亂，為二國患焉。	魴鰥	
葛生	刺晉獻公也。好攻戰，則國人多喪矣。	葛蘞	
月出	刺好色也。在位不好德，而說美色焉。	月	
澤陂	刺時也。言靈公君臣淫于其國，男女相悅，憂思感傷焉。	荷	
鳲鳩	刺不壹也。在位無君子，用心之不壹也。	鳲鳩	

　　以身分地位而言，先言后妃，再言夫人、大夫妻、媵姜等，皆能自盡其職，上下和好。以道德實踐而言，先指出后妃之德——完成本身之職分，其後再協助國君。以教化層面而言，后妃之化，先家後國，由近及遠，先蕃庶後教化。反是，則國亡政衰，刺詩之所以作也。至少在《詩序》的政教體系中，后妃或言女性，其實居於內外之間的關鍵位置。

　　以自然意象分類，有天文、地理、植物（草本、木本）、動物（禽、魚）、人為製作（衣、舟），用以喻女性。解釋物象之際，即是對女性的範圍，問題就在兩者如何繫連，是經典文本如此，抑或經由後人詮釋而來？

　　考察天文類意象：〈小星〉：「嘒彼小星，三五在東。肅肅宵征，夙夜在公。寔命不同。嘒彼小星，維參與昴。肅肅宵

征，抱衾與裯。寔命不同。」無名小星喻妾，有名大星喻夫人。以天象的井然有秩，象徵夫人與眾妾的區分。這是鄭玄《毛詩箋》承《詩序》所開展的解釋。[8]妻與妾身分差異顯然，不可逾越。星即隱喻女性，但並非是男性的隱喻，月仍然是女性的意象。〈日月〉：「日居月諸，照臨下土。乃如之人兮，逝不古處。胡能有定？寧不我顧。日居月諸，下土是冒。乃如之人兮，逝不相好。胡能有定？寧不我報。日居月諸，出自東方。乃如之人兮，德音無良。胡能有定？俾也可忘。日居月諸，東方自出。父兮母兮，畜我不卒。胡能有定？報我不述。」《詩序》指衛公子州吁驕奢，太子完即位為衛桓公，終被州吁弒，衛人殺州吁，立桓公弟晉，是為宣公；《魯詩》則說是衛宣公夫人宣姜，謀廢故夫人夷姜太子伋，立己子壽之事。[9]說雖互異，但意象則同。日、月、星喻國君、夫人、妾媵，月與星差異較大，鄭玄（127～200）云：「日月喻國君夫人也，當同德齊意以治國者，常道也。」月與日則近乎平行地位。[10] 亦即以星象主從為參照對象，進而指出人事對應關係。兩者之間，是推類形成，並無漢人習見的感通理論。[11]

其次是地理意象，〈江有汜〉：「江有汜，之子歸，不我以；不我以，其後也悔。江有渚，之子歸，不我與；不我與，其後也處。江有沱，之子歸，不我過；不我過，其嘯也歌。」江沱在《詩序》中，是具體的地理位置，毛《傳》則不然：「興也，決復入為汜。」鄭《箋》：「興者，喻江水大，汜水小，然而並流，似嫡媵宜俱行。」很清楚的說明江、汜以喻嫡、媵。清・陳喬樅（1809～1861）引漢・焦延

壽（？～？）《易林》亦云：「沱爲江之別者，故以喻媵
也。」[12]至於渚，鄭《箋》：「江水流而渚留，是嫡與己異
心，使己獨留不行。」渚以喻嫡、媵異心。這是用
江、汜、渚的形狀，指涉嫡、媵歧路，期望合力同心。〈泉
水〉：「毖彼泉水，亦流於淇。有懷于衛，靡日不思。孌彼諸
姬，聊與之謀。出宿于泲，飲餞于禰。女子有行，遠父母兄
弟。問我諸姑，遂及伯姊。」鄭《箋》：「泉水流而入淇，猶
婦人出嫁于異國。」以水流喻女子出嫁，水流漸遠，女子思
家之情愈甚。[13]在此，與天文意象不同，並無對應的男性意
象。

　　而指涉女性最多的是動植物意象。〈關雎〉：「關關雎
鳩，在河之洲。窈窕淑女，君子好逑。參差荇菜，左右流
之。窈窕淑女，寤寐求之。求之不得，寤寐思服。悠哉悠
哉，輾轉反側。參差荇菜，左右采之。窈窕淑女，琴瑟友
之。參差荇菜，左右芼之。窈窕淑女，鐘鼓樂之。」毛
《傳》：「關雎，王雎也。鳥摯而有別。」鄭《箋》：「摯之言至
也，謂王雎之鳥，雌雄情意至然而有別。」故雖爲興，而比
在其中。顯然此一要求，不專指女性，男女兩性有相對的責
任。[14]〈螽斯〉：「螽斯羽，詵詵兮。宜爾子孫，振振兮。螽
斯羽，薨薨兮。宜爾子孫，繩繩兮。螽斯羽，揖揖兮。宜爾
子孫，蟄蟄兮。」鄭《箋》：「凡物有陰陽情欲者無不妒
忌，維蜙蝑不耳，各得受氣而生子，故能詵詵然衆多。后妃
之德能如是，則宜然。」與〈關雎〉不同，這是單向的要求
女子不妒忌。[15]〈鵲巢〉：「維鵲有巢，維鳩居之。之子于
歸，百兩御之。維鵲有巢，維鳩方之。之子于歸，百兩將

之。維鵲有巢，維鳩盈之。之子于歸，百兩成之。」鄭《箋》：「鵲之作巢，冬至架之，至春乃成，猶國君積行累功，故以興焉。興者，鳴鳩因鵲成巢而居有之，而有均壹之德，猶國君夫人來嫁，居君子之室，德亦然。」此中透顯國君、夫人的相對關係，國君必須積行累功，才能娶得夫人，反之，夫人亦須有國君之德，才能安居於室，即獲得穩定的家庭地位。[16]〈草蟲〉：「喓喓草蟲，趯趯阜螽。未見君子，憂心忡忡；亦既見止，亦既覯止，我心則降。陟彼南山，言采其蕨。未見君子，憂心惙惙；亦既見止，亦既覯止，我心則說。陟彼南山，言采其薇。未見君子，我心傷悲；亦既見止，亦既覯止，我心則夷。」毛《傳》：「卿大夫之妻，待禮而行，隨從君子。」鄭《箋》：「草蟲鳴，阜螽躍而從之，異種同類，猶男女嘉時以禮相求呼。」這是以草蟲、阜螽雖異種但同類，相行相從，象徵夫妻亦應如此。[17]〈鶉之奔奔〉：「鶉之奔奔，鵲之彊彊。人之無良，我以為兄。鵲之彊彊，鶉之奔奔。人之無良，我以為君。」鄭《箋》：「奔奔、彊彊，言其居有常匹，飛則相隨之貌。」這是以鶉鵲猶能相互貞定，反諷衛宣姜與公子頑淫亂。[18]〈敝笱〉：「敝笱在梁，其魚魴鰥。齊子歸止，其從如雲。敝笱在梁，其魚魴鱮。齊子歸止，其從如雨。敝笱在梁，其魚唯唯。齊子歸止，其從如水」。鄭《箋》：「魴也、鰥也，魚之易制者，然而敝敗之笱不能制。興者，喻魯桓微弱，不能防閑文姜，終其初時之婉順。」魴、鰥易制，以喻女性之婉順，因此魚未必是女性意象，而是魚的特質，才是所以取喻的對象。[19]

植物意象有〈樛木〉:「南有樛木,葛藟纍之。樂只君子,福履綏之。南有樛木,葛藟荒之。樂只君子,福履將之。南有樛木,葛藟縈之。樂只君子,福履成之。」鄭《箋》:「喻后妃能以意下逮眾妾,使得其次序,則眾妾上附事之,而禮義亦俱盛。」樛木下垂,喻后妃下逮眾妾;葛藟上繞,喻眾妾親附后妃。以具體的形狀,說明后妃與姬妾應有的關係。〈漢廣〉:「南有喬木,不可休息。漢有游女,不可求思。漢之廣矣,不可泳思,江之永矣,不可方思。」鄭《箋》:「木以高其枝葉之故,故人不得就而止息也。興者,喻賢女雖出游流水之上,人無欲求犯禮者,亦由貞潔使之然。」木以象徵女子的貞潔,凜然不可侵犯。[20]〈澤陂〉:「彼澤之陂,有蒲與荷。有美一人,傷如之何。寤寐無為,涕泗滂沱。彼澤之陂,有蒲與蕑。有美一人,碩大且卷。寤寐無為,中心悁悁。彼澤之陂,有蒲菡萏。有美一人,碩大且儼。寤寐無為,輾轉伏枕。」鄭《箋》:「蒲以喻所說之男性,荷以喻所說女之容體也。正以陂中二物興者,喻淫風由同姓生。」陳靈公不但淫於其國,且連及同姓,是以《序》、《箋》一致嚴譴。[21]

人為製作有〈綠衣〉:「綠兮衣兮,綠衣黃裳。心之憂矣,曷維其已?綠兮衣兮,綠衣黃裳。心之憂矣,曷維其亡?綠兮衣兮,女所治兮。我思古人,俾無訧兮。絺兮綌兮,淒其以風。我思古人,實獲我心。」鄭《箋》:「婦人之服,不殊衣裳,上下同色。今衣黑而裳黃,喻亂嫡妾之禮。」以服製象徵嫡妾的秩序。[22]

〈柏舟〉:「汎彼柏舟,在彼中河。髧彼兩髦,實維我

儀。之死矢靡它。母也天只,不諒人只。汎彼柏舟,在彼河側。髧彼兩髦,實維我特。之死矢靡慝。母也天只,不諒人只。」鄭《箋》:「舟在河中,猶婦人在夫家,是其常處。」以舟在河,象徵女性在夫家,舟與河不離,暗喻女性的最後歸宿。[23]

天文類意象以日、月、星象徵國君、后、妃或男女兩性的位置,居於不同的位置,則有不同的責任。地理類意象則以水流象徵嫡、媵,餘略同於天文類意象。兩性或女性,可以從天文地理的意象推類而得,因其有相似性之故。動物類意象則不然,女性與動物兩者無法立即推出類似性,必須藉著更多詮解,方能理解其關係,且在詮解的過程中,導出規範女性的內容,但相對的也間接指出男性應盡的責任。植物類意象、人為製作與動物類意象略同,均須借著詮解,才能理解其象徵意義。

意象的形式即已隱含其內容,有待於讀者讀出。理解或有難易,借詮釋以明其義則同。正由於意義經詮釋而來,所以《詩經》文本、毛《傳》、鄭《箋》關係甚為複雜。以前舉諸詩為例,毛《傳》基本上側重文字的訓詁,《詩序》則側重詩義的解釋,鄭《箋》則擴大《詩序》對詩義的解釋。三家詩又多與《毛詩》同。顯現對女性的要求或規範,四家詩約略一同,超越學派的分限。

三、女性風化與家國政教

　　毛《傳》：「后妃說樂君子之德，無不和諧，又不淫其色，慎固幽深，若關雎之有別焉，然後可以風化天下。夫婦有別則父子親，父子親則君臣敬，君臣敬則朝廷正，朝廷正則王化成。」將王化之成，寄託於夫婦之情，此中有兩個問題：為什麼王化之成，始自夫婦？毛《傳》這一講法，是理想抑或現實？

　　對女性的要求或規範，詳究其實，就是禮。其中有兩種思考方向：一是從家到國的建構，而以家為治國理政之本；一是風俗的探討，期以移風易俗開啟文化反省。《禮記‧昏義》即重在家國的建構：「敬慎重正，而后親之，禮之大體，而所以成男女之別，而立夫婦之義也。男女有別，而后夫婦有義，夫婦有義，而后父子有親，父子有親，而后君臣有正。故曰：『昏禮者，禮之本也。』」[24]很清楚的呈現家——國的思考結構，這一思考結構，一般而言，均認為國是家的延伸，但卻忽略了國以家為典範，一旦國以家為典範，男女、夫婦或兩性，確是治國理政思考的核心。《漢書‧匡衡傳》：「臣聞家室之道修，則天下之理得，故《詩》始國風。」也是這一思考的路向。

　　至於漢末應劭所說：「為政之要，辯風正俗，其最上也。」[25]則重風俗的考量。辯風正俗，可能才是從家到國的延伸。這在《詩序》，不乏其例。如〈山有樞〉：「刺晉昭公

也。不能修道以正其國，有財不能用，有鐘鼓不能以自樂，有朝廷不能洒埽，政荒民散，將以危亡。」所談的不是政治權力的來源、分配與制衡，而是財用、禮樂，其實就是風俗教化。[26]

毛《傳》綜合上述兩者而論，而以家政為核心。

家既是國的核心，家所呈現的價值，正是國的規範，此時父母固有崇高的地位，但是沒有夫婦的結合，何來子孫的崇功報德？《左傳・文公二年》：「襄仲如齊納幣，禮也。凡君即位，好舅甥，修昏姻，娶元妃以奉粢盛，孝也。孝，禮之始也。」[27]孝雖為禮之始，但具體內容卻是好舅甥、修昏姻、奉粢盛。是以《禮記・昏義》云：「昏禮者，禮之本也。」國家政教，其實就建立在家之上，而女性又是家的根本，於是整個政治文化以女性為中心，從而有繁複的女性規範。以人事而論，涵蓋女性與男性（后妃、國君）、女性與女性（后妃、滕妾）的種種關係，所以才有天文及地理意象的各種比喻。以女德而論，有各種應遵循的矩式，所以才有動植物意象的各種象徵。

這些當然是理想，因為春秋時代的女性，即不如《詩序》、毛《傳》、鄭《箋》所說的那麼「嚴謹」。清・顧棟高（1679～1759）曾作一統計，將《左傳》出現的女性，分為上、中、下三等，依次是節行、明哲與縱恣不度。節行有十二人，明哲有十一人，縱恣不度則有三十二人，前兩者相加，仍不敵第三類。[28]在歌頌文王后妃之化之餘，回到現實，卻只能慨嘆「禮教陵夷」。這與《詩經》刺詩較多，其實正是相同的現象。漢代亦然，漢代婚娶，有以甥為妻、有外

家之姑爲妻；公主寡居，私通外人；至於外戚，從漢初至哀帝、平帝，二十餘家，保全者僅四家。[29]現實中的女性，何能同《詩序》、毛《傳》、鄭《箋》所說，如此完美。正因不可能如此，所以男性才會要求女性必須如此。而在訴說理想時，表面上看，是從家到國的建構，實際上卻是以女性爲政教核心的論述。女性意象及其含義，可能就是男性政治理想的投射。

〈大車〉：「刺周大夫也。禮義陵遲，男女淫奔，故陳古以刺今大夫不能聽男女之訟焉。」政治衰敗，由於禮義陵遲，從現實層面觀察，不是男女淫奔，就是男女相棄，要不就是男女失時。[30]從兩性關係，判斷政治良窳。其中良窳的關鍵，其實是在國君，〈載驅〉：「齊人刺襄公也。無禮義故，盛其車服，疾驅於通道大都，與文姜淫播其惡於萬民焉。」淫亂責在襄公，而不在文姜，責任在男性，而不在女性；播惡萬民，正可說明辯風正俗的重要。[31]〈東門之枌〉更直指風化所及的影響：「疾亂也。幽公淫荒，風化之所行，男女棄其舊業，亟會于道路，歌舞于市井爾。」所以國風除《周南》、《召南》是美外，餘多爲刺，且以國君的荒淫昏亂爲刺的主要對象。

〈隰有萇楚〉：「疾恣也。國人疾其君之淫恣，而思無情欲者也。」期望國君無情欲，從而有清明的政治，情欲，是政治昏亂的主因。《詩序》所以強調禮義，又哀歎禮義陵遲，就是希望以禮義對治情欲，以禮節制國君的情欲，避免因無止境的情欲，使整個社會陷入上下交征利的困境。然而國君無情，幾不可能。於是有另一種思考方向，〈東門之池〉：「刺時

也。疾其君之淫昏，而思賢女以配君子也。」這是〈關雎〉
以降的解詩主流。[32]女性在此，與其說是壓迫的對象，不如
說是崇拜的對象。鄭《箋》就說明了此一現象：「喻賢女能柔
順君子，成其德教。」君子之德風，但成其風者，卻是女
性。因爲男性的意象是「終風且暴」、是「北風其涼」，有待
女性變化其性質。女性——君子——德教，結構顯然。這是以
女性爲主的政教世界。這一世界的內容是用心專一、躬儉節
用、勤而無怨、遵循法度，進而求賢審官、不好攻戰，終能
長祀先祖。這些都是《詩序》對女性的要求，然而無一不可
施用於男性，也都是國君應盡的責任。

四、結語：自然意象的位置與女性的價值

天文、地理類意象較直接象徵國君、后、妃或男女兩性
的位置，居於不同的位置，則有不同的責任。兩性或女
性，可以推類而得。動物、植物類意象必須借著更多詮
解，方能理解其關係。且在詮解的過程中，導出規範女性的
內容，但相對的也間接指出男性的責任。

上述與其說是歷史事實，不如說是語言論述。語言有兩
種性質：一是指涉作用，爲萬物命名，對應真實世界；一是
作爲系統，意義來自符號系統，每一概念並不對應真實事
物，而是系統差異，前者是本質論，後者是建構論。[33]《詩
經》自然意象的女性詮釋，基本上即屬於建構論。男性的自

然意象及其規範，是相對隱含在女性的自然意象及其規範之中。所以這不是單向的價值定訂，而是位置的價值定訂。男女兩性的意義取決於位置關係。一旦位置改變，責任也隨之改變。君君、臣臣、父父、子子，正是此一含義。

然而在整個近代思想脈絡，卻將符號系統誤認為指涉系統，以為這些就是歷史事實，於是女性備受桎梏，成為新的傳統，對中國女性的解釋，均不出於這一模式。但是這終究也是「詮釋」。

註　釋

1　參考陳鼓應：《老子註譯及評介》（北京：中華，2001 年 8 月第 8 次印刷），頁 168。

2　如德國學者 W・顧彬就認為《詩經》中的自然觀有三：農民的勞動對象、主觀化的象徵、協調與一致的象徵，見氏撰、馬樹德譯：《中國文人的自然觀》（上海：上海人民，1990 年 1 月），第 1 章〈自然當作標誌〉，頁 15~62，《詩經》部分見頁 19~32。

3　呂興昌指出中國自然意識可以超越時間、泯消造作、轉化經驗，見〈人與自然〉，收入蔡師英俊主編：《抒情的境界》，《中國文化新論・文學篇一》（台北：聯經，1989 年 8 月第 6 次印行），頁 113~160。

4　與此詩類同者，尚有〈葛覃〉、〈何彼襛矣〉、〈月出〉。

5　劉勰（465？~522？）《文心雕龍・明詩》云：「人稟七情，應物斯感，感物吟志，莫非自然。」物可以表志，人與物就存在特殊結構。《文心雕龍・神思》又云：「然後使玄解之宰，尋聲律而定墨；獨照之匠，窺意象而運斤。」也說明外在物象，經由作者觀照，形成獨特意義。觀／物形塑了物的價值，此一價值又反過來，規範觀者的行為模

式。引文見周振甫：《文心雕龍注釋》（台北：里仁，1984 年 5 月），頁
83、515。

6　《詩經》博物學的著作，較著者有吳・陸璣（？~？）：《毛詩草木鳥獸
蟲魚疏》、宋・蔡卞（？~？）：《毛詩名物解》、元・許謙
（1199~1266）：《詩集傳名物鈔》、清・王夫之（1619~1692）：《詩經稗
疏》、清・毛奇齡（1623~1716）：《續詩傳鳥名》、清・姚炳
（？~？）：《詩識名解》、清・陳大章（？~？）：《詩傳名物集覽》等，可
參考清・永瑢（1743~1790）等撰：《四庫全書總目》（北京：中
華，1995 年 4 月第 6 次印刷），卷十五，頁 120、121，卷十六，頁
126、131、133。揚之水：《詩經名物新證》（北京：北京古籍，2000 年
2 月），〈詩：文學的，歷史的〉，頁 1~41，詩經的名物研究概況見頁
1~6，有更深入的評論。見物不見詩即揚氏語。

7　引文均見唐・孔穎達（574~648）：《毛詩正義》（台北：藝文印書館影印
十三經注疏本，1985 年 12 月），卷一之一。下引諸詩，均本此，不另
注出，以省篇幅。

8　《韓詩》：「任重道遠者，不擇地而息。家貧親老者，不擇官而仕。」
《齊詩》：「旁多小星，三五在東。早夜晨行，勞苦無功。」二家雖差距
有限，並與《毛詩》大異，見清・王先謙（1842~1917）撰、吳格點
校：《詩三家義集疏》（台北：明文，1988 年 10 月），頁 103。

9　王先謙撰、吳格點校：《詩三家義集疏》，頁 142。

10　但孔穎達云：「國君視外治，夫人視內政，當亦同德齊意以治理國事
者，如此是其常道。」夫人僅限於治宮內之事，不與於國政，國君與夫
人的職分，較諸鄭玄，有清楚的內外之分。

11　感通論是指天地萬物均由陰陽二氣構成，就形質本身或有不同，但就氣
而言，根本不異，所以可以借氣相互感通。詳細分析可參考徐復觀

（1903~1982）：〈呂氏春秋及其對漢代的影響〉、〈先秦儒家思想的轉折及天的哲學的完成〉，《兩漢思想史》（台北：台灣學生，1979 年 9 月再版），卷二，頁 1~83，295~438；龔師鵬程：〈自然氣感的世界〉，《漢代思潮》（嘉義：南華大學，1999 年 8 月），頁 13~48。

12 見《齊詩遺說考》，重編本皇清經解續編（台北：漢京），卷一，頁22。

13 三家詩與《毛詩》同，見王先謙撰、吳格點校：《詩三家義集疏》，頁190。與此詩類同者有〈竹竿〉、〈葛生〉。

14 王先謙逕指：「此鳥德最純全，故詩人取以起興。」見王先謙撰、吳格點校：《詩三家義集疏》，頁9。

15 三家詩與《毛詩》同，見王先謙撰、吳格點校：《詩三家義集疏》，頁35。

16 三家詩與《毛詩》同，見王先謙撰、吳格點校：《詩三家義集疏》，頁65。

17 《魯詩》則以為君子直指國君，國君好善道，百姓自親之；草蟲、阜螽則以喻朋友之道。見王先謙撰、吳格點校：《詩三家義集疏》，頁74。

18 王先謙則以為是刺衛宣公，見王先謙撰、吳格點校：《詩三家義集疏》，頁233~234。

19 三家詩同《毛詩》，見王先謙撰、吳格點校：《詩三家義集疏》，頁389~390。

20 三家詩同《毛詩》，見王先謙撰、吳格點校：《詩三家義集疏》，頁51。

21 三家詩同《毛詩》，見王先謙撰、吳格點校：《詩三家義集疏》，頁479。

22 三家詩同《毛詩》，見王先謙撰、吳格點校：《詩三家義集疏》，頁134。

23 三家詩同《毛詩》，見王先謙撰、吳格點校：《詩三家義集疏》，頁 216。

24 清・孫希旦（1736~1784）撰、沈嘯寰、王星賢點校：《禮記集解》（北 京：中華，1989 年 2 月），頁 1418。

25 見《風俗通義・序》，王利器：《風俗通義校注》本（台北：明文，1982 年 4 月），頁 8。法國哲學家服伏爾泰（1694~1778）也注意到禮制與風 俗的問題，指出禮節可以樹立整個民族克制和正直的品行，使民風莊重 文雅，見氏撰、梁守鏘等譯：《風俗論》（北京：商務，1995 年 1 月），頁 217。

26 參考龔師鵬程：《飲食男女生活美學》（台北：立緒，1998 年 9 月），第 3 章〈風俗美的探討〉，頁 68~92，尤其是頁 73、91。

27 楊伯峻（1909~1992）：《春秋左傳注》（北京：中華，2000 年 7 月第 6 次印刷），頁 526-527。

28 見氏撰、吳樹平、李解民點校：《春秋大事表・春秋列女表》（北京：中 華，1993 年 6 月），頁 2627~2630。

29 見清・趙翼（1727~1814）撰、杜維運考證：《二十二史箚記》（台 北：華世，1977 年 9 月），「婚娶不論行輩」、「漢公主不諱私夫」、「兩 漢外戚之禍」諸條，卷三，頁 60、61、67~68。呂思勉（1884~1957） 指出「漢公主不諱私夫」條，是在寡居之後，或已有夫婿，仍通於外 人，致使公主被殺，或上攀主家，因移愛見誅，見《讀史札記》（台 北：木鐸，1983 年 9 月），「漢尚主之法」，頁 561~562。

30 類似之詩有〈雄雉〉、〈谷風〉、〈桑中〉、〈氓〉、〈有狐〉、〈中谷有 蓷〉、〈大車〉、〈東門之墠〉、〈出其東門〉、〈野有蔓草〉、〈溱洧〉、〈東方 之日〉、〈綢繆〉、〈東門之楊〉。

31 類似之詩有〈匏有苦葉〉、〈碩人〉、〈南山〉、〈敝笱〉、〈猗嗟〉、〈宛

丘〉、〈月出〉、〈株林〉、〈澤陂〉。

32 類似之詩有〈有女同車〉、〈雞鳴〉。

33 蔡師英俊課堂筆記，2002 年 7 月 10 日元培科學技術學院教師研究方法
課程。另可參考（瑞士）索緒爾（Ferdinand De Saussure，1857~1913）
撰、屠友祥譯：《第三次普通語言學教程》（上海：上海人民，2002 年
10 月），第 4 章〈靜態語言學和歷史語言學、語言學的二元性〉，頁
120~153，尤其是頁 121~125。

參考書目

（唐）孔穎達：《毛詩正義》，台北：藝文印書館影印十三經注
疏本，1985 年 12 月。

（宋）朱熹撰、汪中斠補：《詩集傳》，台北：蘭臺書局，1979
年 1 月。

（清）陳喬樅：《魯詩遺說考》，重編本皇清經解續編，台
北：漢京文化公司。

（清）陳喬樅：《齊詩遺說考》，重編本皇清經解續編，台
北：漢京文化公司。

（清）陳喬樅：《韓詩遺說考》，重編本皇清經解續編，台
北：漢京文化公司。

（清）王先謙撰、吳格點校：《詩三家義集疏》，台北：明文書
局，1988 年 10 月。

揚之水：《詩經名物新證》，北京：北京古籍出版社，2000 年
2 月。

（唐）孔穎達：《禮記正義》，台北：藝文印書館影印十三經注

疏本，1985 年 12 月。

（清）孫希旦撰、沈嘯寰、王星賢點校：《禮記集解》，北京：中華書局，1989 年 2 月。

楊伯峻：《春秋左傳注》，北京：中華書局，2000 年 7 月第 6 次印刷。

（清）顧棟高輯、吳樹平、李解民點校：《春秋大事表》，北京：中華書局，1993 年 6 月。

（清）永瑢等撰：《四庫全書總目》，北京：中華書局，1995 年 4 月第 6 次印刷。

陳鼓應：《老子註譯及評介》，北京：中華書局，2001 年 8 月第 8 次印刷。

王利器：《風俗通義校注》，台北：明文書局，1982 年 4 月。

（法）伏爾泰撰、梁守鏘等譯：《風俗論》，北京：商務印書館，1995 年 1 月。

（清）趙翼撰、杜維運考證：《二十二史劄記》，台北：華世出版社，1977 年 9 月。

呂思勉：《讀史札記》，台北：木鐸出版社，1983 年 9 月。

徐復觀：《兩漢思想史》，台北：台灣學生書局，1979 年 9 月再版。

金春峰：《漢代思想史》，北京：中國社會科學出版社，1997 年 12 月修訂第 2 版。

周振甫：《文心雕龍注釋》，台北：里仁書局，1984 年 5 月。

（德）W‧顧彬撰、馬樹德譯：《中國文人的自然觀》，上海：上海人民出版社，1990 年 1 月。

徐復觀：〈文心雕龍淺論之一──自然與文學的根源問題〉，收

入《中國文學論集》，台北：台灣學生書局，1982 年 9 月。

呂興昌：〈人與自然〉，收入《抒情的境界》，《中國文化新
論‧文學篇一》，台北：聯經出版公司，1989 年 8 月第 6
次印行。

龔師鵬程：〈四季、物色、感情〉，收入《春夏秋冬》，台
北：月房子出版社，1994 年 11 月 2 刷。

龔師鵬程：〈自然氣感的世界〉，收入《漢代思潮》，嘉義：南
華大學，1999 年 8 月。

唐賦的自然書寫研究[1]

吳儀鳳

摘　要：

　　賦是最善於寫物的文體，那麼從賦中我們能否看出古人是如何觀察自然、看待自然的呢？他們又是如何描寫自然呢？試以最善於寫物的文體——賦，來作一考察，並且以唐賦為一個觀察的對象，先做一現象層面的考察，接下來再進一步分析其之所以如此觀看、如此書寫背後之種種複雜的文學及文化因素。

關鍵詞：唐賦、自然書寫、自然賦、聚焦式、全景式、帝國書寫

一、前　言

　　「自然書寫」[2]是近年來逐漸隨著過度工業化發展後，人類環保意識崛起下頗受到注意和推廣的一個文學主題。有關「自然書寫」這一名詞大部分是用在當代文學裡，指的是那些自然生態寫作[3]的作品，例如劉克襄（1957～）、凌拂（1951～）、廖鴻基（1957～）、吳明益（1971～）等作家的作品。[4]當然，廣泛一點的來說，我們也可以把凡是屬於描寫自然的文學作品都納入「自然書寫」的範圍。[5]而隨著當前大家對於自然生態文學的關注，不禁也會令我們想要去追溯傳統的古典文學中有關自然書寫的這個部分，究竟古人在觀察自然和書寫自然的方式上和今人有何不同？而這些不同背後所突顯出的是更多關於文學、文化、社會……等種種的差異，這樣的比較其實是可以更幫助我們從某種不同的角度去對古典文學及古代文化進行一些思索和反省的，這可說是一項具有重要意義的研究和自省的工作。

　　首先我們可以從當代的自然寫作中明顯看到其與古代文學的不同，例如劉克襄在〈鷗之旅〉中即說道：現代人批評古代人，說他們「對於鳥類的觀察，始終不細緻、不正確，遺下的記載，尤屬簡略殘缺，常在名辭方面，輾轉注釋，乃愈增其迷糊。」[6]這一點的確如此，翻查類書如《古今圖書集成》，以蟬和鯨為例，其中蟬和蜩、鯨和鯢的關係和解釋就不是很明白，究竟該生物是何外形？有何特徵？在古籍的記載

中往往是語焉不詳的。[7]

　　隨著時代的進展，科學發展的日新月異，現代文學中的自然書寫也隨著生物學、自然科學的發展，在分科分目上更為詳細，而對於自然生態的觀察也因為科技的進步而有許多便利的工具（例如望遠鏡、攝影機）及較好的交通工具（例如要以海上船隻對鯨進行觀察）等，使得人類可以更加貼近地、細膩地去對不易親近的自然物（如鯨、虎之類）進行長期的追蹤觀察。而就「自然書寫」這個文類興起的寫作背景來看，則是人類在經歷人類工業文明的高度發展下對地球自然生態造成種種的破壞，體認到生存環境的惡化，從而試圖重新找回自然、回歸自然的一種具有環保意識的生活概念。也因為這樣，現代的自然書寫往往比較具有自然科學與現代生態學的知識，同時會具有環境生態保護、動物保育等的主要關注在其中，寫作者透過寫作其實也是在進行某種自然保育的宣導和教育工作，他們希望能讓更多人了解他們的理念並且和他們一樣能夠懂得去珍惜這些自然資源。

　　相形之下，古代文學的自然書寫由於所處的時代背景不同、社會文化不同，所以呈現的面向也有很大的差異。第一個明顯的差異就是對於環境保護和動物保育的觀念，古人是沒有今人這麼強烈的。因為在他們生存的年代，人類對自然的破壞和獵捕行為還不至於像現代這麼嚴重。第二個明顯的差異就是古代文人沒有現代生物學和自然科學的這套知識，因而他們並不會太重視生物特性及其生態等這方面的細節描述。第三個明顯的差異就是，因為缺乏望遠鏡之類的現代科技工具，所以他們能進行的觀察其實是很有限的。

　　以上是先就基本上古今兩個不同的時代差異表現在自然書寫上明顯的不同來說，接下來當進一步以最善於「體物」的文體──賦的寫作，來對其自然書寫作一具體的觀察和比較。

二、自然賦的分類

　　從《文苑英華》[8]中所收唐賦之題材分類看來，其類目有1.天象、2.歲時、3.地類、4.水、5.帝德、6.京都、7.邑居、8.宮室、9.苑囿・朝會、10.禋祀、11.行幸、12.諷諭、13.儒學、14.軍旅、15.治道、16.耕籍、17.樂、18.鍾鼓、19.雜伎、20.飲食、21.符瑞、22.人事、23.志、24.射・博奕、25.工藝、26.器用、27.服章、28.圖畫、29.寶、30.絲帛、31.舟車、32.薪火、33.畋漁、34.道釋、35.紀行、36.遊覽、37.哀傷、38.鳥獸、39.蟲魚、40.草木等共計四十類。

　　若以人文及自然兩大類作為一項區分標準，試看詠物詩的區分方式，在排除了人物類後，林淑貞《中國詠物詩「託物言志」析論》一書第四章，曾依《佩文齋詠物詩選》對詠物中的「非人物類」進行人文與自然的二分，[9]其簡分如下；

人文器用──包括建築、武備、儀器金錢、衣飾用品、文　　　　　　書、樂器

自然界──1.無生物──天文、山石、水系

　　　　　2.生物 ── 植物──花木

　　　　　　　　　　　 動物──走獸、禽鳥、魚族、蟲類

　　如依此標準大略觀之，則《文苑英華》賦篇分類中屬於自然物象者有：天象、歲時、地類、水、鳥獸、蟲魚、草木等七類。屬於人文類描寫對象者爲：帝德、京都、邑居、宮室、苑囿・朝會、禮祀、行幸、諷諭、儒學、軍旅、治道、耕籍、樂、鍾鼓、雜伎、飲食、人事、志、射・博奕、工藝、器用、服章、圖畫、寶、絲帛、舟車、薪火、畋漁、道釋、紀行、遊覽、哀傷等三十二類。其中「符瑞」一類是既有自然（其中有鳳、龍、龜、柳、連理樹、白烏）、也有人文（如丹甑、鏡、白玉琯）的；此外，像畋漁、紀行、遊覽雖也有自然景物的描寫，但究竟是以人爲主的，故勉強將之歸入人文類的。

　　從《文苑英華》賦篇的分類中，可以看到就數量的多寡上來看，人文類的比例明顯高出自然類很多；其次，從分類的先後次第中也可以看出，作爲自然中具體自然物的鳥獸、蟲魚、草木被擺在最末。而以人文爲主的京都、邑居、宮室、朝會、樂等都放在前面。雖然最前面有天象、歲時、地、水等類，但這些類別的內容其實仍是人文爲主的思考，這一點在後文中會再提及。因此，從分類來看，已可以看出其重人文而輕自然的傾向。

　　賦與類書一向有著密不可分的關係，[10]《文苑英華》賦篇的分類可以說和《文選》的分類以及類書的分類都具有相似性。因而我們可以以《文苑英華》作爲一個代表，看出古人在分類中隱含的一套以天、帝王爲先的意識形態，以人文爲主的傾向。

　　以上所言僅僅是就《文苑英華》的賦篇類目而言，實際

上我們在看待賦篇時並不以所說的自然類目為限，否則會有疏漏，因而只要是涉及自然描寫的作品，都是本文舉例和探討的範圍。

若依賦所描寫的對象，亦即自然物本身來看，可區分為兩大類：一是全景式自然物，如天、地、山、水；二是聚焦式自然物，如鳥獸草木蟲魚。[11]全景式自然物係以宏觀的方式對山、海等作全景式的描繪，在描寫的同時也會寫到其中的自然物，如描寫海則會寫到其中的水族（魚類），描寫山林則會寫到其中的草木、禽獸。早期漢賦的發展便是以全景式的描繪為主的苑囿題材自然賦，如司馬相如（約前 180～前 117）〈子虛賦〉、〈上林賦〉，或是揚雄（前 53～前 18）〈羽獵賦〉。而魏晉時則以詠物小賦獨樹一幟，在寫作的對象上，轉而以某一具體之物來進行微觀式的、聚焦式的極力鋪陳描寫，如禰衡（173～198）〈鸚鵡賦〉、張華（232～300）〈鷦鷯賦〉。然而這並不是說魏晉之時就沒有全景式的自然賦作，例如木華（約 265－300 時在世）的〈海賦〉便是採用全景的方式對海進行各方面的描寫。

全景式和聚焦式的兩種賦作在歷史發展上是一直並行的。但這兩種類型的賦又各有其特性。全景式賦作的宮廷性較強，相形之下，聚焦式賦作則有較多足以突顯個人之生命情調之處，因而多為體物言志型的作品。在賦的寫作形態中，基於作者寫作心態的不同，因此，那些宮廷貴遊文學性質濃厚的作品，往往具有濃烈的歌功頌德傾向，故可稱之為「歌功頌德型賦作」；另一方面，作家藉著體物的描寫來表現個人心志的作品也是詠物賦中常見的寫法，故這一類作品可

稱之爲「體物寫志型賦作」。

　　從傳統的賦體分類來看，自然書寫是很容易和山水賦及詠物賦這兩大題材類別重疊的。故而孫康宜（1944～）在《抒情與描寫：六朝詩歌概論》一書中，曾區分詠物賦與山水賦，其云：詠物賦聚其視焦於單個物體，而山水賦聚其視焦於大規模的風光。[12]此處所云「聚焦」的概念與本文前述之「全景式」、「聚焦式」二分之分類概念是一致的。不過「自然書寫」包括山水賦，卻不只是山水賦，自然書寫含括的範圍遠比山水賦的範圍要大許多，例如天、地、四時等也是屬於自然的範疇。至於詠物賦，自然書寫包括詠物賦中的鳥獸草木蟲魚類之生物，卻不包括其中的器物類、建築類和飲食類。[13]

　　事實上，大部分的自然賦作都可說是傳統「詠物賦」的寫法，但詠物賦含括的範圍很廣，本文意在自然書寫，故詠物賦中只有那些真正屬於自然物象者才能屬之。而本節所提出的分類觀念可簡言之如下：

　　1. 以描寫對象分爲自然與人文兩大類；

　　2. 在描寫自然的作品中再以取景大小分爲全景式和聚焦式兩種；

　　3. 如以作品形態、寫作的心態來看，則又有歌功頌德型與體物寫志型這兩種不同。

三、自然書寫的淵源

從自然書寫的發展歷史來看，王國瓔（1941～）《中國山水詩研究》第一章已對《詩經》、《楚辭》乃至漢賦中的自然山水描寫做了一番觀察，她說：

> 真正為中國山水詩的描寫技巧作好準備工作的還是「漢賦」。儘管從《詩經》到《楚辭》，詩人的視野已從景物的個體逐漸擴展至山水風景的全貌，卻是在漢代賦家的筆下，自然山水形象的展露才開始逐漸成為創作的主要目的。這不僅是因為自然山水在漢代知識分子的出處進退的生活中扮演了更為重要的角色，還由於漢代賦家對自然山水的聲色狀貌已粗具一分美學意識。[14]

《詩經》中的自然描寫多只是一兩句景語，作為引發以下情語的作用，自然景物不是詩人所要歌詠的直接對象，寫景是為了主題的展露。[15]《楚辭》對山水景物的描寫，是從強烈的抒情氣氛中醞釀出來的，歌詠自然山水景物，並非詩人的最終目的，不過是詩人表現情志的一種手段。這一點和《詩經》詩人並無不同。[16]由於詩人多不能忘我，對一己之出處進退過於縈繞於心，因此，雖面臨自然山水景物，卻缺乏對避世而處的自然山水之讚美。

早期如宋玉（約前 290～約前 223）〈風賦〉雖然還不是

通篇寫風之作，但其中已有較長的段落是對風進行鋪敘描寫。而這種寫法也可以說後來自然書寫的賦體大抵都是在這樣一種文體成規上進行的。其以四六言句式爲主的韻文奠定了賦體語言的基本形式。詩與賦因爲文體的不同，其表現在自然物色描寫上也有所不同，詩歌著重意象的呈現，因而詩歌論述中對情景交融、比興物色的討論頗多，[17]但賦重鋪陳排比，才學、典故都是支撐一幅長篇賦作必須具備的本領。

司馬相如〈子虛賦〉中對雲夢大澤中的山、土、石、鳥獸、草木、蟲魚等自然物象都做了誇張的描寫，司馬相如賦中的堆砌、羅列、排比，誇張地塞進各式各樣物象辭彙，彷彿要極力填滿。[18]漢大賦中的自然書寫基本上已奠定了全景式自然賦的寫作風格，賦家們企圖將所有與此主題有關的事物統統囊括殆盡，並一一羅列、排比，展現在帝王面前。呈現一種琳瑯滿目、目不暇給的華麗特質。至於像田園賦（如張衡 [78～139]〈歸田賦〉）一類作品則旨在表現自己隱居田園的心情，自然景物其實並非文人真正關心的對象，他們更希望在文中表現的是一種超越凡俗的、遺世獨立的隱士精神。[19]不過，儘管如此，王國瓔仍然肯定漢賦作者對山水具有了賞愛的能力。[20]

而在魏晉時詠物賦十分鼎盛，其中便有不少是屬於聚焦型的自然賦作，對特定自然物進行極力的描繪，其中最爲著名者如禰衡〈鸚鵡賦〉。又如晉·木華撰作〈海賦〉，展開想像，描繪海上仙境，「名爲覽海，實則遊仙」，[21]其中也如同漢大賦一般有不少的罕見字。這種賦體語言依簡宗梧教授（1940～）說：是語文高度藝術化了的結果。[22]

　　發展至唐代，由於作品更多，保存更爲完整，各式各樣的自然賦作均有，而賦的寫作形態也大體上在唐代均發展完備，因而唐賦可說是一個具有重要指標的研究對象。以下本文即以唐賦爲主，來進行「自然書寫」此一主題的探討。

四、全景式自然賦展現帝國書寫特質

　　從唐賦中看來，雖然其中不乏許多以自然爲題之賦作，但是寫法上恐怕都和今日所謂的自然生態寫作極爲不同。像天地日月、四時節氣等，幾乎大多數的自然物象在賦中都是披上了一層濃厚的政治色彩。早在《詩經》之中，這一原始的自然崇拜思想就已存在了。據法國漢學家格拉耐（Granet, Marcel，1884～1940）《中國古代的祭禮與歌謠》（*Fêtes et Chansons anciennes de la Chine*）一書所言：當時人認爲「王侯如果不德社會秩序就紊亂；山岳如果失去威力雨水便會失時。」[23]自然界秩序的紊亂正是人類社會秩序被破壞的結果，不論是旱還是澇都必須由君王承擔責任。山川之德與政治的價值相關聯，山水之德只有靠君主之德才會發生效力，王室的權力與該國的山川威力之間存在著完全的一致性。[24]因此，正如同王國瓔所言，這些：

　　　　山嶽河川不僅因爲形狀高峻、聲勢浩大令人起敬，更因爲山嶽河川能反映上天的意志，是人間社會秩序的鏡子。山川在自然界的地位，有如君王在人間的地位，兩

者同樣受命於天；山川主宰自然，君王主宰人間；山川
之力相當於王權，山川之惠相當於君王之德。因此，山
嶽河川秩序的井然，象徵王權的穩固、社會的安定；山
嶽河川草木的繁茂，顯示君王有德、人民有福，這是足
以引起歡悅與頌禱之情的。……若是山嶽河川失調，以
致天不雨、山無樹、川無水，稼穡遭殃，人民受苦，這
是君王無德，不知畏天、恤民、勤政的結果。……由於
自然界的山嶽河川，能映照人間社會的禍福，詩人因此
表示儆惕之意。[25]

基於這樣傳統的觀念和信仰，自然物象都被視爲是上天旨意
的表現，大多數的儒生所扮演的都是一個翻譯者或解釋者的
角色（類似古代的巫），將上天所呈現的自然物象，其吉凶禎
祥做一番解釋對應到現實人事上來。例如〈景星見賦〉便
說：「垂象含輝，有道則見」（《文苑英華》，頁 49）[26]這一套
由來已久的觀念，到了後代仍被奉行著，大概是臣子們爲了
要使權力至高無上的君王，能有所節制和收斂而採取的必要
做法，他們往往要借用這套論述來對君王進行勸諫，方能達
到讓君王聽信的目的。

隨著四時季節的變化，又因爲大多數地區都是農業型態
的生產，因而自然的時令變化是相應的搭配著一套與農業耕
作相關的風俗習慣，而這些風俗習慣有的也會形成禮制持續
地、反覆不停地被操演著。所以唐賦中所寫的自然，其實是
著重於人爲禮制的這個部分，例如〈東郊迎氣賦〉（頁
248）、〈籍田賦〉（頁 315）等均是與整套禮制相關之作。

　　至於其寫法上，則仍是沿襲賦既有的書寫方式，堆疊大量的歷史文化典故在文句中。這是原本賦這個文體在形成發展過程中就與生俱來的一種特質，賦重才學，文人化氣息濃厚，又是走入宮廷的貴族文學，因此它講究精緻化，文人間互相競賽以求展現自己的才學，這一點就透過典故的運用來表現。

　　以這類全景式描寫天象、地理、山川的賦作來看，他們都呈現出某種帝國書寫的特質，如韋展的〈日月如合璧賦〉（頁 19），又如〈黃雲捧日賦〉云：「吾君朝黃圖、坐甲乙、禮元吉、觀慶雲之飛來，暈長空以夾日」，「君為日，臣為雲」，這些賦所說的「日」，顯然已不是作為自然物的日，它們不僅不從日月的自然性著眼，也不是從個人的情性出發，而完全是站在「國家」、「帝王」、「帝業」這樣的角度和立場出發來進行書寫的。如齊映寫〈冬日可愛賦〉（頁 30）從題目上來看，這本是一篇以冬日的太陽為描寫對象的賦作，可是賦中仍是「聖上納諫」、「時以泰，歲以豐」這樣的內容。本文擬將此種書寫方式稱為「帝國書寫」。文人在此已經可以看出他們已具有某種習慣性的思維，可以很容易地將自然物象（如日和雲）和政治上的君臣比附在一起。這當然是長久以來傳統典籍、教育所給予、和形成的一套文化機制。賦因其具有濃厚的貴遊文學性質，在其歷史發展中一向與王宮貴族有著緊密的聯繫，是以它總是擺脫不掉這貴遊文學的氣息。所以鄭遙〈初月賦〉末云：「命後車之文雅，恭進牘於詞人。」（頁 33）楊炯（650～693?）也在〈老人星賦〉一開頭大聲讚嘆：「赫赫宗周，皇天降休。」（頁 41）而限韻的文字

如:「天下和平君臣合德」(頁 42)、「天下偃兵無爲而理」(頁 49)等也都可以看出那種站在廟堂之上,統領天下的居高臨下之姿。這種現象在天象類作品中頗爲常見。在禽鳥賦中我們也可以看到:凡是寫作一些具有禎祥意涵的鳥類,如鳳皇、白烏、白雀、三足烏等,多半都是體物式的歌功頌德型賦作,都比較缺乏寫作者個人內在心志的表露。[27]

像天象、地理、山川、苑囿等這些類別大部分所寫的自然景物是全景式的,或者也可說是泛覽式的。其作品均會如前述般流露出浃浃大唐帝國的帝國書寫氣勢。就如同畫家畫出美麗的莊園給主人看一樣,[28]這些賦家也是爲皇帝鋪寫出一幅美麗大好河山,將皇帝所擁有的一切形諸於文字,使皇帝得到精神上的愉悅和滿足。

五、以寫作心態分:歌功頌德型與體物寫志型

唐賦中的禽鳥書寫,排除掉故事性賦作(如〈燕子賦〉)後,大體上可以分爲兩類,一是歌功頌德型,二是體物言志型。歌功頌德型賦作多半是寫給朝廷或皇帝看的,所描寫的禽鳥多是具有祥瑞象徵的禽鳥,如鳳皇、白烏、白雀、三足烏,或因其珍稀而進獻的禽鳥,如鸚鵡、白鷳。而體物言志型則是文人藉詠鳥以寄託自己心志的,所描寫的禽鳥就比較一般,如王績(585~644)〈燕賦〉、[29]高郢(740~811)〈沙洲獨鳥賦〉(頁632)。

在寫作手法上，兩類賦作的寫法也略有不同，歌功頌德型禽鳥賦如張說（667～730）〈進白烏賦〉（頁 403），通篇以歌頌白烏爲主，由於烏本爲黑色，而若出現白烏據古人解釋此即爲一種祥瑞之徵兆，故張說〈進白烏賦〉云：「有莫黑之凡族，忽變白而效靈。感上人於孝道，合中瑞於祥經。」言白烏爲中瑞，係有感於人間之孝道故降臨凡間。由於是要進獻白烏，故張說在賦中代白烏發言，表示其願意「期委命於渥恩，豈願思於閑放？」希望自己能在國君的苑囿中與其他珍禽爲鄰，並將報答於君親。雖然張說在賦中的表現也可以說是他個人的主觀心志表露，即表達自己願爲國君所用，爲國君盡心，不過在寫法上，它不像體物言志型那麼純粹，體物言志型純粹從作者個人心志出發，所流露出的個人心志明顯，而歌功頌德型則在個人抒情言志的這個部分，表現並不明顯，大致上是以一種宮廷中的思維和某種官方式的駢麗語言構作而成。

至於體物寫志型賦作，如盧照鄰〈馴鳶賦〉（頁 622）就顯得較爲抒情言志許多，其所使用的語言較爲自然貼切，而對鳶之受挫也可以看出實隱含作者個人所遭遇之憂懼，最後是以感恩、報恩作結。雖然同樣是報恩的結尾，但盧照鄰表現出更多的個人生命情志。和張說那種在特定場合下的官方式寫作仍有所不同。

唐賦中的自然書寫大抵可以上述這兩種類型爲主。如果我們以張說〈進白烏賦〉和盧照鄰〈馴鳶賦〉爲例，來看他們對禽鳥的觀察和描寫的話，可以發現一個重點：唐代文人在描寫禽鳥時，雖然也有對禽鳥進行觀察，不過這種觀察是

和一般人一樣的，而在描寫上也只是幾個簡單而概括式的描述，這樣的描寫其實有些含糊、籠統，並不能夠極力地突顯出該禽鳥之外形和生物特性。而在寫作的方式上，可以看出文人體物言志型賦作著重自然物之內在刻劃與描述，將之擬人化並且作為自己的代言人，將自己的情志強加於該禽鳥身上。另一方面，歌功頌德型賦作則是重視禎祥讖緯的政治神話，極力地鋪陳這些傳說典故，而讚美、歌頌是賦作的主要基調。

於是我們發現：這些作者們對於禽鳥的自然生態或自然特性的部分只是知其大概，他們對於這種禽鳥的生物性、生態習性所知有限，也不是太著重這個部分，因為這並不是他們關心的重點。他們真正關心和在乎的是如何透過這個禽鳥的某些象徵意涵來表達出自己的想法。所以禽鳥的象徵意涵才是使得這些禽鳥面貌不同的主要關鍵。

六、聚焦式自然賦：㈠歌功頌德型

在以禽鳥類自然賦為例說明了「歌功頌德型」與「體物言志型」兩種賦作的不同後，以下我們再進一步地對聚焦式自然賦做更多的觀察和探討。聚焦式自然賦是以一具體的自然生物為對象進行描寫的，亦即草木、鳥獸、蟲魚這類作品。

首先，我們發現：在這類自然書寫的賦作中，其中有不少自然物並非單純的自然生物，而往往是符瑞的表徵。在

《文苑英華》卷八十四、八十五，此類賦作很多，他們描寫的黃龍、白龜、鳳皇、連理樹、[30]瑞柳[31]等基本上都是符瑞，因爲其爲禎祥之物所以歌頌它、讚美它，如陳詡（797 年進士）〈西掖瑞柳賦〉云：「柳變西掖，瑞彰聖時」（頁 396），而動物如白兔、白雀、白鹿也都是禎祥，是因皇帝仁德而出現的祥瑞之物，這時臣下不免爲此而歌功頌德一番。或是如李德裕（787～849）的〈瑞橘賦〉是李德裕感謝皇帝賞賜給他進獻的瑞橘。

另有一類是用典故或取材自神話傳說的，如〈黃雀報白環賦〉（頁 530）用的是《續齊諧記》弘農楊寶之典故，〈任公子釣魚賦〉（頁 568）用的是《莊子‧外物》篇中的典故，〈蚌鷸相持賦〉（頁 648～649）是《戰國策‧燕策》中的典故。

動物賦作中還有作爲王宮貴族狩獵物者，如飛雁（〈聖人苑中射落飛雁賦〉，頁 566）、雙兔（〈皇帝冬狩一箭射雙兔賦〉，頁 565）。或是自然生物被用在典禮儀式中，如王起（760～847）〈寅月釁龜賦〉（頁 648）。

或是作爲進貢之物，如貞觀九年（635），西域進貢獅子，虞世南（558～638）作〈獅子賦〉（頁 601），或是如馬有大宛馬、汗血馬、千里馬，[32]其他尚有〈洞庭獻新橘賦〉（頁 673）、〈越人獻馴象賦〉（頁 602），還有原本獻上的，如〈越人獻馴象賦〉代象發言，盛稱「服我后之卓棧，光我唐之域邑」（頁 603）言己能「邈自遠藩，來朝至尊」實爲有幸，勝過辛勤勞苦的牛馬，末尾說自己「豈敢昧於君恩」。到唐敬宗（809～826）寶曆（825～826）之時，皇帝又把這些象放

了，於是又有幾篇〈放馴象賦〉，文中稱：「我則有五色九苞之禽，在于靈囿；我則有雙骼共觝之獸，何必致遠物於外區，崇偉觀於皇都？」（頁 603）於是我們看見這些賦的作者，可以一下代象發言，希望自己有幸獻到宮中，當政策改變時，他們也可以換一付口吻，表現出皇帝釋放這些大象的仁德，他們總是機敏地看著皇帝的喜好和朝廷政策來決定他們的寫作內容。

由此我們多少都可以看出寫作者寫作的心態，他們急於表現出一付臣服、仰望於王權的寫作心態，或者乾脆代執政者發言。這就是歌功頌德型唐賦在自然書寫上的表現，充分地展現了賦家為帝國而書寫的特色。這樣的寫作方式實肇因於賦本具有濃厚的宮廷文學或貴遊文學的本質，從漢代起賦就具有向朝廷呈獻以求得官職的功利目的，獻賦這一項功利目的始終存在，再加上唐代科舉考試中考賦的寫作，一直到明清，試賦的傳統一直存在。正因為作者是基於功利目的取向而作，其設定的讀者是皇帝或其周圍之人，因而在寫作上總是表現出宮廷文學歌功頌德的風格來，例如蔣防〈白兔賦〉以「至仁垂化靈物表祥」為韻，試錄一段來看看：

> 聖理遐遠，元穹效靈，有兔爰止，載白其形。乘金氣而來，居然正色；因月輪而下，大叶祥經。豈不以應至道之神化？彰吾君之德馨？皎如霜輝，溫如玉粹，毫素絲而可擬，足瓊枝而取類。與三窟以殊歸，將五靈而共至。潔朗貞質，聯緜雅致。[33]

溫馴可愛的小白兔在現代人的思維裡大概很難和「至道之神化」、「皇帝的仁德」聯想在一起，不過明代姚淶的〈白兔賦〉也是將白兔視爲祥瑞，因此撰作此賦來歌頌聖德。[34]這也可以看出在這類宮廷文學的賦作中，這樣的寫作已經具有其一定的寫作傳統，其構思和思維上都已有一定的框架存在，而這也構成了賦作中的一大類型，本文即稱之爲「歌功頌德型」。自然賦中的「歌功頌德型」多是在「符瑞」這類中，其所描寫的自然物往往是具有祥瑞象徵的。

七、聚焦式自然賦：㈡體物言志型

文人體物言志類的作品比較能夠展現一己的心志，文人以自然物寄託自己的心志，這些自然物多半是有生命的、具有孤高意象的，如松、竹、蟬等，是一般常見的自然物，而非珍禽異獸，或奇花異木。

文人作賦多是有感而發所作，例如蕭穎士（717～768）作〈蓮蕖散賦〉，他在賦序中說：

> 巳未歲，夏六月，旅寄韋城，憂傷感疾，腫生於左脇之下，彌旬不愈，楚痛備至。……張南容在大梁聞之，以言於方牧李公。公，予之舊知也。俯垂驚嗟，遠致是散，題曰：蓮葉合之以蘇，用附腫上，又覆以油帛，以冪之，其瘳如洗，一夕復故。感恩歎異，于以賦焉。（頁688）

因爲蓮藥散治好了蕭穎士的疾病，故蕭穎士寫作這篇〈蓮藥散賦〉酬謝故人。這時此一植物是因其具有醫療功效而受到重視的。

　　文人有感而發所作動植物賦作很多，如呂溫（772～811）有〈由鹿賦〉（頁 615），對鹿被獵人用來作爲誘餌獵捕其同類發出感慨！又如佚名之〈傷斃犬賦〉「憫畜狗之將死……多惻隱之情」由此感慨「萬物莫不以智遇禍，以材喪身。」（頁 619）無獨有偶的，馬吉甫的〈蝸牛賦〉因見「蝸牛蠢蠢緣堂砌而上，恐致踐履之禍」，由此同樣引發其「乃知無用之爲用，求生而喪生」（頁 655）之結語。他們都共同表現出文人處身在艱險的政治局勢中那種唯恐「以智遇禍」的危懼之感！

　　又如寫猿的，有吳筠〈玄猿賦〉（頁 618）、李子仞〈馴猿賦〉（頁 619），寫蟲的有駱賓王（619～684）〈螢火賦〉（頁 650）、馬吉甫〈蟬賦〉（頁 651）、蕭穎士〈聽早蟬賦〉、左牢〈蟬蛻賦〉（頁 653）、賈餗及敬括（737 年進士）〈蜘蛛賦〉（頁 657），描寫植物的有病梨樹、木蘭。而張九齡（673～740）〈荔枝賦〉（頁 665）寫一般人吃不到的珍品。

　　雖然文人賦一般而言是體物寫志型的，主要在表達一己之情志、感慨！但在某些小地方仍會不經意流露出文人對政治無法忘情的渴望心理，例如韓伯庸〈幽蘭賦〉末句云：「願移根於上苑」（頁 681），幽蘭本是山谷幽居隱士的象徵，可是作者究竟是不甘寂寞呀！他這麼寫，自然是寫給執政者看的。所以說即使是體物言志型的文人賦作也不免會流露出這種卑微的、有所企求的寫作心態。

　　在草木這一類的賦體寫作中，通常是文人藉由某些具有特定文化意涵的草木來表現某種君子或隱士的德行，因此如松、柏等具有高士象徵意涵的草木是固定被反覆寫作的主題。正因為賦的自然書寫著重於「寫志」，因而著重自然物的稟性、德行，所謂「比德」是必然的。即使不是那麼具有文化意涵的草木，也會比附上相近的意思，例如〈瓦松賦〉、〈青苔賦〉便是。

　　崔融（653～706）〈瓦松賦〉中著重寫瓦松之德行：「進不必媚，居不求利，芳不為人。」「不學懸蘿附栢，直蓬倚麻。」前面寫了這麼有風骨和氣節的話，把瓦松比喻得具有高尚的德行，可是卻在賦的末尾來上一句：「唯願聖皇千萬壽，但知傾葉向時明。」（頁 683）這崇文館的瓦松也是明白自己的身分和懂得應對進退之道的呢！

　　即便是不起眼的青苔，文人也會有感而發，為之作賦，對其稱讚一番。例如王勃（650～684）〈青苔賦〉便稱讚青苔：

> 背陽就陰，違誼處靜，不根不蒂，無跡無影。恥桃李之暫芳，笑蘭桂之非永。故順時而不競，每乘幽而自整。（頁 682）

實際上王勃〈青苔賦〉自序云：

> 吾之旅遊數月矣，憩乎荒澗，觀青苔焉，緣崖而上，迺喟而歎曰：「嗟乎！苔之生於林塘也，為幽客之賞；苔之

生於軒庭也，為居人之怨。斯擇地而處，無累於物也，
愛憎從而生，遂作賦曰……（頁682）

看來王勃是因自己的不得志、自己的失意卑微，而移情於青
苔之上。楊炯也有〈青苔賦〉，他同樣地也稱讚了青苔的德
行，他說：

苔之為德也，深夫其為讓也，每違燥而居濕；其為謙
也，常背陽而即陰。重扃秘宇兮不以為顯，幽山窮水兮
不以為沉。有達人卷舒之意，君子行藏之心。惟天地之
大德，匪予情之所任。（頁682）

在我們看來，王勃、楊炯其實都是強將自身的意志和想
法加諸在青苔之上。由這些賦的自然書寫看來，其實這不過
都是士人藉自然之物來澆胸中塊壘、發自身牢騷的一個抒發
管道和方式罷了！

八、寫作方式分析

再看崔融〈瓦松賦〉形容瓦松：

彼美嘉族，依於夏屋，煌煌特秀，狀金芝兮產霤，歷歷
空懸，若星榆而種天。苯尊丰茸，青冥芊眠，葩條郁
毓，根柢連拳，間青苔而裛露，陵碧瓦而含煙。春風搖

　　分爵起，冬雪糅兮蒼然。（頁 683）

這樣的鋪敘方式正是賦體語言所要求的「鋪采摛文」。對於瓦松究竟是何形態、樣貌，採取如此的寫作方式顯然是無法達到清楚明白之效的。例如盧照鄰〈馴鳶賦〉描寫其形貌：「嘴距足以自衛，毛羽足以凌風」，這種描述看來是適用於絕大多數禽鳥的，可是不能突顯出鳶的特性來。

　　再看一則封演《封氏聞見記・卷八・竊蟲》所記，其云：

　　人家有小蟲，至微而響甚。細尋之，卒不可見。俗人以其難見，號「竊蟲」。云有此者不祥。余曾睹此蟲大如半胡麻，形類鼠婦，有兩角，白色，振其頭則有聲，或時暫止，須臾復振。床壁窗戶之間，暗黑之處多有之。拾遺孟匡朝貶賀州，作〈竊蟲賦〉比之鬼魅，似都不識此蟲。[35]

據封演所述，這「竊蟲」像半粒胡麻般大小，其體積如此小，封演對牠的描寫也算是做了顯微鏡式的觀察了。從這則記載中我們可以看到兩點：

　　第一、賦體有它獨特的文體語言，當以散文表現時，如這則記載用散文記述，其對於該自然物的描寫就清楚許多了。賦體語言，與散文相較起來，賦體語言受到較多拘束，不像散文語言那麼自由，散文可以白描，可以陳述其外形、特點，而賦則往往是用典故、用抽象的意涵來概括表現，它

有句子形式上的對偶工整、押韻和賦體語言句式、風格等的文體成規在，因此我們在看一篇自然書寫的賦作時，其實是不容易看到作者對自然物的外在形貌的細膩刻劃和描寫的。

第二、由封演記述孟匡朝「作〈竊蟲賦〉比之鬼魅，似都不識此蟲。」這一點來看，作賦者看來是可以僅僅只依據傳說、文獻資料來構作出一篇賦作的，他不必然要有實際的觀察經驗的。

再以崔融〈瓦松賦〉來看，其賦序云：

> 崇文館瓦松者，產于屋霤之上，千株萬莖，開花吐葉，
> 高不及尺，下纏如寸，不載於仙經，靡題於藥錄，謂之
> 為木也，訪山客而未詳，謂之為草也，驗農皇而罕記，
> 豈不以在人無用，在物無成乎？俗以其形似松，生必依
> 瓦，故曰「瓦松」。楊炯謂余曰：「此中草木咸可為賦。」
> （頁682～683）

看來唐代自然書寫的作者如崔融，他是看到崇文館的瓦松，他問過人，大家也不知道這植物是什麼名字？他查過書，書上也沒有記載。這大約是一般人對某樣植物感到好奇，而有的求知慾望。不過既然書上沒有記載，他就稱之為「瓦松」。而像吳筠的〈玄猿賦〉，由其賦序中就可得知：吳筠對猿是確有所見的。

另外值得注意的是，崔融似乎是因為職務之需，所以要寫賦。因為楊炯跟他說：「此中草木咸可為賦。」意思是說：你不必拘泥一定要寫什麼，這兒的任何一樣東西都可以拿來

作賦。崔融似乎不知道要寫些什麼，可是又似乎是非寫不可的，因此楊炯才告訴他這番話。

唐代由於有科舉考試之故，所以文人有非寫賦不可之環境要求，以及以賦作為一種應酬答謝之文這種情況也是頗為常見的，例如盧照鄰〈窮魚賦〉用以報答恩人之德。至於如崔融〈瓦松賦・序〉所言，則令人不得不懷疑這是因為在崇文館供職的臣子們，其職務上便有作賦、獻賦的需要，故楊炯才會告訴崔融說：「此中草木咸可為賦。」或是像盧照鄰〈同崔少監作雙槿樹賦〉序云：「日昨於著作局，見諸著作競寫〈雙槿樹賦〉」（頁 662），在崇文館、著作局任職之士看來都具有這種作賦的需要，而同題共作、互相競寫也是當時的風氣。

武少儀（767 年進士）〈相馬賦〉云：「徐先生相馬，不相色，不相力，相其德。」（頁 612）這句話其實用來說明唐賦中自然書寫也是很適切的，唐賦中的自然書寫就如同這句話所說，不重外在形貌的描寫，也不重視對自然生物的生態習性的描寫，作者最看重的還是德行的象徵意涵。

九、結　語

從唐賦的自然書寫中我們可以看到：唐代賦已具有其特定的寫作模式。賦體有它熟悉的賦體語言。這個文體語言基本上是以四言、六言的駢偶韻文為主，這個語言是和詩、文的語言有著明顯區隔的。

　　由本人過去的博士論文《漢唐禽鳥賦研究》看來，賦的自然書寫最早也是圖形寫貌的，但隨著寫作者增加，大家同題共作的情況下，每個人要想讓自己所寫的禽鳥賦與眾不同，勢必得別出心裁，從其心志、內在的想法入手，因爲外在的刻畫描寫，無論寫得如何精巧，都不離原來禽鳥的客觀外在形貌，故而形貌的描寫是有盡的，可是對其內在的刻畫則是可以隨著作者心境不同、觀照不同，而有不同意義的。在此試借陳建森的「因物應心」說來用在自然書寫上，說明文人在對自然物進行觀照時，其審美過程約有三個階段，在這三個階段中所謂的「物」是不同的：

一、審美觀照階段：物是作爲審美客體的自然物象，

二、審美感應階段：物是經過內化了（了然於胸）的自
　　然心象，

三、藝術創作階段：物是將內化的心象對象化（了然於
　　口於手）了的自然藝術形象。

　　如同山水田園詩一般，賦的作者在創作過程中也始終貫徹「因物應心」的原則，充分發揮「心」的能動和創造作用。[36]

　　從賦作中的自然書寫來看，很明顯地，賦在進行自然生物的描寫時是以文章寫作爲主，而並非著重自然的觀察和體驗，雖然這個部分也有（例如傅咸 [239～294]〈燕賦〉觀察燕的春來秋去、[37]或羊祜 [221～278]〈雁賦〉觀察雁具有序列的飛行隊伍[38]），但那顯然不是最主要的。既是以文章寫作爲主，在賦體形式體製的要求下，賦形寫貌，我們不能說它沒有，但它由於受到句式、句型以及聲律上一定的限制，尤

其是唐代的律賦，更有限韻或字數的要求，所以對寫作者而言，他是要以他熟練的賦體語言來構作一篇新的賦篇。他採用的語言是典雅的、艱澀的（如用典）、是不易理解或一望即知的，讀者必須具有相當於作者的豐富的學養和背景知識才能跨越這道語言文字上的閱讀障礙，如此才能夠去理解它在說什麼。賦體語言沒有白話文那麼自由，也因此它的形式要求也形成了它在自然書寫上一定的侷限性。

其次，我們也發現：賦的自然書寫，對於所描寫的自然物比較不重其形，而重視其內在，例如王績〈鴜賦〉便不那麼著重描繪其外形，而更多的重點是放在作為個人心志的寓託上。

而很多被描寫的禽獸都是被豢養的、在宮廷中作為玩賞或祥瑞的珍稀之物，文人筆下的自然生物其實並不是他們身歷險境、涉身叢林中去做長時間觀察的，而是在他們的生活之中即目所見去描寫的，或是在宮廷中因應實際需要而作的，包括命題而作、奉和之作或應制之作皆是。

我們知道現代人對自然的觀察可借助望遠鏡、攝影機等器材，但在古代沒有這些器材，那麼他們要如何才能觀察這些鳥獸？如何才能靠近牠們去從事近距離、長時間的觀察呢？也因為在現實上有其實際的困難，因此大部分都仍是以被豢養的禽獸乃能對牠們進行觀察和描寫。

一般所說的「山水文學」、「田園文學」比較是泛覽式、全景式的，早期的文學作品中有對自然進行局部性的描寫者，不過說賦是最早對自然進行全面性描寫的文體這並不為過，從漢代起，漢賦大家如司馬相如、揚雄都對苑囿中的自

然鳥獸、草木作了一定程度的刻劃和描寫，賦就因其傾向於長篇鴻製和鋪陳描繪，而成為描寫自然界之博大壯觀的一種理想文學樣式。[39]只不過在賦的自然書寫裡，大自然的物象在帝國文化書寫的籠罩下都披上了帝王的、政教的意涵，由於士人身處於整個帝國文化體制下，受到特定的意識型態取向，這些都是造成它在書寫上明顯與現代自然書寫方式上截然不同的因素。

《易》曰：「觀乎天文，以察時變；觀乎人文，以化成天下。」[40]「察時變」為的仍是人的現世生活，由此可以看出：古代中國人重視現世生活。而「化成天下」是指要以文化教化大眾，目的是要達到移風易俗。相形之下，和現代自然書寫所說的要「超越人類中心主義」[41]是很不同的，我們不得不承認古人的確是人類中心主義，而且相較於自然，古代中國更重視的是人文的部分，無論對自然進行了如何的觀照，他們都是要回到人的身上來的。因此他們觀照自然，寫作自然物，為的仍是要「託物言志」，其自然書寫的重心仍是強調自我的主體性。

在現代的自然生態書寫的觀念裡是非常強調親歷現場觀察與研究的，[42]而且重視自然科學的知識性和科學性，[43]現代的自然書寫強調是非虛構的（non-fiction），其要求實地的考察，著重科學的、精確的描述，若是以此標準來看，大概會對唐賦的自然書寫抱持否定或質疑的態度。不過時代不同，中西的文化和自然觀也有差異，龔鵬程（1956～）在《游的精神文化史論‧第六章游觀中的自然》一文中就指出：中國人具有一種「曠觀宇宙」的特殊的「看的方式」，在游目觀物

之際，也就是精神進入物中，與物同游的時刻，追求觀者與
被觀者合一的境界，[44]且依《易經》之論述是把天文和人
文、自然與成德結合在一起，天地自然所表現的景象和意
義，同時也是人文的意義，是主客合一的態度。中國對自然
的觀看正如李正治（1952～）所說：注重渾一整觀，而不注
重透視分析。[45]與西方或現代觀看自然方式有著本質上的差
異。而在文學寫作上，中國文學又有著自《詩經》、《楚辭》
以降的抒情言志傳統，因而自然書寫無論如何在詠物賦中也
以體物寫志為其要務，為其評價標準。[46]這都是古代中國文
學重視作者主體性、強調作者主體情志的表現。而作者往往
都是文人，生活在現實的讀書、致仕、求功名的官宦生涯
中，因而表現出來的不外乎是宮廷的歌功頌德之作，或是不
得志時訴說一己牢騷感慨之體物言志之作。其自然書寫仍是
以社會人事的關心為終極目標。

　　時至今日，隨著近代中西方知識、文化的極度交流，交
通發達，地域間的文化差異縮小，今日的自然書寫受到西方
的影響遠甚於古代中國。因而我們可以看到這一端是受到西
方影響的、偏重自然科學的、具環境生態保育概念的當代自
然書寫，而彼端則是具有濃厚神話色彩、典故運用和偏重人
事的古代自然書寫，二者間有著很大的分歧和不同。這樣的
不同當然也是因為古代社會和現代社會有著極巨的變化和差
異，表現在自然書寫上便是觀看自然和寫作方式上的種種差
異了。

　　賦的發展到了現代，仍有人嘗試用白話文從事賦的創
作，如顏崑陽（1948～）有〈太魯閣賦〉、簡宗梧有〈台灣玉

山賦〉。[47]誠然,在現代社會,賦已然不是現代文學中的主流文體了。不過,我們還是可以看到這些作家兼學者企圖努力的方向。他們期待現代賦能夠在擺脫了傳統賦的帝國書寫和語言成規的束縛後,有一番新面貌。而賦仍是在歌頌時、詠物時一種合宜的選擇。

註　釋

1　本文曾在元培科學技術學院國文組主辦之「第三屆主題文學學術研討會──自然的書寫」會議上宣讀(2004 年 7 月 3 日),承特約講評人中興大學中文系林淑貞副教授及與會學者蔡英俊教授賜予許多寶貴意見,本文修訂時曾予以參酌採納,謹此誌謝。

2　「自然書寫」一詞英文為 nature writing,也有譯為「自然寫作」者,如吳明益在其博士論文《當代臺灣自然寫作研究》(中央大學中文所博士論文,2003 年)中譯為「自然寫作」,不過吳明益在 2003 年 10 月所發表的〈以賦型取代獵槍──當代臺灣自然書寫中影像文本的意涵〉(收入郭懿雯編輯:《時代與世代:台灣現代散文學術研討會論文集》,台北:東吳大學中國文學系出版,2003 年,頁 135~165)一文中即已將 nature writing 改譯為「自然書寫」(頁 138,註一),概指具文學性的自然書寫。至於偏向自然之說明及介紹的自然科學作品、自然史、圖鑑書、自然科普讀物等則將之稱為「自然導向作品」或「自然導向書寫」。

3　有關當代自然生態寫作的作家和作品目前的研究很多,選集可參見吳明益編:《臺灣自然寫作選》(台北:二魚文化事業公司,2003 年)。研究論述可參見吳明益:《當代臺灣自然寫作研究》、東海大學中國文學系編:《臺灣自然生態文學論文集》(台北:文津出版社,2002 年)。

4　劉克襄的作品很多,可參見許建崑(1949~):〈尋找 X 點,或者孤獨向

前——試論劉克襄自然寫作的認知與建構〉(收入東海大學中文系編：
《臺灣自然生態文學論文集》)一文，文末附有劉克襄之作品目錄；廖鴻
基作品有《討海人》(台中：晨星，1996 年)、《漂流監獄》(台中：晨
星，1998 年)、《鯨生鯨世》(台中：晨星，1997 年)、《來自深海》(台
中：晨星，1999 年)，研究論述可參看段莉芬：〈試論海洋文學作家廖
鴻基的寫作風格〉(東海大學中文系編：《臺灣自然生態文學論文集》)；
吳明益有《迷蝶誌》(台北：麥田，2000)、《蝶道》(台北：二魚文化，
2003 年)；凌拂有《食野之苹》(台北：時報，1995)、《與荒野相遇》
(台北：聯合文學，1999 年)。在吳明益所編之《臺灣自然寫作選》書
末亦附有作者及作品的簡介。

5　由於目前對「自然書寫」進行研究者，多是將其目光集中於當代的自然
生態寫作上，因而其所謂「自然書寫」有其特定意涵，這一點本文稍後
會再提及。因為這和本文所欲討論之古典文學中的「自然書寫」必然會
有所出入，因此，本文在此擬將「自然書寫」一詞的定義擴大，把凡是
屬於描寫自然的文學作品都先納入「自然書寫」的範圍。如此一來方能
對古今之異做一比較。

6　劉克襄：〈鷗之旅〉，收入吳明益編：《臺灣自然寫作選》，頁 29。

7　《古今圖書集成》168 卷 (陳夢雷 [1651~1741] 編：《古今圖書集成》，
成都：巴蜀書社出版，1985 年)，博物彙編・禽蟲典・蟬部彙考，其中
有謂蜩是蟬的一種，也有的說楚謂蟬為蜩，乃一物之各地異名，而其異
名還有很多，究竟這些異名是同一種還是不同種？關於這類博物的記錄
的確看得人頗為混淆。又如卷 138 的鯨魚部彙考，有說鯢是鯨之雌者，
也有說鯢是鯨之別名。類書中將各家說法羅列，但說法的不一，就不免
使讀者感到困惑了。於是《爾雅》、《博物志》、「鳥獸草木蟲魚」等的名
物考證注釋愈轉愈繁，使人越看越眼花撩亂了。而注釋者是否真的進行

過實地的田野調查？抑或也只是在各方文獻記載中輾轉訓詁考證的結果？並不得而知。但若從《古今圖書集成》鯨魚部的〈鯨魚圖〉來看，則可以看出繪圖者所繪鯨魚顯然是與我們今日對鯨的認知有很大的差距。其所繪的鯨魚竟只是將一般常見的食用魚畫得特別大而已，令人不禁懷疑繪圖者恐怕本人未曾見過鯨魚，而只是依靠文獻記載，憑著平日對魚的印象將它放大而已。

8 《文苑英華》（宋・李昉 [925~996] 等編，台北：新文豐出版公司，1979年）第 1 冊。

9 參見林淑貞：《中國詠物詩「託物言志」析論》（台北：萬卷樓圖書公司，2002 年），頁 109。

10 詳參方師鐸（1912~1994）撰：《傳統文學與類書之關係》（台中：東海大學出版，1971 年）一書。

11 此一分類觀念係借用自攝影的觀念而來，在拍攝風景照時採用廣角鏡頭，全景式是希望能以連拍方式構成一幅人置身於風景之中的大幅景象，因為鏡頭中所能見到的景象有限，故而需要廣角、連拍；另一種是長鏡頭或微距鏡頭，拍攝鳥類和昆蟲時用之，可以做細微的觀察，使其毫芒畢現。

12 孫康宜：《抒情與描寫：六朝詩歌概論》（鍾振振 [1950~] 譯，台北：允晨文化實業公司，2001 年），頁 116。

13 廖國棟（1948~）：《魏晉詠物賦研究》，該書中將詠物賦分為天象、地理、動物、植物、器物、建築、飲食等七類，廖氏的詠物賦包含較廣，有將天象和地理納入。但若就自然書寫而言，則詠物賦中的器物、飲食、建築等類應排除在外。

14 王國瓔：《中國山水詩研究》（台北：聯經出版事業公司，1986 年），頁12。

15 詳參王國瓔：《中國山水詩研究》第一章第二節「詩經對山水景物的描寫」，頁 21~28。

16 同註 14，頁 29。

17 詳參蔡英俊（1954~）：《比興物色與情景交融》（台北：大安出版社，1986 年）一書。

18 參見戶倉英美（1949~）：〈漢賦敘述模式所體現的漢代世界觀〉，1996 年 12 月，政治大學文學院主辦「第三屆國際辭賦學研討會論文」，不過此文並未收入該次會議之論文集中。

19 正如王國瓔所言，這些隱逸之士「由於他們深切關懷的，是自己在政治社會的處境和安危，因此對隱逸生活的細節，以及隱逸環境的自然山水往往是忽略的。」（王國瓔：《中國山水詩研究》，頁 105）

20 詳參王國瓔：《中國山水詩研究》第三章「漢賦中的山水景物」，她指出：漢賦中的山水，幅度宏巨，細節精致，顯示出作者成熟的模山範水的藝術技巧，同時具有賞愛和了解自然山水美的能力。（頁 77~78）

21 參見譚家健（1936~）：〈漢魏六朝時期的海賦〉，《聊城師範學院學報》（哲學社會科學版），2000 年第 2 期，頁 84~89。

22 參簡宗梧：《漢賦史論‧下編‧參‧賦體語言藝術的歷史考察》（台北：東大圖書公司，1993 年），賦家基於「辭務日新」的追求，不斷講求語言文字的藝術。

23 [法] 格拉耐（Granet, Marcel，1884~1940）著、張銘遠譯：《中國古代的祭禮與歌謠》（*Fêtes et Chansons anciennes de la Chine*）（上海：文藝出版社，1989 年），頁 180。

24 詳參《中國古代的祭禮與歌謠》，第四章聖地。

25 同註 14，頁 15~16。

26 本文所徵引之唐代賦篇皆以《文苑英華》第一冊為主，以後出現時則僅

隨文註明頁碼，不另加註，以便閱讀。

27 有關唐代禽鳥賦的詳細討論可參見拙著《詠物與敘事——漢唐禽鳥賦研究》（輔仁大學中文系博士論文，2000 年 6 月）第六章第三節唐代詠物體禽鳥賦。關於歌功頌德型唐賦的寫作背景則可參拙著〈歌功頌德型唐賦創作之社會因素考察〉（收入元培科學技術學院國文組主編：《生命的書寫——第二屆主題文學學術研討會論文集》，台北：萬卷樓圖書公司，2003 年）一文。

28 約翰・柏杰（John Berger）：《藝術觀賞之道》（*Ways of seeing*）（戴行鉞譯，台北：台灣商務印書館，1993）中提到：許多圖畫並不是要看畫的物主獲得新的經驗，而只是裝點他們已有的經驗（頁 121），又說：莊園的繪畫實際上是使地主樂於見到自己的擁有被描繪出來。（頁 128~130）

29 《王績詩文集校注》（王績撰、金榮華 [1936~] 校注，台北：新文豐出版公司，1998），頁 104~105。

30 《文苑英華》，頁 397 有〈連理樹賦〉。

31 《文苑英華》，頁 396 有〈西掖瑞柳賦〉。

32 《文苑英華》中有〈朔方獻千里馬賦〉（頁 608）、胡直鈞〈獲大宛馬賦〉（頁 607）、王損之〈汗血馬賦〉（頁 607）。

33 《文苑英華》，頁 407。

34 明・姚淶：〈白兔賦並序〉見《御定歷代賦彙・卷 136》（陳元龍等編，康熙 45 年刊本，京都：中文出版社，1974 年），葉 18。

35 《封氏聞見記・卷八》（唐・封演撰，《封氏聞見記及其他二種》，據雅雨堂叢書本影印，台北：新文豐出版公司，1984 年），頁 106。

36 參見陳建森：〈試論盛唐山水田園詩的審美生成及其因「物」應「心」結構〉，《唐代文學研究》第八輯（傅璇琮主編，桂林：廣西師範大學出

版社，2000 年），頁 338~339。

37 晉・傅咸〈燕賦〉云：「逮來春而復旋，意眷眷而懷舊。」見《御定歷代賦彙・卷 129》，葉 1。

38 晉・羊祜〈雁賦〉云：「鳴則相和，行則接武。前不絕貫，後不越序。」見《御定歷代賦彙・卷 129》，葉 9。

39 參見康達維（Knechtges, David R.,1942~）：《揚雄賦研究》（*The Han Rhapsody: A Study of the Fu of Yang Hsiung*, Cambridge: Cambridge Univ. Press, 1976），pp.42~43。本文轉引自孫康宜著、鍾振振譯：《抒情與描寫：六朝詩歌概論》（台北：允晨文化實業公司，2001 年），頁 84~85。

40 《周易正義》（王弼、韓康伯注、孔穎達疏，南昌府學本，台北：藝文印書館，1993 年），卷 3，〈貲卦〉。

41 吳明益：《臺灣自然寫作選・前言》，頁 13。

42 如劉克襄便非常強調這一點，參見許建崑：〈尋找 X 點，或者孤獨向前——試論劉克襄自然寫作的認知與建構〉東海大學中文系編《臺灣自然生態文學論文集》，頁 99。

43 同註 41，吳明益：《臺灣自然寫作選・前言》，頁 12。

44 案：此即中國人所強調的「天人合一」的精神境界。「天人合一」是中國古代自然審美觀的思想基礎，強調人與自然的情感交流，追求人與自然的和諧，追求人與自然渾融合一的境界，因此自然景物已不是純粹自然意義的景物，而是披上了一層濃厚的人文色彩。詳參宋建林：〈中國古代自然審美觀〉，《北京社會科學》，1994 年第 4 期。

45 龔鵬程：《游的精神文化史論・第六章游觀中的自然》（石家莊：河北教育出版社，2001 年），頁 213~228。李正治之說出自《自然詩篇所表露的主觀情趣》，轉引自龔鵬程書。

46 黃永武（1936~）：〈詠物詩的評價標準〉（收入中國古典文學研究會主
編：《古典文學》第一集，台北：台灣學生書局，1979）一文對於好的
詠物詩曾說道要有作者生命的投入，這一點在詠物賦的評價裡也是一樣
的。

47 顏崑陽：〈太魯閣賦〉見東華大學中文系網站之「師生創意」
http://www.ndhu.edu.tw/%7Edchin/006-2.htm，簡宗梧：〈台灣玉山賦〉見
逢甲大學中文系簡宗梧教授之個人網頁
http://knight.fcu.edu.tw/~twchien/073.htm。

參考書目

㈠論著專書

王弼、韓康伯注、孔穎達疏：《周易正義》，南昌府學本，台
北：藝文印書館，1993 年影印。

王績撰、金榮華校注：《王績詩文集校注》，台北：新文豐出
版公司，1998 年。

封演撰：《封氏聞見記及其他二種》，台北：新文豐出版公
司，1984 年。

李昉等編：《文苑英華》，台北：新文豐出版公司，1979。

陳元龍等編：《御定歷代賦彙》，京都：中文出版社，1974。

陳夢雷編：《古今圖書集成》，成都：巴蜀書社出版，1986。

格拉耐著、張銘遠譯：《中國古代的祭禮與歌謠》，（*Fête et
Chansons anciennes de la Chine*），上海：文藝出版社，1989
年。

方師鐸撰：《傳統文學與類書之關係》，台中：東海大學出

版，1971 年。

王國瓔撰：《中國山水詩研究》，台北：聯經出版事業公司，
　　1986 年。

簡宗梧撰：《漢賦史論》，台北：東大圖書公司，1993 年。

廖國棟撰：《魏晉詠物賦研究》，台北：文史哲出版社，1990
　　年。

孫康宜撰、鍾振振譯：《抒情與描寫：六朝詩歌概論》，台
　　北：允晨文化實業公司，2001 年。

蔡英俊撰：《比興物色與情景交融》，台北：大安出版社，
　　1986 年。

龔鵬程撰：《游的精神文化史論》，石家莊：河北教育出版
　　社，2001 年。

約翰‧伯杰（John Berger）著、戴行鉞譯：《藝術觀賞之道》
　　（*Ways of Seeing*），台北：台灣商務印書館，1993 年。

吳儀鳳撰：《詠物與敘事──漢唐禽鳥賦研究》，輔仁大學中文
　　系博士論文，2000 年 6 月。

林淑貞撰：《中國詠物詩「託物言志」析論》，台北：萬卷樓
　　圖書公司，2002 年。

東海大學中國文學系編：《臺灣自然生態文學論文集》，台
　　北：文津出版社，2002 年。

吳明益撰：《當代臺灣自然寫作研究》，中央大學中國文學研
　　究所博士論文，2003 年。

吳明益編：《臺灣自然寫作選》，台北：二魚文化事業公司，
　　2003 年。

㈡期刊論文

黃永武撰：〈詠物詩的評價標準〉，中國古典文學研究會主編
《古典文學》第一集，台北：台灣學生書局，1979 年。

譯家健撰：〈漢魏六朝時期的海賦〉，《聊城師範學院學報》
（哲學社會科學版），2000 年第 2 期，頁 84～89。

宋建林撰：〈中國古代自然審美觀〉，《北京社會科學》，1994
年第 4 期。

陳建森撰：〈試論盛唐山水田園詩的審美生成及其因「物」應
「心」結構〉，收入傅璇琮主編《唐代文學研究》第八輯，
桂林：廣西師範大學，2000 年。

戶倉英美撰：〈漢賦敘述模式所體現的漢代世界觀〉，政治大
學文學院主辦「第三屆國際辭賦學研討會論文」，1996 年
12 月。

吳儀鳳撰：〈歌功頌德型唐賦創作之社會因素考察〉，收入元
培科學技術學院國文組主編《生命的書寫——第二屆主題文
學學術研討會論文集》，台北：萬卷樓圖書公司，2003 年。

吳明益撰：〈以賦型取代獵槍——當代臺灣自然書寫中影像文
本的意涵〉，收入郭懿雯編輯：《時代與世代：台灣現代散
文學術研討會論文集》，台北：東吳大學中國文學系出版，
2003 年。

柳如是(1618～1664)的植物書寫

李栩鈺

摘　要：

　　本文討論一代奇女子柳如是（1618～1664）的姓氏變遷與其文學作品（《戊寅草》、《湖上草》、《尺牘》、《東山酬和集》、《柳如是詩文補輯》等）中植物書寫的關係。柳如是的作品依主題可分為兒女情長、詠物寫景、湖上遊歷、贈答酬和、處世情操等。而其中「詠物寫景」一類，因結合詩人江南名妓的身世背景，加上柳如是本人的姓名變遷——由楊愛、楊嬋娟、楊雲娟、楊恆雲、楊雲娃、楊隱雯、楊影憐到柳隱、柳如是，號我聞居士、河東君、蘼蕪君，這個變遷系統中的最大異動是姓氏易楊為柳，頗值得討論其身世寄喻和楊柳意象結合的作品。

　　本文對柳氏自己的植物書寫進行考察，其作品結合自身的姓氏變遷及身世遭遇，楊柳意象在柳如是的詩詞創作中，可謂達到絲絲入扣、登峰造極之效。另外，柳如是透過植物來自喻自況，一方面詠物，實則感物吟志，雖然窮物之情、盡物之態的筆觸皆呈現在作品中，但詠物託喻才是其重心所在。藉著梅、蘭、竹、菊、蕈、蓮花、楊柳等，說明了自己不同的生命型態，在情愛追求過程中的點點滴滴——或甜或酸、或急或緩、也許幸福也許挫折，也表白了自己心志的轉折，展現了詩人自己對愛情的追求與獨立的人格。

關鍵詞：柳如是、楊柳、植物

一、前　言

　　本文探討一代奇女子柳如是（1618～1664）的生命情境與其相關的植物書寫，主要探討詩人姓氏易楊爲柳的部分，因此文中主要考察的植物書寫爲楊柳。

　　柳如是，本姓楊，名朝，字朝雲；改名愛，號影憐；又改姓名爲柳隱雯，亦名隱；後又更名如是，亦作是，字蘼蕪。柳如是幼年被賣到盛澤歸家院，由名妓徐佛調教琴棋書畫，崇禎五年（1632）十五歲的柳如是雖被返鄉宰相周道登強索爲妾，但又遭忌被逐。此後扁舟一葉，放浪湖山間，與高才名輩相游處，結識了許多江南名士，如宋徵輿、陳子龍、李待問、汪然明、錢謙益等人。崇禎八年（1635）春，與陳子龍同居松江南園，同年秋即被其妻張孺人阻止而分離。陳子龍爲柳如是《戊寅草》作序。崇禎十三年（1640）初冬，柳如是以幅巾、弓鞋、男裝訪半野堂；次年六月，錢於茸城舟中與如是結縭，時年柳如是二十四歲，錢謙益六十歲。嫁錢謙益後，號河東君，又署我聞居士。婚後歷經甲申（1644）之變，崇禎皇帝自縊，明亡。順治二年（1645），清兵攻占南京，柳勸錢投池殉國，未果；錢謙益率群臣降清。錢撰《列朝詩集》，柳爲之編訂〈閨秀〉一集。兩人唱和作品收入《東山酬和集》，夫妻二人雖對殉明大節有截然不同意見，但後來兩人皆從事反清復明大業。康熙三年（1664）錢謙益病故，柳如是四十七歲，被錢氏族人逼爭家產

致上吊而死。

柳如是詩文[1]目前可見主要分爲《戊寅草》、《湖上草》、《尺牘》、《東山酬和集》、《柳如是詩文補輯》等，共計：詩一百八十三首、詞三十三闋、文（含賦及尺牘）三十五篇，所有作品依主題可分爲兒女情長、詠物寫景、湖上遊歷、贈答酬和、處世情操等。而其中「詠物寫景」一類，因結合詩人江南名妓的身世背景，加上柳如是本人的姓名變遷——由楊愛、楊嬋娟、楊雲娟、楊恆雲、楊雲娃、楊隱雯、楊影憐到柳隱、柳如是，號我聞居士、河東君、蘼蕪君，這個變遷系統中的最大異動是姓氏的「易楊爲柳」，頗值得專文討論其身世寄喻和楊柳意象結合的作品。

「楊柳意象」的界定，以柳如是作品題目爲主要判準，一類是題目本身即與楊柳有關，如〈楊白花〉、〈楊柳〉二首、〈楊花〉、〈西河柳花〉、〈金明池‧詠寒柳〉、〈垂楊碧〉等；另一類是作品中涉及楊柳者，如〈聽鐘鳴〉、〈悲落葉〉、〈寒食雨夜十絕句〉等，這些作品大都集中於《戊寅草》的寫作時期（大約崇禎六年到十一年）。另外，柳如是使用「楊隱雯（楊隱）」的時間最晚爲崇禎十一年，對此現象，陳寅恪說：

> 按戊寅，是崇禎十一年（西元一六三八年），而子龍爲
> 《戊寅草》作序已稱如是爲柳子，最低限度可知從此時
> 起，如是已易楊爲柳了。（《柳如是別傳》上‧頁340）

陳寅恪認爲柳如是本姓爲楊，[2]易楊愛爲柳隱：

至河東君之改其本姓為柳者，世皆知其用唐人許堯佐
〈柳氏傳〉「章臺柳」故實（參孟棨《本事詩·情感
類》）。蓋「楊」與「柳」相類，在文辭上固可通用
也。（《柳如是別傳》[3]上·頁32）

因為在作品中，「楊」與「柳」相類，所以下文的論述由《戊
寅草》中題為楊柳的這類作品先行展開。

二、柳如是的楊柳書寫

《戊寅草》之作品分類為：㈠詩一百零六篇、㈡小令三十
五首、㈢賦三篇，其題目如下：

㈠〈擬古詩十九首〉、〈遣懷二首〉、〈曉仙謠〉、〈游龍潭
精舍登樓作時大風和韻〉、〈白燕庵作〉、〈西洲曲倣古
作〉、〈傷歌〉、〈六憶詩〉六首、〈楊白花〉、〈寒食雨夜〉十絕
句、〈獨坐〉二首、〈詠蕙蘭〉、〈初夏感懷〉四首、〈送別〉二
首、〈送別〉二首、〈聽鐘鳴〉、〈悲落葉〉、〈五日雨中〉、〈遙
夜感懷〉、〈長歌行〉三首、〈劍術行〉、〈懷人〉、〈朱子莊雨中
相過〉、〈為郎畫眉代人作〉、〈楊柳〉、〈楊花〉、〈西河柳
花〉、〈遊鴛湖作〉、〈春江花月夜〉、〈六憶詩〉六首、〈贈友
人〉、〈觀芙蓉池〉、〈懊儂詞〉、〈送曹鑒躬奉使之楚藩〉二
首、〈採蓮曲〉、〈月夜登樓作〉、〈贈宋尚木〉、〈初秋〉八
首、〈秋夜雜詩〉四首、〈七夕〉、〈曉發舟至武塘〉二首、〈月
夜舟中聽友人絃索〉、〈秋深入山〉、〈八月十五夜〉、〈答汪然

明〉、〈九日作〉、〈秋盡晚眺〉二首、〈詠晚菊〉。

（二）〈夢江南‧懷人〉二十首、〈聲聲令‧詠風箏〉、〈更漏子‧聽雨〉二首、〈江城子‧憶夢〉、〈訴衷情近‧添病〉、〈兩同心代人作‧夜景〉、〈踏莎行‧寄書〉、〈浣溪沙‧五更〉、〈河傳‧憶舊〉、〈少年遊‧重遊〉、〈南鄉子‧落花〉。

（三）〈秋思賦〉、〈別賦〉、〈男洛神賦〉。

在第一本作品《戊寅草》中，柳如是針對楊柳吟詠的詩作共計五首（其他的植物書寫，如詠梅、菊、蓮等，則見下節探討），相對於其他植物的零星描述，可見柳如是對楊柳的情有獨鍾。先看〈楊白花〉：

> 楊花飛去淚霑臆，楊花飛來意還息。可憐楊柳花，忍思入南家。
> 楊花去時心不難，南家結子何時還。楊白花不恨，飛去入閨闈。
> 但恨楊花初拾時，不抱楊花鳳窠裡。
> 卻愛含情多結子，願得有力知春風，楊花朝去暮復離。（《戊寅草》）

這首詩藉著楊花飄飛渲染出離愁的淚水，比喻自己飄泊無依的身世──「願得有力知春風，楊花朝去暮復離。」有著強烈願望想要改變命運、追求幸福的柳如是，在楊花飛去之際，不禁淚流滿懷，淚中飽含自己的理想與願望；而楊花飛回之時，理想與願望未能實現，但思緒仍無法停止。楊花飛入「南家」（指周道登府），她希望「結子」，但又不知「何時

還」？楊白花並不怨恨，飛回來又重入了「閨闈」（指歸家院），這正為柳如是自身的寫照，楊白花怨恨的是，當年來到世上，為何不是銜著金湯匙出生在「鳳窠」呢？她只盼望努力耕耘開花結果，得到力量與「春風」相知，春風雖是美好未來的象徵，但在詩末吐露的卻是更深沉的無奈，還是讓楊白花在天空自由地飛翔，無論白天或晚上，都只是「朝去暮復離」吧！再看兩首〈楊柳〉：

一

不見長條見短枝，止緣幽恨減芳時。

年來幾度絲千丈，引得絲長易別離。

二

玉階鸞鏡總春吹，繡影旌迷香影遲。

憶得臨風大垂手，銷魂原是管相思。（《戊寅草》）

這二首作於柳如是和陳子龍[4]同居以後，她藉著楊柳婀娜多姿的風韻，傳遞了愛情本身的甜蜜與無奈，以及陷溺愛情中自然產生的相思之苦。楊柳的短枝初萌，彷彿愛情的滋生，但她卻彷彿預知自己無法與情郎終身廝守，只能擁有短暫的歡笑，而這短暫的歡笑背後，付出的是女子的青春時光。這樣的「芳時」耗損，等到短枝變成長條，春去秋來，一年已逝，又能夠有幾年歲月可以享用這樣的春光呢？第二首「玉階鸞鏡總春吹，繡影旌迷香影遲」寫出了柳、陳兩人濃情相愛的美好甜蜜，眼中看出的景皆是人好月圓，玉階、鸞鏡的映襯中，繡影、香影在春風拂吹之下更顯纏綿。柳枝低

垂，似乎是舞者的姿勢，或如驚鴻，或如飛燕般助興，但在
這一切銷魂之際，楊柳不也暗藏著留人之思、惜春之緒？另
看同時期的〈楊花〉一詩：

> 輕風淡麗繡帘垂，婀娜帘開花亦隨。春草先籠紅芍
> 藥，雕欄多分白棠梨。黃鸝夢化原無曉，杜宇聲消不上
> 枝。楊柳楊花皆可恨，相思無奈兩絲絲。(《戊寅草》)

詩的前四句寫景：風兒淡雅秀麗，輕吹著閨閣繡簾，搖曳出
楊花之徑；春天綠草叢生，包圍著嬌紅芍藥，雕欄內外都是
茂盛的白棠梨，萬物皆井然有序。然而詩的後半轉而寫
愁，眼前美好之景如夢，但夢醒之後呢？這裡化用杜甫〈絕
句〉之三：「兩個黃鸝鳴翠柳，一行白鷺上青天」，柳間黃鶯
低囀，悅耳鳥聲中有莊生曉夢之感，夢化無曉，原來就沒有
白天，一思及此，所有的春心都只能託付杜鵑了，而柳如是
使用的字彙竟是「聲消」，可以想而易見的是春天離去的淒
苦，再轉看惹人愁思的楊柳、楊花，也只能無奈地備嘗相思
之熬。最後看〈西河柳花〉：

> 豔陽枝下踏珠斜，別按新聲楊柳花。總有明妝誰得
> 伴，憑多紅粉不須誇。江都細雨應難溼，南國香風好是
> 賒。不道相逢有離恨，春光何用向人遮。(《戊寅草》)

這首詩勾畫出一位妙齡少女雖然自信青春，卻又對坎坷命運
感到無奈。花瓣上滾動露珠，在燦爛陽光下閃閃動人、迎風

飛舞，彷彿按奏樂曲新詞，歌聲樂舞，亮麗妝扮，這樣的青春佳麗本來就不須多用言詞誇耀，自有追隨者眾。而煙雨濛濛的江南，三月揚州，更增詩情畫意，就再多來些春風吧！如沐、如幻，只怕是向上天賒來的。既然今日之會只是增添明日之別，那麼大好春光就任憑享用，恣意展現，不須隱瞞遮藏。這種春去秋來的無奈、無計，在柳如是最膾炙人口的詞作〈金明池·詠寒柳〉展現無遺：

> 有恨寒潮，無情殘照，正是蕭蕭南浦。更吹起，霜條孤影，還記得，舊時飛絮。況晚來，煙浪斜陽，見行客，特地瘦腰如舞。總一種淒涼，十分憔悴，尚有燕臺佳句。　　春日釀成秋日雨。念疇昔風流，暗傷如許。縱饒有，繞堤畫舸。冷落盡，水雲猶故。憶從前，一點東風，幾隔著重簾，眉兒愁苦。待約箇梅魂，黃昏月淡，與伊深憐低語。（《柳如是詩文補輯》）

此詞寫於離開陳子龍四年後，約崇禎十二年（1639）左右。「寒潮」典出唐·宋之問〈夜渡吳松江懷古〉：「寒潮頓覺滿，暗浦稍將分。」指恨恨之意如寒冷之潮水充滿胸間。陳寅恪認為首三句及「縱饒有、繞堤畫舸」，化自明·湯顯祖《紫釵記·折柳陽關》曲文。金明池位於北宋京城開封鄭門西北，秦觀首創此詞牌，賦池畔美景：「瓊苑金池，青門紫陌，似雪楊花滿路。」柳如是雖為和作，但因妙解音律，糅合大量詩詞典故，作今昔盛衰之比，而無生吞活剝之病。如「南浦」典出梁·江淹〈別賦〉：「送君南浦，傷如之何？」後

「南浦」多指分別的地方。「孤影」典出唐・杜牧〈早雁〉：「仙掌月明孤影過，長門燈暗數聲來。」故可能指被風霜吹起的雁鳥。「飛絮」典出《世說新語・言語》，故事中才女謝道韞以柳絮比雪飛——「未若柳絮因風起」，作者以謝比己，也以柳絮自比。又，唐・劉夢得〈楊柳枝詞〉之九：「春盡絮飛留不得，隨風好去落誰家。」亦與此有關。「瘦腰如舞」典出唐・薛能〈楊柳詞〉：「纖腰舞盡春楊柳」。而「燕臺佳句」乃因李商隱有〈燕臺〉詩四首，引起同里女子柳枝欽佩，而求與之同游，後成為男女交往的愛情典故。如周邦彥〈瑞龍吟〉：「吟箋賦筆，猶記燕臺句。」下闋的「春日釀成秋日雨」更化用了《詩經・小雅・采薇》：「昔我往矣，楊柳依依。今我來思，雨雪霏霏。」另「念疇昔風流，暗傷如許」則出自《南史》記載，梁武帝蕭衍見楊柳而思人的故事，云：「此楊柳風流可愛，似張緒當年。」「一點東風」典出《洛陽伽藍記》：「春風扇柳，花樹如錦。」東風即春風，也似在影射陳子龍之「陳」姓。「眉兒」指眉如柳葉。白居易〈長恨歌〉：「芙蓉如面柳如眉。」最後所用「梅魂」：因早春常可看到梅花開、柳綻芽，二者似相約如此，故古代詩人常將之牽扯在一起。如杜甫〈小至〉：「岸谷待臘將舒柳，山意衝寒欲放梅。」詩中的柳、寒或與此詞相關。陳寅恪更認為「梅魂」受湯顯祖《牡丹亭》中柳夢梅之名啟悟而來，更與《紫釵記》中的「玉燕釵」有關，而以霍小玉自比也。(《柳如是別傳》上・頁 346) 詠柳之作，在中國文學中常見，但多集中在春柳，而本詞卻是描寫秋末，甚至初冬的枯枝寒柳，實是罕見。若再配合作者一代名妓及其家國背

景,恐怕寄寓的就不止是對寒柳的疼惜感嘆,而投射的是一
己愛情與國家運命。另一個特色是,柳如是不斷嵌進自己的
姓名字號,如柳、是、影、如、雲、憐,可見自傳性質甚
濃。另外《戊寅草》也有二首秋天的詩,詩人亦不忘描述楊
柳風姿,如〈初秋‧八首之八〉:「魚波嗟嗟水新週,高柳風
通霧亦勾。曉雨掠成涼鶴去,晚煙棲密荻花收,蒼蒼前菔鷹
輕甚,濕濕河房星漸瞯。我道未舒採藥可,清霜飛盡磧天
摯。」以及〈八月十五夜〉:「滌風初去見迁芳,招有深冥隱
桂芒。翠鳥趾離終不發,綺花人向越然涼。蓮魚窈窈浮虛
潤,煙柳沉沉拂淡篁,已近清萍動靠漪,秋藤何傲亦能
蒼。」這都可印證詩人對楊柳的偏好與獨鍾。至於〈垂楊
碧〉一詞更言:

> 空回首,筠管榴箋依舊。裂卻紫簫愁最陡,顛倒鸞釵久。
> 羨殺枝頭荳蔻,悶殺風前楊柳。一夜金溝催葉
> 走,細腰空自守。(《柳如是詩文補輯》)

此詞選自徐樹敏、錢岳合輯《眾香詞》,〈垂楊碧〉為〈謁金
門〉詞牌的別稱,詞意與〈金明池‧詠寒柳〉略同,感物興
懷,悲從中來,回首之前戀愛中的書信,墨痕仍舊新穎,濃
情依然存在,但是無緣與陳子龍結合的柳如是,只能吹裂玉
簫,徒增愁傷。她羨慕那些荳蔻年華的少女能夠擁有愛
情,自己卻如在風中搖擺的楊柳,無法掌握未來的命運。希
望一如紅葉題詩故事,終成姻緣。結合兩首詞來看,都可見
到柳如是如何堅持婚姻帶給她的憧憬。

　　與上述兩詞相似，〈聽鐘鳴〉和〈悲落葉〉二詞亦可合併
討論。因為「鐘鳴葉落，古人所嘆」，柳如是自序：「余也行
危坐戚，恨此形骨久矣。況乎惻惻者難忘，幽幽者易會。因
倣世謙之意，為作二詞焉。」柳如是耳聽鐘鳴、眼觀葉
落，自恨此身非吾有，而「世謙」為南北朝梁蘭陵人豫章王
蕭綜，字世謙，曾作此二詩，藉鐘鳴之哀、落葉之悲，感慨
自己的淒慘身世，柳如是亦然：

> 聽鐘鳴，鳴何深？妖欄妍夢輕，不續流蘇翠羽鬱清
> 曲。烏啼正照青楓根，一楓兩楓啼不足。鵾絃煩激猶未
> 明，淒淒朏朏傷人心。驚妾思，動妾情。妾思縱橫
> 陳，海唱彎孤君，不得相思樹下多明星。用力獨彈楊柳
> 恨，盡情啼破芙蓉行，月已西，星已沉，霜未息，露未
> 傾。妾心知已亂，君思未全生，情有異，愁仍多，昔何
> 密，今何疏。對此徒下淚，聽我鳴鐘歌。(《戊寅草》)

本來「鐘鳴葉落」就使人有時光易逝之感。尤其是從「妍
夢」中驚醒，沒辦法接續之前清晰仙樂之境，只聽到現實中
的烏鴉啼叫，鐘鳴不已，這真是徒增心煩，怎麼天還未
明？拿起琵琶彈奏古曲，卻是淒淒惻惻只能淚流沾襟，再看
天上的彎弓之月，「用力」的彈奏〈楊柳枝〉，「盡情」的高唱
〈芙蓉行〉，可見詩人情緒激動，心亂如麻，即使已經月西星
沉，但她根本還未停止那顆跳躍的心，撫昔悲今，嘆情異愁
多。再看〈悲落葉〉一詞：

悲落葉，重疊復相失。相失有時盡，連翩去不息。鞞歌
桂樹徒盛時，辭條一去誰能知？誰能知？復誰惜？昔日
榮盛凌春風，今日颯黃委秋日。凌春風，委秋日。朝花
夕蕊不相識，悲落葉，落葉難飛揚。短枝亦已折，高枝
不復將。願得針與絲，一針一絲引意長。針與絲，亦可
量。不畏根本謝，所畏秋寒風，秋風催人顏，落葉催人
肝，眷言彼姝子，葉落誠難看。（《戊寅草》）

陳寅恪指柳如是以世謙自比，為「身世飄零、羈旅孤危之
感」。詞中的柳如是自比為一片落葉，既離開枝幹又掉落地
上，還被其他落葉重疊，毫無自我可言。或許風兒一吹，可
以離開這片土地。「鞞歌桂樹」為古代舞蹈之一，手執鞞鼓而
舞，舞時有歌，而這種宴飲已成為當年回憶，盛況不再。葉
落離枝，不復曼妙之姿，無人知曉，無人疼惜，以前在春風
中飛揚舞動，今日只能秋扇見捐、徒自欷歔。新生的一代後
浪推前浪，怎麼還會認得秋風中的凋零之顏？崇禎六年
（1633），才十六歲的柳如是已經覺得自己難有翻身飛揚之
日，只能說生活中過多的滄桑經歷促使詩人過於早熟易感
吧！她也不期待原生的短枝或高幹，只能將希望寄託在未來
的愛情、婚姻，盼望能夠穿針引線，引渡到另一個國度。而
針與絲，雖然是密密結合之情，會不會讓人見縫即插？詩人
擔憂畏懼這些外在的流言讒語，一如寒風秋雨，催人顏
老，令人肝斷。

　　而在崇禎八年（1635）夏季，陳子龍的妻子張孺人出面
干涉柳如是與陳子龍同居，〈寒食雨夜十絕句〉即作於當

時,〈其二〉言:

> 紅綃蛺霧事茫茫,不信今宵鳳吹長。留後春風自憔
> 悴,傷心人起異垂楊。(《戊寅草》)

詩人孤身一人,不能再與愛人共浴春風,連春風也只好「自
憔悴」,連並排相擁的垂楊,如今都只剩一棵孤零零獨立在那
裏啊!〈其七〉則是:

> 楊柳湖西青漆樓,聞邅風起水鬖鉤。無聊最是橫塘
> 路,明月清霜草亦愁。(《戊寅草》)

看到楊柳垂拂的湖西,依然是昔日那座樓,如今物是人
非,風兒吹起湖面漣漪,勾起種種心緒,以前兩人相依相偎
的橫塘路,如今只剩柳如是自個兒一人踽踽獨行,當然無聊
到看月、看霜、看草都覺清冷淒愁。〈其八〉又是:「青綾蛺
蝶字如霜,半鎖楊花更麝黃。燕子不知愁霧裡,飛來羞傍紫
鴛鴦。」「青綾」應為「青陵」,指戰國宋康王偃所建的青陵
台,而蛺蝶指韓憑夫婦精魂所化的大蝴蝶,柳如是以「青陵
蛺蝶」、「半鎖楊花」自喻,敘述與愛人勞燕分飛的愁緒,而
最後〈其十〉以合歡樹取興:「合歡葉落正傷時,不夜思君君
亦知。從此無心別思憶,碧間紅處最相思。」合歡樹夜間成
對相合,但尚未相合已葉落脫株,更讓人悲憐,柳如是離開
陳子龍,思念之情不捨晝夜,綿綿不盡,她只能深信對方也
懷著深情,看著盛開的綠葉紅花,更惹起相思之情吧!〈夢

江南・懷人〉其二更有：

> 人去也，人去鷺鷥洲，菡萏結為翡翠恨，柳絲飛上鈿箏愁，羅幕早驚秋。（《戊寅草》）

柳如是追思在徐氏南樓那段難忘的愛情，仿劉禹錫的〈憶江南〉開篇首句「春去也」句式，以「人去也」聯章疊唱，深情懷念。又用了南唐中主李璟〈浣溪沙〉名句：「菡萏香消翠葉殘，西風愁起綠波間」之意，覺得翠綠碧荷只令她生出恨意，柳絲飛揚，帶走春愁，補上秋怨。〈夢江南・懷人〉其八亦取柳之相依意象反襯自己的孤苦：

> 人去也，人去小棠梨。強起落花還瑟瑟，別時紅淚有些些，門外柳相依。（《戊寅草》）

病中之柳如是必須離開熟悉的庭院、甜蜜的愛人，勉強起身，看到落花彷彿爲她掉下的斑斑紅淚，而門外之柳依然株株相偎，只能盼望有力的春風帶回溫暖的愛情。而〈夢江南・懷人〉其十七則言：

> 人何在？人在雨煙湖。篙水月明春膩滑，舵樓風滿睡香多，楊柳落微波。（《戊寅草》）

從「人去了」的無奈，到「人何在」的寄託，都可看到柳如是懷念之情的深切，但是她並不希望最後的楊柳跌落入煙波

浩渺的湖水，那可就如石沈大海了。相同的心緒可見同題目
的另一詩作〈懷人〉：

> 青槐黐帳君來日，綠柳潮平我去時。水國竟遮清曲
> 裡，家園無計錦帆吹。輕篷弱月今誰度，長笛橫秋止自
> 知。我愛羈懷如大阮，臨風容易得相思。(《戊寅草》)

槐樹青青雖是君來之日，而綠柳拂拂卻是我得離去之時，戀
人的命運只能聽天安排，並不能盡如人意，所以強調其「無
計」可施，必須揚帆駛離家園。這種飄移不定，渴望安穩感
情的期待，也可見諸〈為郎畫眉‧代人作〉：

> 龍腦翠袖不飄逼，恐郎蘭香退蓰色。鳳仙紅甲不彈
> 遮，疑郎柳葉沾桃花。
> 畫成絳仙十斛倩，十二玉樓死郎面。風流不畫亦迷
> 魂，綺帳鶯含消幾嚥。
> 羨殺三生拋情種，知被誰家肉屏擁。妖才豔色俱花
> 身，珠作庾信璧江總。
> 金脫贈郎不郎搜，繡被覆郎為郎愁。(《戊寅草》)

題目雖指明「代人所作」，但詩中「恐郎」、「疑郎」幾乎可說
是戀愛中女子的共同心聲，尤其若是情人心意不堅，腳踏二
船，這種「柳葉沾桃花」的牽扯不清，只能永遠「為郎愁」
了。柳如是不僅渴望安穩感情，也渴望安穩生活，可看〈西
陵十首〉其一：

> 西泠月炤紫蘭叢，楊柳絲多待好風。小苑有香皆冉
> 冉，新花無夢不濛濛。金吹油壁朝來見，玉作靈衣夜半
> 逢。一樹紅梨更惆悵，分明遮向畫樓中。（《湖上草》）

末句「分明遮向畫樓中」，已暗寓其名「隱」，而詩的第二句
「楊柳絲多待好風」也藏其新姓為「柳」。首句先言西泠月下
的紫蘭叢，蘭質蕙心，吟詠了西湖諸名媛，也屬自況，尤其
接著楊柳的「等待」，更是重點說盡了女子的生命型態，不管
是「朝見」或「夜逢」，總要精雕細琢的打扮，或坐油壁香
車，或穿雲衣華裾。「一」對「叢」，「一樹紅梨」代指女校
書，即柳氏自喻，被迫與陳子龍中道分手的柳如是，陡然有
避跡潛隱之念，所以惆悵不已。另外一首以風箏自喻的〈聲
聲令·詠風箏〉：

> 楊花還夢，春光誰主？晴空覓箇顛狂處。尤雲殢雨。有
> 時候，貼天飛，只恐怕，捉他不住。　　絲長風細。畫
> 樓前，艷陽裡。天涯亦有影雙雙，總是纏綿難得去。渾
> 牽繫。時時愁對迷離樹。（《戊寅草》）

雖說詞之主旨在於用風箏比擬自身家世，為美人自己傳神寫
照之作，但首句仍用柳絮飄飛入夢，而下闋的「絲長風
細」，依然扣著楊柳之姿，可謂既言風箏也述楊柳，其性格與
身世實與兩者相似。

　　這種結合自身的姓氏變遷及身世遭遇，楊柳意象在柳如
是的詩詞創作中，可謂達到絲絲入扣、登峰造極之效。接

著，再考察柳如是對於其他植物的描寫與運用。

三、柳如是的植物書寫

對中國人而言，梅、蘭、竹、菊、松、柏等植物長久以來被賦予一種特殊的擬人化的內在意義，這種屬於中國民族特殊的人文意義，表現出中國古代文人極為重視的精神淨化和儒家強調的道德論，並以此做為文人修身、養性、明志的象徵符號。這種原本盛行在古代知識分子階層的精神膜拜，甚至普遍影響一般社會階層，而成為中國人的共通象徵性語言。宋、元之間的畫家喜好以竹子、梅花做為表現題材，加上松樹則稱為「歲寒三友」。「元四家」之一的吳鎮在歲寒三友之外加畫蘭花，而稱之為「四友圖」，以此具有四君子的雛型。明神宗萬曆年間黃鳳池輯《梅蘭竹菊四譜》，陳繼儒稱「四君」，後又改名為「四君子」。至此，中國傳統水墨繪畫中以梅、蘭、竹、菊約定俗成地合稱四君子，而後人在畫面中加上松樹或水仙、奇石，則稱為「五清」或「五友」。清·王概編定的《芥子園畫傳》輯有梅、蘭、竹、菊四譜，成為水墨繪畫傳習的範本。四君子受到水墨畫家喜愛的原因是，古代文人或士大夫認為，由於這些花卉、植物的生長特性與氣候環境的關係最能代表氣節、品格與學問。若根據美術史發展的脈絡觀察，四君子亦多出現在元代以降的傳統文人畫系統之中，由於中國古代的文人士大夫對整體文化影響面頗大，因此，除了繪畫表現之外，以四君子為主題的

創作與應用亦出現在各種表現形式之中，例如詩詞、戲
曲、書法等文藝形式。底下則探討柳如是對四君子的題
詠，先看〈詠梅〉：

> 色也凄涼影也孤，墨痕淺暈一枝枯。千秋知己何人
> 在，還賺師雄入夢無。
> （原選自郟掄逵《虞山畫志》卷四，今收入《柳如是詩文
> 補輯》）

梅花為歷代文人所愛吟誦的物象，詩人往往藉梅花抒發未伸
之志，比喻節操高亮的傲骨。這首詩以畫中墨梅為詠，一幅
枯墨梅枝躍然眼前，但這是形單影隻的梅花，既冷落又疏
離，孤芳自潔的柳如是只求能覓得千秋知音，所以在詩末殷
殷詢問：隋代的趙師雄[5]在哪裡？那位在羅浮山梅樹底下夢見
女郎的知己能否入夢？這種心目中的理想人物在現實中畢竟
不易尋找典範，或許夢中得一知己就足慰平生了。而〈詠蕙
蘭〉詩中也再一次表現柳如是對於愛情的熾熱與追求：

> 一春長是豔陽成，碧霧晴霞蕙草輕。青蕊有香皆是
> 影，黃鬚無燄獨多情。
> 春風縹紗何時見，明月清新向此生。空惹身閨無限
> 思，紫蘭花裡自分明。（《戊寅草》）

春光明媚，豔陽高照，在清涼霧氣、燦爛雲霞的輝映中，蕙
蘭亭亭玉立，散發淡淡馨香，就算沒有得到陽光照耀的花蕊

黃鬚，也依然多情地等候——或照春陽、或拂春風、或沐月
色，賞蘭的當下，詩人也引起了無限情思，這首詩可參照前
述〈西陵十首・其一〉，同樣歌誦紫蘭對感情的專一，不同那
些眾芳，亦可算是柳如是的自我表述。另外一首〈詠竹〉也
可看到柳如是這種心志：

> 不肯開花不趁妍，蕭蕭影落硯池邊。一枝片葉休輕
> 看，曾住名山傲七賢。（原選自鄭掄逵《虞山畫志》卷
> 四，今收入《柳如是詩文補輯》）

在她筆下，竹子不開花、不趁妍、不趨時媚俗、也不願被人
輕視，體現了獨立的人格，正是柳如是貌為弱柳，骨為傲竹
的自身寫照。

　　而〈詠晚菊〉一詩列於《戊寅草》最後一首，推知此詩
與《尺牘》第五通所言：「今弟所汲汲者，止過于避跡一事」
之隱居避世心相似。從陶淵明的「采菊東籬下，悠然見南
山」、「三徑就荒，松菊猶存」到李清照的「東籬把酒黃昏
後，有暗香盈袖」，陳寅恪指出：

> 〈九日作〉詩有「菊影東籬欲變紫」句。〈秋盡晚眺〉及
> 〈詠晚菊〉兩題，皆以菊為言。斯蓋河東君以陶淵明、李
> 易安自比，亦即此時以「隱」為名之意也。（《柳如是別
> 傳》中・頁359）

　　菊花已成為隱士的象徵，柳如是更在此描寫凌寒迎

霜、怒放不凋的晚菊，又與梅花並論：

> 感爾多霜氣，辭秋送晚名。梅冰懸葉易，籬雪洒枝
> 輕。九畹供玄客，長年見石英。誰人問搖落，自起近丹
> 經。(《戊寅草》)

晚菊之所以長年開放，不畏酷寒，正在於它吸天地之靈
氣，得道教丹經之真傳。這也反映了柳如是當時既意在避
世，復潛心慕道之志。

繼之，觀看柳如是第二本作品《湖上草》，共計詩三十五
首，詩題如下：〈雨中游斷橋〉、〈上巳〉、〈西陵〉十首、〈寒
食〉、〈清明行〉、〈月夜登湖心亭〉、〈冷泉亭作〉、〈西湖〉八
絕句、〈岳武穆祠〉、〈贈汪然明〉、〈過孤山友人快雪堂〉、〈游
淨慈〉、〈贈劉晉卿〉、〈于忠肅祠〉、〈游龍井新庵〉、〈贈陸處
士〉、〈西湖採蓴〉、〈出關外別汪然明〉、〈題祁幼文寓山草
堂〉。從詩題中可見此詩集之主題著重其遊歷經驗，而特別跟
植物書寫有關的僅有〈西湖採蓴〉一詩：

> 空川日暮夜雲層，煙景無心問武陵。為有春風輕鶴
> 浦，緣尋秋味暗魚罾。江籬自愛陶彭澤，樽酒深思張季
> 鷹。更憶故人峰泖曲，相思何處寄蓴冰。(《湖上草》)

此詩一如之前所述，河東君以陶淵明自比，沿續「隱」
意，羨慕那悠然見南山之意境。而且此詩亦用大家所熟知的
典故——因秋風吹起而思念故鄉的張季鷹（約 258～319），名

翰,《晉書‧張翰傳》載:「齊王冏辟為大司馬東曹掾,因見秋風起,思吳中菰菜蓴羹鱸膾,曰:『人生貴適志,何能羈宦數千里以要名爵乎?』遂命駕而歸。」兩相印證,更說明柳如是在這段湖上遊歷時間多麼動盪不安,儘管眼前美景如畫,卻是無心欣賞,也無力去找武陵桃花源。春去秋來,亟欲覓得一個安穩歸宿。

《戊寅草》中另有一首〈採蓮曲〉,則為鳳求凰的寓言:

> 蓮塘格格蜻尾綠,香威陰爐龍幡曲。蘭臬皷雀金鱗濃,水底鴛鴦三十六。
> 捉花霧蓋鳳翼牽,蜂鬚懊惱猩唇連。葉多蕊破麝炷消,日光琢刺開青鸞。
> 麒麟腰帶鴨頭絲,銀蟬佶雜蛾衣吹。郎心清徹比江水,丁香澹澹看間黃。
> 粉痕月避清濛濛,天露寒森迸珠網。藕花欲落絲暗從,錦雞張翅芙蓉同。
> 脈脈紅鉛抝蓮子,鵁波石濺秋羅衣。臙脂霏雨儼相加,雲中更下雙飛雄。(《戊寅草》)

這篇實為陳子龍〈採蓮童曲〉、〈立秋後一日題採蓮圖〉、〈採蓮賦〉的唱和之作,柳詩用了許多陳作的意象,題目相同,又同一時間,又同一地域,故兩人作品,其間不致大相違異。[6]在此之前,柳如是撰作〈男洛神賦〉獻給陳子龍,將陳子龍描繪成男洛神,直言為自己熱烈追求的理想化身,上下求索,但願能見所愛;陳子龍在〈採蓮賦〉的序中明言為

某一名媛而寫:「芳心所觸,憮然萬端。若夫秣陵曉湖,橫塘夜岸,見清揚之玉舉,受芬烈之風貽。」柳陳兩賦都以曹植的〈洛神賦〉爲臨摹藍本,蓮花爲其中心象徵,以蓮花喻己之所歡。而十七世紀的詩人好以「採蓮」作主題,隱喻歌妓,如吳偉業的〈圓圓曲〉中名句:「前身合是采蓮人,門前一片橫塘水。」在晚明,「橫塘」這個地名係吳越地區伎館的代稱[7],大樽之賦確爲柳如是而作,崇禎八年(1635)的秋天,柳如是與子龍分手後,離開松江,回到盛澤伎館,再也沒有回頭。但在下嫁錢謙益的三年後——崇禎十七年(1644),柳如是於黃媛介扇面上重錄了臥子崇禎八年(1632)爲她送別的舊作〈滿庭芳〉:「無過是,怨花傷柳,一樣怕黃昏。」孫康宜更認爲花、柳、黃昏這三個主要意象都繞著繾綣思緒營構,關涉到過去陳柳所作的情詩情詞,不啻在說:「斜陽依舊,此情依舊。」[8]更有可注意者,即崇禎十三年庚辰冬(1640),柳如是所賦〈春日我聞室作呈牧翁〉:

> 裁紅暈碧淚漫漫,南國春來正薄寒。此去柳花如夢裏,向來煙月是愁端。畫堂消息何人曉?翠帳容顏獨自看。珍重君家蘭桂室,東風取次一憑闌。(《東山酬和集》)

「此去柳花如夢裏」正與〈滿庭芳〉一詞殊有關係,蓋因當日我聞室之新境,遂憶昔時鴛鴦樓之舊情,感懷身世,所以有「淚漫漫」之語。(《柳如是別傳》中·頁570)對於不能如願的痛苦愛情,或許情感上仍然若隱若現,但身體卻必須力

行，迎接新的人生，試看〈南鄉子‧落花〉中柳如是快刀斬
亂麻的果決：

> 拂斷垂垂雨，傷心蕩盡春風語。況是櫻桃薇院也，堪
> 悲。又有箇人兒似你。　　莫道無歸處，點點香魂清夢
> 裡。做殺多情留不得，飛去。願他少識相思路。(《戊寅
> 草》)

此詞是和陳子龍〈浣溪沙‧楊花〉而作，陳詞中有「憐他飄
泊奈他飛」之句，而柳說「又有箇人兒似你」，正是指她自己
如楊柳之落花，拂斷了下垂之雨、淌下之淚，但是如此傷心
之情竟被春風花語一蕩而盡！尤其是面對之前兩人共遊的櫻
桃薇院，如今形單影隻，命運堪悲哪！柳陳相愛一場卻不能
白首偕老，只能理智地將情感昇華，擯絕兒女嬰婉之態，既
然「做殺多情留不得」，便只能毅然「飛去」！從〈悲落葉〉
到〈南鄉子‧落花〉，可以看到柳如是的心路歷程，敢於犧
牲，不畏割捨情愛，不懼前程難測的「楊花飛去」形象，正
是柳如是獨立之精神、自由之思想的人格象徵。

　　以上所討論柳如是的植物書寫，可見柳如是透過植物來
自喻自況，一方面詠物，實則感物吟志，雖然窮物之情、盡
物之態的筆觸皆呈現在作品中，但詠物託喻才是其重心所
在，藉著梅、蘭、竹、菊、蕁、蓮、楊柳等，說明了自己不
同的生命型態，在情愛追求過程中的點點滴滴——或甜或
酸、或急或緩、也許幸福也許挫折，也表白了自己心志的轉
折。

四、結　語

綜上所述,「楊柳」是柳如是帶給後世讀者最鮮明的植物意象。陳寅恪先生精闢指出:

> 柳因為詩人春季題詠之物,但亦是河東君自寄其身世之感所在。故後來竟以柳為寓姓,殊非偶然也。(《柳如是別傳》上,頁 244)

而且又說:

> 河東君後來易「楊」姓為「柳」,「影憐」名為「隱」。或即受李太白詩之影響耶?(《柳如是別傳》上,頁 101)

「李太白詩」為樂府詩肆〈楊叛兒〉:「君歌楊叛兒,妾勸新豐酒。何許最關人?烏啼白門柳。烏啼隱楊花,君醉留妾家。博山爐中沈香火,雙煙一氣凌紫霞。」從楊愛到柳隱,柳如是在她的姓氏字號之間玩了無數遊戲,也都巧妙呈現在不同時期的文學創作中,等待有心人的解碼——陳寅恪先生在《柳如是別傳》第二章「河東君最初姓氏之推測及其附帶問題」,就已詳加推論她的名號與生命階段息息相關。

　　本文針對柳氏自己的植物書寫進行文本考察,發現其作品密切結合了詩人自己的姓氏變遷及身世遭遇。楊柳意象在

柳如是的詩詞創作中，可謂達到絲絲入扣、登峰造極之
效。另一方面，柳如是也透過植物來自喻自況，在詠物寫景
中感物吟志；雖然窮物之情、盡物之態的筆觸也在作品中栩
栩如繪，但詠物託喻才是其重心所在。藉著梅、蘭、竹、菊、
葦、蓮花、楊柳等，說明了她不同階段的生命型態，在情愛
追求與婚姻家庭生活中的點點滴滴，更表白了自己心志的轉
折，展現了詩人自己對愛情的追求與獨立的人格。

註　釋

1　周書田、范景中輯校，《柳如是集》，杭州：中國美術學院出版社，2002
　　年3月。底下分類為筆者所分：

	《戊寅草》	《湖上草》	《尺牘》	《東山酬和集》	《詩文補輯》	總計
序	陳子龍		林雪	沈璜、孫永祚	鄒斯漪	
寫作年代	崇禎6~11年	崇禎12年	崇禎12~13年	崇禎15年		
詩	106首	35首		18首	24首	183首
詞	31闋				2闋	33闋
文	賦3篇		31通		遺囑1篇	35篇

2　周采泉則認為錢謙益既已成為柳如是所欲委身的對象，柳如是定把自己
　　的本姓告知牧齋，故牧齋以其郡望稱之為「河東君」，如果不是她的本
　　姓，牧齋絕不會這樣追本溯源的。見《柳如是雜論》，江蘇：江蘇古
　　籍，1986年1月，頁12。

3　陳美延編，《陳寅恪集‧柳如是別傳（上、中、下）》（全集共十三種十
　　四冊），北京：生活、讀書、新知三聯，2001年1月1版，2001年5月
　　3刷。

4　陳子龍是柳如是傾心愛慕的明末復社主將，也是幾社創始人之一。陳子
　　龍（1608~1647），字大樽，號臥子，松江人。崇禎五年（1632）柳如是

經宋徵輿介紹而識陳子龍，但當時陳子龍已有妻室，且柳如是與宋徵輿
亦有戀情。崇禎八年（1635）春，柳陳開始同居南園；其年夏，陳妻干
涉而分離。這段時間，二人唱和之作不斷。

5　唐・柳宗元《龍城錄》記載，傳說隋・開皇中，趙師雄羅浮山（廣東省
東江北岸，道教稱為第七洞天，晉・葛洪曾在此山修道）遇一白衣女
子，與之語，則芳香襲人，語言清麗，遂相飲竟醉，及覺，乃在大梅樹
底下。後遂成為詠梅典故，如元・張可久〈天淨沙・孤山雪夜〉：「淡妝
人在羅浮，黃昏月上西湖，翠袖翩翩起舞。」明・高啓〈梅花詩〉之
四：「一尊欲訪羅浮客，落葉空山正掩門。」明・文徵明〈千葉梅與方
山人同賦〉：「羅浮夢斷情稠疊，瑤圃風生珮陸離。」清・吳偉業〈送曹
秋岳詩〉：「羅浮客到花為夢，庾嶺書來雁是家。」

6　陳寅恪更認為臥子詩與牧齋〈有美詩〉皆以河東君比西施，但臥子實將
河東君之形貌入畫圖，而與牧齋止表見於文字者，更為具體。參見註
二，上冊・頁304~310。轉引陳作三首如下：
〈採蓮童曲〉：蕩槳歌淥水，紫菱牽玉臂。芙蓉不解羞，那得相迴避。
〈立秋後一日題採蓮圖〉：淥水芙蓉塘，青絲木蘭楫。誰人解蕩舟，湘妃
與江妾。

夜來秋氣澄天河。越縠新添三尺波。

倒瀉生綃傾不足，碧空宛轉雙青娥。

今朝輕風拂未動，昨宵已似聞清歌。

雜港繁花日初吐，紅裳濛濛隔霧雨。

橈邊屬玉不肯飛，翠翹時落橫塘浦。

圖中美人劇可憐，年年玉貌蓮花鮮。

花殘女伴各散去，有時獨立秋風前。

何得鉛粉一朝盡，空光白露寒嬋娟。

我家五湖東百里，紅霞滿江吹不起。

素舸雲中月墮時，枉渚香風出蘭芷。

借問莫愁能共載，可便移家入畫裡。

〈採蓮賦〉：余植生單幽，懸懷清麗。芳心偶觸，憮然萬端。若夫秣陵晚湖，橫塘夜岸，見清揚之玉舉，受芬烈之風貽。雖渥態閒情，暢歌綽舞。未足方其澹蕩，破此孤貞矣。江蘺短製，本遠風謠。子安放辭，難娛情性。觀其託旨，豈非近累。若云玄艷，我無多焉。遂作賦曰：

夫何朱夏之明廓兮，紛峨雲之纍清。渺迴溪而逸志兮，懷淡風之潔輕。軼娟娟其淺瀨兮，濫遊波而赴平。橫江阜之宛延兮，睇披扶之遙英。植水芝於澧浦兮，固貞容而溫理。發渺沔以浮光兮，矯徽文以擅軌。騫狄芬而越澤兮，杳不知其焉始。其為狀也，匹溢華若，的礫濫姝。瑩瑩迺迺。烱烱蘇蘇。麗不踏淫，傲不絕愉。文章則旅，脩婷若殊。時翻飛以暢美兮，疑色授而回避。接芳心於遙夕兮，願綢繆以解珮。惕幽芳之難干兮，懷涓涓而宛在。屬予情之善蠱兮，願弄姿而遠載。於是命靜婉，飾麗娟。理文楫，開畫船。掛綺席，揚清川。眾香繽紛，羅袖給緩。蕩舟約約，憑橈仙仙。竝進回逐，嫛屑蹁躚。謹魚怨蜂，不可究宣。礙委絲而膠蠱兮，垂皓腕而濡漬。驚駕駕於蘭橈兮，歇屬玉之嬌睡。墜明璫於瀟湘兮，既雜蔇之以江蘺。試搴莖以斜眄兮，撫脩開而若私。既攀折之非余情兮，恐遲暮之見遺。彼辛苦之內含兮，閟厥愁而惠中。感連娟之碧心兮，情鬱塞以善通。寄傷心於蓮子兮，從芙蓉之蕩風。驚飛裾之牽刺兮，濕羅衣而脫紅。斷素藕而切雲兮，沈淑質之玲瓏。颭遊絲而被遠兮，曾欵欵於予衷。投魷靜以覆懷兮，矜盛年以聯締。翦鮫綃而輨的兮，包相思以淫滯。鼓夕棹於

北津兮，隱輕歌而暗逝。顧彼美之倚留兮，極幽歡於靜慧。情荒荒而罷採兮，削秋風以長閒。亂曰，橫五湖兮，揚滄浪。涉紫波兮，情內傷。副田田兮路阻長。思美人兮不可量。去何採兮低光。歸何唱兮未央。樂何極兮無方。怨何深兮秋霜。

7　參見孫康宜著，李奭學譯，《陳子龍柳如是詩詞情緣》中第三章〈陳子龍與女詩人柳如是〉一文對陳子龍的〈採蓮賦〉的論述，台北：允晨文化，1992 年 2 月，頁 95~110。

8　同前註，第四章〈芳菲悱惻總是詞〉，頁 138。

參考書目

周法高，《柳如是事考》，台北：作者自印本，1978 年 9 月。

陳寅恪，《柳如是別傳》，上海：上海古籍出版社，1980 年 8 月。

胡文楷，《清錢夫人柳如是年譜》，台北：台灣商務印書館，1981 年 4 月。

周采泉編著，《柳如是雜論》，江蘇：江蘇古籍出版社，1986 年 1 月。

孫康宜著，李奭學譯，《陳子龍柳如是詩詞情緣》，台北：允晨文化，1992 年 2 月。

胡守為編，《柳如是別傳與國學研究》，浙江：人民出版社，1995 年 10 月。

谷輝之輯，《柳如是詩文集》（影印浙江圖書館藏本），浙江：中華全國圖書館文獻縮微複製中心，1996 年 8 月。

嚴中，〈薛寶釵與柳如是〉，《紅樓夢學刊》1998 年第 4

輯，頁 216～217。

劉燕遠，《柳如是詩詞評注》，北京：北京古籍出版社，2000
　　年 1 月。

陳美延編，《陳寅恪集・柳如是別傳（上、中、下）》（全集共
　　十三種十四冊），北京：生活、讀書、新知三聯書店，2001
　　年 1 月 1 版，2001 年 5 月 3 刷。

周書田，《柳如是集》，江蘇：江蘇古籍出版社，2001 年 6
　　月。

高月娟，《柳如是及其《戊寅草》研究》，東海大學中文研究
　　所碩士論文，2001 年 6 月。

周書田、范景中輯校，《柳如是集》，杭州：中國美術學院出
　　版社，2002 年 3 月。

周書田、范景中輯校，《柳如是事輯》，杭州：中國美術學院
　　出版社，2002 年 3 月。

多識於鳥獸草木之名

——當代自然書寫的博物性格

羅秀美

摘　要：

　　當知識分子與自然相遇之際，大多將心中所思所感，化為文字吟哦一番；此類文本多能達到情景交融之效果，乃逐漸形成一股書寫自然的傳統。面向當代，諸多西方文論及作品的衝擊，也逐漸影響當代知識分子觀照／關心自然的書寫方式。除了傳統文本的情景交融之外，亦具備濃厚的博物志性格。本文即以當代知識分子的自然書寫文本，探究其內蘊的博物性格之成因，並回溯傳統文本「識名」脈絡的相關議題，以並時性觀點及歷時性脈絡交互詰答。

關鍵詞：鳥獸草木、鳥獸草木之學、自然書寫、博物、博物志、識名、《詩經》

一、前　言

> 子曰:「小子!何莫學夫《詩》,《詩》可以興,可以
> 觀,可以群,可以怨。邇之事父,遠之事君,多識於鳥
> 獸草木之名。」(《論語・陽貨》)

　　知識分子觀照／關心自然的方法,多以文字書寫展
現。在《詩經》所構築的世界中,鳥、獸、草、木不斷出沒
於字裡行間,從「呦呦鹿鳴」[1]到「采采卷耳」,[2]形成一套獨
特的文學傳統。換言之,自然書寫的傳統應可追溯至《詩
經》的世界中。

　　特別是從「多識於鳥獸草木之名」出發來觀察當代自然
書寫的風格,顯見《詩經》的影響一直深刻存在著。許多出
身文學的作者們,在古典《詩經》的氛圍中成長,不免將多
識鳥獸草木之名實踐於創作文本中。同時,將這項「識名活
動」深之廣之,使其創作充滿百科全書式的廣博風貌,也就
是拙文所稱之「博物性格」。

　　由此,拙文擬討論三個問題。

　　一是當代自然書寫的特色:除了多識「鳥獸草木之
名」,亦講求情景交融,並具備博物志的性格。在此,擬舉出
文本實例說明之。通過文本的閱讀,庶幾可勾勒當代自然書
寫清晰的輪廓。

　　二是觀察並解讀當代自然書寫之所以具備博物性格的成

因？可由二方面說明：（一）以文學出身的知識分子爲主的書寫主體。出身中文領域的作者，多展現其驚人的文學涵養，使作品的學養多能植基於傳統中國文學的深厚底子。而筆者亦以「文學質素」濃厚與否爲選取討論文本的標準。（二）文本的書寫策略及其風格，大多兼具感性與知性。以拙文擬討論的文本爲例，既主觀的吟詠自然之美，也能客觀的呈現自然生態的豐美面貌。因此，無論從作者學養或是文本風格，都能發現當代自然書寫之所以呈現博物性格，其重要的原因就是《詩經》以降的「識名」傳統。

三是將當代自然書寫的博物性格溯源至《詩經》以降的書寫傳統。《詩經》多識鳥獸草木之名的書寫傳統，未將自然知識加以系統化，大多爲情景交融式的起興吟哦。一直要到宋代以後所興起的鳥獸草木之學，才算是真正有系統的研究自然知識。這項發展對當代自然書寫的博物性格的養成而言，有其基本脈絡可尋。

通過以上三個角度的論述，試圖爲當代自然書寫的特質（博物性格）定調，並溯源至《詩經》以降的寫作傳統。由此，可說明當代自然書寫並時性的嶄新風貌，亦具備歷時性的文學意義。

二、聚焦當代：自然書寫／博物志的互文

論述當代自然書寫文本具備的博物性格之前，所謂「博

物」或「博物志」的意義，應視爲詮解此議題的先行知
識。接著，以文本展現當代自然書寫的特色，既有「識名」
傳統內蘊其中，亦充分情景交融，並深具博物志的性格。

(一) 釋名：「博物」／「博物志」？

　　根據《大辭典》的定義，「博物」的意義有二：一、指的
是博通事物。如《左傳・昭元年》：「晉侯聞子產之言，曰
『博物君子也。』」以及《漢書・劉向傳贊》：「皆博物洽
聞，通達古今。」；二、指的是 natural history，近代自然科學
的一種。泛指一切研究動物、植物、礦物、生理等學的總
稱。「博物志」，通常指的是題名爲張華所著的《博物志》一
書。該書是仿《山海經》而成的志怪筆記小說，分類記載異
境奇物及古代瑣聞雜事，多爲宣揚神仙方術等故事。

　　由此言之，本文以「博物」性格統稱當代自然書寫的風
格，取義即在於「博通事物」，特別是「博物君子」。換言
之，「博物」的古典意義多半指涉知識分子對日常生活世界[3]
的博物洽聞、通達古今，似乎並不侷限於自然界之鳥獸草
木。然而，「博物」的近現代意義指的則是狹義的自然科
學。拙文對於「博物」二字的使用乃融合二者，既有古典意
義上的博通事物，也具備近現代自然科學的知識在內。因
此，吾人認爲當代自然書寫的諸多經典作品，多半具備如此
深厚的內蘊。

　　此外，由此衍生的「博物志」一詞，大多是指張華的
《博物志》一書，其中所記載的內容包羅萬象，除了自然事
物，人文部分的章節亦不遑多讓。其中與自然事物相關的盡

是些「異人」、「異俗」、「異產」、「異獸」、「異鳥」、「異蟲」、「異魚」、「異草木」等光怪陸離之物事，頗有《漢書・劉向傳贊》所謂的「博物洽聞」的特質。拙文使用「博物志」一詞，大多並非指涉《博物志》該書本身，而取其延伸之義，即視之為名詞或形容詞使用，如「仿如博物志」一類造句。

由此，「博物」或「博物志」的使用，除了沿用原有意義，另外擴充其內涵，將之視為名詞或形容詞使用。因此，「博物性格」指的就是自然書寫文本具備博物的風格（特質），為一擬人手法之構詞。以下即以細讀方式舉例言之。

(二) 細讀：博物性格的自然文本

延續前文，此處例舉的文本，至少符合以下兩項原則之其中一項：一是能夠展現廣博的生物學知識；二是揭露自然文學經典的嫻熟。此處細讀所採取的文本，集中於陳冠學《田園之秋》、凌拂《食野之苹》、吳明益《迷蝶誌》及《蝶道》幾部自然書寫的經典作品。[4]

被譽為當代台灣文學經典的《田園之秋》，充滿法布爾《昆蟲記》的文學之美。如〈初秋篇：九月十一日〉：

> 一早打開門，出去給牛放草，新奇地看見一隻嚌槭鳥（藍磯鶇），停在牛滌上，見了向我敬禮；不細察就知道是雌的，果然腹下沒有赤狐色。此鳥據往年的觀察，差不多都在中秋節的時候到，且是雌的先到，雄的總要遲上十天八天。牠們是很有禮貌的鳥，任何時都可看到牠

們在向四周圍鞠躬，母的全身灰色鱗羽，微帶藍色；公
的腹下有顯眼的赤狐色，頭背粉藍鱗羽。美洲種的，公
的像亞洲種的雌鳥，腹下沒有赤狐色；雌的全身斑褐鱗
羽。還是亞洲種好看。……5

又如〈初秋篇：九月五日〉：

> ……挑來挑去挑不到一本合適的，最後挑了法國小品文
> 大家 J. Renard 的《紅蘿蔔》，是日譯本，前些時讀了半
> 部，何不續完？Renard 的《博物誌》，除了極小部分限於
> 當時的觀念，大部分都可稱得是神品，在這一方面，可
> 以說是獨一無二的傑作。前半部的《紅蘿蔔》也是神雋
> 之至，是千古不磨的好文字，後半部當不會不相稱
> 罷！於是我打開了《紅蘿蔔》的後半部來讀。……但是
> Renard 的《博物誌》裡「鼠」一題卻有很妙的寫法，把
> 讀書人和老鼠的關係寫得再貼切不過，他寫道……。6

以上兩段文本，是典型的陳冠學式的自然文本，具備豐富的
生物學知識，又能與讀者分享相關的典籍閱讀經驗。以知性
的內涵充實感性的文脈，恰到好處。如唐捐評道：

> 讀此詩卷，我們很容易發覺涉及鳥類的描寫連篇累
> 牘，蔚為其中最重要的意象。按鳥類實為田園物類的精
> 髓，靈氣獨鍾，儼然作者心靈的一部分。……於是鳥在
> 陳冠學的田園裡再度成為有力的符徵，形音具足，用表

洋洋得意的自我境界。他通過近似博物誌的紀實筆法，達成抒情言志的目的。[7]

確實如此，鳥類的書寫是他最重要的意象，以近似博物志的紀實筆法，讓鳥類活生生的展演其靈活的姿態。

如果說，鳥類是《田園之秋》的關懷重點；那麼，蝶就是吳明益最著迷的意象了。在《迷蝶誌》的文本中，看到蝶影紛紛，如〈地圖〉：

> 許多人一開始都不相信石墻蝶是一種蝶。他的翅緣崎嶇，像一枚極薄的、幾無重量的炎片，這或許石墻蝶在中國古名崖骨的緣故。方旭在《蟲薈》中根據《正字通》說「蛺蝶一名骨」，但這個蛺蝶和我們今天的蛺蝶意義不同方旭說「蛺蝶或作弓蝶，即蝴蝶也，四翅有粉，好嗅花香，以鬚代鼻」，顯然是泛指所有的蝴蝶，以鬚代鼻，不知是觀察時不明所以的洞見，還是確實掌握的生物常識？
> 蝶翼面石紋縱走斜裂，又彷彿是一幅紙繪地圖。地圖上，道路縱橫，纏結，隱約尚可見平原、山脈、河道與海岸。對石墻蝶來說，翅面上如地圖的紋痕，在山谷裸露地、溪谷或樹冠上便化為一種隱身塗料，目的是誘使敵人的眼睛迷路。[8]

在這部作者定義為「一本以文字、攝影與手繪迷戀蝴蝶及一種生活姿態的劄記」[9]裡，以繽紛多彩的文字及影像呈現蝴蝶

的曼妙身影。在若干頁面的上端,可以看見蝶類的生物學背景(從學名到習性),以及作者手繪的蝴蝶(或其他生物)素描。當然,「蝴蝶頁」之後、正文之前展示的蝶類攝影圖片,更能呈現作者之所以「迷」蝶的緣故。用劉克襄的話印證吳明益的蝴蝶書寫,這是自然書寫的「另一個新品種」。[10]

關於蝴蝶的書寫,吳明益自語道:

> 《迷蝶誌》中寫的不只是我和蝴蝶交往的過程,而是一個人透過生命去結識更多生命,透過某些知識與經驗的累積,回顧本身思維與存在意義的動態交流。……這些散文我認為可以分為三類,一是受到自然的震撼,而進行的兼具知識性記錄與感性的描寫;二是進一步透過這些描寫,反省人類與環境、生命的共同交往之道;三是透過各種蝴蝶與人類互動過程中的某些線索(自然誌),與人類本身的發展,乃至自身的生命史,進行呼應與對話。[11]

在此,書寫蝴蝶／蝴蝶書寫,不僅為兼具知性與感性的描寫,更是連結個人與外在生命的動態交流過程。

時隔三年,吳明益再度推出書寫蝴蝶的《蝶道》。在這本「自我完成度最高的」[12]作品中,吳明益所經營的蝴蝶書寫世界再次令人驚嘆。文字、攝影、手繪,依然還在。但不同的是,篇幅更長,而且謀篇布局中所傾洩而出的深遠與寂靜,更是令人低迴不已。如〈趁著有光〉裡,自承有紅綠色弱的作者自述道,對光與色彩的啓蒙部分來自林布蘭畫作的

光線處理與蝴蝶：

> 有時候我想，蝴蝶的飛行在生物學、物理學、經濟
> 學……以外，必然還有某種屬於「光」的部分，既是那
> 些學門所難以表達的，且不會隨著一隻蝶的死亡就飄逝
> 的物事。這或者是我這些年在尋訪蝶的道路上，唯一認
> 真地以為的物事。
> 文字是否也能像林布蘭的畫筆一樣捕捉那「光」呢？那
> 在我眼底掠過的活生生的蝶，會不會在我以文字書寫時
> 卻「死」在紙上，而成了另一種不得飛行的標本？我不
> 曉得，所以行走，所以觀看，所以聆聽，所以書寫。
> 幸運的是，這些年來在各處走動時，偶然在意識上確實
> 感受到某種「光」的譬喻。比如說，一個靜靜的午後凝
> 視著一隻停在發出酸味的鳳梨上吸吮的流星蛺蝶。[13]

在《蝶道》中，吳明益處理的文字篇幅較諸前一本（《迷蝶
誌》）多出許多，不僅意象的豐美超出甚多，其中所能包容的
知識元素更加深刻而多樣：

> 不過，亞里斯多德可不是永遠那麼理智到不近人情。在
> 讀到他的《動物志》（*Historia Animalium*）的時候，最令
> 我印象深刻的不是裡頭對生物構造的細膩描寫，而是他
> 時時以溫暖的口吻與各種生命對話，甚或，與一具屍體
> 對話。他解剖人體觀察上腔與下腔靜脈的結構時，想起
> 那「脈絡」，荷馬在《伊里亞德》（*Iliad*）裡也曾經提到：

（當索洪轉身的一霎，安底洛戈
的標槍）直穿他的后背，
槍尖戳破了從脊梁到頸項的
血管，予以狠毒的創傷。

那血淋淋的解剖場景與殺戮畫面裡，亞里斯多德以殘酷
的詩意，對生命進行著某種探看（像縋到那死亡最深的
井底，還冒著活水的深處似的）。[14]

以上文本，充分呈顯吳明益以蝶為出發的生命冥想記錄。如
果說，以上出現於「上卷・六識」的文本為書房冥想，那麼
「下卷・行書」則是其環島踏查的旅次書寫。其中，〈往靈魂
的方向〉書寫的是美濃、黃蝶翠谷、鍾理和及《笠山農場》
等複合式意象；淡黃蝶則是文中最重要的角色：

鐵刀木的種植引來淡黃蝶的聚集。我很喜歡淡黃蝶的英
文名──「檸檬色遷徙者」（Lemon Migrant），聽起來像
是某種色彩在流浪。中國把 Catopsilia 這屬的蝶稱為「遷
粉蝶屬」，緣於他們飛行速度快，無時不處於動態，他們
將口器探入花中的時間不超過我一次心跳。這種流浪的
檸檬色找到了食草豐茂的「奶與蜜之地」，定居了下
來，形成生態型的蝴蝶谷，並一度繁衍成超過千萬的龐
大族群。
每年的五月與九月前後大發生的淡黃蝶群飛翔求偶，恍
如風吹過樹林時，一顫一顫跳動起來的熾艷陽光。

> 淡黃蝶一般有三型，一種是赤腹面全然檸檬黃色的淡黃
> 蝶，一種是前後翅皆有銀色圓斑的銀紋型，以及在後翅
> 帶著赭色紅斑的紅紋型，數量的比例上也依此順
> 序。……15

吳明益以淡黃蝶為經，美濃文史為緯，細述他對鍾理和及
《笠山農場》的認識。因此：

> 我盲目地相信鍾理和一定也曾注意過淡黃蝶。這信念一
> 方面來自他曾在小說裡描述工人手植鐵刀木的狀況，二
> 來是我認為他具有傳統農家熟悉自然的精神體質。《笠山
> 農場》中裡的一個腳色丁全，就曾提到熟識森林的人是
> 不可能「迷山」的，因為「有些樹木，在某地方生，某
> 地方不生，假使你嗅得出樹葉的味道，知道那是某種
> 樹，那麼你就明白你是在什麼地方了。還有，樹皮向陽
> 粗糙，向陰細嫩，方向就這樣分辨出來了。」
> 那樣的理所當然，就好像了解夏天一定跟在春天後面似
> 的。16

吳明益在《蝶道》中開闢一條通往自然的道路，透過蝶展現
生命的幽美丰姿。這些文本既不同於平鋪直敘的科普寫
作，也迥異於早期自然寫作的激情吶喊或是後來的悲觀無
奈。在吳明益所行走的「蝶道」上，展現了無限的可能性。
　　而凌拂的《食野之苹》則展現了另一種引人驚奇的可
能。與陳冠學鍾情於鳥類、吳明益鍾情於蝶類的動物情懷不

同的是，她以花草為野地生活的要角，賦予它們靈動的生
姿，並構成《食野之苹》的全部。它的目錄就是一本「本草
綱目」，從菊科的昭和草到鐵角蕨科的鳥巢蕨，以十八科二十
八種草木為題，書寫自身與草木之間的生命歡悅。每一篇以
草木為題的文本之前，一幅細膩的工筆植物圖像之下，皆有
一式【說文解草】的陳述，部分純然是生物知識的傳遞。除
此理性的資料之外，感性的自然留在正文中。且看【菊科】
〈昭和草〉，如何處理她與草木之間的情意流動：

> 「我行其野，言采其蓫。」
> 沒有菜了，推門出去，採一把遍生的昭和草回來，我總
> 想起《詩經》。
> 「于以盛之，維筐及筥；于以湘之，維錡及釜。」採了昭
> 和草用什麼裝呢？方形的竹筐和圓形的籮。用什麼煮
> 呢？用有三隻腳的鍋子或者沒有腳的釜。山上的昭和草
> 成片成片，左右採之，霎時盈筐，四季遍生遍長，不會
> 給吃光的，我很放心。[17]

> 五、六月，我搬了小凳坐在門口，眯著眼，看小芒絮越
> 過陽光，落在我的裙子上，我的裙裾是它的沃土嗎？昭
> 和草一稱神仙菜，與饑荒草同屬，初次採食野菜，嚐的
> 即是它的生猛異香；那麼就化我的裙裾為土吧！我可當
> 真想孕它完成，秋末再見它生絮，茫茫的飛啊飛啊！飛
> 遍整個大地。[18]

凌拂筆下的草木與她一同生活、一齊呼吸。這些植物的身家背景都是凌拂從植物圖鑑自修而來的，慢慢的也採食若干野菜以果腹。並非刻意所為，只是生活中的一部分。如前述引文可見凌拂以草木為題書寫生命的丰姿，展現的是寧靜而樸實的生活面貌，張曉風稱之為「有木氏凌拂」，[19]貼切的說明凌拂愛草木成癡的身影。

以上若干當代自然書寫的文本，雖面貌不一；共同的特色是，作者與鳥獸草木之間彷彿心意相通，融為生活的一部分。書寫自然的同時，有的是寧靜、安和的恬適之美。這樣的書寫風格，除了感性之美，也展現作者博通事物的一面。知性與感性的結合恰到好處，往往跳脫早期自然寫作文本的激越及焦慮之情。因此，當代自然書寫為一兼具知性與感性的博物文本。

然而，其博物性格如何養成，是下節要討論的重點。

三、博物性格的養成：知性／感性的融合

當代自然書寫的博物性格，表現在對鳥獸草木的熟稔，以及相關生物知識的了解上。由此，始構成既知性又感性的文本。那麼，此性格之養成，可由二個層面解析之：一是作者的文學科班出身，並有走向自然的經歷；二是作品所展現的學養都能夠以經典印證。

(一) 作者：文學出身／走向自然

　　當代自然文本的創作者，不同於早期自然寫作者。他們或理工環保科系出身、或記者出身；面對方興未艾的土地關懷、環境保護議題，他們多以知性的筆觸，將環保議題以數據或報導文學方式呈現人們的憂傷及焦慮，突顯人類面對自然或土地浩劫時的無助與無奈，多有喚醒讀者之用意。甚或，稍顯濫情、過度急切及焦慮。如劉克襄所言：

> ……同時，對每一個階段自然寫作者展現的風貌，更充滿好奇。……諸如鎮日迷戀老鷹的沈振中、倡議綠色旅行的陳世一，或者遇見孤高的古道學前輩楊南郡。……
>
> 不過，吳明益明顯地和他們的出身不一樣。他和我一樣都是「科班」出身的。我的意思說，我們都是從文學出發，在創作的路上和自然生態的視窗照會了，從此就不再離開它。這樣的人並不少，在八〇年代時，王家祥、洪素麗、凌拂和徐仁修等都是這類同好。[20]

劉克襄說的是吳明益。這些出身文學科班的自然寫作者，自然與前期的展現不同的情調。其實，此說也差可適用於陳冠學及凌拂二位作者。

　　也許是時空背景有所不同，拙文所採樣的三位作者多與上述之書寫風格無甚關聯。或許與作者多出身文學科班有關，如陳冠學是師範大學國文系出身，曾任教師及編輯多年；亦曾注《莊子》及《論語》等書。吳明益是大眾傳播學

士、中文系博士，現任大學教授；曾經研究神韻詩，以自然書寫為題完成博士論文；但他也寫報章專欄、廣告及音樂評論、創作小說；當然，他更書寫蝴蝶，以及實用的生態導覽書。凌拂則是師專及大學中文系出身的小學教師，也寫報導文學、童話、童詩等等。同時，皆有縱橫各大文學獎之經驗，或得到某些榮銜之肯定。[21]

文學家的出身，使他們走向自然的同時，理所當然採用文字書寫所見所思。然而，他們也都有走出書房接觸自然的真實經驗。

陳冠學在二十餘年前即辭去教職，避居高雄澄清湖畔，其後搬回屏東北大武山下的萬隆村老家幽居。其間起居坐臥，完全一派桃花源式的悠然恬適，隱然有耕讀田園之姿，屬於傳統士人的歸隱作風。因此，葉石濤認為「陳冠學具有中國傳統的舊文人氣質，同時又具有臺灣知識分子參與（committed）的入世思想。」[22]他是標準的回歸田園的知識分子，雖然他曾經試圖從政卻不幸失敗。陳冠學的田園觀察是一種全身投入式的參與，充分欣然的享受著獨身於田園的簡樸生活。文人出身的他，自然地提筆書寫田園，並以日記體形成一結構有序的專著，慨然有成一家言之姿。

凌拂的投入山林似乎與陳冠學類似，不過她索居山間，仍以小學教職為業，並非全然隱身而不入世的。其後她結束十載荒野放逐的生涯回到台北，即使如此，仍然堅持與自然相依。在她投身山林期間，充分享受野地生活的清芬，面對草木的自開自落，也有一種生命舒放的豁然之感。凌拂將熟讀的《詩經》載入其創作的草木文本中，也借

《說文解字》爲「說文解草」一用，乍見標題更似閱讀《本草綱目》一般。

　　吳明益的投入自然則是另一種模式，他與前二者不同，他是很「入世」的。他自言道：

> 我不是一個隱逸者。我逛 7-11、逛夜市、使用水廠消毒
> 過的自來水、還拍照。在這方面來說，我是已經特化的
> 都市人。我以爲，在人口尚未自主地縮減前，過多的人
> 選擇隱逸，除掉自生自長的「雜草」種自己食用的野
> 菜，或遁往更深的山林，對自然生態可能反而是一種壓
> 力。我可也不是一個科學、經濟的樂觀主義者，所以對
> 人類覺醒速度與環境崩潰速度的追逐，有時感到緊張與
> 悲觀。[23]

　　雖然如此，吳明益走入「蝶道」之緣起，與他的勤於踏查仍有相當關聯。起初擔任蝴蝶生態解說員、也寫實用的觀賞冊子；進而大量閱讀圖鑑、拍攝幻燈片及照片，以及素描。逐漸建構一套對蝶的認識圖譜，「環繞著以蝶爲議題的核心，從植物到其它昆蟲，從神話到開發史，從文學到自然科學，從繪畫到心理學。」[24]包羅萬象的百科全書式的書寫模式，展示了文學家書寫自然的最大可能性。而吳明益自認爲「造物主在他們的翅上留下謎語，我則重新咀嚼解謎者的提示，編織我的說法。」[25]他的自然書寫隱然形成一道新的脈絡，屬於他自己的專有風格。

　　綜合以上，作者的出身，以文學科班身分走向自然所讀

出的文學風味，自然能展現以文學為重的自然文本。

（二）作品學養：以經典證成／仿如博物志

當代自然書寫的博物性格，從作者的文學身分延伸而來的議題則是反映在作品中的博物現象。通常使用的是以自然文學或科普經典為主要印證材料，或者因深受相關經典的文氣感染而產生的類似風格之作。

論者多認為陳冠學的作品已有類似博物誌的風格，如吳明益所言「朝向一個非學院式博物學家努力的意志」：

> 陳冠學的書寫模式和昔往中國以田園為理想託寄作品的差異之處，在於作者對生物名的重視，並強調某些「擬觀察式」的書寫。本文中對植物名、鳥名的斟酌，可見其效法梭羅朝向一個非學院式博物學家努力的意志。[26]

或是葉石濤所評論的，是「一本難得一見的博物誌」，「如同法布爾（Jean Henri Fabre,1823~1915）的十卷《昆蟲記》」：

> 陳冠學的《田園之秋》，透過農家四周景物的描寫，充分反映了臺灣這塊美麗土地所孕育的內藏的美。同時，也是一本難得一見的博物誌；如同法布爾（Jean Henri Fabre, 1823~1915）的十卷《昆蟲記》，以銳利的觀察力和富有創意的方法研究了昆蟲的生態一樣。陳冠學的《田園之秋》也巨細無遺地記錄了臺灣野生鳥類、野生植物、生態景觀等的諸面貌的四季變遷，筆鋒帶有摯愛這

塊土地的的一股熱情。這是臺灣三十多年來注意風花雪
月未見靈魂悸動的散文中，獨樹一幟的極本土化的散文
佳作。27

甚或是亮軒所言「書中顯示他的博學與精細」：

陳冠學是一位「每事問」的農人，分不清是學者的習性
還是天生的好奇過人，在這三冊書中顯示他的博學與精
細……。28

還有何欣所說的「作者雖非博物學者」，卻能在觀察野生鳥類
及生物方面如此認真而嚴肅：

《田園之秋》能激起讀者興趣的還有對野生鳥類、野生植
物的精密觀察和生動記錄，作者雖非博物學者，在這方
面卻做得那麼認真而嚴肅。29

以上種種評論，皆認為陳冠學寫作《田園之秋》有博物學家
的認真及專業，使作品呈現博物志的風格，並與自然文學經
典法布爾的《昆蟲記》相提並論。

不僅如此，後出的凌拂與吳明益的作品一樣也被認為與
法布爾類似。如張瑞芬評道：

從精細的自然觀察，發而為圖文並茂的百科圖鑑博物
學，例如凌拂《食野之苹──臺灣野菜圖譜》、吳明益

《迷蝶誌》，寫法顯然較類似法布爾的《昆蟲學回憶
錄》。30

法布爾《昆蟲記》儼然是寫者論者一致肯定的自然文學典
範。那麼，吳明益創作《迷蝶誌》之際，究竟有無師法法布
爾之意？劉克襄剖析道：

> 他的創作內容展示了較為活潑的可能，以及更多文字鍛
> 鍊後的繽紛。三個主要的面相交錯著，形成他書寫蝴蝶
> 的內涵。一為自然誌的隨手捻來，豐富了他文章的深
> 度，並顯示了他的聰慧與機敏。二是豐富的野外經
> 驗，允當地糅合科學的生態知識，讓他的敘述更加有說
> 服力。三係文學的技巧卓越，平淡的素材經過他的消
> 化、轉換時，充滿了詩意的效果。31

劉克襄認為「自然誌的隨手捻來」、「豐富的野外經驗」以及
「文學的技巧卓越」，此三者使他的創作展示了較為活潑的可
能。檢視法布爾的《昆蟲記》，亦展現同樣的特質。

此外，凌拂的草木書寫，也被視為法布爾一派的博物書
寫（如前文所引張瑞芬之言）。然而，筆者以為凌拂的博物明
明白白由《詩經》而來，與陳冠學或吳明益的博物之法，其
實不同。《詩經》是她書寫草木時的最佳養分，且看《食野之
苹》的命名，彷彿看見一群自遠古走來的鹿群正呦呦鳴叫
著，並悠然食草。因此，她的博物之養分，來自《詩經》的
鳥獸草木甚於法布爾。張曉風即認為她的草木書寫，承繼

《詩經》以來的書寫傳統：

> 寫植物，誰不會呢？從《詩經》到《楚辭》，到漢賦到六
> 朝到唐宋、或是寫一叢在陽光水影中恍如幻象的荇
> 菜、或是在《三都》《兩京》中極力盛言的滿山的植物礦
> 物（噫！那富富麗麗堂皇的漢賦啊！）或是講述江南遊
> 子張季鷹魂思夢想之際，一片片碧翠美麗如小荷葉的蓴
> 菜（蓴菜），或是記錄杜甫和老友衛八重逢時所享受的一
> 盤雨後新剪下來的春韭，或是蘇東坡貶居密州時欣然摘
> 食的杞菊……草木有清芬啊，古今刻意描寫植物的人還
> 怕少嗎？
> 然而，凌拂，這位二十世紀的「有木氏」，卻把一叢山茼
> 蒿、或過溝蕨、或山芙蓉寫到跟自己沾親帶故起來，彷
> 彿整座山都是她名下的，其中一草一木都是你看著
> 我、我看著你一起長大的。[32]

從《詩經》至今，草木之書寫綿延不絕；凌拂的草木書寫隱
然廁身這項歷時性文學傳統的脈絡中。筆者以為凌拂的草木
書寫承繼的傳統，正是情景交融的至高境界。這使得她文本
的博物成分，顯然不同於陳冠學或吳明益。

　　總之，博物性格的養成，一分面來自作者之文學科班背
景，一方面來自於熟讀經典與投身自然的雙重經驗的融
合，遂使得諸文本皆能展現既理性亦復感性的豐富面貌。

四、溯洄從之：《詩經》以降
的博物傳統

　　當代自然書寫文本的博物性格之塑造，應由《詩經》多具鳥獸草木之名的特色來說。誠如前一節中所引張曉風的言說所呈現的，自古以來寫草木的文本所在多有。由此展開此溯源工作，應可理解。

　　孔子勸學《詩》，曾說道學《詩》可「多識於鳥獸草木之名」，這是對《詩經》博採眾物的書寫特色之肯定。孔子以教育家的身分面對《詩經》時，認為學《詩》可使生命多姿多采並且言之有物，「不學《詩》，無以言」，[33]孔子教誨鯉兒說得很清楚。也就是說，《詩》除了興觀群怨、事父事君的功用之外，「多識於鳥獸草木之名」正是學《詩》的最佳副作用。

　　這項作用的提示，除了說明孔子對生物之學的重視；它還有一項意義就是知識分子必需對此一範疇有所認識，並納入個人知識體系當中。那麼，「多識鳥獸草木之名」的「名」所指為何，應加以討論。亮軒在評論《田園之秋》時曾經說道：

> 孔子曰學《詩》可以多識草木鳥獸之名，這個「名」字也許可以作兩種詮釋，一是名稱，二是道理。[34]

由此而言，「名」有二個意義：一是名稱，二是道理。由《詩

經》文本看來，許多涉及鳥獸蟲魚之名的，大多只是呈現其名稱而已，藉該名物起興或是鋪陳某些場景，營造氣氛。因此，若只是識其名，應未必等同於博通事物。就另一方面來說，如果不僅識其名，也能涉及名稱背後的內涵（道理），應該比較接近拙文所要說明的博物之義。

此外，也有認為《詩經》文本的博物特質在於博通事物之名，並不一定真正深化名稱之後的內涵。因此，歷來出現的鳥獸草木文本似乎多只停留於多識其名的地步，極少將此識名活動加以學問化，並構成真正具備知識體系的一門學問。[35]大多數的時候，是延續《詩經》識名傳統，無論是《楚辭》香草美人的借喻、或漢賦對瑰奇美麗的植物的讚嘆、亦或六朝隋唐宋文學中有關鳥獸草木的書寫……。從來不乏相關書寫，然而也從未真正將《詩經》識名傳統加以學問化。

真正將多識鳥獸草木之名的呼聲加以學術化的是宋代所興起的「鳥獸草木之學」。根據研究指出，[36]宋代出現真正的生物學專著，大致有三種類型：一是資源記述型，即通過學者的調查，對有關動植物資源進行記述的作品，性質類似後代的地區動植物志，記載大量新穎的動植物知識。如宋祁《益部方物略記》、鄭樵《益州草木記》、朱熹《郊居草木記》。此外，此類尚有記述突出的生物資源，尤其是花卉果木的著作，即動植物「譜」、「錄」一類的作品，如周師厚《洛陽花木記》、張峋《洛陽花譜》、歐陽修《洛陽牡丹記》、沈立《海棠記》、陳翥《桐譜》、劉蒙《菊譜》、蔡襄《荔枝譜》、贊寧《筍譜》。二是伴隨當時生物學知識的大量積累而擴編的動

植物著作,包括張宗海《名花木錄》、《木譜》,以及一些學者造的「經」。「經」有《草經》、《花經》、《鷹經》、《禽經》等。這些所謂「經」的著作,大多有點自詡爲某方面知識經典的味道,也展現當時人們試圖「經營」一門新學問的努力。三是綜合性的生物學著作,與經學有關。一些學者從經學解釋名物的角度出發,分門別類的對各種生物名稱、習性和形態進行描述、解說。此類著作多類百科全書式的《爾雅》,代表性著作如陸佃《埤雅》。37

這就是北宋以來所展現的眾多刻意撰寫的生物學專門著作,已經展現具體營造一門學問的傾向。特別是著名文人及學者的投入,如歐陽修、朱熹、鄭樵、蔡襄等人對於鳥獸草木的鍾愛。願意將生物的描寫以主題方式撰著成書,予以初步理論化的處理,或許與宋代理學興盛之文化背景有關。

其實,整個文學博物的傳統源遠流長,但吾人習於以「抒情言志」看待文學史傳統,對於「體物而瀏亮」的詠物傳統相對感到陌生。而拙文所指稱的文學博物傳統應就詠物、體物的脈絡言之,最爲恰當。關於文學博物的傳統,大致有五條脈絡:一是《詩經》、《爾雅》以來寫物的傳統,後繼者如三國陸機《毛詩草木鳥獸蟲魚疏》、明人毛晉正《毛詩草木鳥獸蟲魚疏廣要》等;二是南朝的草木小品;三是類書的傳統,如《淵鑑類涵》、《永樂大典》一類,李善《文選注》也有一些選文;四是詠物詩的傳統,這是最爲典型的文學博物傳統,如清聖祖《御定詠物詩選》以及《佩文齋詠物詩選》、李漁《閒情偶記》卷五等;五是現代文學的寫作傳統,民初周作人已讀過法布爾《昆蟲記》,其詠物小品文即深

受影響。[38]由此觀之，當代自然書寫的博物性格，皆有承襲以上部分或全部的傳統。因此，立足當代自然書寫，上溯《詩經》以來的博物傳統，即可發現此一源流的複雜與龐大；諸文本所呈現的學養背景亦隱然與此脈絡相關。

五、結語：當文學與博物志相遇

閱讀當代自然書寫文本，筆者認為「博物性格」是它們的共同特色。歸納其特色，應有以下三點：（一）能夠博識萬物之名，並且超越《詩經》以來的文本；（二）除了博識萬物之名，亦具備情與景、物交融的特色；（三）創作者受到中西方自然文學（科普）經典的影響，使其文本仿如博物志。

因此，當文學與博物志相遇，不僅直接豐富了當代自然文本的面貌，使它不至於濫情抑或悲情；也能夠使得科普文學作品，如法布爾《昆蟲記》一般博得自然文學的經典桂冠。

附錄一：陳冠學《田園之秋》的鳥獸草木[39]

	鳥	獸	草	木
九月一日	伯勞、鶺鳥、草鵪鴒、鵪鶉	土蛨	一點紅（番薯、番麥）、蓬屬的草、含羞草、草蜘蛛、番薯、番麥	
九月二日	燕鴴、雞	牛、鈴蟲、狗、貓	旱稻、番薯、土豆、芝麻、番麥、菜瓜、瓠瓜、皇帝豆	
九月三日	伯勞	土蛨、草蛨	番薯、土豆、稻	
九月四日	烏鶖、喜鵲、烏鴉、鷹鵰（老鷹）、鷺鷥、麻雀、赤腰燕、蜜蜂、夜鷹（蚊母鳥）、雞	牛、狗、貓、蜻蜓、螻蛄、蚯蚓、七腳林蜈（壁錢）		
九月五日	貓頭鷹、雞	牛、狗、老鼠、土蛨	番薯	
九月六日		土蛨、螢火蟲	番薯	藤
九月七日		牛、羊	番薯	
九月八日			番薯	
九月九日	黃鵪鴒（或灰鵪鴒）、白腹秧雞、鵪鶉、緋秧雞、夢卿鳥（番鵑）、燕鴴（石鷸）	牛、綠金龜	番薯、蔗、番麥	
九月十日	草鵪鴒、雉雞、雲雀	山兔、山豬、狗熊、旱龜（或陸龜，人稱龜蛇，歸入蛇類）	牛頓鬃草、二耳草、白茅、紫花藿香薊、金午時花、火峰（沙漠植物，也稱蠻雲）、頃蔴（龍舌蘭科）	鳳凰木、山嶺菝

附錄二：吳明益《迷蝶誌》的蝶名及其外

《迷蝶誌》篇名	蝶	蝶之外	引用經典
寄蝶	大白斑蝶	爬森藤	
寂寞而死	雄紅三線蝶 細蝶（苧麻蝶）		
十塊鳳蝶	蛛光鳳蝶 琉璃帶鳳蝶 硫球紫蛺蝶		夏曼・藍波安《八代灣的神話》 林熊祥《蘭嶼入我版圖之沿革（附綠島）》
界線	曙鳳蝶 大琉璃紋鳳蝶 琉璃紋鳳蝶	琉球馬兜鈴 山刈葉	鹿野忠雄
死蛹	大鳳蝶	四季桔	
陰黯的華麗	紫蛇目蝶		
忘川	白（玉）帶蔭蝶	孝順竹	提香
學習睜開眼睛	孔雀紋青蛺蝶		濱野榮次
野桐開放	台灣黑星小灰蝶	血桐、野桐	
魔法	三星雙尾燕蝶 黑脈樺斑蝶		
地圖	石墻蝶	桑科的 ficus 屬	方旭《蟲薈》
活埋	日本紋白蝶 台灣紋白蝶	油菜花	
國姓爺	小紫斑蝶		夏琳《海紀輯要》 楊英《從征實錄》 《臺灣省通志》 陳弟《東番記》
放下捕蟲網	江崎黃蝶 淡色黃蝶 台灣黃蝶 星黃蝶 荷氏黃蝶		白水龍《原色臺灣蝶類大圖鑑》 山川默《原色新蝶類圖》

《迷蝶誌》篇名	蝶	蝶之外	引用經典
迷蝶	沖繩小灰蝶 雌紅紫蛺蝶 紫斑蝶		
迷蝶 2	紅擬豹斑蝶 綠斑鳳蝶 玉帶鳳蝶	垂柳、含笑	
飛	紅紋鳳蝶		
時代	環紋蝶		加藤正世、濱野榮次

附錄三：吳明益《蝶道》的蝶名及其外

《蝶道》篇名	蝶	蝶之外	引用經典
趁著有光	流星蛺蝶 紫單帶蛺蝶	三角蜻蜓 彩裳蜻蜓	《新約聖經・約翰福音》 房龍《林布蘭時代》 《猶太法典》 亞里斯多德《動物志》 荷馬《史詩》
在寂靜中漫舞	雙尾蝶	臺北樹蛙	李奧波《沙郡年記》 北島〈夏天〉(《藍房子》) 鮑德斯沃斯《最後的麻鷸》 尼格・馬文《不可思議的旅程》 高爾《瀕危的地球》
愛欲流轉	黑脈樺斑蝶 黃裙粉蝶 菲律賓連紋黑弄蝶	藍彩吉丁蟲	波特萊爾 克勞區《沙漠之聲》 多田綱輔〈紅頭嶼探險紀行〉 王朔〈動物兇猛〉(《嗅覺符碼》) 《臺灣使槎錄》 法布爾 杜瑞爾《絮語的大地》 《龍樹菩薩傳》 達文西《萊切斯特手稿》

《蝶道》篇名	蝶	蝶之外	引用經典
櫻桃的滋味	台灣紋白蝶 紅肩粉蝶 雲紋粉蝶	豆天蛾	阿巴斯・奇亞羅斯塔米《櫻桃的滋味》 法布爾 普魯斯特《追憶似水年華》 村上龍〈羊腦咖哩〉(《料理小說集》) 惠特曼〈當我聽見博學的天文學家〉
死亡是一隻樺斑蝶	大樺斑蝶 樺斑蝶		志賀直哉〈城崎散記〉 海恩斯《星星、雪、火》 海德格《存在與時間》 拉斯馮提爾《The Kingdom》
我看見聽見的某個夏日	黃蛺蝶	藍帶條金龜	濟慈 史耐德 法布爾 《竹書》
達娜伊谷	雌白黃蝶 斑粉蝶 枯葉蝶 眼紋擬蛺蝶	臺灣大鍬形蟲	米蘭・昆德拉《生活在他方》
目睹自己的誕生	大紫蛺蝶 白裙黃斑蛺蝶	推糞金龜	福克納《熊》 白水隆《原色臺灣蝶類大圖鑑》 內田春男 法布爾《昆蟲記》
往靈魂的方向	淡黃蝶 長鬚蝶		鍾理和《笠山農場》 侯孝賢《好男好女》 藍博洲《幌馬車之歌》 瓊斯、赫拉克利特斯《論自然》
當霧經過翠峰湖	紅點粉蝶 深山白帶蔭蝶 臺灣小波紋蛇目蝶	黃胸藪眉	羅帕士〈回家〉 豬又敏男《蝶》

《蝶道》篇名	蝶	蝶之外	引用經典
言說八千尺	黃領蛺蝶 臺灣鳳蝶 雙環鳳蝶 阿里山黃斑蔭蝶 臺灣麝香鳳蝶		《八仙山史話》 D.H.勞倫茲《查泰萊夫人的情人》 林宛諭〈走過林業滄桑史〉 《聖經・約伯記》
行書	珠光鳳蝶 青帶鳳蝶 臺灣單帶蛺蝶	圓端擬燈蛾	白芮兒・瑪克罕《夜航西飛》 《諸羅縣志》 連橫〈竹枝詞〉 傑西〈喚醒懷舊之情的嗅覺〉

附錄四：凌拂《食野之苹——臺灣野地生活》的鳥獸草木

章節	草名／篇名	備註／引用經典
菊科	昭和草	「我行其野，言采其蓬。」（〈小雅・我行其野〉）40 「于以盛之，維筐及筥；于以湘之，維錡及釜。」（〈國風・召南・采蘋〉）
	咸豐草	
	紫背草	
	茯苓菜	「溱與洧，方渙渙兮。士與女方秉蕑兮。女曰觀乎？士曰既徂。且往觀乎？洧之外，洵訏且樂。維士與女，伊其相謔，贈之以勺藥。」（〈國風・鄭風・溱洧〉）
	山萵苣 （蒲公英）	
	苦苣菜	「寒冬咽酸齏、雪夜圍破氈」
	假吐金菊	
十字花科	山芥菜	
	細葉碎米薺	
繖形科	水芹菜	
	鴨兒芹 （山芹菜）	

章節	草名／篇名	備註／引用經典
藜科	扛板歸案	
	火岸母草（川七）	
薑科	月桃	
	野薑花	
百合科	臺灣油點草	
薔薇科	蛇莓	
藜科	小葉灰藋	
莧科	長梗滿天星	
馬齒莧科	假人參	
三白草科	蕺菜（魚腥草）	
芸香科	刺楤（食茱萸）	「獨在異鄉為異客，每逢佳節倍思親。遙知兄弟登高處，遍插茱萸少一人。」（王維／九月九日憶山東兄弟）
落葵科	落葵	
茄科	龍葵	
錦葵科	山芙蓉	
車前草科	車前草	「采采芣苢，薄言采之；采采芣苢，薄言有之。采采芣苢，薄言掇之；采采芣苢，薄言捋之。采采芣苢，薄言袺之；采采芣苢，薄言襭之。」（〈國風・周南・芣苢〉）
蹄蓋蕨科	過溝菜蕨（過貓）	
鐵角蕨科	鳥巢蕨	

註　釋

1　語出《詩・小雅・鹿鳴》。

2　語出《詩・國風・周南・卷耳》。

3　「日常生活世界」，借用舒茲的論述。指「互為主體的世界，它早在我們出生之前就已存在，並被其他人以及我們的前人，經驗與詮釋成一個有組織的世界。現在這個世界對我們的經驗與詮釋而言都是既存的。所有對這個世界的詮釋，皆是以對這個世界的一些過去之經驗儲存、自己

親身的經驗、以及父母師長所傳授給我們的經驗等為基礎，其具有『現有的知識』（knowledge at hand）形式，其功能則有如一種參考架構。……以自然態度來說，世界並非也絕不僅是由一些彩色圖像、斷裂的噪音、冷熱溫度等聚合而成。有關經驗構成的哲學或心理學分析，可以在事後並回顧性地來描述這個世界的要素如何影響我們的感覺，以及我們如何以一種含糊混亂的方式而被動地認識他們，我們的心靈如何透過主動的統覺，而從知覺領域挑選出某些情景，並視他們為清晰明確的事物，以凸顯對立於一個多少具有模糊性的背景或範域。……」詳見舒茲著、盧嵐蘭譯：《舒茲論文集（第一冊）——社會現實的問題》第九章「多重現實」第一節「日常生活世界的現實」，頁 236~237。

4   文後附表乃筆者整理，可一覽諸作的博物洽聞之貌。

5   陳冠學：《田園之秋》（台北：草根，1997 年 8 月），頁 50。

6   前揭書，頁 26~27。

7   唐捐：〈《田園之秋》的辭與物〉（陳義芝編《台灣文學經典研討會論文集》，台北：聯經，1999 年），頁 392~393。

8   吳明益：《迷蝶誌》（台北：麥田出版，2000 年 8 月），頁 102~103。

9   《迷蝶誌》的封面文字。

10 劉克襄：〈臺灣特有種：一個自然寫作的新面相〉，吳明益：《迷蝶誌》推薦序，頁 29。

11 吳明益：〈選擇——《迷蝶誌》的思考與書寫〉（《文訊月刊》第 182 期，2000 年 12 月）。

12 吳明益：〈衰弱的遍視——關於《蝶道》及其它〉，《蝶道》（台北：二魚文化，2003 年 10 月）後記，頁 280。

13 吳明益：〈趁著有光〉，《蝶道》「上卷・六識」，頁 38~39。

14 前揭書，頁 51~52。

15　吳明益：〈往靈魂的方向〉，《蝶道》「下卷‧行書」，頁186。

16　前揭書，頁187。

17　凌拂：〈昭和草〉，《食野之苹》，頁47。

18　凌拂：〈昭和草〉，《食野之苹》，頁48~49。

19　張曉風：〈有木氏凌拂〉一文提到凌拂居住的地方為「有木里」，又愛好
　　草木，故稱之。此文為《食野之苹》推薦序1，頁8。

20　劉克襄：〈臺灣特有種：一個自然寫作的新面相〉，吳明益《迷蝶誌》推
　　薦序，頁27~28。

21　陳冠學：《田園之秋》1983年獲中國時報時報文學獎推薦獎（散文
　　獎），1986年獲吳三連文藝獎（散文獎），1999年獲聯合報主辦「臺灣
　　文學經典研討會」所公布之三十本「臺灣文學經典」散文類之列。吳明
　　益《迷蝶誌》獲台北文學獎、中央日報2000年出版與閱讀十大好
　　書，其中若干篇章亦曾獲獎：〈迷蝶〉獲得第十一屆梁實秋文學獎散文
　　佳作、〈迷蝶2〉獲得1999年聯合報文學獎散文組決審入圍、〈飛〉獲
　　第二屆生態暨報導文學獎散文第三獎。吳明益《蝶道》則獲得2003年
　　中國時報開卷十大好書獎。凌拂《食野之苹》獲1995年聯合報票選最
　　佳書獎。

22　葉石濤：〈田園之秋‧代序〉，陳冠學：《田園之秋》，頁5。

23　吳明益：〈衰弱的遍視——關於《蝶道》及其它〉，《蝶道》「附卷‧後
　　記」，頁277~278。

24　前揭書，頁276~277。

25　前揭書，頁277。

26　吳明益：〈田園之秋‧九月十日‧評介〉，吳明益編：《臺灣自然寫作選》
　　（台北：二魚，2003年6月初版），頁43。

27　葉石濤：〈田園之秋‧代序〉，陳冠學：《田園之秋》，頁4。

28 亮軒：〈評《田園之秋》全卷〉，原載中央報副刊（1993 年 4 月 5
　　日），今收入陳冠學《田園之秋》，頁 22。

29 何欣：〈評析《田園之秋》初秋篇〉，陳冠學：《田園之秋》，頁 14。

30 張瑞芬：〈春日遲遲四月天——曾麗華《旅途冰涼》、戴文采《我最深愛
　　的人》、方梓《采采卷耳》三書評介〉，《明道文藝》第 302 期（90 年 5
　　月）。此處所言《昆蟲學回憶錄》，即《昆蟲記》（台北：遠流版）。

31 劉克襄：〈臺灣特有種：一個自然寫作的新面相〉，吳明益《迷蝶誌》推
　　薦序，頁 29。

32 張曉風：〈有木氏凌拂〉，《食野之苹》推薦序 1，頁 10~11。

33 語出《論語・季氏》。

34 亮軒：〈評《田園之秋》全卷〉，《田園之秋》，頁 22。

35 在宋代以前，有關生物的論述，主要寓於醫藥、農業和方志之類的書籍
　　中，只有零星著作出現，如三國時期陸機《毛詩草木鳥獸蟲魚疏》、南
　　北朝時期《竹譜》及《魏王花木志》、唐代王方慶《庭園草木疏》和李
　　德裕的《平泉山居草木記》等等。參考羅桂環：〈宋代的「鳥獸草木之
　　學」〉，中國科學院自然科學史研究所。
　　http://www.ihns.ac.cn/members/luogh/songbio.htm。

36 羅桂環：〈宋代的「鳥獸草木之學」〉。

37 同上註。

38 關於文學博物的五大傳統，乃龔鵬程教授（佛光大學文學所）於研討會
　　當日的講評意見。吾輩獲益良多，特此致意。

39 原著篇數甚夥，難以一一羅列，摘錄十篇亦足觀大要。

40 （）內出處，由筆者加註，以下皆同。

參考書目

㈠文本

（漢）鄭玄箋：《毛詩》（校相臺岳氏本），台北：新興書局，1991 年 10 月。

（晉）張華著、范寧校證：《博物志校證》，台北：明文書局，1981 年 9 月。

吳明益：《迷蝶誌》，臺北：麥田出版，2000 年 8 月 20 日。

吳明益：《蝶道》，臺北：二魚出版公司，2003 年 10 月。

吳明益編《臺灣自然寫作選》，台北：二魚出版公司，2003 年 6 月。

凌拂：《食野之苹——臺灣野地生活》，台北：時報出版公司，2003 年 6 月二版。

陳冠學：《田園之秋》，台北：草根出版公司，1997 年 8 月。

法布爾著、魯京明譯：《法布爾昆蟲記全集》，台北：遠流出版公司，2002 年 10 月。

㈡論述

王家祥：〈還是把「美麗」吃啦——評凌拂《食野之苹》〉，《聯合文學》第 136 期，1996 年 2 月。

王家歆：〈田園真意——讀陳冠學《田園之秋》〉，《書評》第 10 期，1994 年 6 月。

吳明益：〈自然寫作的臺灣發展〉，《誠品好讀》第 20 期，2002 年 4 月。

吳明益：〈蝴蝶的地圖〉，《誠品好讀》第 42 期，2004 年 4 月。

吳明益：〈選擇——《迷蝶誌》的思考與書寫〉，《文訊月刊》第 182 期，2000 年 12 月。

邱麗香：〈從《田園之秋》看陳冠學的自然關懷與人文心靈〉，《臺南師院學生學刊》第 19 期，1998 年 2 月。

唐捐：〈《田園之秋》的辭與物〉，陳義芝編《台灣文學經典研討會論文集》，台北：聯經出版公司，1999 年。

張瑞芬：〈春日遲遲四月天——曾麗華《旅途冰涼》、戴文采《我最深愛的人》、方梓《采采卷耳》三書評介〉，《明道文藝》第 302 期，2001 年 5 月。

張達雅：〈陳冠學《田園之秋》中的自然觀察與書寫〉，東海大學中文系編《臺灣自然生態文學論文集》，台北：文津出版社，2002 年 1 月。

鹿憶鹿：〈與滿山野菜談一場戀愛——讀凌拂《食野之苹》〉，《文訊月刊》第 127 期，1996 年 5 月。

楊平世：〈導讀——兒時記趣與昆蟲記〉，法布爾著、魯京明譯《法布爾昆蟲記全集》，台北：遠流出版公司，2002 年 10 月。

劉克襄：〈序——相見恨晚的昆蟲詩人〉，法布爾著、魯京明譯《法布爾昆蟲記全集》，台北：遠流出版公司，2002 年 10 月。

賴佳琦：〈自然生活，自然創作——專訪凌拂〉，《文訊月刊》第 170 期，1999 年 12 月。

羅桂環：〈宋代的「鳥獸草木之學」〉，中國科學院自然科學史

研究所 http://www.ihns.ac.cn/members/luogh/songbio.htm

㈢其他

舒茲（Alfred Schutz）著、盧嵐蘭譯：《舒茲論文集（第一冊）——社會現實的問題》，台北：桂冠圖書公司，1992 年 5 月初版。

潘富俊著、呂勝由攝影：《詩經植物圖鑑》，台北：貓頭鷹出版社，2001 年 6 月。

❖

輯

三

物我（二）人與自然的互涉

從追憶童年往事看兒童圖畫書中的自然書寫

——以《台灣真少年系列》為主

林淑貞

摘 要：

　　本文以《台灣真少年系列》六冊兒童圖畫書為主，從六位作者追憶童年往事來探賾其對家鄉人、事、物之追記，及所示現的意義何在？尋訪家鄉風物的內容為何？所展示的心靈圖式的意義何在？而這樣的圖畫書能提供兒童什麼樣的閱讀效能？

關鍵詞：兒童文學、圖畫書、自然、台灣真少年、追憶童年

一、前　言

　　遠流出版社於二〇〇三年六月出版《台灣真少年系列》套書六冊，由連翠茉主編，呂奕欣編輯，特約美術主編官月淑，美術設計陳幼緞。這是一套以名人追憶童年往事為主的圖畫書，雖然以敘事手法描寫，但是，內容卻伴隨著追憶的時間線索，勾勒出台灣五六〇年代的自然風物，而且每一書的敘寫重點不同，恰好將台灣各族群與各種風土民情以簡淡筆觸為我們圖構出一幅幅作者家鄉的圖象，令人悠悠地跌入時光的隧道，跟著文字與圖畫去尋訪淳樸、自然平淡的鄉風，覽閱這一套書時，不僅是一種文字的饗宴，更是圖象的飽覽，更甚有之的是，經由文與圖的交構，示現台灣風物之美與民風之淳厚，令人心生感動與嚮往。

　　茲將六書基本編輯體例，簡示如下：

表一：基本編輯體例

書名	作者	繪者	出版年月	頁數	文末附文
記得茶香滿山野	向陽	許文綺	遠流 2003.6	28	凍頂茶香
姨公公	孫大川	簡滄榕	遠流 2003.6	26	卑南族的英雄氣概
八歲，一個人去旅行	吳念真	官月淑	遠流 2003.6	28	坐火車過山洞
像母親一樣的河	路寒袖	何雲姿	遠流 2003.6	23	宛如母親的大甲溪

書名	作者	繪者	出版年月	頁數	文末附文
故事地圖	利格拉樂·阿𡠄	阿緞	遠流 2003.6	23	排灣人的故事，排灣人的歌
跟阿嬤去賣掃帚	簡媜	黃小燕	遠流 2003.6	54	蘭陽平原

　　上表雖然臚列了頁數，事實上，繪本並沒有標示頁數，[1]僅僅是一頁頁圖文並茂的呈示，此一頁數是筆者自己加的。須特別說明者，全套書最有特色的是，為了補強各書特殊風物的知識，每一書文末特別由陳彥仲執筆簡介各書自然風物，如上所列〈文末附文〉之部分。

　　《台灣真少年系列》六書，以追憶童年往事的角度，為兒童讀者介紹一段奇特的遭遇或是敘寫成長的過程，並藉由追憶摹寫家鄉的自然風物，特別表現出一份血濃於水的愛鄉愛自然的深情，這一套書雖然是六位作者個別的成長經驗，但是透過文字親切的表述，圖景鮮明的展示，讓讀者彷彿重歷作者生平的家鄉或是故鄉風物之美。全書表現的重點有二：其一是童年往事之追憶，其二是藉由追憶讓我們重尋五六〇年代每位作者家鄉風物人情之淳美，我們分別簡述內容如下。

　　《記得茶香滿山野》以小男孩為視點，寫南投縣鹿谷鄉鳳凰谷麒麟潭畔四季飄香的茶園及小男孩家中開茶行，兼賣文具、書籍、菸酒、郵票等物，以與家鄉特產作結合，並敘述自己在凍頂山中成長的經驗。

　　《姨公公》寫台東卑南族的小男孩永遠記得姨公公在他就學前夕，對他上學的期許，第二天居然溘然辭世，一夕話成

為生命追憶難忘的事，並敘說頭目——姨公公一生的職責與傳奇故事。

《八歲，一個人去旅行》敘寫八歲小男孩，因為父親要訓練他獨立自主的個性，要他一個人獨自從侯硐坐火車到宜蘭的經過，並在火車上認識一位老婆婆的遭遇過程，最後順利歸來。

《像母親一樣的河》敘寫四歲喪母的小男孩，因為有大甲溪及其支流的哺育，使他一直沒有喪母的傷痛，反而對河流有一股特殊的情感，但是，對母親的思念卻未曾斷絕。

《故事地圖》寫布朱努克部落的小女孩，因與母親賭氣，負氣離家出走，在幽美的山谷中印證祖母常對她敘說的部族淒美的故事及祖靈的傳說，最後竟然在美麗的途中睡著，後來又平安的歸回家中。

《跟阿嬤去賣掃帚》寫小女孩生長在蘭陽平原，見證農村的勤奮努力，婦女們常在秋忙後以稻稈編製掃帚以貼補家用，並藉由一次與阿嬤一同去賣掃帚的經過，讓自己體驗一次奇特的經歷。

我們根據六書，茲以圖表簡示主題如下：

表二：主題呈示表

書名	主題呈示
記得茶香滿山野	家鄉茶香及個人在凍頂山的成長過程。
姨公公	卑南族英雄氣概的養成。
八歲，一個人去旅行	寫獨自旅行的遭遇與勇氣。
像母親一樣的河	寫四歲喪母，在大甲溪支流孕育成長的過程。

書名	主題呈示
故事地圖	寫排灣族人的傳說與風物之美。
跟阿嬤去賣掃帚	寫農婦質樸辛勤的操作家務與編賣掃帚貼補家用的經過。

二、圖畫書中的自然書寫

　　所謂的自然書寫，是指人對自然的感知以圖文方式表現出來，以文則敘說，以圖景則重現自然風物之美。然而什麼是「自然」呢？

　　根據西哲所言，其意義紛繁難以統一，大致上可以擘分為：

　　一、自然是用來與非自然的人為作對立。

　　二、自然是一切存在的事物。

　　三、自然與人文社會相對立。[2]

　　根據蔡仲翔所云，中國對「自然」的看法，等同於「天然」，包括六種範疇意義：

　　一、指天地、自然界，其義略同於「造化」，謂文藝創值本於自然，效法天地。

　　二、指自然而然，不有意選作，謂文藝創作系出自內心，藉外物的觸發，產生靈感，不能自己，發而為文章。

　　三、指文藝創作所達到的最高度純熟的境界。

　　四、對作品的審美評價，指文藝創作如化工造物，渾然天成，不見斧鑿痕跡。

　　五、文藝作品品第中之最高品位。

　　六、天然也指作者的天賦資質才能。[3]

　　由上所臚列的自然定義可知針對不同的用法而有不同的意義，西方從對立面立說，蔡氏純就文本、美學視域觀之。在本文當中所謂的「自然」是指「大自然」，意同於第一點，是天地、自然界的意義。而這種意義的範疇包括：時間中的四季風物之轉移、流光移景以及空間中的山川、田園、景色、風光等等，如果從「自然」的時間性而言，是指：過去、現在、未來，從空間性而言，包括了所有的大自然景物，含家鄉、現居地等等，比較用於與「人文造作」作對立面的意義。

　　《台灣真少年系列》六個故事分寫六個自然景觀，六本圖畫書不同的故事，各自表露什麼樣的自然圖景？一言以蔽之，就是追憶家鄉中的自然風物。

(一) 風物之美：自然與人文經驗中的家鄉

　　《台灣真少年系列》在每一則故事之末皆有陳彥仲簡介各地風物或歷史故事，讓讀者可以輕易了解該書特殊的自然風物之美。我們結合陳彥仲所介紹的內容，重新體認六書所摹寫的各地風物之美。

　　《記得茶香滿山野》寫台灣南投凍頂山產烏龍茶，因土質含大量水分，是產茶的好地方，每年四月到入冬十一月間，婦女們持續忙碌著採茶，橫跨四季的採收期可分為春茶、夏茶、大小暑茶、秋茶、冬茶等種類，採收的茶葉須經過曝曬、攪拌、熱炒、揉捻、風乾等處理，才能烘焙出好

茶。據傳，清朝有位南投縣鹿谷鄉村民林鳳池遠赴福建參加科考，金榜題名歸來之際，當地林氏宗親特贈福建武夷山烏龍茶苗作賀儀，林鳳池將茶苗攜回分贈親友，最後只有凍頂山茶樹成功存活下來。如是，讓讀者對南投的茶農季節性的工作及傳說有一個梗概了解。透過作者向陽生長在凍頂山中的經歷，讓我們對茶鄉成長的童年，產生一種親近感。

《像母親一樣的河》所描寫的是台中縣大甲溪，源自中部高山，經過十多個大小鄉鎮後，在台中縣清水鎮形成平原匯入台灣海峽。大甲溪流域上游最早居民是新石器時代的泰雅族，下游是平埔族的拍瀑拉族（**Papora**）與道卡斯族（**Taokas**）。大甲溪哺育大地，讓人們可以引水灌溉開墾，興建房舍等。路寒袖為我們鋪寫大甲溪的支流成為孕育他快樂童年的源泉。

《姨公公》描寫卑南族頭目姨公的事蹟及傳說。卑南族位於台東平原地區，台灣十大原住民族之一，包括知本、建和、利嘉、泰安、賓朗、初鹿、南王、頂永豐等八個部落，卑南族社會型態是由眾人推選一位頭目，做為全部落決策性的重要人物，若與他族衝突時，必須代表眾人進行溝通、談判、協調或戰爭事宜。在各部族中，常會為了生存，尋找更多土地種植開墾，而擴大各族間的衝突。在卑南族傳統中，男孩成長到十二、三歲時，有一段時間必須到「會所」過固定的團體生活，在這裡由長輩們教授祖先故事、文化習俗、生活智慧，也要接受體能訓練，例如必須學習在原始自然環境中赤手求得生存。所以這段團體生活對男孩子來說非常重要，不僅學習防禦、攻擊等戰鬥技巧，同時

也是培養向心力及團結精神。「會所」除了是訓練之所，也是聚會之所，凡是討論公共事項，如何訓練少年，如何共同狩獵、捕魚等皆在此共同討論決策。但是隨著時代演進，使得社會型態日益改變，頭目職責日益不重要了，但是，曾經在「會所」成長的男孩，就能培養出一股英雄氣概。對於卑南族陌生的我們，透過這樣的介紹，知道他們對兒童的訓練，是非常的嚴謹的。

《八歲，一個人去旅行》所描寫的是花東線上「侯硐」到「宜蘭」的「宜蘭線」這一段路途的故事。鐵路建於日據時代，北起基隆八堵區，南迄宜蘭縣蘇澳鎮。侯硐、三貂嶺經過隧道，接著牡丹、雙溪、貢寮、福隆等是平原，從石城、大里、大溪、龜山到外澳是沿著弧形海岸線前進，藉由兒童想像神龜擺尾的傳奇，讓我們對花東線多一分了解，也知道了車站的序列，經過了神龜擺尾的路程，接著便是堂皇地進入蘭陽平原，再行經蘭陽溪，羅東便在望了。

《故事地圖》描寫排灣人的故事，排灣人分佈在台東縣、屏東縣、高雄縣。相傳祖靈的生命是太陽神賦予，祖靈誕生後，居住大武山高處，大武山是他們祖靈的故鄉。排灣族有貴族與平民之分，貴族家庭才能以雕刻工藝來裝飾家屋及日用品，並且會在屋內最重要的一根柱子上雕刻祖靈雕像，以示尊敬。作者特別對祖靈傳說著墨甚多，說明：原住民──神話──傳說──故事──地圖故事的關係，藉由一個離家出走的小女孩去見證大武山的傳說與祖先的故事。

《跟阿嬤去賣掃帚》描寫蘭陽平原辛勤刻苦的農婦，在農閒時努力製作掃帚，並且挑去其他村落作買賣。蘭陽平原在

清嘉慶年間開始開墾，距離西部之開墾晚了三十多年，平原
上每一村落皆有一個故事，頭圍、二圍、三圍指依照時間先
後而建造開墾的，二堵、三堵則是平埔族與新移民的互動關
係，爲生存保禦，原住民以「堵」爲防衛性設施，最終原住
民被迫離開居住之所，只留下地名。例如多山河旁的「利澤
簡」，在噶瑪蘭語是「休息之所」，噶瑪蘭族是多數的原住
民，喜歡居住在靠海或河旁，冬山河附近的「珍珠里簡」應
是「燒酒螺」之意。隨著社會型態轉變，手工器具日益被取
代而消失了，但是早年人們勤奮與惜物的精神，卻是永遠值
得流傳。

　　雖然六冊圖畫書有六種不同的境遇，但是，作者對於家
鄉風物人情之美懷有無限的緬懷心情，我們也藉由各自不同
的故事，進而體會、了解各族群的風俗民情，以及各地風物
之不同，宜蘭人的勤奮，凍頂山的淳樸，祖靈的傳說，卑南
族對頭目的尊重，及兒童訓練、教育養成的方式，四歲喪母
的感傷藉由河流的哺育，轉化了那份幽潛的傷懷，也在吳念
真的圖文中體會坐火車到宜蘭，見證了人們相互幫忙的真
情，爲了不知名的中暑阿嬤，大家努力的幫她搓揉，表現出
互助相親的一面，這些，與陌生、疏離的都市生活不啻有霄
壤之判。藉由這六冊圖畫書，不僅要喚起大家對自然的真
情，也讓大家重新思考，在大自然哺育成長的兒童們，具有
真誠實在的人格，可以作爲現代兒童楷模，也是現代人一劑
人情味的活水。

(二) 圖景視域與設計

圖畫書中究竟文為主體，抑是畫為主體？誰是圖景中的主角？人或自然？

基本上，圖畫書以圖文並茂的方式呈示，圖畫是用來加強或印證文的內容，而文字的說明是推展情節最重要的部分，沒有了文字說明，圖畫僅成這一個片面的圖象而已。所以，圖畫書通常編寫的策略是以文字為主，圖象為輔，我們從這六冊書的編寫過程亦可明白，先由文字作者敘寫完成之後，再交由圖畫作者圖繪，以符應文字所需的圖象。

故事敘寫當中，以人物為主，在圖象中亦以人物為主角，通常自然景觀是靜態的，是客觀的陪襯的景致，而人物才是最重要必須突顯的部分，雖然，有時圖象中並無聚焦視點，僅是各種圖象的展示，例如《記得茶香滿山野》，頁九（左圖）圖景中的凍頂茶行，門外是熙來攘往的人，或立或坐或負或攜或畫或觀，門內是哥哥在觀看父親設計的茶葉罐圖稿，媽媽抱著幼子，弟弟卻依傍逗弄著幼弟，而頁十（右圖）是「我」，駐立茶行門口一隅觀街景，一婦人揹子攜女的剛踏進茶行，每一個人都努力的做著自己的事，只有「我」在圖景中凝視，而這個諦視，似乎也非主景，每個人是人文景之一，並無主次的感覺，卻流露出每個人沈浸在自己的情境中。雖則如此，但是，人物，才是主體所在，我們根據圖畫書中的構圖視點、色感層次、圖景設計及所示現的人物與自然景象主客體的重要性來說明其構作技巧。

表三：構圖技法

書名	構圖視點	色感層次	圖景設計	主體／客體
記得茶香滿山野	沒有聚焦的視點，以全幅朗視為主。	細膩筆觸，色澤淡麗清幽，有古雅味。	大部分文在圖外，多以單頁呈示街景，左右雙頁則以自然景為多。	人在景中，景為襯，人為主，而人群中往往和樂融融的景象。
姨公公	以小男孩視點觀看姨公公的生平及傳說。	筆觸細緻，畫風綺麗，選色以黃色為主調。	圖文互嵌，雙頁式圖景，空白處置文字。	主體為人，景物為陪襯。姨公多以卑南族服飾表現。
八歲，一個人去旅行	主要以八歲小孩為聚焦視點，卻又刻意偏居一隅以避開凝視的主要位置。	以鉛筆速描手法表現出灰樸、簡單的畫面。	圖文互嵌，全幅左右雙頁共構圖象。	全書以焦點中的人物為主，景往往以灰樸單色的方式表現。
像母親一樣的河	以閱讀者觀看圖景中的活動，圖中人物生動而滑稽。	水彩勾勒人物，渲染圖景，畫面豐富。	文在圖外，偶有嵌圖。以全幅左右雙頁呈示。	以人物主體，河流或自然風物為客體，豁顯人在故事中的存在性。
故事地圖	以小女孩為凝視焦點。	色澤鮮麗，畫風簡潔乾淨，景物清麗。	圖文分開，圖景以單幅單景呈示，偶有跨頁；文則必有小物點綴，例蝶、鳥、蟲、飾物等。	自然圖景展示欣欣向榮，人物圖象則栩栩如生。以人物為主，但是觀看的角度卻刻意避開正面凝視。

書名	構圖視點	色感層次	圖景設計	主體／客體
跟阿嬤去賣掃帚	以小女孩為視點。	畫風時而鮮麗，時而古樸。	圖文分開，雙頁式圖雙頁式文，故而頁數特多。	有時整幅圖景畫村落，有時畫一個小女孩，有時僅以一部賣冰腳踏車作為全幅焦點所在。

　　由上所示，圖畫書中的視點，仍以人物為主體，自然風物僅是一個旁襯的客體。

　　既然自然景致為輔，人物為主，那麼，在六冊圖畫書中所要豁顯的人物，究竟是何許人？所要表達的自然景觀又是什麼呢？人在時空中的敘寫又要表達什麼呢？

三、追憶中的我與時空敘寫

（一）敘寫視角中的我在

　　凡是敘事，必少不了視點，楊義曾云：

　　敘事視角是一部作品，或一個文本，看世界的特殊眼光和角度。……敘述角度是一個綜合的指數，一個敘事謀略的樞紐，它錯綜複雜地聯結著誰在看，看到何人何事何物，看者和被看者的態度如何，要給讀者何種「召喚視野」。[4]

敘事視角就是作者經營一部作品的切入角度，讀者是透過作者構作的觀察視點來進入敘事文本當中，所以選擇適當的視角往往是一部作品最重要也是最核心的問題，透過這個視點，作者才能將故事情節透過他來傳述出來，所以每一部小說皆有視點的選擇。在《台灣真少年》系列當中，到底是誰在敘說童年故事？他們展示什麼樣的內容？召喚我們去認同或感知他們曾經經歷過的童年經驗？

六書敘寫人物視點全部以「我」為主述人物，透過「我」呈示童年往事，所以「我」也是一個「限知視點」，因為「我」所見所睹必能寫出來，「我」未見未睹者，必不可能知道，除非是經由他人傳述，所以六冊圖書中，完全以「我」的限知觀點為敘述基點，而且選擇的人物或男或女，雖然不同，卻皆是以童年的「我」來觀看，或經歷一件奇特的生命成長經驗。

在楊義稱作「視角」，在金健人稱作「視點人物」，指涉的內容是相同的。[5]

而在視點人物之外，另一個被重視的是圖畫書中到底什麼事件或情節才是聚焦所在？也就是六個故事，各自著重的重點何在？在敘寫的疏密、虛實之間什麼是重心所在？什麼是「聚焦」呢？楊義又云：「所謂視角是從作者、敘述者的角度投射出視線，來感覺、體察和認知敘事世界的，假如換一個角度，從文本自身來考察其虛與實、疏與密，那麼得出的概念系統就是：聚焦和非聚焦。視角講的是誰在看，聚焦講的是什麼被看，它們的出發點和投射方向是互異的。同時應明白，聚焦和非聚焦是相對的，是相反相成的。」[6]視角是以

人物為主，而聚焦是以事為主，至於聚焦與非聚焦則是對立相成的，在此之外，尚有一個特殊的「觀照角度」也是我們必須清楚的：「觀照角度的調節越自由，作者要實現自己的創作意圖也越容易。而要獲得較為自由的觀照角度，可以通過兩種途徑：一是視點方位的選擇；一是視點人物的選擇。視點方位的選擇可有三種類型：定點換景、定景換點與點動景移。」（金健人《小說結構美學》，頁 199）又云：「觀照角度與人稱角度是既緊密聯繫又各有區別的。觀照角度指的是敘述者的選擇和敘述者與敘述對象之間的遠近正側變化；而人稱角度指的是敘述者、敘述對象（人物）、讀者三方面的關係。觀照角度可以有無數的變化，而人稱角度只有我、你、他三種類型。」（金健人《小說結構美學》，頁 206）

我們透過「視點人物」、「聚焦事件」及「觀照角度」來分析六冊圖畫書。

《記得茶香滿山野》，「我」是茶行老闆的兒子，所欲描寫的重點是凍頂茶園與自家茶行休戚相關，後來因為茶行兼賣文具、圖書、菸酒、郵票而成為小村落中的雜貨鋪，是人來人往的地方。而「我」在戶外生活中的情形是一個在山林鄉野中成長的小男孩。

《姨公公》，以「我」追憶姨公公的一生事蹟，寫卑南族小男孩對部落的童年追述。

《八歲，一個人去旅行》，以「我」追憶八歲時一個人獨自坐火車到宜蘭的經過，車上巧遇一位老阿婆，拿芭樂給「我」吃，後來阿婆中暑，大家急救，下車時，阿婆給「我」幾個銅板。歸來，見阿嬤站在門口，彷彿是那位阿婆。

　　《像母親一樣的河》，以「我」追憶四歲喪母，其後與父親共同生活的記憶中最美的是去釣魚，最難忘的是教讀書及罰站，與附近小朋友共同的成長經驗是一同去河邊游泳等事。

　　《故事地圖》，以「我」，寫離家出走的事件中，由途中風物印證外婆所敘說的傳說故事，將部落的感人故事一一追述。

　　《跟阿嬤去賣掃帚》，以「我」為視點，寫童年最難忘的一事是與阿嬤一同去賣掃帚，過程辛苦，後巧遇賣枝仔冰者，雙方「以物易物」交換貨品，各自結束一段辛苦的買賣過程。

　　茲將視點人物、聚焦事件及觀照角度以表格臚列於次：

表四：視點人物及敘述角度

書名	視點人物	聚焦事件	觀照角度
記得茶香滿山野	我 限知觀點	敘寫童年成長事件，以茶行為主	小男孩
姨公公	我 限知觀點	敘寫姨公公一生事蹟	小男孩
八歲，一個人去旅行	我 限知觀點	敘寫一趟火車之旅	小男孩
像母親一樣的河	我 限知觀點	敘寫喪母後，在河畔成長的事作	小男孩
故事地圖	我 限知觀點	敘寫離家出走，應證外祖母敘說的傳奇故事	小女孩
跟阿嬤去賣掃帚	我 限知觀點	敘寫跟阿嬤賣掃帚的經過	小女孩

(二) 今昔對照中的我

　　《台灣真少年》，敘寫策略是採用兒童口吻以「我」的限知觀點來進行追憶，而且六冊兒童圖畫書全部以「追憶」的方式作爲時間起點，由現在往前逆溯到過去童年時空中的特別事件，所要豁顯的就是昔日之我，與今日之我的不同，展現時空今昔的對照性如下：

　　　時間：現在（年長的我）────▶ 過去（童年的我）
　　　空間：現在居處　　　　　────▶ 童年家鄉

　　我們從時間結構的展現模式來觀察：

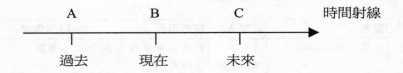

　　　　A　　　　　　B　　　　　　C　　　　時間射線
　　　　　過去　　　　　現在　　　　　未來

　　時間射線的編序方式是由 A 到 B 再到 C，但是在敘寫故事的過程中，可以不按照事實時間編序，可以任由 ABC 三個不同的時間點作爲敘寫的時間基點。在六冊圖畫書當中，全數以「追憶」的手法敘寫，所以其事實時間點應是：B 到 A，亦即由現在追憶童年的自我。

　　上列的時間敘寫手法，基本上有兩種模式，第一種是：「今──── 昔──── 今」，是明確的由今回憶童年往事，再由童年事件跳回當今的現實面，例如向陽的《記得茶香滿山野》以今日站在麒麟潭畔作爲起始點，回憶童年，最

後再以回歸當今時間點為結束，說出當年赤腳行走的小
路，現在已成為雙線雙向通車的柏油路了。《姨公公》是由
「今」追憶七歲入小學上課的前夕，姨公公的一番話語作起
始，再敘寫追憶姨公公一生作為卑南族頭目的事蹟，最後再
回到「今」的時間點，說明當年床邊對話成為孫大川長大成
人的我與自己童年的對話，並且也從其中認識姨公公及自
己。

　　第二種敘寫基模是「今――――昔」，由今追憶昔日，時
間點就停駐在「昔」，未再敘寫成長後的自己，例如《八
歲，一個人去旅行》就是追憶八歲那年發生的獨自坐火車到
宜蘭經過，時間點並未再回到「今」。《像母親一樣的河流》
從四歲喪母事件寫起，再寫自己成長的過程，末了，時間仍
然是停駐在童年因夢而引發母親的思念。《跟阿嬤去賣掃帚》
是作者回顧童年賣掃帚的特別經驗，最後的時間點仍然是停
留在當年以兩支枝仔冰經過牛糞作紀念的畫面。

　　六書全部採用今昔對照，時間的敘寫方式如下所示：

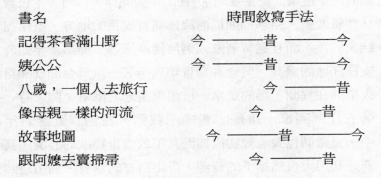

書名	時間敘寫手法
記得茶香滿山野	今 ―――― 昔 ―――― 今
姨公公	今 ―――― 昔 ―――― 今
八歲，一個人去旅行	今 ―――― 昔
像母親一樣的河流	今 ―――― 昔
故事地圖	今 ―――― 昔 ―――― 今
跟阿嬤去賣掃帚	今 ―――― 昔

　　由上可知，採用敘寫的手法，基本上以今與昔作對

照，此一對照不特別寫出「今」，只是淡淡地透顯出來，其所
要對照出來的是人物、時間、空間、事件等事項的今昔對照
性：

	今	昔
人物	年長之後的我	童年中的我
時間	成年	童年
空間	遠離家鄉	家鄉
事件	追憶	童年往事

　　根據六書作者所追憶的時間點觀察，率爲回憶五六〇年
代的早期台灣社會，揭示民風淳樸，在物質匱乏的年代
裡，沒有現成的玩具，沒有豐富的物質享受，但是，敘寫中
的孩童們，對於物質之欲的追求往往降到最低，反而利用大
自然賜給他們的風物，來完成一場成長的儀式似的。

　　對於大自然賦予豐富的資源，以及淳樸的兒童對物質之
欲無所求，向陽指出在凍頂山與同伴玩灌蟋蟀、在冬日枯水
期的河岸邊築「秘密基地」，在山中與同伴，以竹、木枝玩當
兵作戰遊戲。路寒袖則以河流爲哺育成長的地方，不僅捉青
蛙、釣魚，而且還背著家人到河邊游泳等。簡媜童年對於一
支枝仔冰的垂涎，吳念真寫童年只帶著一盒萬金油就獨自搭
火車前往宜蘭，爲的是拿一枝祖母遺忘的雨傘，歸來時，揹
著五斤蔥回家。這些，皆喻示我們，在物質匱乏的年代
中，兒童們也養成愛物惜物而且不敢貪求物欲的心境，甚至
充分利用大自然給予的資源，自由自在的享有、利用自然賦
予的山水資源，快快樂樂的渡過童年。在大自然中成長的兒

童,自然忘不了大自然本身含蘊的資源,而且日後追憶,也充滿了無限緬懷的心念。童年不可重來,而被破壞或過度開發的自然資源不可重建,人在遠離家鄉之後,才體會家鄉是永遠的心靈依歸,而大自然所賦予的資源,成爲日後追想懸念的心靈花園,藉由「回憶」,回到了過去的時空中,對於迷失在都市叢林中的成人而言,那段童年歲月雖然永逝不歸,但是,卻是現代都市人的心靈慰藉。

職是,藉由回憶,印證過去與現在的不同,證明在大自然中成長的人們,對於大自然有一股回歸的渴求,這就是飄流移盪在都市、在現代化中的人們,無限祈求的回歸圖式。

綜言之,六冊視點人物全部以「我」的限知觀點敘寫,六本書,敘寫六個成長的故事,這些事件可能是普遍性的,也可能是作者特殊的經驗,各自突顯出作者一段成長過程。

盱衡言之,六冊套書由追憶童年往事而重訪家鄉風物與人情之美,茲將此二部分敘述以表臚列於下:

表五:內容——尋訪家鄉風物與追憶童年往事

書名	人物視點	尋訪家鄉風物或人物	追憶童年往事
記得茶香滿山野	在茶行中成長的小男孩	描寫南投縣鹿谷鄉鳳凰谷麒麟潭畔四季飄香的茶園	成長在茶行、書店,與大自然中的過程
姨公公	卑南族小男孩	卑南族的頭目英雄氣概	姨公公勤勉為卑南族人讀書的話語

書名	人物視點	尋訪家鄉風物或人物	追憶童年往事
八歲，一個人去旅行	八歲小男孩	侯硐到宜蘭火車之旅	八歲獨往宜蘭，在火車上遇到阿嬤的經過
像母親一樣的河	小男孩	大甲溪物產豐美	小孩子在河畔成長的經驗
故事地圖	排灣族女孩	三地門原住民的傳奇故事與風物之美	老祖母講排灣族的故事與小女孩離家出走的事件
跟阿嬤去賣掃帚	小女孩	蘭陽平原勤奮的婦女及製作掃帚的過程	秋天農婦製掃帚，及小女孩跟阿嬤賣掃帚的經歷

四、人與自然互涉的心靈圖式

　　人在時空中，伴隨著成長，時間不斷地流逝；因為求學或工作或某些因素，空間不斷地轉移遷徙。從時間而言，童年，永遠是一段不可抹滅的成長經驗；從空間而言，家鄉，永遠是人類心靈的最後依歸。從追憶童年往事當中，我們體現出遺失的童年，永逝不歸，而變革中的家鄉風物，永遠是離鄉之後最想回歸的地方。

　　但是淪失在時空中的童年與家鄉，我們僅能作無限的憑弔，它的意義與價值，存在想望中，成為日後心靈供養的清馨，也是汲取的靈泉所在。而這樣內容殊異的成長經驗製成圖畫書，究竟能為我們彰顯什麼樣的意義呢？對兒童的認知

與閱讀效能有何助益？作用？閱讀的意義層次有三，其一是透過語言文字的層次認知、了解故事情節；其二，藉由故事人物的遭逢，找出個人生命中的相關意義，作爲行爲的準則；其三，透過閱讀層次的借用與轉化，以確立生命價值，提升人我關係。

圖畫書以圖文並茂的方式表現，對兒童學習而言，具備了一種圖象的吸引力，因爲兒童的抽象思考能力不足，必須以圖象來補足想像與抽象的部分，所以兒童讀物通常以圖畫書爲主，圖象的具象化及色感分明，皆是兒童迅速接受的能力之一。哈頓（A. C. Haddon）在《藝術的演進》（*Evolution Art*）曾指出人類藝術創作有四種需求：1. 對藝術本身的需求。2. 對於傳達的需求。3. 對財富之需求。4. 對宗教信仰之需求。所以藉由閱讀圖畫書，一方面是一種知識汲取的方式，一方面也藉由故事內容達到薰陶的作用，可陶鑄健全人格。

兒童期是人生的基礎，也是人格的形成時期，根據各派兒童心理學者的分析，雖然派分爲六大派或九大派別，但是，其中所討論的不外是三項基本的模式：一、究竟是遺傳基因或環境影響人格發展？二、自由意志與決定論可以改變人格？三、究竟是生物性質或社會、認知行爲影響人格發展？由於各派主張不同，對於遺傳、環境／自由意志、決定論／生物性、社會性等三組基模各持不同看法，但是，基本上仍然認同影響人格的形成，奠定在兒童時期是不容置疑的。

根據人格心理學派中的人本學派、行爲／社會學習學

派、認知學派三派的主張指出，環境影響比基因影響來得大且多，所以環境的孕育對兒童的成長，無疑的，具有重大的決定人格特質的因素。[7]在大自然中成長的兒童們學會了互助相親、體貼自然，這是都會生活中的兒童所無法體會的一種真實感受。

　　Charles A. Smith 在〈兒童的社會發展──策略與活動〉指出兒童成長過程中必須有效地處理三種不同的經驗世界：一、人以外的世界（world of impersonal thing），要學習昆蟲、動物、機器類的事，例如雨從何處落？冰如何融？為何晚上天色會暗等等；二、和他人的關係（relationship with others），指必須學習如何結交朋友？解決衝突？幫助他人；三、個人的經驗世界，要學習如何發現自我？對自我如何成長、發展和如何處理情緒等。[8]

　　職是，個人的經驗世界，是指對自我成長、發展、情緒處理有更多的了解。而個人和他人的關係，學習交友、解決衝突，幫助他人或增進與自己相處的能力，至於向人以外的世界學習，也就是向自然界學習。

　　我們從圖景中觀察，自然景致表現出人與大自然是相親的，大自然哺育大地上的兒女，而兒女們也在母親的大地上工作、勞動、生長、綿延子嗣，在自然中，人要學會謙卑，請看《記得茶香滿山野》，頁四圖畫中，採茶女努力的在麒麟潭畔採茶，這種美麗圖象，是日益工業化的現代人所無法體會的，所以追憶童年，其實是追憶故鄉風物，為何家鄉有這些召喚呢？因為人的心靈圖式源自於大自然風物的感動與互動，生長在大自然中，必能感受體會大自然所孕育的美

好,但是在走離之後,人們會不斷地追求回憶回顧,有時思念的動力可以喚起回歸的行動,有時礙於現實的生活雖未能回歸家鄉或田園,但是追憶與思念卻像潮水般不斷地洶湧著,這樣的心靈圖式可用表簡示之如下:

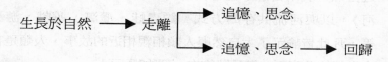

我們透過這六個故事可以體會童年的經驗對六位作者而言,是一個寶貴的經驗,而且提供我們五、六〇年代所展示的社會面向。

人在面對大自然時,存在的方式可能有三種:一種是以主宰者的立場,意欲操控大自然;二是以管理者的立場,作為萬物管理者的姿態出現;三是謙卑的回歸到人屬於萬物之一,成為大自然哺育之一。在這種情形下,我們比較認可人是萬物之一,是歸屬於大自然的一環之中,我們無權破壞大自然,同時也經由大自然哺育,讓我們能取自自然,並且融入、取材、生活在大自然之中,大自然如同一座寶庫,是我們取之不盡,用之不竭的寶庫,人們唯有謙卑的生活其中,才能享有大自然賦予我們的資源,但是,現代化的促進,以及過度開發的都市型態,使人們背離了大自然,我們透過追憶童年往事的圖畫書,感受到童年在大自然的哺育下,自由快樂的生活,一旦走離或背離之後,總有無限的追憶與想像。促成理性的回歸,是源自於自然的召喚,也是記憶重回的始點。

　　《記得茶香滿山野》所圖繪的景致就是一種未經過度開發的茶園之美，生長在凍頂山中，就能享有四季變化的樂趣，兒童玩伴們也在季節的交替變換中利用創發聯想的能力，提供新的遊戲點子，灌蟋蟀，焢蕃薯等，這就是一種親近自然、利用自然、體會自然的生活模式。《像母親一樣的河》，以與河流共存的方式，釣青蛙、灌溉、遊戲、游泳等，凡此皆喻示了大自然與人類相親相近的故事，人類是在大自然的孕育下，僅是萬物之一個物種而已。

五、結　語

　　路寒袖在《像母親一樣的河流》中說：「母親的死，是我人生記憶的開始。雖然失去了母愛，但我的童年其實是快樂的，因爲生活、遊戲在自然之中，自然彷彿就是我另一個母親。」

　　關於母親的論述，榮格曾經將母親原始象徵分爲四個類型：一、生育世界的冥府地母（Earth Mothers）。二、包容一切的偉力支撐並引導世界的天母（Sky Mothers）。三、哺育世界，供養生靈的生育女神（Fertility Goddesses）。四、吞噬掠奪，強取和限制生命運動的黑暗之母（Dark Mother）。雖然，根據榮格的分析，母親有此四種類型，但是，我們通常肯定的是：母親是生育、哺育、供養並具有包容引導的作用，通常是以正面態度看待母親，大地是哺育之母，母親具備了慈祥、包含、孕育的特質，所以母性基本上是一種正面

的肯定，例如《像母親一樣的河》對母親沒有具體印象，反而對河流有一份可親的印象，河流滋養水中各種萬物，也蘊孕大地子民，對一個四歲喪母的小男孩而言，母親的重要性以河流替代補償，成爲溫潤可親的好友，母親的角色，似乎可以河流替換，主要是因爲它轉移了兒童對母性的需求，事實上，母親與河流在屬性與能動性、性質均有很大的不同：

	母親	河流
屬性	人	物
能動性	死亡	流動不止
特質	慈祥可親	含納萬物

　　但是，在小男孩的成長過程中，由於同伴的共同陪伴與成長，以及河流提供了遊戲的場域，父親身兼母職的教養方式，轉移了他對母愛的渴求。河流，儼然是「像母親一樣的河」，正宣示了河流在小男孩的童年佔有重要的地位性與被需求性。

　　大自然的河流，是一種孕育、哺育、供養大地之慈母，所有的族群部落皆須傍水而生，河流，就是大地的血液，也是大地之母。再擴大而言，大自然就是我們的母親，哺育著我們，提供人類所需的資源，我們是大地子民，應該以一種感恩親近的方式來接近大自然。六冊圖畫書寫山（記得茶香滿山野）、寫河（像母親一樣的河）、寫山谷（故事地圖）、寫人文景致（《八歲，一個人去旅行》、《跟阿嬤去賣掃帚》），寫部落人物風範（《姨公公》）等，揭示大自然與人我的關係，也寫出人我互動及族群的關係。這些故事從

追憶中找到個人生命之源與成長的根本，透過六冊圖畫書的六位名人作者的成長經驗，為我們揭示家鄉風物之美、人物之勤奮及對族群的認同等課題，讓我們重新審視自己——家鄉——自然的價值依歸。也讓我們從追憶中，了解童年可貴的成長經驗。

藉由六冊圖畫書讓我們體認人類生活在大自然的哺餵中，生生世世，成長、綿延子嗣，同時也從自然中汲取生命的養分，但是，在文明日益昌明中，我們也與大自然的關係日益疏遠，這是一種獲得？抑是一種遺失呢？我想，聰明的你，必能告訴我。

註　釋

1　一般而言，以繪本為主的書籍，大多未標示頁數，例如幾米的《向左走，向右走》、《地下鐵》等。

2　根據《觀念大辭典》之「自然與藝術卷」（台北：幼獅文化事業，1987年10月）指出：「自然」的標準解釋是指個人與社會的美好生活的準繩。A. O. Lovejoy 指出，「自然」與「自然的」，共有六十六種不同的含義，每個含義都可以成為讚美或譴責的根據。自然的對立觀念包括超自然的、人為的、習慣性的、當代的更好。而超自然的一般認為是比自然的更好。頁250。

3　請參見《中國美學範疇辭典》（北京：中國人民大學，1995年6月），陳復旺主編。

4　楊義：《中國敘事學》（嘉義：南華管理學院）、視角篇，頁207~208。

5　「所謂視點人物，就是作者在寫作時，本人很難直接出面，他總要找一個替身，這替身有時很像作者的敘述者，有時是作品中的某個人物，有

時直接充當一個人物面對讀者侃侃而談……而根據敘述者是否介入作品，是否充當一個人物去觀看或借用一個人物的眼睛去觀看，則可以有局外視點與局內視點之分；在敘述者介入作品的情況下，根據所敘說的是他的視線直接所及還是轉述旁人的視線所及，則又有直接視點與間接視點之別。（金健人《小說結構美學》（台北：本鐸），頁201）

6　楊義：《中國敘事學》（嘉義：南華管理學院）、視角篇，頁265。

7　人格心理學共有六大學派：生物學派、精神分析學派、行為／社會學習學派、人本學派、特質學派、認知學派等，其中較著重基因影響者，依序以生物學派、特質學派、精神分析學派為主，而著重環境影響者以行為／社會學習學派、人本學派、認知學派為主。由是可知，不同的人格心理學派，對於環境影響說，亦各持己見，各自推導出不同的理論。個人以為「環境影響」對於童年成長具有重要的影響力。

8　參看氏著《兒童的社會發展──策略與活動》（台北：桂冠，1994）第一章「成為一個人：教育的目的」，頁3。

附錄一：文字作者簡介

書　　名	筆名	本名	出生年地	簡要經歷
記得茶香滿山野	向陽	林淇瀁	1955.5.7 台灣南投人	政治大學新聞研究所博士，曾任副刊主編，著有詩集《向陽詩選》、《土地的歌》等，散文集《日與月相推》、《跨世紀傾斜》等，評論集《康莊有待》、《迎向眾聲》等，時評集《為台灣祈安》等。

書　　名	筆名	本名	出生年地	簡要經歷
姨公公		孫大川	1953 年生，卑南族	台大中文系，輔大哲學碩士，比利時魯汶大學漢學碩士，現任東華大學民族發展研所所長。著有《久久酒一次》、《神話之美——台灣原住民之想像世界》、《山海世界——台灣原住民心靈世界的摹寫》。
八歲，一個人去旅行		吳念真	台灣九份人	輔仁大學會計學系，著有小說集《抓住一個春天》、《特別的一天》；電影生活札記《尋找太平天國》；電影劇本《兒子的大玩偶》、《戀戀風塵》、《悲情城市》等；執導《太平天國》、《多桑》等電影。
像母親一樣的河	路寒袖	王志誠	1958 台中縣大甲人	東吳大學中文系畢業，創作以詩散文為主，兼及台語歌詩，著辭詩集《早，寒》、《夢的攝影機》、《春天的花蕊》等，散文集《憂鬱三千公尺》、《歌聲戀情》；主編《公開的情書》等多種；音樂出版《春雨》、《戲夢人生》、《畫眉》、《台灣新故鄉》、《少年台灣》等。
故事地圖		利格拉樂·阿鴉	1969 排灣族布朱努克部落	曾創辦《獵人文化》，是台灣原住民第一份人文刊物；著有散文集《誰來穿我的美麗衣裳》、《紅嘴巴的 VuVu》、《穆莉淡——部落手札》，編著《1997 台灣原住民文化手曆》等。

書　　名	筆名	本名	出生年地	簡要經歷
跟阿嬤去賣掃帚		簡媜	宜蘭冬山河人	台大中文系畢，現專職寫作，以散文為主：《水問》、《只緣身在此山中》、《月娘照眠床》、《紅嬰仔》、《天涯海角》等十餘種。

附錄二：繪圖作者簡介

書　　名	繪者	出生者	籍貫	簡要經歷
記得茶香滿山野	許文綺	1963	雲林縣北港人	1993「波隆那國際書展」台北出版人插畫家作品展參展，2002 北港水塔舉辦首次個展。目前從事插畫創作。
姨公公	簡滄榕	1938	宜蘭員山鄉人	台北師範藝術科畢，曾任小學教師，後辭教職深居簡出，1995 年展出油畫展，同年獲插畫獎，1998 與妻聯展，插畫作品有：天的眼睛、花園的好朋友、智慧燈塔、快樂假期，昆蟲詩篇、愛看天空的小孩、浮生、虎尾溪傳奇。
八歲，一個人去旅行	官月淑		嘉義人	做過插畫工作、美術編輯。
像母親一樣的河	何雲姿	不詳	不詳	不詳
故事地圖	阿緞	不詳	不詳	曾任美術編輯。
跟阿嬤去賣掃帚	黃小燕	1965.12	台灣桃園人	台灣藝術大學及台北藝術大學兼課，曾旅居巴黎十年，現定居淡水，出過四冊個人畫冊，有：藝術散步、版畫師傅、以巴黎為藉口。

參考書目

一、《台灣真少年系列》

1. 向陽，《記得茶香滿山野》，台北：遠流出版社，2003 年 6 月。

2. 孫大川，《姨公公》，台北：遠流出版社，2003 年 6 月。

3. 吳念真，《八歲，一個人去旅行》，台北：遠流出版社，2003 年 6 月。

4. 路寒袖，《像母親一樣的河流》，台北：遠流出版社，2003 年 6 月。

5. 利格拉樂·阿𡠄，《故事地圖》，台北：遠流出版社，2003 年 6 月。

6. 簡媜，《跟阿嬤去賣掃帚》，台北：遠流出版社，2003 年 6 月。

二、相關參考文獻（以出版先後為序）

R. L. Gregory（格列高里）著，彭聃齡、楊旻譯，《視覺心理學》，北京：北京師範大學出版社，1986 年 11 月。

（英）岡布里奇著，周彥譯，《藝術與幻覺──繪畫再現的心理研究》，長沙：湖南人民出版社，1987 年 8 月。

（蘇）B. M. 維里契科夫斯基著，孫曄、張世英等譯，《現代認知心理學》，北京：社會科學文獻出版社，1988 年 3 月。

李亦園等主編，《觀念史大辭典》，台北：幼獅文化出版，1988 年 9 月。

金健人，《小說結構美學》，台北：木鐸出版社，1988 年。

（德）Wolfgang Kubin（顧彬）著，馬樹德譯，《中國文人的自然觀》，上海：上海人民出版社，1990 年 1 月。

Elliot W. Eisner 著，陳武鎮譯，《兒童知覺的發展與美術教育》，世界文物出版社，1900 年 7 月。

方俊明，《認知心理學與人格教育》，台北：水牛圖書出版事業有限公司，1993 年。

虞君質，《藝術概論》，大中國圖書公司，1995 年 1 月，九刷。

王立，《中國文學主題學》，鄭州：中州古籍出版社，1995 年 6 月。

《智水仁山——中日詩歌自然意象對談錄》，北京：中華書局，1995 年 11 月。

姚一葦，《藝術批評》，台北：三民書局，1996 年 6 月

Jerry M. Burger 著，林宗鴻譯，《人格心理學》，台北：揚智文化出版社，1997 年。

Duane Schultz & Sydney Ellen Schultz 著，陳正文等譯，《人格理論》，台北：揚智文化事業股份有限公司，1997 年 9 月。

楊義，《中國敘事學》，嘉義：南華管理學院，1998 年。

（美）阿瑟‧阿薩‧伯格（Arthur Asa Berger）著，姚媛譯，《通俗文化、媒介和日常生活中的敘事》，南京：南京大學出版社，2002 年 2 月。

（德）胡塞爾（Husserl, E.）著，倪梁康、張廷國譯，《生活世界現象學》，上海：上海譯文出版社，2002 年 6 月。

（美）約翰・史都瑞（John Storey）著，李根芳、周素鳳譯，《文化理論與通俗文化導論》三版（*Cultural Theory Popular Culture: An Introduction*, Third Edition），台北：巨流圖書公司，2003 年 8 月。

蘇偉貞「距離」小說裡女性的時空定位

陳碧月

摘　要：

　　蘇偉貞的小說人物在時空的「距離」中行走，是她不同於其他女作家的寫作風格，不論是為其人物安排「離開」或「旅行」，在在都因為「距離」而表現出作者對人際社會關係的想法，而其小說中移形換位的時空轉換，是蘇偉貞為其筆下女性所安排的另一出路。

　　蘇偉貞的「距離」小說，由她對小說篇章的命名即可得知，從她八十年代的成名作《陪他一段》、《有緣千里》、《陌路》、《離家出走》和《離開同方》，到九十年代以來《過站不停》、《單人旅行》、《沉默之島》直到二〇〇二年出版的《魔術時刻》更是橫跨了兩岸的距離。以上所舉為本論文所預定的討論篇章。

　　在蘇偉貞的敘事語言中，充分展現了長期處於傳統父權體系下，堅毅或被迫地選擇出走的女性的內心矛盾與掙扎。

　　本論文將先為所謂的「距離」小說定義；接著從論文所設定探究的蘇偉貞的小說篇章，討論其小說所呈現的「性別：環境與空間」；然後，經由研析結果再為其女性所處的時空加以定位。

關鍵詞：蘇偉貞、小說、時空定位、台灣文學、女性文學

一、前　言

　　蘇偉貞，台灣八十年代的重要女作家，廣東番禺人，一九五四年生。曾獲聯合報小說獎，國軍文藝小說金像獎，中華日報小說獎，中國時報百萬小說評審團推薦獎。以《陪他一段》崛起文壇，出版小說十餘種，近期作品有論文《孤島張愛玲》。現任聯合報「讀書人」版主編。

　　蘇偉貞的小說人物在時空的「距離」中行走，是她不同於其他女作家的寫作風格，不論是為其人物安排「離開」或「旅行」，在在都因為「距離」而表現出作者對人際社會關係的想法，而其小說中移形換位的時空轉換，是蘇偉貞為其筆下女性所安排的另一出路。

　　所謂的「距離」小說，由蘇偉貞對小說篇章的命名即可得知，從她八十年代的成名作《陪他一段》、《有緣千里》、《陌路》和《離開同方》，到九十年代以來《過站不停》、《單人旅行》、《沉默之島》，直到二○○二年出版的《魔術時刻》都是——比如：《有緣千里》裡的素文和高奧的母親從大陸逃到台灣和家人重逢；《陌路》裡的天末和之白在美國和台灣兩地留下歲月的刻痕；在《離開同方》裡蘇偉貞安排了到處遷徙演出的戲班子，劇團裡的女人都想安定下來，例如：阿秀最後和劇團的鼓手私奔了，她不想再流浪了，雖然鼓手年紀不小了，又沒什麼特長，然而全心要和她結婚，就算是「賭」，她也願意試試；《魔術時刻》裡的成群和言

靜，除了橫越兩岸的距離、足跡還到了德國和香港──以上所舉的八部小說爲本論文所預定的討論篇章。

在蘇偉貞的敘事語言中，藉由女性人物的出走，傳達了人物面對愛情的困頓、不安與焦慮，充分展現了長期處於傳統父權體系下，卻堅毅或被迫地選擇出走的女性的內心矛盾與掙扎，由此可見，其小說裡的女性人物在時空中的定位是很值得探討與分析的。

又何謂人物的「時空定位」？簡單舉例來說：假如我們把時間看成是縱的，把空間看成是橫的，那麼在這縱橫交會的那一個點上，就是「這個人」的座標位置，例如：時間的縱軸位在二○○三年十二月三十一日晚上，空間橫軸坐落在台北市政府前廣場，兩者的交點是跨年狂歡晚會。

接在前言之後，本論文將從所設定探究的蘇偉貞的小說篇章，討論其文本所呈現的「性別：時間與空間」；然後，經由研析結果再爲其女性所處的時空加以定位。

要特別提出先說明的是：因爲《沉默之島》基本上已經不是一部容易閱讀的小說，又加上小說裡的兩位主角同名，故爲便於文本分析，將在第三部分特以表格呈現，並獨立於其他幾部小說之外，單獨探究。

本文試圖從台灣女性特殊的生活經驗──政治環境、殖民背景及其社會地位的提升──希望藉此重新檢視當代台灣女性形象；再者，試圖透過蘇偉貞小說中的女性形象，開拓當代台灣女性在人際、家庭、社會中的主體地位。希望藉此可以提供當代台灣女性研究之參考資料，並對台灣女性文學史的接續增添新的一頁。

二、性別：時間與空間

不可否認地，儘管時代再進步，兩性平權的呼聲再高揚，性別的差異仍舊賦予男女角色扮演在時間與空間上的不同。

克莉絲蒂娃（Julia Kristeva）在《女人的時間》（*Womens's time*）裡將性別觀念納入時間概念，她指出女性具有兩種時間模式：一是循環、反覆的時間；另一種是永恆的、母性的時間。[1]前者指的是每天固定的作息，如起床、上下班；後者指的是小自烹飪或接送小孩的時間，大至對自己生命的成長心路歷程，或對自我內在情感欲望的探求，也比男性敏感。

在台灣傳統社會裡，重男輕女的觀念否定著女性的存在價值，因為傳統性別的刻板印象，女性被要求以家庭為重，在台灣八十年代前期以前的小說，我們可以看得出來，「家」是女性的整個世界，在那個侷促的世界裡，大部分的女性被三從四德給緊緊綑綁著；慢慢地女性走出廚房，她們不僅要爭取「自己的房間」，同時還要努力擴大「自己的房間」。

台灣女性文學發展到蘇偉貞八十年代後期的小說，女性那樣以「家」為主的狹隘空間——小孩‧家務‧廚房——已經很少出現在她的小說中。她重新建構台灣文學裡的女性形象——主動出擊去改變，而不再處於處處挨打的社會或傳統所賦予的角色，要把一直以來被遺棄在黑暗角落的邊緣弱勢位置

的女性意識給喚醒，和男性一起平等共享這個世界。至此，蘇偉貞算是開創了女性的新空間。

蘇偉貞擴大了她筆下女性的存在空間，為生存於不同空間的女性執著書寫，而隨其空間的擴大，對其筆下的女性形象進行反思和批判，記錄她們內心的困惑、迷惘、堅持和勇敢，並試圖通過自己的小說，建構一種兩性平等的新文化。

蘇偉貞在二○○二年出版的《魔術時刻》自序中表示，她察覺這些年來的心境宛如迷路岩洞中，岩壁上消逝的史前紀事以既快又緩慢的速度，已默然無聲浸染她的國度、她的小說。她開始捕捉關於人與人之間難以定位的生命情境，著手寫就系列小說，此時系列小說自主形成一個不確定的磁場，姑且稱之為「灰色地帶」，那時她還沒有為系列書寫找到名目。後來在一場座談會，聽見朱天文談及電影技術「魔術時刻」捕捉「曖昧不明、幽微難測的灰黑地帶」狼狗時光的效果。狼狗時光銜接白晝與黑夜中間暮色，只有短短幾分鐘，要留住頃刻畫面，搶拍手法叫「魔術時刻」（magic hour）。她猜測生命情境不確定的灰色地帶便是這個空間。[2]

閱讀蘇偉貞的小說，發現她也把那樣「不確定的生命情境」賦予在她筆下的人物中，以下我們從五個方面來看其筆下女性的時空定位──如何拓展生活與思維空間，並在此經驗中更新人生觀念。

（一）隨遇而安

若以兩性相比較，女性較男性具有易於妥協於環境的性格，女性較能調整自我，以適應外在環境的需求，以便解決

時空定位的衝突。例如：大陸遷台的女性遭逢性別、族群、階級三方面的身分調整，她們比較容易安於固有的女性位置去面對現實處境。

《有緣千里》裡的秦世安在老家是個大少爺，半輩子就只學會了一身吃喝玩樂的本事，大陸淪陷前，他們家老太爺硬找了個部隊塞進去，糊里糊塗到了台灣，在空軍補了個下士缺，帶著的金條在船上丟到海裡去，什麼吃喝玩樂的本錢也沒了，下了東港娶了個本地人——寶珠，兩人起初語言不通時，秦世安老急得拍桌子、踢板凳出氣，鬧得最嚴重的一次是，寶珠瞞著秦世安懷了三個月的身孕，秦世安說是時局不好，自己都快餓死了，還想要養孩子，其實擔心的是：將來回去怎麼辦？大陸家裡還有一個呢？寶珠執意生下了個男孩，她總是這麼想：「走一步算一步吧！她咬咬牙根，盤算著不要去跟老秦討論，她現在知道老秦愛孩子，多生幾個孩子，就拴得住他了。」[3]

幾年後，秦世安的大老婆——素文，輾轉到了台灣，知道秦世安又成親有了後代，表示要回老家去守爹娘的墳。

寶珠湊上前，撲通就朝素文跪下，緩緩說道：「大姐不要走，我早料到會有這一天，我家就在台灣，該走的是我，孩子我帶走，大姐千萬別回去，老秦說共產黨好狠哪！」[4]

素文找了個工作養活自己，秦世安安排兒子陪她住，有個寄託。

一天，一群孩子到海邊游泳，結果有兩個沒回來。素文見到傷心欲絕的母親，領悟到孩子還是要回到寶珠身邊。

康政第一次見到素文時，發現她像極了他那被共產黨逼

得上吊的未過門的表妹，大家幫忙安排要素文考慮。爲免康
政和秦世安在同一聯隊尷尬，康政請調獲准，素文找到了她
的幸福。

敬莊，金陵女大畢業，到台灣之初，只有當主婦的天地
讓她施展，但她對眼前「無一不感激、不動容、他們真活了
下來，而且愈來愈有味，這就是全部。」[5]

管堂而的老婆離家出走後，鄰居玉寧除了自己的孩
子，也一起照顧管家三個孩子。後來，玉寧的先生出事
了。往後她靠撫恤金過日子，聯隊也安排她到基地上班。管
堂而開始照料起自己的小孩，有時遇見玉寧還向她請教烹調
的方法。後來，管堂而主動向玉寧求婚，玉寧受到敬莊的鼓
勵，終於答應，至此，兩人合爲一家。

以上的寶珠、素文、敬莊和玉寧都是被命運牽著走
的，可是總能在現實環境中妥協遷就，而找到「隨遇而安」
的出路。女性的主體性，不管是被迫或自主，總是能隨著轉
變的空間文化，而重新建構其生命軌跡。

(二) 角色顛覆

在蘇偉貞筆下出現了幾個顛覆傳統角色的女性人物。

《有緣千里》裡的管堂而在民國後隻身往俄羅斯求學，回
國後娶妻生子。到了台灣，陰錯陽差補了個文書士官長
缺，他會俄文，又會多種樂器，在村子裡受人讚嘆，但他那
受過正統聲樂訓練，有著杭州音專學歷的妻子蒙期采，分外
排斥他的不學無術。後來，蒙期采決定離家到台北去參加考
試，實現她的夢想。

拋夫棄子的蒙期采覺得「來台灣後什麼都變了，生活、素質、包括管堂而；她喜歡有才氣的人，單單有才氣便好，『情』字大可略去……她也不是不想理好這個家，根本沒辦法，生物學家沒有實驗室，醫生沒有病房，園丁沒有土地，都無法謀其成，單祇聲樂家，嗓子隨軀體存在，開口即可成調，她不過需要提神、需要廣大的聽眾。」[6]

在這裡我們見到了不同以往地拋開家庭束縛去追求理想的男性，取而代之的是勇敢衝出牢籠，尋求自我實現的女性，儘管在另一個層面，她可能是被指責的──顛覆了母親的角色，不再扮演傳統犧牲的丑角。

對「外遇」的角色，蘇偉貞也有不同以往的處理態度。

《陌路》裡的之白的行徑放任，常鬧緋聞，她和丈夫各過各的日子。後來，天末才發現，原來之白填補了她還沒到美國前唐闐的空白時光，甚至，唐闐到現在還放不下之白，常常半夜去會她。期間，天末的父母過世，唐闐正和之白「僵持」中，唐闐不要天末回台灣，她要他留下來，支持他。台灣那邊是「死」的消息，而美國這邊則是之白要唐闐猜猜她是不是懷孕了，她並不要他負責。後來，之白也為他流掉了一個小孩。

天末不恨之白，她覺得之白的放任自己，其實是寂寞，不見得幸福。她氣的是唐闐的自私和算計──「這麼遼闊的幅地，居然逼她走到窄路。他居然能不管她。」[7]

天末和之白先後回台灣，有了更多的機會長談，面對現實問題。天末說起唐闐以前的熱情，不像後來的漠然、不在意；之白反倒勸她不要太熱情；天末又反問她──

「妳呢？」

「我是濫情，傷不到自己，也傷不到別人。」

「妳恐怕已經傷到了唐闓。」

之白眼神一黯，點點頭，無以辭對。天末的話當然有一位做妻子的難堪，受傷最深的，應該是天末，天末毫不避諱譴指責她，是替唐闓申訴。這恐怕是一個妻子最痛的傷疤吧？

「我很抱歉。」

「為什麼要這樣子呢？這麼複雜。」天末深深嘆口氣，由衷感慨。她笑得平靜：「之白，我不恨妳，但是妳自己以後要留點情。」[8]

在這裡我們見不到蕭颯筆下正室和第三者之間的爭鋒相對或劍拔弩張，反而是兩個成熟女性體諒性的對話與忠告。

《過站不停》裡的先文和先文所認識的女孩，亦是反傳統的新女性——一直在尋求改變，不曾計畫未來，認真活在當下。先文說：「我認識一個女孩子，她一輩子都不願意固定，她的個性沉默而固執，不願意做固定的工作，也不願意待在固定的地方，她好像很少回頭看，也很少計算未來，她似乎只活在現在，她說她一輩子都不肯定任何事情，包括人的情感及尊嚴，她認為人生有任何可能，她認為人們為了某個目的什麼事都做得出來。當然，她這樣固執並不代表她很消極，或者毫無人生的方向，她也談戀愛，也做些暫時性的工作，也熱愛某些東西……甚至會千里迢迢飛去另一個遙遠的國度探望男友，她往四方散去，卻從不走舊路，也不累積

經驗，愛情對她而言，永遠是一頁新的內容。我曾經問她將來怎麼辦？她說：我現在就不知道怎麼辦了。我笑她：妳的方向就是沒有方向的方向。沒有人能影響她，她也不影響任何人。」[9]

先文認為她還算有方向，而且認為自己其實更貼近那個沒有方向的人。

（三）愛欲糾葛

女性置身在情愛的風暴中有一種義無反顧的絕決，男性則被反襯得懦弱許多。

《有緣千里》裡的趙致潛暗地裡交往本省人的男友──林紹唐，是在南京唸書時，兩人同校而相識。敬莊從趙致潛口中得知後驚訝地表示：「趙家規矩如何且不論他，聽說台南因是府城，有底子的世家省籍觀念特別保守，對門第的要求也忒嚴……」[10]

他們常常秘密約會，有時林紹唐覺得敵不過現實環境，想帶著趙致潛回南京，走遠一點，他的家人就管不著了。他的寡母老認為他們外省人是來逃難的。後來，兩人有了共識，林紹唐先回家秉告母親。但母親已經看中安平從日本回國的陳家小姐，再聽見林紹唐中意的對象是「內地人」、「逃難來的」、「父親早逝」、「哥哥是飛行員」更是為之氣結；林紹唐去向九叔公陳情，也被拒絕了。後來，林紹唐向趙致潛的大嫂請罪，要趙致潛和他回台南請求母親的成全，同時也決定若不成，趙致潛便回去等他來找她。

趙致潛到的那天，林紹唐的母親一方面故意托病支開林

紹唐和趙致潛；另一方面又叫人去請陳小姐。林紹唐的嬸嬸
要趙致潛回去，免得兩人撞見了讓林紹唐不好做人。後
來，林紹唐跪請母親成全，趙致潛也跟著跪了半天一夜，母
親全不露面。趙致潛終於絕望了，把酒餞別，搭上最後一班
火車回去。

八年過去了，林紹唐來訪時留下了名片給趙致潛，趙致
潛感傷之餘，想著她是否該責怪他當年何以不離家，和她會
合，而毀了信約？

小余在老家是獨生子，名下的家業數不清，逃婚出來
的，到台灣後，和方景心的父親是同事，差了九歲的小余和
方景心，偷偷談戀愛的事全村人都知道，就方媽媽和方伯伯
不知道。小余面對方景心對感情的執著，終於也溶化在她的
柔情中。方景心有心故意懷了小余的孩子；方媽媽罵小余喪
盡天良，誘拐晚輩，硬是帶方景心把小孩拿掉，而小余則被
降調外島服務。方景心偷偷和小余通信，小余休假和方景心
約會，方景心又懷了孩子，她堅持要小余留下來，後來，兩
人失蹤了。接著，一把大火燒了台糖的甘蔗園，也燒出了兩
具屍體，其中一具肚子裡還有個小生命。

方家兩老傷心欲絕，幾年過去了，方伯伯卻陸續收到方
景心寄來的信，原來他們兩人遠走他鄉，到台北成了家，並
把小孩生了下來。當他們帶著孩子回家請求原諒，卻惹來爭
議，有人對任性的方景心只要愛情，不顧親情的作為相當反
感；方伯伯要他們離開，他說方媽媽再經不起任何刺激
了，就讓她接受她所認定的現實吧。

《離開同方》裡男女的愛欲糾葛，幾乎以現在式和過去式

的時空均等的比重出現在小說文本中。

李伯伯因爲戰亂沒念過幾天書，打仗那幾年，糊里糊塗給人抓兵抓了去，跟著部隊東追西趕，他們那個師負責把流亡學生送到安全地方去，李媽媽就是在那逃亡的路上生了病，而被李伯伯救了起來的。李伯伯受著李媽媽的牽制，像是生來光是爲了照顧她似的，他們之間卻是清清白白。李媽媽說她肚子裡的小孩多半是因爲被人強暴而留下的，但又流產，前後幾次都是一樣的說詞，也都同樣留不住小孩。後來，李伯伯的老家淪陷了，回不去了。李媽媽生下阿瘦那一年，「他們已經糾葛了好些時日，他們周圍同時認得的人不是早死了便是離開了……沒有人知道他們的歷史，他娶了她。」[11]阿瘦長得像李媽媽，免掉了某些尷尬。

袁忍中有半年時間整天跟戲班子的女人混。袁忍中的兒子大家都叫他瘋大哥，袁太太也生了病，精神恍惚，但還一直在等待著丈夫回家，有一天一輛救護車把她送走，就傳來她過世的消息。懷著身孕的李媽媽喜孜孜地夾在人群中送走了袁太太。

李媽媽從血崩的噩耗中活了過來，從外島趕回來的李伯伯，爲小孩取名爲「念中」。

後來，李媽媽不告而別，失蹤了。

仇阿姨是個死了丈夫的女人，帶了個孩子──趙慶，跟著戲班子到同方新村，袁忍中和仇阿姨交往了一段時間後，仇阿姨爲了要給兒子交代，要求規規矩矩辦手續、請客。於是，袁忍中娶了仇阿姨。懷了孕的仇阿姨，不顧袁忍中的反對，堅持要生下小孩。

戲班子又回到同方新村了，劇團裡出現了一個叫全如意的大樑，班主極力捧她，阿瘦覺得全如意簡直就是她失蹤了的母親。

全如意完全無視於新村裡的人，和袁忍中調情糾纏著。

袁忍中在老婆懷孕期間，照樣夜不歸家，生產那天才出現。全如意主動到袁家，送了條金鍊子給娃娃。後來，袁伯伯消失不見了，原來他和全如意窩在旅館裡三天三夜。阿瘦跟著袁媽媽要去證實全如意究竟是不是她的母親？念中究竟是誰的孩子？

全如意面對詢問，可憐巴巴地看著袁伯伯說她想不起來，不久，就昏過去了。

喝醉了的袁伯伯被帶了回去的同時，戲班主來照顧全如意，旅館又成了他倆的天地。

全如意又去找袁伯伯，兩人爲了「征服」對方，又因爲念中的身世之謎，而有了爭執，袁伯伯知道全如意並不在乎他後，心情很糟，就在袁媽媽在院子裡準備祭拜前夫，怒氣衝天的袁忍中故意找碴，在慌亂中趙慶阻止袁伯伯再踢燒紙錢的鐵桶，袁伯伯乾脆拳腳轉到他身上，袁媽媽上前去保護趙慶，瘋大哥又上前要去保護袁媽媽，結果袁媽媽腳一滑栽進了火桶中燒死了，接著，瘋大哥在袁媽媽的尖叫中，抄了火鉗朝袁伯伯劈擋去。全如意在混亂的邊緣，整個人也傻了，她不願意和阿瘦回家，李伯伯也要阿瘦放手。後來，班主帶著全如意離開了。

空間遷移的過程應是變動的、暫時的，「家」終究是歸屬，但這群外省族群想回家，卻回不了家；在強迫性地被放

逐後，有人可以隨遇而安，有人卻不甘成為「新移民」社會裡的弱勢，而選擇自願放逐去尋找生命的出口，但往往也可能在取捨得失間，身心俱疲。

《陌路》裡的之白曾向天末談起她和以淮的愛情：之白以為自己會等他退伍然後結婚，沒想到出國後就結了婚。他在演習中踩到地雷當場炸死的消息傳來後的兩天，她收到他生前寄給她的信，在信裡他說要她好好過，不要難為，他不怪她。之白表示：「其實我一點不為難，我早想過，就算我嫁給他，我也會跟別人好，再說早死並不算壞事，祇是我回不去了，台灣一定有很多人等著罵我，我也覺得再去面對那些往事陳跡很無聊，我不想讓自己難受。」[12]

之白沒有和以淮發生過關係，她反而覺得那種思念夠怕的。她曾想：「一個人和一個人有關係，又沒什麼屬於時間性質的關係，不是很好嗎？天末沒出來前，唐閔因怕寂寞，所以很熱情，並非毫無顧忌，因此愛得更傳神。他們在許多場合見面，她愈放任，唐閔愈急；天末到達以後，唐閔整個冷了下來，那冷，並且及於他和天末之間。這樣的愛，不是簡單多嗎？可惜天末太在意。破壞了這種變態的平衡。」[13]

天末不曾有之白的經歷，所以她是以「秩序」的思維，循著正軌而去，她當然無法苟同天末的遊戲規則。

之白回台灣後，到以淮家的窗外幾次徘徊，終於確定以淮還活著，以淮向之白道歉，他原以為她至少會回來一趟，所以才設計了這樣的騙局。他想彌補對她的傷害。

以淮那長得酷似之白的妻子找上之白，之白向她表明：讓以淮陪她一段時間，算是對這段感情劃下句點，她也

好真正放心。

以淮的妻子謊稱流產，其實以淮心裡有數，他早無心和她床第爭逐。他不願離開之白；但之白終究決定要回美國，不再回來。

在這樣交錯複雜的情愛追逐中，映照出現代人渴望被愛和失落已久的親密關係。

在《過站不停》中，蘇偉貞安排薛敬和先文在電視公司上班，讓先文能更敏感地「知道扮相、化妝、電視人生全是假的，它們像視覺暫留，過了這站又是另一個新天地。」[14]

在導播男友薛敬的眼中，先文這位現場指導是大而化之而豁達的人。他們交往很久了，卻沒想過要結婚，他甚至沒碰過她。先文在工作上遇到了瓶頸，請假回家鄉。

先文一心想回楓港，回去後和薛敬通著長途電話，突然害怕起那種孤獨，她想離開人群，其實卻又最渴望真正去接近人。她提筆寫信，才寫下「薛敬」，便不知還能寫什麼，因為他們隔了時間、地點，他能體會到什麼？她自己想講什麼？

薛敬關懷新進的演員李磊，在一次宵夜後，李磊留在薛敬那過夜。兩人的關係日漸難以言喻。薛敬體悟到他和先文的感情危機，於是，請假去探訪先文。先文覺察到薛敬是來避感情的難。一天晚餐後，薛敬向先文提議結婚；先文沒有回答，反而等著他說別的，因為這話不是他此行的原因。

「妳要考慮嗎？」他略有不快。

「你不考慮嗎？」先文的語氣別有意味。

「我也許該考慮妳所考慮的事情。」薛敬萬沒料到此行的
失落是雙重的。[15]

在一次酒後，薛敬向先文談起李磊，說她有一股原動力，很
能打動他。薛敬離開楓港前對先文說，要是對他還有一點諒
解就早點回去。

薛敬回台北後，面對李磊的若即若離，發現自己更不能
沒有她。李磊不說話光哭泣，相對於先文的從不掉淚，薛敬
簡直束手無策，李磊說，她知道她比不上先文，等先文回
來，她就會走。

先文回到工作崗位後，李磊約先文見面，先文要薛敬準
時到，但心裡是打定不會去赴約，她不過希望直接告訴李磊
她不與她為對手，這個假對手是薛敬找的，就讓他自己解
決；可是約定見面當天卻只有薛敬出席，他才警覺從先文回
台北後就沒有辦法再碰李磊了，他一直以為自己是瞭解她
的，後來才發現他只是光瞭解她的身體，絲毫不含心理因
素。

李磊離開薛敬，去陪伴秀場老闆，算是給薛敬、給這個
環境最大的報復。李磊沒有留下任何話就離開了薛敬，薛敬
此刻才想到當初是多麼地傷先文的心。

薛敬出國進修後，先文在去信中告訴他，她已經成為首
席導播了，有機會會去度假，但不會再回楓港。

楓港是先文失去愛情的地方，在那樣的時空裡她釐清了
和薛敬的感情，也因為這段感情，讓她更為茁壯，並經由事
業找到平衡支點。

　　有時愛情若非兩人同步經營，就會像「單人旅行」，蘇偉貞曾在《單人旅行》的序言中說：「我們沒有成為精神病患者，大約也就因為在突梯的性格與感傷的行為中找到了平衡。《單人旅行》彷彿就在這樣的平衡之旅中撞擊出來的新板塊，可以被命名為『情感的旅行』之島。」[16]

　　而《魔術時刻》描寫的卻是一對男女分隔兩岸卻心意相通，超越言語的成熟中年之愛。

　　鄭宇森和言靜在美國求學相遇、結婚。回台後，鄭宇森到大學任教；言靜是出版社的總編輯。台北文化圈在七○年代後便形成一股文化混風，鄭宇森視她為奇珍異類，偶爾帶她參加社交，缺少話題時還能助興。

　　結婚七年來，言靜知道他對她的依賴程度，她明白若是離開他，他的生活絕對應聲垮掉。

　　言靜陪鄭宇森到大連參加學術研討會，在那裡和擔任會議總召集人的財經系主任——成群相遇並相戀。

　　言靜回台灣後，成群覺得自己不能昧著良心娶一個他不愛的女人，於是解除婚約，但家世背景雄厚的女方家怒氣難消，成群被除去了系主任的職務。

　　鄭宇森邀請成群到台灣，言靜正好到德國出差，後來，兩人居然在香港重逢，在過境旅館裡讓情感又加了溫。成群在留給言靜的信說：清除路障，醒悟婚姻真的不該是他們之間的話題，那未免太俗套，他希望和言靜約定，二個月、三個月、六個月、一年的見面都很好，這就是他們的關係。基於學術倫理概念，成群不允許自己背叛鄭宇森。

　　言靜到大連舉辦新書簽名會，卻被成群解除婚約的未婚

妻找上門，說傳聞他們兩人單獨玩了一天；言靜才知原來鄭宇森亦應早有耳聞。成群到飯店找她，兩人外出用餐時遇見熟人。深夜，成群留言給和同事去唱歌的言靜，要她永遠可使用「魔術時刻」的手法捕捉他們之間隱藏的感情。

隔天，言靜回到台北後，她感覺到「長久以來她其實一直有種漂浮在海裡的感覺。現在，莫名被推到了岸邊。」[17]

鄭宇森意外地到機場接言靜，她感激他此時所展現的寬闊，他們彼此都很清楚現在無法談那件事。「她終於了悟成群為什麼一向不聯絡了，她在台北時必須截斷與他相關的一切，讓她完整。直等到她在他的城市，她的另一次完整才歸於他。多奇怪的發展，很明顯，這就是他們的處境，彼此心底清清楚楚，大環境制衡，個人是沒有解決的能力。」[18]鄭宇森要她保持現狀，她自言自語地回答說：「我會的。我答應你，在一切明朗前，我和成群只是朋友。」[19]

（四）打破秩序

蘇偉貞筆下的女性在情感經驗中成長，並在此經驗中拓展生活與思維空間，以其所屬於女性氣息的情感和思維方式，去關注自我定位的問題，她們在挑戰社會既成的道德規範時，表現了難能可貴的勇氣。

《離開同方》裡的席阿姨家是湖北大戶人家備受寵愛的獨生女，書念到女高，因為打仗，才被叫回家，八年的戰役，席阿姨和佃農家兒子段叔叔有了感情，一下子周圍的人都知道了，誰也不敢這樣的媳婦進門，席家逼到最後，暗中送錢給段叔叔要他帶席阿姨走，走遠一點，等事過境遷再回

家。

到台灣後，他給席阿姨做了一櫃子的衣服，規定她穿高跟鞋，讓她跑不遠。他放出風聲說她穿好、吃好誰供得起？好徹底打消所有男人的主意。她累了，變得完全沒有個性，直到小佟先生出現。

有一次小佟先生救了袁伯伯，和席阿姨在後巷照過面後，便打破了從小他以為女人都是不正經的想法。段叔叔愈是強烈阻止席阿姨和小佟先生的正常接觸，他們兩人間的情愫就愈是曖昧。小佟先生送含羞草和小青鳥給席阿姨，她的生命有了寄託，面對襲來的感情愈之果決，相較於段叔叔對她的不正常的管束，她開始有了反抗與爭執。

結婚開始，段叔叔就沒有碰過席阿姨，又否決了席阿姨要領養小孩的建議。

終於，席阿姨不願再欺騙自己。

一天，小佟先生心絞痛病發送醫，席阿姨趁著段叔叔去上班時，便到醫院照顧小佟先生，東窗事發後，段叔叔跑到醫院去鬧，席阿姨表明，他若再鬧，保證一定離開他。席阿姨變得堅強，甚至不在乎別人如何議論她。後來，段叔叔也只好放手。

《陌路》裡的天未飛到美國嫁給唐閎後，她覺得他的熱情消退了，他甚少碰她，也不想要有小孩。他每天回家的時間不定，像是蓄意在考驗著她，以前她懷疑他對她有精神虐待之嫌，四年來，她是什麼都沒有心了。她知道自己不是對這樁婚姻絕望、或對愛情太美化，但是她的「點」擺在哪裡呢？她祇知道這種日子很難過下去，她又不願意用「捱」

的。

　　大學時期天末和中硯，他們兩人因屬本家，都姓沈，曾有一段若有似無的曖昧情愫。中硯一直愛著她，到達一種愛惜的程度。唐閎到美國後，中硯努力壓抑自己，彼此都不願說破心裡的想法。天末懷了唐閎的孩子，她不想讓唐閎知道，便要中硯陪她去墮胎，他對天末的愛惜成了交情。在天末離開台灣前，中硯終究沒把希望天末不要走的話語說出口。

　　慕文是中硯的妻子——「簡單、正常，使他不至於疲累」，天末的出現，使中硯的心情和生活起了變化，但懷著身孕的慕文懂得放線，反而更抓住中硯的心，而天末也是理智的。

　　唐閎在美國酒醉駕車車禍身亡，他原是和之白的丈夫有約，她丈夫本是要唐閎勸之白和他離婚的。

　　面對唐閎的死，天末突然明白了，是她的性格使然，害死了唐閎，她故意不去揭穿他和之白的事，也不當面責罵之白，或者是她根本開始在等待自己回台灣？走到這一個地步？和中硯也是如此，她像是故意加重他們所能負擔，使他們徬徨，她再前又再退。

　　天末很清楚：如果沒有事情發生，他們不過陌路。她現在不驚倒於任何事了。她決定先搬回婆家，和愛她的公婆同住。

　　小說裡的慕文是個成熟的女性，懂得駕馭人心，允許對方有更多的活動空間，等於也讓自己更自主；而天末從切身定位的不確定，到自我檢討、修正，探求自我的定位與追

尋,而經過沉潛,生命暫獲穩定。

女性在情感的定位中,比男性清醒條理分明,《單人旅行》中的女主人公清楚地分析自己的感情——「命運與我們對現實生活的追求有關;一個人怎麼會沒有任何需要呢?承認自己的需要又算什麼羞恥呢?頑固地背負過去的錯誤又有什麼悲壯呢?……你的想望和你的行動無法一致,行動就算再熱情,我一向不迷信這種行為。」[20]

「我承認你不需要我這個事實以後,無論情感上或生活上,心裡好過得多,回復空白的以前,我因此不必處處心繫你,不再感覺深受屈辱。當我再遇見你,我現在終於知道會面對什麼狀況,在一個全然陌生的地方,我們將會有一個全新的開始,類似回到以前的感覺,卻不同於以前;這一次會合,我將順著你的意志走向情感的單行道過程。我明白你要的結果後不再覺得孤獨。」[21]

還有《過站不停》裡有這樣的描寫——「單純的生活本身便是力量,使我們直接感動……做愛本身成為一種裝飾,以加強我們的份量。我也承認這種單純的力量有時候會近似動物性,完全是一種身體的存在和實踐。我曾經聽一位女子說起她的婚外戀情,她說當愛起那戀人時,會愛到恨不得多出一個身體,而那身體是沒有用過的,也完全為他準備的。這是她生物性的本能吧?愛的力量有多大?」[22]

關於性愛方面的自主,蘇偉貞在《過站不停》裡藉著女主人公說:「我很喜歡用時間來衡量我們之間的關係,該結束的時候就該結束,我寧願我們之間的問題是情感的需要,不是時間的安排。我不希望我們緣分長卻只需要一點點情感劑

量，我也不認為時間短所以愛的劑量通常顯得重而反應猛，所以，你在短時間裡會愛上別人，我一點不難過，那是你的需要，你需要她比需要我強烈吧。」[23]這樣的觀念是把女性的地位提升到和男性等同地成熟。

還有《魔術時刻》裡言靜對其性的自主。成群帶言靜進城玩，然後去坐飛天輪，旋轉到上端可以眺望到外海，成群開始講他十四歲知青史，他被下放去伐木，獨自在荒山野地裡徒步了三天，他找食物、找落腳處，他告訴言靜，他當時害怕自己連一次愛都沒做過，就死在山裡。小說裡有一段這樣的描寫：

> 言靜老於情感遊戲仍覺心虛，心慌意亂遂本能瞳孔逼近再逼近，讓自己暫時失去焦距。……既陌生又熟悉的男人雙唇稜線刺激著言靜一遍又一遍探索，成群語意模糊：「言靜，我不能這樣。」言靜：「再說一次。」「我不能這樣。」言靜失笑：「不是，再叫我名字一次。」成群想起來，他一直沒喚過她名字。這次，他懷抱更緊，熱烈回答。那個雪天寒夜害怕沒做過愛就死掉的小男孩，開始他愛的第一吻。言靜覺得不夠，空間太小了，挪動身子面向成群坐到他大腿貼密他劃過他心臟……褪下成群衣服：「打賭我們再下來的時候已經做完愛了。」[24]

總之，蘇偉貞筆下的女性已能扭轉局勢，不再處於劣勢，她們打破了夫妻的主從關係，妻子出走家庭，尋求自我，例如

《離開同方》裡的李媽媽、《有緣千里》裡的蒙期采。而關於
「性」，蘇偉貞敢於裸露女性身體與慾望，並忠於其內心慾望
之流動。

(五)「沙文」職場文化

雖然在蘇偉貞的小說中可明白見到她傳達著女男平等的
意識，但她卻也很具現實性地在小說中反映職場上確實仍存
在著性別差異與權力分配的問題。

《沉默之島》裡的晨勉在職場上，深覺女人做事的困
難，其中最有力的援手是辛，當然辛也在晨勉身上得到性的
滿足，晨勉「非常關心自己的事業，她像一頭鷹盤旋覓
食，任何開拓人事的機會她都不放棄。」[25]

都蘭是白種印度人，他喜歡晨勉，但晨勉明白表示：她
無法進入他的家庭，她喜歡他的事業。後來，他們在事業上
合作，晨勉感激都蘭在事業上照顧她，也並不在乎用身體回
饋他。都蘭為她租了房子，在性方面她開啟了他，當晨勉對
他說以後要跟她上床，必須付費後，他即刻明白晨勉用性挾
持他，晨勉清楚地傳達：我們彼此利用，你要從我這裡得到
什麼，必須付出代價。不一定是金錢。[26]

在這裡我們見出在蘇偉貞的女性書寫裡也似男性文學一
樣，有著對權威的渴望，同樣也見到空間對性別身分的不同
意義，而女性若不是成長到那樣的年紀，是無法理解所處的
困境。

三、《沉默之島》

在台灣的晨勉	不在台灣的晨勉
不在乎自己一生的形式是否完整。	認為自己的生活是「一片片的」。[27]
出生於正常家庭，父母俱在。	從小性格怪異的母親，考完大學後，認識了父親，不等放榜就住在一起。懷孕後，只好結婚。父親開貨車，沿途找女人，回到家，一問便招，從不隱瞞。父親二十七歲那年，母親殺了他，被判無期徒刑。和妹妹晨安到監獄去探望母親時，覺得「會客的時間感覺是片段、片段的靜止在飄浮，但是並不特別漫長。」[28]
雖然已結婚，卻從未停過婚外性愛。對他們從事戲劇工作而言，那是常態，若有人要啟發你，創造情感生命，那才荒誕。從不在乎男人愛不愛她，她只要求誠意，她的丈夫重視她的快樂、煩惱。	
祖為他的博士論文研究回台灣半年，並和晨勉共事。晨勉「可以在感情上撞得頭破血流，她不能讓身體受到折磨與試煉，她要保持身體的獨立。但是祖似乎正在摧毀她這個意念。」[32]	「母親在牢裡停止了生長，晨安說因為沒有性。」[29] 母親對她們說：「我寧願妳們一切像妳爸爸，而不是像我。妳父親是個很有活力的人，充滿了變化。他能控制我們的關係，卻無法控制自己該去的方向，我們無路可走，他必須把我們推到沒有空間的地步。」母親一直懼怕沉悶的生活，她想到母親在牢裡，那裡什麼變化也沒有，生命裡最小的空間。[30]
晨勉無法拒絕對祖的慾念，她的慾念對他有強烈的渴望。越抵抗和他做愛，就越渴望，她的性格裡沒有不滿足的成分，只有不安的成分。她對祖說：「跟你作愛讓我產生悲哀的感覺，但是我喜歡這份悲哀。那是一種真實的東西。」[33]	和晨安陸續出國求學後，母親在牢裡自殺，後來外婆把她和她所深愛的丈夫葬在一起。覺得「母親激烈的過去，帶給她更深沉的生命記憶。」[31]

在台灣的晨勉	不在台灣的晨勉
晨勉「從不作夢，人生在她，是永遠單一狹窄的空間。這種生命類型，的確使得她毫無熱情可言；祖對愛情強烈的需要，她相信，緣由他的夢想太深。她無法理解如此抽象的事情該如何追求，她對情感強烈的感應完全來自作愛，但她絕不作這樣的宣示：『我對作愛有強烈的需要。』她的身體不孤獨，她的精神就不孤獨。祖兩樣都要。」[35]	越來越沒有辦法在一個地方固定下來；每次離開一個地方，就不再在乎與當地的人、事糾葛；遠走香港，因為她「喜歡島嶼的感覺，小而完整、孤獨。」[34]
作愛使晨勉「完全失去了時間感。有時候好長一段時間像一會兒；有時候幾秒鐘像一輩子。」[36]	到香港工作結識德國人丹尼，並相戀。丹尼直接表達他的情感，她認識的男人裡沒有一個具備這份勇氣與情操。
晨勉無法認同祖的母親病態地對兒子的佔有慾，就在晨勉向祖的母親表示：如果祖知道父親的死訊，她將什麼也不是後，祖的母親自殺了。祖來了一封信說是他早知道父親身亡的事實，他的母親早已失去理性，只是具行屍走肉，完全活在演戲的空間，而且嫻熟於那樣的環境，為什麼不能容忍一個瘋掉的人呢？他說他那樣取悅晨勉，但願她能諒解他的母親，可是她卻殺了他的母親，也又殺了他父親一次。他已無法再見她。	晨勉的父親愛喝酒，喝完酒以後喜歡沉默的作愛，他的職業整天在跑，走到哪兒喝到哪兒作到哪兒，就是這樣的命，不要家庭，但是喜歡妻兒，他「完全是個原人，只有原始的本能與意志。她這些年來所遇見男人，最稀少就是這類人，她最渴望交手的也是這類人。……是不是年輕才愈接近原始本能？她在丹尼身上依稀看見這股氣質。」[37]
	她愛丹尼，可是「她又相信終有一天，她如果和丹尼交往下去，丹尼會絕望地說：『妳是個瘋子，妳知道嗎？』」[38]
	晨勉不願和丹尼回德國，她不想拿自己的生活下注，她剛瞭解愛，不願介入太深，「他們是兩個可以分辨愛之不同的人，他們的能力可以深入愛，卻無法擴大愛的生活。」[39] 在丹尼之後，晨勉繼續保持一種社會身分，和別人交往。她從不認為人要有貞潔觀念，她認為人只需要有愛情觀念。

在台灣的晨勉	不在台灣的晨勉
	分別十個月後，丹尼約晨勉在巴里島為她過生日；別後，晨勉一時興起，到慕尼黑找丹尼，她不一定要和他見面，但是想要知道他真實生活空間的背景。丹尼果然度假去了，她在丹尼家對面租了間套房，並找人教她德文；直到發現丹尼和一金髮女子交往，她「通過丹尼終於明白真實的自己──她從小沒有父親和完整的愛，她渴望一種家的感覺。丹尼已經有家了，文化背景的不同，性別的差異，他不會了解一個東方女人對愛的深層需要。最糟糕的是，她以前從不承認自己的內在感覺。」40她明白，她可以離開了，離開她的情感公園。

晨勉認識了雙性戀者──辛，兩人在事業和性愛上相依相伴；直到丹尼到新加坡來看晨勉，辛看上丹尼，渴望得到丹尼的愛情。三角關係的緊張氣氛，讓晨勉發現「丹尼激發她愛欲的潛力，給予她愛力的意願；卻是辛啟發了她明白欲的蠻橫，不安定性。」41

晨勉曾告訴丹尼，以前最怕命運，她這麼努力工作，無非要擺脫命運。

晨安，那個她所並不愛的美國老公──亞伯特，有了外遇，她堅持離婚；晨勉要晨安檢討自己當初結婚，也只是利用他，讓帶她們長大的外婆高興，同時又心傷晨安，「暗想晨安這一生，除了外婆、母親、女性的愛，連婚姻都沒有得到男性的愛，是晨安不相信愛情嗎？還是不相信男性，若真不相信男性，晨安如果是個同性戀者可能還幸福，她可以得到情感的慰藉。現在她卻為失去尊嚴而痛苦，晨安難道不明白，在愛情的身世裡，沒有尊嚴的尺度，只有愛的尺度？看來晨安真的沒有愛過。」42 |

在台灣的晨勉	不在台灣的晨勉
	兩人離婚後，晨安反而覺得和亞伯特保持來往並不困難，她相信「個人會比夫妻這個形式更具吸引力。」[43]他們願意從頭開始，晨安好像在這種狀況中找到了重心，並且認識到可發展的空間；但後來復合之路並不如理想的有階段性的進步空間，他們彼此和其他異性都有性關係，晨安說：「感情沒有動機就沒有熱情。」[44]晨安最終還是選擇了自我結束。
晨勉發現懷了祖的孩子，但祖恨她，孩子有祖的血統，以後是否也會恨她，所以，她決定去作人工流產。	丹尼對於晨勉到他家對面租屋偷窺他的生活非常不諒解，兩人別後不再聯絡。 晨勉發現懷了丹尼的孩子，她找到為取得合法居留台灣權的辛當現成的爸爸結婚。晨勉「終於可以擺脫與丹尼的關係了，她整個人，沉到生命最深處，只惦記未出世的孩子。」[45]

　　蘇偉貞在這裡所塑造的兩個晨勉都是「非凡」的女子，所謂的「非凡」指的是，不平凡非普通的女子，她們的情愛觀幾乎是等同於男性的「雄性動物」理論的。

　　蘇偉貞側重對女性主體性的質詢，運用多重、分裂而不穩定的女性身分，凸顯其關注的女性議題。在小說文本中隨著時序的變化，女主人公和來自不同空間文化的人，在新場域的交集互動中，產生對自身身分的新生活與新思維的轉變。在其空間座標，可見出女性在尋求自主的過程，亦對主體有所焦慮與思索，同時也揭現她們與存在環境的不協調以及性別經驗的差異，導致無法在情愛關係中與對方溝通的現實。

女性藉著旅行或出走，或是逃避，或是尋找自我，無非希望藉由時空的轉換，以外在去影響內在，重新設定新的心情，尋找新的出口。

四、結　語

完成本文，筆者有以下六點感想：

（一）蘇偉貞曾在《過站不停》的序言說，無論她有多麼強烈的修改意願，她努力保持當年的情懷痕跡：「我深信人的創作刻度一如人的本能情感，是原始而自然的，但是會隨著年齡的增長有不同階段性的原始圖騰，我們無須在三十歲時去修改已經發生過的二十歲的心境。修訂過而你也較能控制的現狀並不一定是好的，沒有辦法重來一次而失控的過去不一定是壞的。我們都會在其中發生得到一些什麼，也失去一些什麼。」[46]這段話正說明了人在不同階段的時空中的定位。

時間是有壓迫性的，所有「存在」的一切，都有可能在一夕之間「消失」，而且那個存在的點，也不可能再重來。蘇偉貞以自身的生命經驗，對那些擺脫了舊觀念，成長於新時代的女性，寫出了她們的徬徨、掙扎、困頓和痛苦──她以她的文字書寫把這些情緒留了下來。

（二）蘇偉貞相當重視女性在情感世界中的定位，有的是女性對於其處境所感到的窒息的描寫──

《陌路》裡的天末回到台北後覺得「台北這幾年變化最多

的是人的增加，似乎隨溫度急遽上升。指數爆炸後再也下降不了，讓人無從定點自己的位置。所經過處，都不是定點。」；找不到感情定位的天末「整天坐對愁城」；之白覺得：「愈黑散步其實愈好，連自己也不存在了。」天末陡然瞭解爲什麼之白回來不住家裡卻要住旅館——「這城市有太多令人眼熟而不想馱負的空間，空間中什麼都可能存在——友情、工作、金錢。」[47]

《單人旅行》——「什麼樣的心靈騰出什麼樣的空間。」；「我從來無法向神預支時光，向你預支生活的現在。」[48]

《魔術時刻》——「目眩神迷打破界限的都市生活言靜位置在那裡，成群行走一個現實禁令尙未解除的空間，他們的領域已然確定。」[49]

還有的是女性勇敢面對感情的義無反顧的描寫——

《過站不停》——「在我們交往的空間裡，我也願意順其自然地發展我們的肉體關係如同發展我們的愛，讓它是可以有進步的。如果不幸，我無法用精神充盈身體的愉悅感受濃度，我很可能翻了個身從另一頭走開，我答應你，至少不會羞辱你。在愛的成績單裡，也有五育並重嗎？你會對我進行一種精神的勾引嗎？」「大部分的情感都經得起浪費，情感可以再生，但是時間不能再生，這是許多人追逐開始也追逐結束的潛因吧？總像是與時間來競爭空間，而非與情感爭時間。」[50]

《單人旅行》——當時存在時，重視的只是感覺「我們都不是注意力集中在一個人或空間的人，長或短的分別，不會

在交往中特別明顯，允許我再任性一次：我才不重視時間呢？」「短短半月，所謂旅行，如同生活，尚未命名，我們只是離開一個地方而已。」「是一次旅行的開始，這次，我們一起出發，你離開，我留下，在一個新形成的時空裡作單人旅行。」[51]

（三）從蘇偉貞所揭示的兩性問題中，從她筆下那些尋求獨立自主新生活的女性們，可清楚地見到她欲提升女性自覺的意圖，以及她對兩性平等、和諧關係的期望。我們或可結合女性主義的批評觀點來重新閱讀、詮釋，而對當代女性問題的研究態度，提供一個不同角度的探討。

（四）隨著兩性距離的拉近，女性意識的抬頭，女性比男性喜愛「出走」，女性利用「出走」來證明自己的存在價值，給予自己獨立的思考空間。舉兩個例子來看——

有一本名為《旅向曙光》的書，是一個叫做南恩·瓦特金絲的女人為了慶祝自己六十歲生日而決定要環遊世界之後所記錄下來的旅遊書。她說當她還是小女孩時，就很享受到新地方旅行的過程，她喜歡各種旅行方式，坐飛機、搭火車、騎腳踏車、駱駝，還是走路，她愛上「出走」，喜歡獨自出遊的挑戰，喜歡勇闖新城鎮和陌生人交談的挑戰，忖度著旅程中可能發生的狀況，既能欣賞外在的景物，又能享受內在的心路歷程。

第二個例子是日本作家小林紀晴的《日本之路》，這本書裡面的中年職業婦女，利用午休時間，亦想離開辦公室，到某處去，於是她到了捷運車站。捷運列車進站時帶來強風，吹得人滿頭亂髮，這一瞬間不同於平常，彷彿也別具意

義。她要離開辦公空間，即使只是三十分鐘的車程，但是跳脫像隻旋轉木馬似地，日以繼夜旋轉著的圓圈，也足以讓人期待。

（五）也許女性自傳統以來存在著「在家從父，出嫁從夫」的觀念，她總是要從一個地方遷徙到另一個地方，這樣的「油蔴菜籽」命，所以對於原生家庭的歸屬感，絕對不太可能會大於男性。

蘇偉貞在小說裡安排她的女性人物，從台北到美國、到德國、到香港、到大連、到屏東、到蘭嶼，有讀者質疑作家為何不曾在小說中交代為什麼為她的女主角作那樣的安排，但是，筆者認為，這是蘇偉貞留給讀者的想像空間，有時，女性所下的一些決定，表面上自己看來好似糊塗，旁人也覺匪夷所思，但其實骨子裡當事人自己比誰都清楚，而這種感覺卻是很難言說的。

蘇偉貞筆下的那些女性總會在「出走」之後，找尋到另一個新的方向，不管這條路是通往光明或黑暗，然而那些女性又總是懷抱著絕決的擔當的勇氣。

（六）透過蘇偉貞筆下突破傳統的女性形象，可尋求台灣女性自我的定位，且重新建構當代台灣女性的形象。台灣女作家在建構台灣文化發展中扮演的角色一向被忽略，直到最近學者才予以正視，相信「女性經驗的探索」應該是未來可以繼續深化與值得研究的議題。

註　釋

1　Julia Kristeva, *"Women's Time."* In The Kristeva Reader, ed. Toril Moi (New York: Columbia University Press,1986), pp.187~213。

2　蘇偉貞：《魔術時刻》，台北：INK 印刻，2002 年 5 月，自序頁 5~6。

3　蘇偉貞：《有緣千里》，台北：洪範書店，1984 年 11 月，頁 22。

4　同前註，頁 146。

5　同註 3，頁 29。

6　同註 3，頁 93~94。

7　蘇偉貞：《陌路》，台北：聯經，1987 年 5 月第三次印行，頁 15。

8　同前註，頁 112。

9　蘇偉貞：《過站不停》，台北：洪範書店，1991 年 2 月，頁 183~184。

10　同註 3，頁 47。

11　蘇偉貞：《離開同方》，台北：聯經，1990 年 11 月。頁 182。

12　同註 7，頁 11。

13　同註 7，頁 52。

14　同註 9，頁 9。

15　同註 9，頁 120。

16　蘇偉貞：《單人旅行》，台北：聯合文學，1999 年 2 月，頁 13~14。

17　同註 2，頁 39。

18　同註 2，頁 39。

19　同註 2，頁 40。

20　同註 16，頁 51。

21　同註 16，頁 52。

22　同註 9，頁 32。

23　同註 9，頁 167。

24　同註 2，頁 19~20。

25　蘇偉貞：《沉默之島》，台北：時報文化，1994 年 11 月，頁 189。

26　同前註，頁 260。

27　同註 25，頁 22。

28　同註 25，頁 13。

29　同註 25，頁 12。

30　同註 25，頁 14。

31　同註 25，頁 28。

32　同註 25，頁 75。

33　同註 25，頁 82。

34　同註 25，頁 140。

35　同註 25，頁 169。

36　同註 25，頁 21。

37　同註 25，頁 31。

38　同註 25，頁 42。

39　同註 25，頁 47。

40　同註 25，頁 127。

41　同註 25，頁 200。

42　同註 25，頁 115~116。

43　同註 25，頁 118。

44　同註 25，頁 257。

45　同註 25，頁 274。

46　同註 9，頁 2。

47　同註 7，頁 18、33、88、186。

48　同註 16，頁 183、17。

49　同註 2，頁 29。

50　同註 9，頁 58~59、203。

51　同註 16，頁 88、19、27。

綜合座談會記錄

主　席：沈謙教授
引言人：蔡英俊教授、龔鵬程教授、車行健教授
記　錄：倪芳芳老師

沈謙教授（以下簡稱沈）：

各位教授、各位女士、各位先生、各位專家：

元培科學技術學院主題文學學術研討會——自然的書寫，剩下最後的壓軸，就是「綜合座談會」，我記得元培舉辦「主題文學學術研討會」，今年是第三次，前年第一屆的時候，包括了飲食文化、醫護文學，我參加了，真是讓我們感覺到民生主義的深化和實踐。去年第二屆「生命的書寫」，讓我們感覺到生氣勃發，今年「自然的書寫」，從古代天人合一，從劉勰的天文地文到西方亞里斯多德的藝術模擬自然，元培讓我們精神振奮。不過「自然書寫」，一般人常常把它界定在環境保護，生態自然，其實它的範圍可能更廣泛。

我們這一場會議請到三位聲譽卓著的專家來作引言人，為我們做一個精闢的探討。首先介紹這三位專家，左邊的是佛光大學的教授龔鵬程先生，龔先生其實不必我多作介紹，他擔任過校長，擔任過官員。不過我記得去年，還是前年，有一次龔校長請客，我有一個很驚奇的發現（其實我每天都有新鮮的發現，所以他應該再請我吃飯，我就有更新的

發現），他問我有什麼發現，我說：「我發現龔鵬程雖然沒有什麼了不起，但排名在屈萬里先生的前面，不是我排的——「鵬程萬里」啊，等一下我們聽他精彩的發言。

第二位是現在清華大學人文社會科學系的主任蔡英俊教授，他這個「英俊」不但人長得英俊，也是臺灣中文學界的英俊之才，人文社會學系好像是個新的系，它是唯一的，唯一的很好。

第三位更值得我們讚嘆，東華大學車行健教授。我們過去都知道《易經》裡面「天行健，君子以自強不息」，其實我們到這邊來都是坐車來的，所以「車行健，君子以自強不息」。

這是我們特別的三位引言人，介紹完了以後，請他們發表高見，我可以開始幸福的預報，一定精彩絕倫，不虛此行。我們是龍的傳人，我們請龔教授先來。（一番謙讓後，蔡老師先說）

蔡英俊教授（以下簡稱蔡）：

我的想法其實你們大概都很熟悉，難得龔先生來，應該讓他暢所欲言。不過我先把我的想法簡單說一下，剛才沈謙老師已經說了，元培舉行學術研討會，這已經是第三屆，是根據主題而來。我們一直在想中文學門的發展，現在是大學增多，成立各式各樣的博士班或應用中文系，這時候我們應該想的問題是——中文，它有很寬的範疇，古典、現代都包含，在這種情形之下，我們如何能夠在這麼一個龐大的範圍裡面凝聚出每一個學校特有的特色。

　　如果從這一個角度來看，那麼從「生命的書寫」或更早的「飲食文化」，到現在這個「自然的書寫」，其實它都有一點點功能。這個功能就是說應該藉這個機會，讓我們把什麼是「自然書寫」說清楚，就像我們說某些文類的發展其實有它的土壤，七十年代出現「極短篇」這種形式，它是跟閱讀的習慣有關。假如說「自然書寫」，它原來是跟環保有關，從《寂靜的春天》以後，人開始大量使用 DDT，對自然環境的覺醒之後，我們開始注意到我們怎麼去面對這個問題，也就是說每一次的主題或許都有另一種功能，不只是寫一篇論文來參與發表，而是去瞭解這樣一個主題的概念為什麼會出現，然後值得我們去反省。從這個角度去做，「飲食文化」、「生命的書寫」都一樣。它的概念基本上是當代的，可是這種思考的方式、操作的方式在一個文化傳統裡面，是不斷出現，可是當「自然的書寫」一出現的時候，它有特定的、非常強烈的一種策略及對應方式。在這種情況下，或許我們可以重新去檢視，這個概念被提出來後，在台灣的文壇裡面怎麼被實踐。

　　之後我們或許可以回頭去看，就一個中國文化傳統來看這樣一個發展，怎樣接得上去。我們總會關心說，一個古典文化在台灣的場景裡面，它具有那些可能的影響力，或可能的關係。我想如果元培願意繼續主辦這種研討會，它要怎麼樣去定它自身的功能。因為我們一再強調現在中文系的鑑識方式，以中文系做為一個效益的對象，它沒有本科系的學生，在這樣的場景裡面，它要辦一個研討會，更應該注意到它的功能。也就是我們如何把本身所受到的專業訓練或專業

知識帶出來。這個帶出來的方式，或許不只是關起門來請專業人士來談，它應該跟元培這樣一個環境有關，那麼這一些面向怎麼去開展，我想這可能是中文系未來要再去思考的方向。所以我就作一個這樣的引言，謝謝。

沈：

我們非常謝謝蔡英俊教授。蔡教授是「在地派」，與元培互動比較密切，所以他的發言可以說是「立足本土，胸懷歷史，放眼宇宙」，接下來我們是不是請我們「龍的傳人」。（我剛剛又有新的發現，龔教授是「龍的傳人」，但不是共產黨，如果是「龍的傳人」，再加上共產黨，那是另外一回事），我們來聽聽龍的傳人的看法。

龔鵬程教授（以下簡稱龔）：

各位好。我想延續剛剛我們上一場我談到「文學博物」的傳統這部分講下來，那要談什麼呢？如果要定個小標題的話──「抒情美典之外」。我們過去中文系傳統的教育或文學研究，大概有二十多年籠罩在一個「抒情美典」的傳統之中。我們強調我們的文學作品是言志或是抒情，整個中文傳統，它還是以表達我們的情感，表達我們的主體生命為主。假如一個作品，它跟我們的主體生命不能連結，不能扣合在一起的話，我們會覺得這樣一個作品沒有價值，換句話說，凡是不具有抒情言志的性格的作品，它的歷史評價都是比較低的。

過去我寫過一本小書，《臺灣文學在臺灣》，裡面講台灣

文學的童年。就我們看台灣文學，早期到台灣來的，不論是流寓的，或是到台灣旅遊的，或在台灣作官，或在台灣服務工作，這些人在台灣寫很多的竹枝詞、風土誌、還有很多應酬式的詩文，這些詩在傳統評價上是不高的，其實這種詩都是寫風景，寫自然山川，它和我們抒情言志的關係就不大了。

我那時就說，像這樣的作品，我們應該有另外的處理方式，這就是我們現在要談的。譬如剛才我談從《詩經》，或者《爾雅》，或者類書，或者詠物詩，這些傳統是相當龐大的。各位只要想想看，像我剛剛介紹的《南方草木狀》以下這些風土文獻裡面，它有關的文學記錄有多少，或者像詠物詩裡面記錄有多少，這些即使是中文系本科出身的學生，讀到博士也不熟悉，我相信各位大部分是沒讀過的，那為什麼會陌生呢？

那是過去我們的教育受限於一個「抒情傳統」美學上的侷限，使我們對於好幾個脈絡是不清楚的。譬如說我過去做過以李商隱詩為例，談過「假擬代言」。就是詩裡面有很多我假裝誰，或假裝物品的時候。像李商隱假裝是櫻桃和其他的水果彼此直接互相問答。不但我要熟悉櫻桃「物的性格」，而且我要假裝我是櫻桃，來跟其他物品對話，這裡面來來去去，雙方互相的模擬假裝，而且是用物品來替代的方式，這樣的東西很多。在中國的《詩經》裡，傳統的例子很多，不過我們做得不太多。還有我剛才講的竹枝詞，竹枝詞早期是抒情的，「東邊日頭西邊雨，道是無晴卻有晴」，但是唐、宋以後完全改變，變成「體物」的文類。後代的竹枝詞跟唐朝

劉禹錫的竹枝詞不一樣,都寫山川文物、人情關係的姿態,比如說寫檳榔或是這個地方的風俗。整個竹枝詞已經發展成一個「賦物」、「體物」的傳統。又或者從竹枝詞發展到雜事詩,雜事詩有談山川的,譬如談到新疆,就寫一個新疆雜事詩;到桂林,寫桂林的雜事詩。我們讀南宋史,除了讀《宋史》外,最重要的參考書就是《南宋雜事詩》。就好像我們讀中國圖書史,中國沒有一本藏書史,唯一藏書史的書就是《藏書記事詩》。這種記事詩和雜事詩大抵都是以記錄人,記錄地理、歷史和物象為主。這些事物都不是「抒情美典」所能涵括的。

「抒情美典之外」,它代表中國賦、比、興中賦的一個大傳統,所以我們需要賦,但不是只要看文體稱之為賦的那種東西,而是「體物而瀏亮」的傳統,體物而瀏亮這部分,我們恐怕要重新再作開發。這一次「自然的書寫」研討會,我覺得如果可以朝向這樣一個大傳統重新來開發它跟現代文學之間的關係,能夠勾聯得上,那麼這個主題研討會的研習就會非常有趣。而且這樣的做法也可以逐漸發展出一種讀書會或者一個工作坊,朝向傳統再作重新的處理。

這樣一個傳統也許有別的作法,除了研討會外,還有一些東西可以談。比方說,我幫教育部做一個中小學輔助教學的網站「人文藝術網」,其中文學的部分,我找了一些朋友來做,這個部分因配合九年一貫,我們利用的最簡單的架構就是人與自然、人與社會、人與自我。人與自然這個部分最像你們在做「自然的書寫」這個部分。

我們怎麼做呢?我們朝向人對自然的發現來做。我剛剛

講的「抒情美典之外」的體物瀏亮，是從大傳統上來說，現在那個傳統要如何切進去呢？必須找一個切入點，我們用的切入點是「發現」。人還是主體，當人面對自然的時候，如何發現自然。各位要知道，發現自然不是一件很自然的事，發現自然是一件非常特別的事。中國人不面對自然，最早《易經》都是觀物、觀象，是取象。比如說「天行健，君子以自強不息」，可是我們並不描寫天，我們強調物象代表的意義及跟人的關係。密雲不雨，代表一個什麼東西；雷電交加，代表什麼意義。我們觀象取象，其實是不著象的。我們並不對物象觀察，描寫它。換言之，這個時候，物象對人來講，它呈現一個意義，但是它並不是一個具象，那個象對人來講是抽象的，把物象抽離出來，取它的意義。

真正對物象的描述都是很簡單的「桃之夭夭，灼灼其華」就結束了，大概都是一兩句簡單的講，後面全是「宜室宜家」講別的。「昔我往矣，楊柳依依，今我來思，雨雪霏霏」也只講到這樣。到底雨的形狀、雨的姿態是怎樣，是不揭穿的。中國人什麼時候開始寫雨呢？《詩經》寫雨只是人行動的背景，靠背景帶起人的感情。人在雨中行走是寫人不是寫雨，那麼是什麼時候開始寫雨呢？大概到唐朝杜甫這些人「隨風潛入夜，潤物細無聲」，寫雨的姿態、雨的性情、雨的作用，到韓愈，雨都是「潤物細無聲」的。「纖纖小雨潤如酥」，它有姿態也有性情，但雨是沒有聲音的。什麼時候中國人才聽到雨的聲音呢？韋應物才聽雨，宋朝人才喜歡聽雨。蘇東坡寫「對床夜雨，溪塘聽雨」，宋代詩詞裡面才有雨聲。換言之，下雨這麼簡單的事情，我們發現它的姿態、它

們的性情、它們的容貌、它們的聲音是一步一步的。

我們對其它的東西也是一樣，像梅花，我們將它作為民族的象徵，但發現得很晚，六朝時候梅不是很重要的，唐人寫梅也很簡單，到宋朝才寫梅寫得不得了，梅如何如何的一大堆，對於梅這一種物象，它的觀察、發展，可以上接到戰國末期，出現了體物瀏亮這個部分，比如說《荀子》的〈禮〉、〈知〉、〈雲〉、〈蠶〉、〈箴〉五篇賦，《楚辭》裡的〈橘頌〉專門就講橘子，但即使在這個時候，中國人都還沒有大的山川、大的景物上的描寫。我們可能寫橘子、寫雲、寫蠶這些小的物體，但像我們講的自然這種大的概念是沒有的。第一篇寫山川的是董仲舒的〈山川頌〉，歌頌山川之後才有江、湖、河、海等等這些賦。我們的賦很有趣，先寫小物，再寫大物；先有橘賦，再寫江賦、河賦、海賦、月亮這些東西，然後才是像《水經》、《水經注》等等這些描寫山川大河的東西。

換言之，中國人對自然的發現之旅本身就非常有趣，這是一個很好的切入點，可以作細部的探索。也就是說，假如我們完全掌握中國整個賦物、體物、寫物的博物傳統的話，也許我們可以找到一些類似我們剛才所講的發現之旅。中國人如何發現自然、如何描寫自然、如何書寫自然，這是一個可以處理的路子。這個路子，我有個建議，因為我看了貴校的計劃——人在時空中的定位、人如何觀看自然、如何書寫自然、人與自然的相互關係等等。我不曉得各位是不是看過柯林烏寫的《自然的觀念》，我們假如要談一個這樣的問題，談一個自然的書寫，其實可以相對的以中國文

學作為材料來寫一部這樣的書,談自然的觀念。

　　自然對我們而言,最先可能觀象取象,但它並沒有體現在文學上,在文學上寫的自然最先只是作為人物活動的背景或場景,而後來才轉變為我們描述的一個主要對象,然後我們人進入到這個物體的內部,去體物,去觀察它,逐漸和物體自然的發現串聯起來,也許這是一個可以考慮的方向,也是我具體的建議。

　　最後談談這個主題文學研討會,剛才英俊談到我們中文系過去的一些訓練,是不足以去面對新的時代,我們中文學界大家也都在想辦法掙扎求生存,有些學校做先秦、有些學校做漢代、有些學校做魏晉、有些學校做明清、而有些學校做近代,總之各自切割,搞一塊地盤。這塊地盤可能是用時代切割出來的,可能是用地域切割的,當然都不如用主題切割。因為主題可以通貫古今,也可以參照中外,剛才我說,文學博物的傳統,它包括外國的,所以影響到當代文學時,它有一些外國作品的典範,它很早的時候就記錄到我們現代文學裡面,這些東西都是可以參照的。所以主題文學這樣的設計,我們當然會給予高度的肯定,假如說這樣一個研討會,不是只辦一次這種論文發表,而是可以進入到剛才所講的大脈絡、大傳統中,大家來好好的讀點書,重新來做,而不是拿過去自己做過的題目發展出和它相關的東西而已。所以我希望讀書會、工作坊可以持續下去,把每一次新的設計當成是我們大家可以重新讀書的一個體制,將來運作下來,大家都可以從中得到很好的收穫,有很多人一起成長。希望預期這樣一個計畫可以做得更好、更成功,謝謝大

家。

沈：

我們非常感謝龔教授精闢的發言，他從過去傳統的觀象、取象、作象到切割時代、地域都不如主題，因為主題籠罩形象，穿透力強，最後是我們龔教授的發言穿透力最強。接著，我們請車行健教授發表他的高見。

車行健教授（以下簡稱車）：

主持人、各位老師、各位來賓，其實我沒有什麼資格坐在這邊，倒不是謙虛。第一是我真的不懂什麼是自然的文學、自然的書寫。第二是我現在的身分其實也不太適合坐在這邊，好像在給各位上課，提供建言一樣。其實應了一句老話，就是誤交損友，你結交的好朋友，可能在什麼時候陷害你，你也不知道，就莫名其妙坐在這邊當引言人，所以到現在還是有點後悔。

不過既然坐在這邊，還是要講幾句話，前面兩位老師分別就議程的的設計及「自然的書寫」這樣一個議題發表了很多精闢的意見，我想在座各位都非常受教，我覺得這該是今天最大的收穫。其實我不太清楚自己要談什麼，大概談一些自己的想法好了，這個想法不見得和今天的主題那麼相關，但還算是跟這個主題比較扣合的。

談到自然的觀念，我首先會想到老子，道家是非常強調而且重視自然的觀念，在《老子》裡面有一章非常著名的叫做〈小國寡民章〉，講一個理想的遠古的世界或是一個非常令人嚮往的政治理想境界。前一陣子，我有機會再看《史記》

〈貨殖列傳〉的時候，發現司馬遷滿有趣的，在一開始引了老子的立論之後，後面就跟他唱反調，批評老子這種思想是行不通的，在他當時的現實世界中是不可能實踐的。因為要回到一個人與人不相往來的隔絕的世界，其實是違反文明的進程，也跟人基本的慾望是相衝突的，在這邊我就看到老子這樣一個對自然的主張，其實在司馬遷、在漢朝那個時候，他基於文明的發展和人的慾望的滿足就覺得是不可行的。這裡面隱隱有兩個範疇的衝突，就是我們常常講的人文和自然的衝突。司馬遷強調人的慾望或文明的發展，人是不可以違背的，所以你想要再回到一個遠古或太古時代中非常樸素、非常低水平的生活方式，這是不可能的。但從另一個角度來講，人的慾望不也是一種自然的表現嗎？我們有慾望想要過更好的生活，有更高文明的發展，這難道不是一種自然嗎？所以怎麼能夠說人去追求文明的發展不是一種自然的表現呢？如此說來就有點令人困惑了，到底老子自然的主張和對政治的主張有什麼意義和價值呢？為什麼我們要去研讀《老子》？為什麼歷代還有人這麼嚮往老子對自然的主張或黃老之治等等。所以我想這邊是有矛盾、有令人疑惑的地方。

我覺得比較大的癥結點是在於老子講的自然觀，比較大的問題是他要回復自然的一個方式。假設這個他心目中嚮往的自然，自然的境界或是自然的實物是可以達到的，那麼我覺得最大的問題是他怎麼去回復，我們要怎樣達到他所嚮往的一個自然的境界，要用什麼樣的手段。我想大概有兩種手段，一是外太空飛來一顆隕石，或者是行星把地球毀滅了，就跟恐龍一樣，在六千五百萬年前滅絕，然後一切文明

都摧毀了，一切從頭開始。或者是哪天不小心核子戰爭爆發，或是人類的資源用盡了，那我們就只好乖乖的過著原始人的生活，這是一種回復自然的方式，不過我想大家都不希望用這種方式達到。

另外大概就是用人為的、人工的或人文化成的方式達到，也許像黃老政治的政治主張。或有人研究老子是一種境界，一種形上學，是強調修養的功夫論，從心境的修養達到的一個境界。不過假如這種說法是可以成立的話，我覺得這裡面還是有矛盾。其實不管你用人為的方式或人工的方式，其實都不是自然的，這本身都是違反自然的。所以我最終有個體悟，也算一個發現，也就是說老子的自然觀其實是最不自然的。因為如果真的要達到的話，就得要用非自然的方式，用人為的方式，去達到那樣的一個自然觀，達到他們認為的自然的境界，包括小國寡民那樣的境界。

以上講那麼多，那跟我們的主題有沒有什麼關係？底下我試著拉回來，在很多年前，我曾經聽過漢寶德教授一個精闢的演講。講到中國的園林時，他認為蘇州的園林非常漂亮，但他也強調蘇州園林裡面的山水、平原、湖光山色之美等等，都是用人為的方式製造出來的，在現實世界中是不可能存在像中國園林這樣的一個美景，他強調非常自然的一個環境，其實他是用一種非自然的手段去達成的。所以我回到文學的藝術當中，所謂自然的書寫、自然的追尋，也會讓我聯想到種種的手段和方式。接近自然的方式，描寫自然的方式，恐怕都是用非自然的手段，非自然的方法去達到的。就好像是生態攝影家用大砲去瞄準他的獵物，以前獵人是用

槍,現在生態攝影家就用大砲式的攝影機,或是照相機去捕捉老虎、獅子、鳥獸等等獵物,其實就是利用一種科學的、人為的方式來捕捉他所謂的自然──它本身就不自然的。

這又讓我聯想到一個有趣的現象,台灣這幾年不是流行美容整型嗎?其中有一家很有名的叫 NB 自然美,它本身就是一個矛盾,因為你去參加 NB 自然美,經過它的美容整型等等,得到的這個自然美本身就是不自然的。真正的自然的美女,她不需要經過這一個改造的手段,所以 NB 自然美,它其實就是用一個非自然的手段來達到自然美的效果,我覺得這是一個非常有趣的狀況,所以我想要模仿一個人的政論節目,不過這個節目已經倒掉了,就是唐湘龍的「政經不正經」,政經就是政治經濟,我想師法其意:「自然不自然」,把我的引言定這麼一個題目。也就是我們強調的自然,我覺得是非常不自然的,我不曉得我這樣講是不是違反我們的主題,這樣講只是提供各位不同角度的思維見解。我沒有辦法和龔教授一樣,從整個文學和學術的角度去把自然書寫講得那麼精闢。也沒辦法像蔡老師從一些比較宏觀的中文學科發展的角度提供意見。那我只能以一些比較不正經的角度來提供一些不同的想法,我的引言就到此,謝謝。

沈:

在車行健教授身上,是「行健不行健」。那麼在座的各位是不是可以共襄盛舉,智慧要摩擦才會發光,丁教授還是邵教授?邵教授我記得你的博士論文是研究蘇州園林的,那是最不自然的自然。

邵曼珣教授（以下簡稱邵）：

在做論文時是最自然的，但在討論之後變得最不自然了。不過我想車教授提出這樣的看法，其實很有趣。剛才蔡老師、龔老師給我們一個很大方向的思考，但車教授提到的其實是我們在面對自然這個主題的時候，產生對於這樣一個論述的矛盾，其實就是大家都有自然的觀念，但是這個自然的觀念在具體的生活裡面去實踐的時候，又變成一個人為的造作，這裡當然有一個矛盾的存在，我覺得這是一個滿有趣的問題，可以在後續進行討論。我想就剛才老師們給我們的意見談談，像龔老師提到我們可以有讀書會或工作坊的一個形式再延續，我想老師在這方面，可不可以給我們更具體的建議。如果我們今天「自然的書寫」的主題，在會後就結束的話，實在是很可惜。而「自然的書寫」又是現代一個文本，有沒有什麼方式，可以讓我們去處理或持續辦理。

沈：

車行健教授說「誤交匪類」，大概是交友不慎，我現在可以想龔教授也可能會想「誤交匪類」，不是交朋友而是教學生。龔教授，你在劫難逃，就回應吧！

龔：

我剛才的想法是看了活動的計畫，整個活動是教師的在職進修，配合進修辦理這樣一個研討會。這個研討會當然可以幫助大家在職進修，如果說要對這個問題有更多的了解或真正進入到這個脈絡，那大家回頭再來讀書啊。因為我剛才

講了，現在大家的做法其實是兩種，一種是把現在做的研究，抽出一部分跟這個主題有關的，拿出來應景，研討會辦完了也可以交差了。一種是把我們過去做的相關研究跟這個東西接起來做。如果真的要做，那就是像我剛剛介紹的一些書，把書單清理一下，大家分頭好好的去讀。像《詩經》名物訓詁的研究、《爾雅》，我相信在中文系裡面研究文學的朋友都是討厭的，過去大家就因為不耐煩訓詁、名物，所以才研究文學。但這些東西恐怕就是要看，然後將相關的資料蒐集出來，大家讀一讀，讀了以後再來做討論，比較實際。

沈：

我們感謝龔教授進一步的提供。我離開主席立場，也願意提供一些意見，蒐集這些資料、列舉書目、按圖索驥，大家共同研讀是很好的理想，理想要落實的話，可能希望元培技術學院提供一筆經費，然後再向教育部、國科會，或者是其他財團法人申請其他經費。大家一方面讀書，一方面做一個集體計畫，很仔細的做研究，我想這個比較實際一點。而且自然的書寫研究除了書寫外，還要實際去田野體驗，我記得歷史博物館曾經有一度開了個園區，把《詩經》裡面的植物都弄在那邊。如果我們這個主題研討會能夠繼續做專精深入的研究，而且能夠走出這個廣大的世界去體驗的話，那我覺得更有意義。車行健教授請說。

車：

我不是要提意見，而是有個問題，想要問一下主辦單

位，我看到「自然的書寫」這個標題，我就有點疑惑——中間那個「的」，因為如果是「自然的」書寫，我們唸英文的話，變成一個形容詞「自然的」，如果依照主題來講，應該是「自然書寫」、「書寫自然」，把自然當作一個對象，如果是「自然的」書寫，把「自然」當作是一種形容詞來說的話，即自然的，我很隨意、不做作的，我把我的夢話記錄下來，我把我在 BBS 上和別人胡扯的話都寫下來，我不曉得這個算不算自然的書寫，所以是不是主辦單位稍微說清楚你們的意圖是「自然的書寫」還是要「自然書寫」。

沈：

我看他們才是誤交匪類，你就不要再為難他們了，就跟他們講「的」可能是多餘的，把「的」字去掉就好了，是不是這樣，還是有別的奧妙所在？

龔：

不如就變成「自然書寫」，自然書寫其實已經很明確了，大會要談的是我們怎麼描寫自然，可是現在自然書寫關聯上有個特別的意義，特殊的意識形態，如果又要區別那個自然書寫，換一個方式表達，除了車行健提的疑義外，還會有其他疑義。像《詩經》它是自然的書寫嗎？它也不是自然的書寫。《詩經》最早的時候恐怕不是書寫的，大抵就是從面對自然，如何去描寫自然、如何刻劃自然。

沈：

原來多元化的社會容許多元化的解說。邵教授，你有什麼奧妙，讓我們大家能夠明白你的妙處，你就直說那個妙處讓我們明白。

邵：

其實也沒有什麼妙處，剛才龔老師其實已經幫我們對於這一次主題的設定說得很清楚。當時我們內部討論過它的內涵，但很難訂出一個確切的方向，因為「自然的書寫」確實會讓人聯想環保等議題，可是我們要談的又不是那個，所以只好把它擴大談「自然的書寫」，包括老師剛剛講《詩經》也不是一個自然的書寫。我當時有設定一個主題：我們怎麼去觀察自然，把自然當成一個書寫的形式或把它寫成一個課題來觀察，我們是很廣義的來定義它，也想藉這次的論文和最後的綜合座談會來整理，大家討論出整個「自然的書寫」應該如何去定義、發展或進行。我想做這樣一個簡單的回應，謝謝。

丁亞傑教授：

有關主題的擬定，當時我們討論後，其實是定義不出來，然後就「自然書寫」請教蔡英俊老師，蔡老師說「自然書寫」好像太文言了，建議加個「的」──自然的書寫，這樣比較通俗。有一次到中央大學去，見岑溢成老師，說要辦研討會──自然的書寫，他一聽就說不通。他說現在「書寫」成了流行名詞，他用英文跟我講 write 跟聲音是不一樣的，那是

因為西方人強調慣語、聲音,所以強調「書寫」,中國人沒這個問題,幹嘛用這個「書寫」。可是我們題目都訂出去了,計畫也弄好了,沒辦法改,我不敢講話,只能被岑老師調侃一番,說你辦個不通的研討會,回來我都不敢講,因為講下去不得了,研討會辦不成了。關於剛才龔老師有談到一本書——柯林烏《自然的觀念》,所以說如果這個「自然的書寫」引起爭議的話,是不是可以改成「自然觀念」或許比較好一點,這是我補充的,有錯誤的話,麻煩蔡老師修正。

蔡:

我要補充一下,因為你們這個研討會,最早我們就曾聊過,你可以回去告訴岑溢成老師,就西方來講是因為聲音在先,所以書寫,可是「書寫」這個概念,從近代的文學發展來講,他是要取代文學的概念。就是說 writing 是從法國六〇年代以後出現的,他主要是說,我們談文學時候,有一個重要概念叫「文本」,我們可以假設說作者很重要,所以它開始先用文本的概念取代文學,最後把書寫作為一個最寬的動作,writing 就是書寫,所以我們講「書寫生命」、「書寫自然」,可是這樣在中文裡面有點彆扭,可是在英文裡面,用動名詞的型態是定名稱最好的一種方式。所以你可以回去跟岑教授說,writing 是一個新的概念,它要打破我們認為有一個東西叫做文學或是文學作品,可是它基本上是一個很重要的書寫活動,廣義來講,最主要是文字的紀錄。「書寫」在西方文論來講是一個新的策略,六〇年代以後他要取代傳統文學研究的不足,所以書寫是一個比較晚出的概念。

　　就每一個辦研討會的功能來講，在元培這個地區，我們要怎麼辦，中文系要怎樣介入這些材料——旅遊、醫療、自然。如果按照龔老師的意思，那就變做一個工作坊。

　　我們回頭過來看看「自然」這個觀念是怎麼被提出來的，當我們知識的影響力要擴展出去的時候，我們一定要介入那個議題，當代性質必須被強調出來，所以文明其實都是反自然的，當我們刻意講自然的時候，已經是一個不自然的狀態，問題是現代的議題被提出來以後，我們可以藉著這個機會，再度把古典文化裡面的這些面向拋出來。所以接下來的工作，或許我們可以分類找幾本書，首先說明自然書寫這個概念，在當代中它是指什麼？再過渡到我們要談的古典文化中自然這個些觀念和它實踐的面向。工作坊要做的工作其實還很多，除了出版論文集外，後續的工作可能要更費心去想。

沈：

　　蔡教授提出來的可以說是寄予厚望，如果這樣一個研討會能夠在結束之後，有一個工作坊繼續加強這方面的研究探索，想必對現時社會會有所貢獻，有所影響。

　　我在這邊聯想起十多年前到香港開一個「兩岸三地作家會談」，大陸一位作家講到環保問題，他說：「過去唐代杜甫的名句『國破山河在』，現在是『國在山河破』」。我們希望研討會雖然結束，但是「自然的書寫」概念的探討及有關的研究能夠繼續發揚，這樣的話「兩情若是久長時，又豈在朝朝暮暮」。

　　時間到了，還有沒有那一位發言，有意見，容許一位，沒有的話，那我們就宣佈這場研討會順利結束，謝謝大家。

附錄一

「主題文學學術研討會—自然的書寫」議程表

九十三年七月三日（星期六）					
0830〜0850	報到（元培科學技術學院光暉大樓二樓會議室）				
0850〜0900	開幕式（主持人：邵曼珣　貴賓致詞：林校長進財）				
時間	場次	主持人	主講人	論文題目	特約討論人
0900〜1030	一	朱榮智	丁亞傑	《詩經》的自然意象與女性詮釋	朱榮智
			陳美琪	周代的自然崇拜	李慈恩
			程克雅	物魅、節令與禨祥:春秋戰國時代的自然觀與象徵詮釋	張曉生
1030〜1050	茶敘				
1050〜1220	二	陳仕華	江衍良	柳宗元的天人觀	車行健
			邵曼珣	明代蘇州文人園林的自然書寫	陳仕華
			周志川	宋明理學與風水思想——以朱子的理氣論為中心	江衍良
1220〜1330	午餐				
1330〜1430	三	蔡英俊	林淑貞	從追憶童年往事看兒童圖畫書中的自然書寫——以《台灣真少年系列》為視域	蔡英俊
			李栩鈺	柳如是（1618〜1664）的植物書寫——以〈悲落葉〉為考察中心	連文萍
1430〜1450	茶敘				

九十三年七月三日（星期六）					
1450 1620	四	龔鵬程	羅秀美	多識於鳥獸草木之名 —當代自然書寫的博物性格	龔鵬程
			吳儀鳳	唐賦的自然書寫研究	林淑貞
			陳碧月	蘇偉貞「距離」小說裡女性的時空定位	吳儀鳳
1620 1640	茶敘				
1640 1740	五	沈謙	綜合座談會（引言人：蔡英俊、龔鵬程、車行健）		
1740 1750	閉幕式（主持人：邵曼珣　貴賓致詞：蔡副校長雅賢）				

附錄二

研討會主持人、論文發表人、特約討論人簡介

姓名	任教學校	備考
沈謙	玄奘人文社會學院	主持人
龔鵬程	佛光大學文學所	主持人、討論人、引言人
蔡英俊	清華大學人文社會學系	主持人、討論人、引言人
陳仕華	淡江大學中文系	主持人、討論人
程克雅	東華大學中文系	發表人
車行健	東華大學中文系	引言人
林淑貞	中興大學中文系	發表人、討論人
張曉生	台北市立師範學院語教系	討論人
連文萍	東吳大學中文系	討論人
陳碧月	實踐大學通識教育中心	發表人
江衍良	長庚技術學院通識教育中心	發表人、討論人
李栩鈺	嶺東技術學院通識教育中心	發表人
吳儀鳳	東華大學中文系	發表人、討論人
羅秀美	聯合大學全球客家研究中心	發表人
李慈恩	中華大學通識教育中心	討論人
朱榮智	元培科學技術學院國文組	主持人、討論人

姓名	任教學校	備考
陳美琪	元培科學技術學院國文組	發表人
邵曼珣	元培科學技術學院國文組	發表人
丁亞傑	元培科學技術學院國文組	發表人
周志川	元培科學技術學院國文組	發表人

國家圖書館出版品預行編目資料

自然的書寫：第三屆主題文學學術研討會論文集
／元培科學技術學院國文組主編. -- 初版.
-- 臺北市：萬卷樓，2004[民 93]
面；　　公分

ISBN 957－739－508－2(平裝)

1.中國文學－論文,講詞等

820.7　　　　　　　　　　　93020867

自然的書寫
—第三屆主題文學學術研討會論文集

主　　　　編：元培科學技術學院國文組
發　行　人：許素真
出　版　者：萬卷樓圖書股份有限公司
　　　　　　臺北市羅斯福路二段 41 號 6 樓之 3
　　　　　　電話(02)23216565・23952992
　　　　　　傳真(02)23944113
　　　　　　劃撥帳號 15624015
出版登記證：新聞局局版臺業字第 5655 號
網　　　　址：http://www.wanjuan.com.tw
E－mail　：wanjuan@tpts5.seed.net.tw
承印廠商：晟齊實業有限公司
定　　　　價：400 元
出版日期：2005 年 3 月初版

ISBN 957－739－508－2